JEANINE CUMMINS

LE GARÇON DU DEHORS

Traduit de l'anglais (États-Unis)
par Christine Auché

10/18

PHILIPPE REY

Titre original :
The Outside Boy

This edition published by arrangement with Berkley,
an imprint of Penguin Publishing Group,
a division of Penguin Random House LLC.

ISBN 978-2-264-08396-8
Dépôt légal : mai 2024

À ma grand-mère Polly et mon grand-père Art,
qui venaient de mondes différents

PROLOGUE

Irlande, 1959

Je rêvais de chevaux violets. Moi sur l'un d'eux et Martin sur l'autre, et on montait à cru et on faisait la course. C'était pas des poneys gitans[1] pie lents et costauds comme on en avait presque tous à l'époque en Irlande, faits pour tirer nos maisons-roulottes partout où on allait. Non, dans ce rêve, moi et Martin, on faisait la course sur des pur-sang foudroyants comme dans une vraie course, du genre de celles de Punchestown, à Dublin. Et les gens agitaient les drapeaux aux couleurs de leurs favoris en rugissant, sans se soucier qu'on était des travellers[2]. Ils nous adoraient quand même. Nos étalons violets faisaient au moins seize mains de haut, et on était si rapides là-dessus qu'on s'envolait presque. J'avais empoigné à pleines mains

1. *Gypsy cob* : race équine originaire du Royaume-Uni, intermédiaire entre le poney, le cheval de selle et de trait. (*Toutes les notes sont de la traductrice.*)

2. Les travellers irlandais ou « peuple marchant », aussi appelés péjorativement « tinkers » (« rétameurs »), sont une catégorie nomade de la population de ce pays. Ils se différencient des Roms et des gitans, car ils sont de souche autochtone.

la crinière épaisse et rêche de mon cheval, et je serrais son encolure large et robuste entre mes genoux en gardant ma tête proche de son oreille frémissante. Je lui murmurais « Vas-y, petiot » et il continuait, on laissait Martin et le sien sur place dans un nuage de poussière. Ensuite, y a eu un énorme hurlement strident, mon cheval violet a disparu, et je me suis retrouvé assis droit comme un *i* dans le noir, ma couverture enroulée autour de mon poing et le cœur qui battait à cent à l'heure.

Papa s'était redressé lui aussi, et on s'est regardés tous les deux en clignant des yeux dans le noir d'un air hagard. On était pas sûrs de ce qui nous avait réveillés jusqu'à ce qu'on les entende encore une fois : des plaintes, brutes et aiguës. Les mains de Papa, elles étaient comme des fantômes entre nous, et il plaquait sa couverture contre sa poitrine.

« Qu'est-ce que… » Avant qu'il ait pu terminer sa question, les lamentations se sont de nouveau élevées, submergeant le camp. Je sentais chaque poil sur mon corps, et ce cri spectral s'infiltrait comme un liquide à travers les planches de la roulotte et sous nos peaux moites de la nuit. Ce son exprimait une terreur toute nouvelle pour moi. J'ai demandé à Papa : « C'est une *bansídhe*[1] ? »

Il m'a regardé comme si j'avais perdu la boule. « Arrête ces idioties, Christopher. Tu sais que ces satanées *bansídhes*, ça n'existe pas. »

Il a secoué la tête d'un air mauvais, et je me suis senti stupide, puis content de me sentir stupide. Bien sûr que les *bansídhes*, ça n'existait pas. J'avais presque

1. *Banshee* : créature féminine de la mythologie irlandaise qui annoncerait par ses hurlements stridents une mort à venir.

douze ans – assez vieux pour le savoir. Mais alors, un bang bang soudain a retenti à la porte de la roulotte, et j'ai eu le cœur au bord des lèvres. J'ai planté mes talons dans le sol et reculé en crabe à toute vitesse jusqu'à me cogner au mur. Ma poitrine se soulevait tandis que je fixais la porte derrière mon père. Il la fixait tout pareil, les yeux aussi écarquillés que les miens.

« Papa ? »

Je voulais qu'il me rassure – d'un simple mot, d'une pression de la main –, qu'il dise que tout irait bien. Il a lancé, en commençant à s'approcher de la porte : « Attends ici, Christopher. »

Et là, le fracas s'est amplifié, et on avait nulle part où aller, on pouvait juste se tapir à l'intérieur et attendre la catastrophe déchaînée par le spectre hurlant qui faisait un bruit de crécelle devant notre roulotte. J'ai carrément arrêté de respirer, et la porte a pivoté sur ses gonds en craquant pour s'ouvrir toute grande dans la nuit glacée. L'air froid s'est engouffré sur-le-champ dans la roulotte, léchant mes chevilles nues. Je me suis mis à trembler, j'ai entouré mes genoux maigres de mes bras et frissonné comme un chien mouillé.

« Christopher ! » a hurlé le spectre, et c'était ma grand-mère.

Elle appelait mon père, à qui je dois mon nom. Grand-Mère, emmitouflée dans des couvertures, dehors, dans la nuit qui ne rosissait pas encore, le regard fou et les cheveux en bataille. Sa bouche ouverte révélait les creux des gencives là où ses dents étaient autrefois. Elle paraissait si surnaturelle que ma terreur n'a pas du tout diminué.

Papa était pieds nus, et sa silhouette s'est découpée alors qu'il bondissait comme un diable hors de la roulotte à la poursuite de sa mère. J'ai rampé derrière lui jusqu'à la porte et surveillé Grand-Mère qui poussait ses cris diaboliques dans le camp sombre. J'ai ramené mes chevilles bleuies de froid vers moi et serré ma couverture autour en regardant l'horrible scène se dérouler : Grand-Mère, à genoux à côté du feu éteint, se balançant si fort d'avant en arrière que j'avais peur qu'elle bascule dans les cendres. Ses lamentations étaient si puissantes et tendres que je les voyais presque sortir d'elle, et sa respiration s'élevait en spirales violentes aux couleurs torrides qui anéantissaient l'obscurité et submergeaient tout de chagrin. Mon père a dit doucement : « Maman. »

À présent debout devant sa mère, il avait posé ses mains sur ses épaules. Il l'a un peu secouée, mais elle ne l'a pas remarqué. Elle arrachait sa chevelure blanche jusqu'à ressembler à une vraie *bansídhe*. Je me suis remis à trembler, et j'avais envie de croire que c'était de froid, mais mon estomac commençait aussi à se soulever.

« Maman ! » a répété Papa, cette fois plus fort, en la secouant encore un peu.

L'espace d'un instant, j'ai cru qu'il allait lever la main sur elle, pour la sortir de son état. J'ai avalé toutes ces couleurs tourbillonnantes et les ai retenues fermement en moi, mais mes jointures sont restées blanches, agrippées à l'encadrement de la porte pendant que je continuais à regarder. Oncle Finty était là aussi, maintenant, et ils paraissaient tous les deux petits et sans défense, debout près des ruines du feu, à contempler leur mère en larmes.

À ce moment-là, la tête de mon cousin Martin a surgi devant moi, et, sans un bruit ni un mot, il s'est hissé dans la roulotte en appuyant tout son poids sur son bras pour atterrir à mes côtés. Quand il a écarté ma couverture, le froid m'a de nouveau saisi jusqu'à ce qu'il se blottisse contre moi et la replie sur nous, bien serrée. Dans cet espace confiné, il sentait l'écorce d'arbre et la mousse. On a observé nos pères en essayant d'éviter de poser les yeux sur Grand-Mère.

« Va vérifier la roulotte, Christopher », a enjoint Finty à Papa.

Papa a hésité, posé longuement sa main sur l'épaule de son frère comme s'il rassemblait ses forces pour ce qu'il prévoyait de trouver. Ensuite, il a hoché la tête et s'est tourné vers la roulotte de Grand-Mère. La porte était grande ouverte, elle aussi, et Grand-Mère s'est remise à brailler quand il s'en est approché. J'ai frissonné sous la couverture en entendant le son de cette douleur sans mots, déchaînée et brute, qui galopait dans tout le camp. Grand-Mère ressemblait à un loup édenté. On a regardé sans ciller mon père disparaître à l'intérieur. Martin s'est tortillé pour se placer encore plus près de moi, et je sentais son coude, coincé entre deux de mes côtes tremblantes, comme si pendant une minute on était des jumeaux, et pas des cousins. Nos yeux et nos oreilles, ils fonctionnaient ensemble, réunis dans l'angoisse. Tout était silencieux et suspendu – seul le rythme de nos respirations communes, pareil à une marée, marquait le passage des secondes. Si seulement ma mère avait été là.

Papa est ressorti en secouant la tête.

« Il est parti. »

Son visage était pâle à la lumière de la lune. Parti. Je savais ce qu'il voulait dire. Il parlait de mon Grand-Pa.

Mon estomac s'est contracté, mais mon esprit résistait. Je n'étais pas prêt. Mes ongles se sont enfoncés dans la chair du bras de Martin, mais il n'a pas grimacé. Il n'a même pas bougé – il a juste eu un frisson dans le cou. Pris une bouffée d'air.

J'ai murmuré : « Grand-Pa », et j'ai senti une vague dans ma tête, un rugissement lointain qui montait en moi. Je les ai très vite réprimés.

« On le réveille, à votre avis ? » a lâché Grand-Mère.

Martin et moi, on s'est dévisagés avec horreur, et il m'a demandé : « Elle aussi ? Enfin, elle a genre perdu la boule ? »

Martin me demandait toujours des choses, même s'il était plus vieux que moi de quelques mois. Il avait déjà douze ans. J'ai fait non de la tête en tentant de lui expliquer. Mais exactement comme Grand-Pa, ma voix était partie.

On est restés là pendant que le ciel s'éclaircissait en prenant sur les bords une couleur lilas. Moi et Martin, cheveux emmêlés, jointures emmêlées. Sans parler, sans bouger. Je crois qu'il l'a eu aussi – cette sorte de sentiment inexprimé que, si on restait totalement immobiles, si on se fondait l'un dans l'autre, tout ça, ce serait peut-être pas vrai. On a cherché à invoquer cette magie insaisissable de l'immobilité, espérant comme toujours pouvoir la capturer, et qu'elle serait peut-être la réponse à tout. Mais, en réalité, on était des enfants du mouvement, et à ce moment-là on ne savait pas rester immobiles. On ne savait même pas qu'on en était capables.

UN

Le matin, après une bonne crise de larmes, Grand-Mère a nettoyé Grand-Pa. Elle l'a rasé et habillé, et on s'est mis en route sur le tard. Toute la journée, elle a conduit leur poney et leur roulotte seule, avec Grand-Pa encore à l'intérieur, là où elle serait restée d'habitude.

« Où Grand-Mère va passer la nuit ? » j'ai demandé quand on se préparait à installer le camp ce soir-là, dans une obscurité à couper au couteau.

J'avais jamais connu quelqu'un qui soit mort avant, à part ma mère, et on ne pouvait pas vraiment dire que je la connaissais, vu qu'on avait partagé que sept minutes dans ce monde. La pluie était pas loin.

« Qu'est-ce que tu veux dire ? m'a demandé Papa.

— Où elle va dormir ?

— Dans son lit, j'imagine. »

Je savais qu'il ne fallait pas insister. Je le savais bien, mais c'était perturbant.

« On peut aller le voir ? »

Lavé, rasé et habillé. Mais toujours bien mort.

« On entrera quand ta grand-mère nous y invitera, et pas avant. »

On était à deux jours de route du lieu où on ferait reposer Grand-Pa, où on devrait l'enterrer, dans la ville où étaient enterrés ses propres parents et grands-parents. Je n'avais jamais aimé les villes, la sensation d'enfermement qui allait avec, la façon que les maisons avaient d'être tassées les unes contre les autres dans les rues étroites, de presser avec force leurs ombres sur les passants. Je préférais l'espace ouvert du *tober*, la « route », à la campagne, où toutes les couleurs arrosées de pluie étaient vertes et lavées de frais. Mais, parfois on ne pouvait pas faire autrement. Quand on devait aller quelque part, on devait y aller.

C'était magnétique, ce voyage funèbre, la manière qu'on avait de faire avancer les chevaux et nous-mêmes sans penser, ni parler, ni même manger. On remplissait nos ventres du flot incessant des larmes de Grand-Mère, mais apparemment je ne trouvais pas mon chagrin aussi facilement que les autres, même si j'étais le préféré de Grand-Pa. Ou peut-être à cause de ça.

Je me disais que le chagrin était sans doute comme un œuf qu'on doit casser, et que je n'avais pas encore brisé la coquille du mien – que je le tenais toujours au creux de mes mains. Avec précaution.

Durant une des rares nuits sèches de l'été irlandais, quand j'avais sept ans, les sédentaires sont venus chercher Grand-Pa. On pionçait tous quand leurs fichues lampes frontales m'ont balayé la figure dans le noir et qu'elles ont projeté leurs lunes rondes et aveuglantes sur la toile de la tente au-dessus de moi. J'ouvrais des mirettes aussi grandes que ces cercles lumineux, mais j'ai pas bougé une oreille. Papa ronflait toujours à côté de moi quand j'ai entendu la portière de la voiture s'ouvrir, puis deux pieds se planter dans le gravier de la route. Le conducteur a laissé le moteur tourner.

« Papa, j'ai murmuré en lui donnant un coup de coude pour le réveiller. Y a quelqu'un. »

Il s'est redressé en vitesse et en silence, dégageant ses jambes de sous la couverture pour s'accroupir à côté de moi. Il a posé un doigt sur ses lèvres en me faisant signe de déguerpir dans le coin le plus éloigné, où j'éviterais peut-être de recevoir un caillou sur la tête, au cas où on en serait bombardés.

Ces lampes frontales, c'était jamais synonyme de bonnes nouvelles. Si c'était les *gardaí*, ils nous diraient juste de dégager. Ils nous y *encourageraient*. Ils éteindraient peut-être même le feu en y envoyant de la terre à coups de pied et en élevant leurs voix nocturnes aux accents de péquenauds.

Mais si, à la place, c'était des sédentaires bagarreurs, qui rentraient chez eux en zigzaguant après une nuit de biture, y aurait peut-être des mots plus pâteux, bafouillés et vicieux. Une volée de cailloux, pour nous rappeler de ne pas rester trop longtemps dans leur ville. Y aurait peut-être…

« Les Hurley ? » La voix était proche de l'ouverture.

Elle articulait bien. Aucune trace d'hostilité. La voix était accroupie, aussi calme que Papa, qui a soulevé le rabat de la tente, comme les couvercles des œilletons de ces fichues lampes frontales, et maintenant elles brillaient directement à l'intérieur, et on pouvait pas se cacher de ces rayons-là. On était éclairés pareil qu'en plein jour. Papa s'est protégé les yeux d'une main, et j'ai vu le sédentaire, courbé au niveau de la taille. Il était mince, jeune. Il a demandé : « C'est vous qui campez là, les Hurley ? J'ai besoin de Stephen Hurley. »

Sa voix avait quelque chose de désespéré, un tremblement.

« Vous êtes qui ?

— Je m'appelle Joe Burke, et mon père, c'est Eamonn Burke, d'en haut du vallon, et on a une jument très malade, qui va avoir son petit. » C'était rien qu'un gamin, seize ans peut-être, les mots culbutaient hors de sa bouche, éraillés. Quand Papa a émergé dans l'ouverture, Joe Burke a reculé pour lui faire de la place. Mon père avait minimum une tête de plus que lui, et il était deux fois plus large.

« S'il vous plaît, on a besoin d'aide, a repris le gamin. Vous êtes Stephen Hurley ? »

Mais Papa l'avait déjà dépassé pour aller se courber devant la tente de Grand-Pa. Trois minutes plus tard, j'étais assis à l'arrière de la berline de Joe Burke, la sacoche noire magique de Grand-Pa sur les genoux. On rebondissait sur les nids-de-poule et on s'envolait au-dessus des ornières, et j'étais content d'avoir l'estomac vide parce que c'était la première fois que je montais en voiture, et ça avait rien à voir avec le rythme tranquille d'un cheval qui tire une roulotte.

« Y a combien de temps que votre jument a commencé son travail ? a demandé Grand-Pa à Joe Burke.

— Difficile à dire. Elle est agitée depuis la nuit dernière, alors il est possible que ça ait commencé dès ce moment-là. »

Grand-Pa l'a interrompu. « La nuit dernière, comme avant de se coucher ce soir ou avant de se coucher hier ? »

Joe Burke a jeté un coup d'œil dans le rétroviseur, presque comme s'il avait peur de répondre. « Hier.

— Elle mange plus ?

— Non, m'sieur, a répondu Joe Burke. Mais seulement depuis cet après-midi. »

C'était la première fois que j'entendais un sédentaire appeler mon Grand-Pa « monsieur ». J'ai regardé les papillons de nuit foncer et descendre en piqué dans les faisceaux lumineux ronds devant nous, comme si on avançait à toute allure sur des rails. On a failli écraser un renard dans un virage, mais il s'est carapaté juste à temps dans les buissons.

« Comment va mon assistant ? » Grand-Pa s'est retourné pour me jeter un coup d'œil par-dessus son épaule, et j'ai hoché la tête.

Et puis on s'est engagés dans un chemin de ferme, les pneus ont projeté du gravier derrière, et Joe Burke a été obligé de ralentir. Grand-Pa était déjà sorti de la voiture avant qu'elle soit arrêtée.

Il m'a lancé : « Allez, Christy », et je l'ai suivi en galopant, traînant la sacoche noire derrière moi.

C'était toujours quelque chose de spécial quand on entrait dans une grange illuminée la nuit, comme une église. Y avait la senteur puissante et ensommeillée des animaux rassemblés, de leur peau et de leur respiration. L'odeur piquante du kérosène de la lanterne, accrochée à une poutre en hauteur dans la grange, sa mèche coupée bien bas. Les sacs de grain, l'huile de pied de bœuf, le savon pour les selles, la paille propre sous nos pieds, et tous ces parfums se mélangeaient. Comme l'été, la chaleur, le soleil et la sueur sur votre cou, quand vous avez le ventre plein.

La lanterne diffusait une lumière rouge sur le bois tendre et fendu des box. Des selles huilées luisaient dans leurs râteliers sur les murs, et moi aussi, j'étais illuminé du dedans, comme chaque fois que je pénétrais dans une grange. Parce que la grange représentait cet équilibre incomparable entre toutes les choses, où l'extérieur venait à l'intérieur – confortablement, sans être étouffé ou restreint. Ou peut-être que c'était l'inverse, peut-être qu'en fait, c'était l'intérieur qui venait à l'extérieur, laissant plein d'espace entre les planches de bois, la terre tassée sous les pieds, et qu'on était presque incapable de dire si on était dedans ou dehors. C'était une harmonie que j'ai vue nulle part ailleurs sur Terre, comme si on entrait dans un endroit que Dieu avait façonné dans le monde juste pour accueillir la forme de mon corps dedans.

Dans un coin d'ombre, la jument était debout, silencieuse, son souffle chaud sortant par à-coups pendant son travail. Le fermier se tenait derrière elle, sans chemise et en sueur. Il avait l'air plus perturbé que l'animal. En nous entendant, il s'est retourné pour regarder par-dessus son épaule. Un éclair de soulagement a traversé son visage avant de disparaître, et il a lâché : « Siège », les dents serrées.

Il fourrageait dans le ventre de la jument, le bras presque englouti jusqu'à l'épaule. Il grognait et soupirait tellement qu'on aurait pu croire que c'était lui qui allait donner naissance au poulain.

« J'arrive pas à le retourner, pour l'amour du Ciel », a-t-il dit, et à ce moment-là la jument s'est contractée et j'ai vu comment le bras de l'homme restait coincé dedans.

De sa main libre, il lui a donné une claque sur la croupe avant de se remettre à grogner. Sa sueur le gênait, mais la jument restait debout, placide, elle attendait. Je voyais toutes les dents jaunies et courtes d'Eamonn Burke jusqu'au fond de sa bouche, parce qu'il nous les montrait en attendant que la mère le libère de nouveau. Quand elle l'a fait, il a laissé son bras glisser hors de la jument et retomber sur son flanc. Il a attrapé un chiffon pour s'essuyer avant d'expliquer à Grand-Pa qui se déshabillait lui aussi : « J'arrive pas à le retourner. Ça se présente mal.

— Z'avez de la ficelle à ballots ?

— On en a, bien sûr, a répondu Eamonn Burke d'un air un peu perplexe. Joe, va chercher la ficelle. »

J'ai laissé échapper un sourire ; impossible de m'en empêcher. J'avais vu Grand-Pa faire ça des centaines de fois. Il était en train de tremper ses mains dans un seau d'antiseptique quand Joe Burke est revenu. Grand-Pa a aussi trempé la ficelle et, après l'avoir ressortie, il l'a nouée en boucle. Il parlait à la jument à voix basse.

« Tu fais tout comme il faut. Tu dois juste pousser et tirer un peu. Je vais voir si je peux aider. »

Sa voix était presque un fredonnement, une mélodie. La jument a répondu par son fredonnement à elle, une note douce dans l'arrière-gorge. Grand-Pa lui a flatté la croupe. Il a cessé de fredonner pour me demander : « Christy, viens par ici et vois si tu peux lui tenir la queue. Garde-la juste en l'air pour qu'elle cache rien. »

J'ai posé sa sacoche par terre avec précaution et je suis allé l'aider. J'ai attrapé un seau non loin de là, je l'ai retourné pour me grandir en grimpant dessus. J'ai rassemblé la queue rêche de l'animal entre mes mains pour l'écarter. Grand-Pa m'a aussi tendu le bout libre de la corde à tenir, avant d'introduire la partie avec le nœud dans la jument. Elle a bougé un sabot arrière, mais pas beaucoup. Elle agitait la queue, mais j'ai réussi à la maintenir en place et, pendant ce temps-là, Grand-Pa la travaillait de l'intérieur et fredonnait en la guidant de la voix.

« T'es une bonne fille. Je vais juste passer ça autour des pieds du petit gars… voilà. Maintenant. Je vais le sortir en le tirant par ici, si on peut. Maintenant. Attends simplement une minute, je vais le pousser par l'autre côté. Juste pour l'encourager. C'est tout ce dont il a besoin. D'un peu de persuasion. Bon. Christy, viens là-dessous et tire sur la ficelle. »

J'ai sauté au bas de mon seau pour me mettre sous la jument, à côté de Grand-Pa. J'ai saisi la corde à l'endroit indiqué.

« Tire pas trop fort ! Contente-toi de la tenir fermement et tranquillement, à son rythme. Attends-la. Attends. Attends. Maintenant. Tire. Plus fort. Un peu plus fort. »

Il n'a jamais élevé la voix au-dessus de son fredonnement. Je voyais ses muscles bouger, partout sur son dos et son cou. Sa main et son bras avaient disparu, mais je le voyais quand même travailler, et j'ai tiré sur la ficelle aussi fort que possible, et puis le moment miracle est arrivé, deux petits sabots sont apparus, emprisonnés par la boucle de la corde. Eamonn Burke était stupéfait. Il s'est exclamé en souriant : « Comment vous avez réussi à faire ça, au nom de la Vierge Marie ? Il y a trois bonnes heures que je travaille cette pauvre jument au corps. Je pensais qu'elle allait casser sa pipe. Merde. »

Il secouait la tête, abasourdi. Grand-Pa a extrait son bras de la jument et l'a nettoyé, mais comme son visage s'était pas fendu d'un sourire, j'ai su que quelque chose clochait. Je l'ai senti avant même d'avoir vu son expression. Et puis la bête s'est mise à tourner en rond et on a tous reculé pour lui faire de la place. J'ai poussé le seau pour qu'elle trébuche pas dessus. Elle s'est allongée sur le côté, et ses quatre pattes se sont dressées en spasmes rythmés : en deux poussées, le poulain était sorti, minuscule et noir dans la paille à côté de sa mère. C'était un mâle, luisant et immobile à part sa cage thoracique qui se soulevait imperceptiblement. Le cordon ombilical palpitait hors de la nouvelle maman, épuisée, le regard désormais vitreux.

« Je t'avais pas dit qu'elle serait super ? » s'émerveillait le jeune Burke devant son père.

Eamonn s'est tordu le cou pour répliquer : « N'empêche qu'on a quand même eu chaud. »

Et on entendait presque ces deux-là se sourire jusqu'aux oreilles dans cette grange illuminée par la lampe. Pas un poil de recueillement ni l'un ni l'autre. J'ai jamais pu comprendre comment, parfois, un fermier peut passer sa vie avec des animaux, s'en occuper, les nourrir, les soigner et les traire, et rester malgré tout aussi affreusement oublieux de leur nature. La jument fermait les yeux.

J'ai murmuré : « Grand-Pa ? »

Mais il a levé les doigts, et j'ai su que je devais me taire, lui laisser une minute pour réfléchir. À la place, j'ai regardé le minuscule poulain, de loin le cheval nouveau-né le plus petit et le plus souffreteux que j'avais jamais vu. J'aurais pu le soulever dans mes bras – alors que j'avais juste sept ans. Ce poulain, il pesait pas plus lourd que la sacoche noire de Grand-Pa. Pire encore, il faisait pas d'efforts pour lever la tête. L'épaisse membrane du voile lui enveloppait encore le cou et les épaules. Il tentait pas de gigoter pour y échapper. Il tentait rien du tout. Il restait simplement allongé là, presque sans bouger. Eamonn Burke donnait des claques dans le dos de son fils derrière nous avec un air genre masculin et triomphant.

« C'est un jumeau », a dit Grand-Pa à voix basse.

Derrière nous, Joe et Eamonn Burke se sont figés, et ils se sont tus. Même à la lueur de la lampe, j'ai vu leurs visages perdre leurs couleurs. Ils savaient que les jumeaux sont rares chez les chevaux, et qu'on n'avait jamais entendu parler de jumeaux *survivants*.

« Impossible, a protesté Eamonn Burke. Elle a déjà mis bas, on a jamais… »

Sa voix s'est éteinte, étouffée par l'écran de paille. Une jument survivait rarement après avoir enfanté des jumeaux, et dans une petite ferme, où on dépendait de la vente du poulain une fois sevré et de la descendance annuelle de la jument, une perte pareille pouvait être synonyme de vraies difficultés pour une famille. Une saison de famine, au moins. Ensuite, le silence a exprimé une sorte de communion entre la mère et le poulain. Ils respiraient ensemble. Dehors, on entendait les criquets.

Un moment après, la jument a baissé l'encolure et essayé de se lever, mais c'était trop tôt. Son petit avait encore besoin du sang du cordon s'il devait avoir un quelconque espoir de survie.

« Tenez-la », a enjoint Grand-Pa à Eamonn Burke, qui a fermement posé ses grosses mains sur la large joue plate et le menton de l'animal. « Tout va bien, fillette. Calme-toi, maintenant, et attends. »

J'ai ouvert la fermeture Éclair de la sacoche, que j'ai fait glisser vers la lumière pour pouvoir regarder à l'intérieur.

« Prépare l'iode, Christy », m'a lancé Grand-Pa pardessus son épaule, mais j'avais déjà la bouteille en main, et je manœuvrais le compte-gouttes récalcitrant de mes doigts menus.

Le poulain frissonnait dans la paille. On savait tous ce qui allait se passer si la jument se mettait debout maintenant. Le cordon se romprait, le petit se viderait de son sang, et peut-être que la mère aussi. Ils avaient tous les deux besoin de plus de temps. Mais le ventre distendu de la jument se gonflait comme la marée, et elle tentait de se lever pour positionner le second bébé en elle afin qu'il puisse suivre son minuscule frère en ce monde.

« Tout doux, ma fille », chuchotait Grand-Pa dans l'oreille frémissante de la mère.

Elle frappait et raclait le sol de ses sabots, mais tout ce travail l'affaiblissait et, ensemble, les deux hommes ont réussi à la tenir. Eamonn Burke l'agrippait par le cou. Il a demandé à Grand-Pa : « Vous avez déjà mis au monde des jumeaux ?

— Juste une fois, il y a des années.

— Et ? »

Grand-Pa a secoué la tête.

« Ils sont morts tous les deux ?

— Tous les trois. »

La jument avait des contractions. Son ventre bougeait. Fallait qu'elle se lève.

« Allez, juste une minute de plus ; donne à ton petiot une chance de se battre », lui fredonnait Grand-Pa.

Je l'ai observée qui gonflait ses naseaux en clignant des yeux, et j'ai cru sentir la lumière la quitter, comme si elle était sur le point de rendre l'âme pour de bon. Je suppose que Grand-Pa l'a senti aussi, parce qu'il s'est redressé et qu'il a fait signe à Eamonn Burke de l'imiter.

Il a donné à la jument un léger coup sur la croupe : « Allez, vas-y. *Hop* ! »

Elle s'est remise sur pied tant bien que mal, entraînant son poulain et cassant le cordon entre eux. Y a eu un filet de sang sombre, mais il n'a pas giclé, seulement suinté. Et puis elle a été sur pied, affreusement proche du petit, mais elle faisait attention à lui – elle savait où il était. Elle a penché la tête pour le câliner, mais alors une autre contraction l'a parcourue, le nouveau bébé arrivait, et elle a décrit des cercles jusqu'à ce qu'elle soit prête à repartir. Eamonn Burke essayait de la guider, mais Grand-Pa l'a écarté d'un geste.

« Laissez-la aller où elle veut. »

Et la jument a reculé dans le coin le plus éloigné de la grange, laissant son premier petit se débrouiller tout seul. Vu qu'il frissonnait, je me suis un peu rapproché avec mon iode prêt à l'emploi.

« Grand-Pa ? »

J'avais la bouteille et le gobelet doseur en main. Le petit en avait besoin, pour qu'on puisse arrêter l'hémorragie et prévenir l'infection. Sauf que d'habitude, c'était toujours Grand-Pa qui s'en occupait. C'était un expert, tous les fermiers le disaient. Il avait mis au monde tellement de poulains qu'ils le connaissaient maintenant, qu'ils pensaient à l'appeler au moindre souci, comme ce soir-là. Il possédait une sorte de don magique avec les animaux – c'est ce qu'ils racontaient tous, qu'il était bien meilleur qu'un véto, qu'il avait l'instinct de ces choses-là. Mais tout ça me semblait évident. N'importe qui saurait quoi faire, il suffisait d'ouvrir les yeux et de regarder.

« Tu vas devoir t'y coller, Christy, a poursuivi Grand-Pa. L'iode est déjà dilué, verse-le juste dans le gobelet. Tu sais comment. »

Je me suis agenouillé au-dessus du poulain souffrant, tout seul à présent, mais j'ai hésité. Il était si petit. Il a bougé le menton et m'a jeté un coup d'œil, toujours sans lever la tête. Je n'avais jamais vu de poulain qui ne levait pas la tête. Il était encore sur le flanc, où il avait atterri quand il était tombé en sortant de sa maman. Et ses yeux, ils étaient mouillés.

« Dépêche-toi, Christy », m'a ordonné Grand-Pa par-dessus son épaule.

Il était derrière la jument maintenant, et il y avait beaucoup plus de sang que la normale. J'ai rempli le gobelet d'iode, soulevé le bout du cordon du poulain, qui était chaud et collant. Le petit a poussé une sorte de miaulement essoufflé quand j'ai touché le cordon, mais je ne savais pas si c'était de douleur ou pour se réconforter. J'ai grimacé en trempant le bout du cordon dans l'iode, mais le petit s'est redressé, il a fini par lever la tête, comme un corbeau qui gonfle ses plumes. Il a roulé sur la poitrine et coincé ses membres maigres sous lui à l'oblique. J'ai chantonné : « Salut, toi ! »

Grand-Pa a regardé dans notre direction.

« Bravo, Christy. »

Le poulain m'a contemplé en clignant des yeux. Sa tête paraissait trop lourde pour son cou, elle plongeait et se balançait comme un ballon au bout d'une ficelle. Il a appuyé son menton dans la paille. Joe Burke s'est rapproché pour voir. Il s'est penché plus près, a tendu la main.

« Le touchez pas », j'ai dit.

Je ne sais pas ce qui m'a pris. Et je ne sais pas non plus ce qui a forcé Joe Burke à m'écouter, moi, un garçon de sept ans. En tout cas, il a retiré sa main.

« Donnez-lui une minute. Il me faut un sac de grain vide. »

Joe Burke est parti, claquant la porte d'un box voisin. Je l'ai entendu répandre le contenu d'un sac dans une bassine, puis le frottement de ses bottes quand il est revenu avec le sac vide. Il me l'a tendu.

« Merci. »

J'ai détaché avec précaution le voile des épaules du poulain pour le libérer, puis vite froissé le sac de grain entre mes mains. Je me suis mis à frotter le petit avec la grossière toile de jute, mais en prenant une voix ronronnante, comme celle de Grand-Pa.

« Allez, p'tit gars. Faut qu'on te fasse respirer. Allez, respire un peu, qu'on t'entende. Bien fort, fiston. Fais circuler ton sang. »

J'ai frotté le dos du poulain de haut en bas avant de le retourner pour m'occuper de son ventre et de sa poitrine. Il n'a pas résisté du tout. Il était comme un sac de grain lui aussi, et Joe Burke pareil, qui restait debout à observer la scène. J'ai frotté plus fort, cogné la minuscule cage thoracique du plat de la main. J'avais presque peur de le casser, mais je savais ce dont il avait besoin. Un bon accueil un peu costaud, un coup de pouce.

« Allez, tu vas t'battre un peu », j'ai repris.

Peut-être que je savais que la jument allait mourir. Peut-être que c'était pour ça que je me sentais si connecté au petit poulain, parce que ma maman à moi était morte aussi, quand je l'avais tuée par accident en naissant. Je ne pouvais pas m'empêcher de me demander si c'était une nuit comme celle-ci, si tout le monde attendait, malheureux et hors d'haleine, l'horrible nouvelle de ma naissance. Une vérité si banale : une femme de la communauté des travellers qui envoyait son âme aux cieux tandis que son bébé glissait, glapissant et sanglant, dans ce monde rude et sale pour y prendre sa place. Y a rien de pire que le chagrin ordinaire.

De l'autre côté du faisceau de la lampe, à l'autre bout de ce cône de lumière rosée, en quelques minutes à peine, le second poulain est né. Plus grand et plus costaud que son frère. Sauf que maintenant, la mère et le petit, ils avaient plus le temps de reprendre leur souffle tous les deux dans la nuit chaude. La jument a arrêté de donner des coups de pied, de cligner des yeux. Elle a arrêté de respirer. Son dernier mouvement a été un doux battement de son épaisse queue, plutôt paisible.

Son nouveau petit a reniflé, agité la tête de gauche à droite. J'ai sorti le biberon de la sacoche de mon grand-père, et il a récupéré le colostrum des mamelles encore chaudes de la jument. Ça sentait fort le beurre et l'herbe coupée, c'était plein de bonnes choses. Je voulais nourrir le poulain noir d'abord.

« T'embête pas avec celui-là », a lâché Eamonn Burke quand il a vu où j'allais avec le biberon.

Je ne savais même pas ce qu'il voulait dire.

« Gaspille pas de lait pour lui. Il s'en sortira pas. »

Je suis resté bouche bée en fixant Grand-Pa, occupé aux soins du cordon du nouveau petit. Il était brun foncé, et presque deux fois plus grand que son frère.

« Comment ça ? »

Je me suis agenouillé pour toucher le nez du poulain noir. Il se reposait toujours dans la paille, mais maintenant, il recommençait à lever la tête. Il sentait la douceur du lait de sa mère, et il cherchait ses mamelles des lèvres. Il a cogné ses naseaux contre le biberon que j'avais dans les mains.

« Il a faim, j'ai dit.

— Il durera pas une heure. » Eamonn Burke m'a pris le biberon pour aller nourrir le frère le plus fort.

« Alors vous allez juste le laisser crever de faim ? »

Le fermier m'a ignoré. Grand-Pa est venu se poster à côté de moi, il a posé une main sur mon épaule. J'ai secoué la tête. J'ai tiré sur son bras, je lui ai pressé l'autre main. J'étais désespéré. Il s'est agenouillé près de moi pour regarder. Le blanc des yeux du poulain, il était même pas blanc – il était carrément jaune. Mais je le voyais là-dedans. Je le *voyais*. Et je pouvais compter ses côtes fragiles sous sa peau, comme à travers du verre. Ses fichues côtes ont encore été soulevées par sa respiration faiblarde. Sa tête a bougé dans tous les sens avant de s'effondrer de nouveau dans la paille. Mais bizarrement, je savais qu'il pourrait survivre. C'était obligé.

« On va le prendre, Eamonn », a fait Grand-Pa tout bas.

Le fermier a dévisagé mon grand-père en haussant les épaules.

« Comme vous voudrez. Ça me fera moins de boulot si je m'en débarrasse.

— Il a besoin de téter.

— C'est du gâchis, a protesté Eamonn Burke.

— Ce n'est que justice. Une tétée, et ensuite il devient notre responsabilité. »

Le fermier a dodeliné de la tête en soupirant, parce qu'il savait qu'il lui devait une faveur, parce qu'il était 4 heures du matin et qu'on était plantés là dans sa grange, couverts de sang et de saletés. Si l'un ou l'autre des petits survivait, ce serait seulement grâce à Grand-Pa.

Je me suis agenouillé et j'ai nourri pour la première fois le poulain couleur d'encre en murmurant : « Je veux l'appeler Jack. »

Grand-Pa m'a touché le bras. « Le nomme pas tout de suite. »

Mais c'était trop tard pour ce genre de fichu avertissement.

DEUX

Je n'ai jamais su ce qui s'était passé pour le second jumeau, mais Jack a prospéré exactement comme je le prévoyais. Grand-Pa avait beau dire que sa vie n'a tenu qu'à un fil pendant un moment, j'ai jamais eu de doutes. Même s'il est resté de ce noir d'encre, en grandissant, il a atteint la taille d'un petit rhinocéros, bien costaud. Il a toujours eu l'air de savoir ce qu'on avait fait pour lui cette première nuit, comment on l'avait sauvé du malheur. Il était reconnaissant.

Jack était un énorme réconfort pour moi, ces jours d'après la mort de Grand-Pa. Il semblait absorber mon chagrin comme une éponge, et le porter avec lui pour que j'y sois pas obligé.

Le voyage jusqu'à l'endroit où on allait enterrer Grand-Pa, c'était deux nuits sans s'arrêter, entassés dans la roulotte, rassemblés à l'intérieur autour de son corps, pour le veiller. Y avait moi et Papa, et puis Martin et ses parents – oncle Finty et tatie Brigid –, et leurs deux derniers, John Paul, le frère de Martin, qui avait quatre ans, et sa petite sœur encore bébé, Maureen. On s'est tous serrés dans la roulotte de Grand-Mère où elle surveillait Grand-Pa. Les deux soirs, y avait à boire et des chansons, et des souvenirs égrenés en poésie, et, Seigneur, les lamentations – ces plaintes persistantes et sauvages. Grand-Pa dormait au milieu de tout ça, là où normalement il aurait joué du violon, raconté des blagues et des histoires en nous faisant des clins d'œil et en pinçant les fesses de Grand-Mère.

Je ne l'avais jamais vu aussi immobile avant, même pas dans son sommeil. Et cette immobilité était un petit cadeau. Elle me permettait d'imprimer Grand-Pa dans ma mémoire comme de l'argile dans un moule. Je l'étudiais tout entier à la lumière de la lampe : ses larges doigts solides aux articulations noueuses pareilles aux racines d'un arbre, durcies par les callosités. Ses épais lobes d'oreilles pendants. Son abondante chevelure blanche, peignée en arrière en grosses vagues brillantes. Et à l'endroit où ses cheveux découvraient son front, ses taches de vieillesse – les mystérieuses marques qui parsemaient sa peau comme une carte de tous les lieux où il était allé. J'étais installé si près de lui que je pouvais voir les minuscules trous sur son visage, là où les poils avaient poussé sur ses joues et son menton avant que Grand-Mère le rase. Je voyais les rides qui partaient du coin de ses yeux comme des rayons qui partent du soleil.

Dès la deuxième nuit passée à le contempler, j'ai eu l'impression d'être une pomme pelée qui devient marron et commence à pourrir. Je n'arrivais pas à l'accepter – que ce corps à l'immobilité pure et nue soit Grand-Pa. Martin et moi, on est sortis dans le noir complet fumer une clope, juste pour y échapper, mais les plaintes incessantes nous ont poursuivis dans l'obscurité.

Le visage de Martin était orange à la lueur de la cigarette qu'on partageait. Ses yeux étaient écarquillés, et je me suis demandé si j'avais l'air aussi vanné que lui. Ses pommettes, elles commençaient à pointer parce qu'on avait cet âge-là – où on perd ses rondeurs de bébé. Il avait une constellation de taches de rousseur sur la peau brillante de son nez, et les coins de ses yeux verts étaient inclinés vers le bas, exactement pareils que ceux de sa maman. Ses cheveux ressemblaient aux miens, doux, bruns et bouclés. Couleur miel en été. C'était bon de voir sa silhouette qui bougeait, qui respirait, comme elle était censée le faire. Tout le reste baignait dans le noir. Il a lâché en soufflant la fumée argentée à travers ses dents : « Y a de quoi vous rendre dingo. »

On était perchés sur la barrière d'un fermier, avec nos chevilles coincées dans la barre du bas, et de loin on entendait la maman de Martin – tatie Brigid – et Grand-Mère pleurer. J'ai frissonné, les bras croisés devant moi. Martin a commencé à fredonner tout seul pour bloquer le bruit de notre chagrin nomade.

« J'arrive pas à croire qu'y vont l'enterrer », j'ai dit en lui piquant sa clope avant d'aspirer une longue bouffée.

Martin a sauté de la barrière pour attraper une poignée de graviers avant de remonter me rejoindre en s'exclamant : « Qu'est-ce qu'ils pourraient faire d'autre avec lui ? »

J'ai fait un signe de tête dubitatif, aspiré la fumée aussi profond que possible. « Sais pas. N'importe quoi vaudrait mieux que ça. Être coincé dans une boîte et laissé au même endroit pour toujours. »

Martin m'a dévisagé. « C'est quoi, ton problème, de penser à des trucs pareils ?

— Et c'est quoi ton problème à toi, de jamais y penser ? Tu t'inquiètes jamais de rien.

— Peut-être que si, Christy. » Il s'est mis à jeter ses graviers dans le noir un par un, en tendant l'oreille, et j'ai repris :

« Ça t'arrive jamais de pas pouvoir dormir la nuit ?

— Des fois. » Sa réponse m'a surpris, et ensuite, il a ajouté : « Quand j'ai la dalle, tu vois.

— Mais c'est, genre, les seules fois ? Depuis que Grand-Pa est mort ? »

Martin a haussé les épaules. Je lui ai rendu la clope.

« Tu vois, de temps en temps, je peux pas dormir. Et des trucs qui font se sentir très seul me passent par la tête. Par exemple, si Papa a peut-être oublié une bâche, je peux m'inquiéter pour ça, qu'elle soit abandonnée dans le noir, l'humidité et le froid. Et je peux aussi avoir peur qu'une voiture lui roule dessus et la déchire ou quoi. »

À côté de moi, Martin se taisait. J'ai continué : « Je pense toujours à la ferraille, aussi. Quand on quitte un endroit. Y a quelque chose de profondément triste là-dedans, dans les choses que les gens laissent toujours derrière eux. »

Il ne se moquait pas de moi ni rien. Il a pris une autre bouffée de la clope et me l'a rendue. « Christy, la ferraille, ça a pas de sentiments. »

J'ai protesté : « Mais c'est quand même sacrément solitaire là-bas. Même si la ferraille, ça ressent rien.

— Tout est dans ta tête. T'es trop sensible, Christy. »

Il devait y avoir un moyen de lui faire comprendre.

« Tu te souviens de la fois où on s'est arrêtés à Lough Ree ? Et où on a campé pile sur le rivage ? C'était l'été.

— Ouais. C'était un de nos meilleurs camps. Tu te souviens quand on a fabriqué ces fichus fusils en bois flotté avec Grand-Pa ?

— Ouais. » J'ai eu un grand sourire. « Et puis tout le temps qu'on a été là-bas, on s'est castagnés avec les Black-n-Tans[1].

— C'était la classe. Et on allait patrouiller dans le camp avec, au pas de charge.

— Tu te rappelles ce qu'est arrivé à ces fusils ? Quand on est partis ? »

Martin s'est passé une main sur les yeux. Son visage était en train de changer. « Je crois pas. J'ai pas pensé à ces trucs depuis un bail, Christy. Je me demande ce qu'ils ont pu devenir. »

J'ai dû me mordre la lèvre pour chasser une larme. « Papa et Finty, ils nous ont obligés à les laisser. Ils ont dit qu'on avait assez de machins à traîner derrière nous, toutes nos vies entassées dans les roulottes, sans en plus collectionner des saloperies par la même occasion. » J'ai rendu la clope à Martin, qui a répondu en la prenant : « Et alors ?

— Alors j'ai pas dormi pendant trois jours, cette histoire de fusils me turlupinait. Si d'autres gamins *pavees* les avaient trouvés par terre après qu'on est partis, ou s'ils ont été jetés dans le lac et qu'ils ont coulé, ou été balancés au feu par quelqu'un qui préparait son dîner le lendemain soir… »

J'ai entendu la respiration de Martin se bloquer avant qu'il me réponde : « Merde, j'ai pas envie de les imaginer en train de flotter dans l'eau, tout perdus.

— Ou pire. » J'ai secoué la tête. « Engloutis au fond du Lough Ree où personne les reverra jamais. »

1. Les Black-and-Tans (les noirs et fauves) : militaires engagés par le gouvernement britannique à partir de 1920 pour aider la police royale irlandaise et l'armée britannique à lutter contre les indépendantistes de l'Armée républicaine irlandaise (IRA).

Martin a mâchouillé l'intérieur de sa joue, et j'ai enchaîné.

« C'est pareil pour Grand-Pa. Juste pire parce qu'il va être coincé dans une petite boîte, tu vois, et enfoui sous la terre et l'herbe. »

Martin s'est mis à secouer la tête, lui aussi. « Mais c'est forcément pas si mal. Forcément, Christy, parce que c'est ce qu'ils font des gens morts depuis toujours. Pourquoi ils feraient ça si c'était si horrible ?

— Qui est-ce qui va s'en plaindre ? Grand-Pa ? Je suppose que les gens morts, ça râle pas beaucoup. Et il avait une peur bleue des petits espaces, tu sais.

— Ah oui ?

— Tu te souviens de la fois à la foire aux chevaux de Ballinasloe, où il s'est retrouvé au milieu de la foule quand une bagarre a éclaté, et qu'il a complètement perdu les pédales ?

— Ouais, c'est vrai.

— Carrément perdu la boule. Sûr que Grand-Mère l'a menacé de l'envoyer à l'asile de fous s'il se détendait pas. »

Martin a aspiré de l'air à travers ses dents. « Y avait un monde dingue, ce jour-là. Tous sous la pluie battante, pataugeant dans la boue. De quoi se faire piétiner, c'est certain. »

On était des loupiots à l'époque, je m'en souvenais. On arrivait au niveau de la boucle de ceinture des adultes. On avait réussi à sortir en zigzaguant entre les jambes des gens, accrochés l'un à l'autre.

« Après coup, il m'a dit pourquoi ça l'avait tétanisé. Pourquoi il a paniqué. Il a expliqué qu'un jour, quand il était jeune, il a été engagé pour nettoyer la fosse d'ensilage d'un fermier. Mais il a été coincé dedans, et il y est resté des plombes avant qu'on le retrouve. Il a failli mourir asphyxié. »

Martin a fait un genre de bruit essoufflé qui ressemblait à « oh », et j'ai renchéri : « Ouais. C'était horrible. C'est pour ça qu'il voulait jamais dormir à l'intérieur, dans la roulotte, même quand le docteur a dit qu'il était obligé, à cause de ses poumons.

— Merde. Il aimerait vraiment pas être enterré, alors. »

J'ai confirmé d'un signe de tête. « Non.

— Ça donne une sensation affreuse quand on est piégé quelque part. Je sais pas comment ces fichus sédentaires se débrouillent pour y arriver tout le temps. »

Instinctivement, j'ai fait une flexion. C'était toujours comme ça que je réagissais en pensant aux portes, aux murs et aux plafonds. Étirer les muscles de mon corps, les laisser se déplier. Sentir l'espace de l'air libre, tout autour de moi, sans entraves. C'était la forme la plus pure de réconfort – c'était fondamental.

Ensuite, on est restés quelques minutes sans parler, et on a pas pu s'empêcher d'écouter les cris de Grand-Mère, portés comme ils étaient par le vent sombre et fort.

« J'arrive juste pas à l'imaginer. En le voyant allongé là, j'arrive pas à l'imaginer enterré.

— On dirait qu'il est encore vivant, a murmuré Martin.

— Je déteste penser à lui enfermé et replié dans une boîte. Un couvercle cloué par-dessus son visage. » J'ai grimacé en me représentant la scène, et mon cousin a continué d'une voix étranglée : « Il peut pas respirer. Pas bouger du tout. Pas s'asseoir, pas se lever, même pas se gratter.

— Y a pas de musique. Pas de lumière des étoiles, de lueur du feu, pas de soleil. Pas de brise, pas d'air. Juste six pieds d'obscurité. De silence. De terre. »

Martin a laissé tomber la clope. Il a lâché : « Merde » à voix basse avant de jeter le reste du gravier par-dessus la cigarette moribonde et de s'essuyer les mains.

Ensuite, tout est redevenu calme, et j'ai plus ou moins eu envie que Martin se mette à fredonner, parce que le vent avait changé et que les plaintes étaient encore plus fortes qu'avant. Je me suis penché sur mes genoux.

« Tu ferais quoi, alors ? » Son chuchotement planait tout près de moi.

« Comment ça ?

— Au lieu de l'enterrer. Qu'est-ce que tu crois qu'il voudrait ?

— Sais pas. Enfin, je suppose que le mieux, ce serait qu'il soit toujours en vie.

— Mais à part ça ?

— Ben, à part ça, je dirais que le mieux, ce serait qu'on puisse juste le laisser. Par exemple sur le rivage au-dessus du Lough Ree où on avait fabriqué les fusils, tu vois. Dehors, sous les étoiles.

— Mais les animaux s'en prendraient à lui. Ou alors il dériverait dans le Lough comme les fusils.

— Sinon, on pourrait le laisser dans la roulotte. Enfin, il serait toujours à l'intérieur, et c'est pas idéal, mais c'est plus grand qu'un cercueil, et il aurait toutes ses affaires avec lui. Il aurait son violon. »

Martin a approuvé.

« Ça paraît mieux. Sauf que Grand-Mère accepterait jamais. »

J'ai opiné.

« Aucune chance.

— Mais peut-être..., a repris Martin, et je l'entendais presque penser tout haut.

— Peut-être quoi ? On y peut que dalle, bon sang, Martin.

— On pourrait brûler la roulotte », a-t-il murmuré.

J'ai inspiré profondément comme si j'avalais une épée, avant de m'exclamer : « Putain ! »

Mais il avait raison. Le feu. L'étreinte chaude des flammes et de la lumière : c'était mieux qu'une boîte froide. De toute façon, ils allaient brûler la roulotte une fois que Grand-Pa serait enterré. C'était notre manière de procéder à nous, les *Pavees* : brûler la roulotte et tous les biens du défunt. C'était censé libérer les vivants des souvenirs, tout purifier et faire disparaître la mort pour tous ceux qui restaient – comme un feu de forêt qui nettoie le sol pour de nouvelles pousses. Et quant aux morts, aux esprits qui restaient, ce feu était censé libérer l'âme obstinée qui pourrait rester piégée dans tous ces objets adorés – la pousser vers le purgatoire à la place.

« On serait libre, alors, a repris Martin. Si on était brûlé avec sa roulotte.

— C'est sûr, j'ai soufflé.

— On a qu'à le faire. Qu'est-ce que t'as foutu des allumettes ?

— Quoi ?

— Les allumettes.

— Tu peux pas. Tu les auras pas. »

Martin m'a regardé, mais tout ce que je voyais de son visage à présent, c'était les deux points lumineux à l'endroit où devaient être ses yeux. Il a tordu le cou vers moi. Un geste rapide, sans appel.

« Bon, d'accord. On y retourne ? »

Il a sauté à bas de la clôture et ses pieds ont crissé sur le gravier.

Je suis descendu après lui, prudemment. « Attends, Martin. »

J'ai tendu le bras vers lui pour l'arrêter. C'était moi qui lui avais fait voir les choses comme ça, et maintenant, fallait que je défasse tout ça. Mais le bout de mes doigts a simplement effleuré l'obscurité entre nous. Il marchait devant à grands pas, et je distinguais sa silhouette qui se découpait contre notre feu de camp au loin.

« Tu vas rien faire de stupide, Martin. »

Il a grogné quelque chose qui aurait pu signifier n'importe quoi.

« Martin.

— Sûr que non. » Mais sa voix était comme un livre fermé que je ne pouvais plus rouvrir.

Cette nuit-là, j'ai dormi d'un sommeil agité dans la tente-abri à côté de mon père silencieux, écoutant sans arrêt les bruits du camp. Prêtant l'oreille aux pas de Martin dans la terre, au bruit d'une allumette qu'on gratte et qui prend feu en un souffle. Mais l'esprit ne peut pas éternellement garder le corps captif, et quand le sommeil m'a emporté, j'ai rêvé qu'on bougeait, que le camp était mobile. Glissant, suintant, rampant, roulant, et ramenant Grand-Pa à la maison. Dans la nuit, j'imaginais toute une troupe de ces fichus chevaux violets, qui nous sortaient de notre lassitude et nous transportaient, secrètement et avec bienveillance, pour qu'on puisse se réveiller, bien reposés, et découvrir que tous ces voyages pénibles étaient derrière nous.

Depuis tous les coins d'Irlande, je sentais le mouvement des chevaux et des humains : tous les Ward, les Cassidy, les McDonagh et les Hurley. Tous les clans féroces et intrépides se rassemblaient. Le bruit s'était mis à courir ; Grand-Mère le chantait dans ses plaintes à la manière d'un signal de fumée, et dans tous les comtés les *Pavees* l'entendaient, le sentaient et le lisaient dans les gouttes de pluie, et ils obligeaient leurs canassons à faire demi-tour sur les routes pour venir à nous.

« Sûr que cette roulotte porte malheur maintenant, Christy », a annoncé Papa le lendemain matin.

Je ne lui ai pas répondu que cette roulotte portait clairement chance, d'avoir survécu à cette nuit et à moi et ma grande gueule.

« Tu ne voudrais sûrement pas que ta grand-mère soit enchaînée à un fantôme, hein ? »

J'ai fait signe que non, même si en vrai, je ne voyais pas en quoi ce serait si mal d'être enchaîné à un fantôme, du moment que ce fantôme était Grand-Pa. Son corps allait être enterré dans l'argile d'ici quelques petites heures à présent. Et ensuite, toutes les autres traces de lui seraient brûlées et partiraient en fumée.

La roulotte de Grand-Pa et Grand-Mère dégageait un sentiment de solitude encore plus puissant que jamais, même avec eux deux à l'intérieur. Dehors, le sol était jonché des restes de l'hommage de la veille ; quand il s'agissait de mort, on buvait toujours plus, parce que le whisky et le chagrin allaient ensemble. Même Grand-Mère en avait pris quelques gorgées ce soir-là, et le verre brisé de la bouteille désormais cassée scintillait dans le soleil brillant du matin, projetant des étincelles bleu-vert dans tout le camp. J'étais debout au milieu de ces étincelles près de la porte arrière, les coudes appuyés contre le chambranle.

« Entre, Christy », a lancé Grand-Mère de l'intérieur.

Elle serrait dans ses bras une petite caisse en bois et faisait lentement le tour de la roulotte, choisissant avec soin les objets à mettre dedans. J'ai reculé pour grimper les trois marches.

Grand-Mère s'est arrêtée pour contempler Grand-Pa.

« Il a belle allure, non ? »

J'ai acquiescé, mais j'étais incapable de répondre. Il avait l'air encore plus vivant maintenant, à la lumière du jour de l'enterrement, et je me demandais comment c'était arrivé. Comment plus il était mort, plus il avait l'air vivant. C'était impensable que, d'ici quelques heures, on allait le flanquer en prison dans le sol et le quitter pour toujours. J'avais envie de tendre le bras pour serrer ses doigts noueux, en appelant : « Grand-Pa ? » Mais j'avais trop peur. J'arrivais à peine à respirer. Je suis allé m'allonger à côté de lui en joignant les mains. Croyant que je lui rendais hommage, Grand-Mère s'est écriée : « Ah, quel bon garçon ! »

Et à ma façon, c'est ce que je faisais. Grand-Pa était là, à juste quelques centimètres de moi, et je voulais mémoriser ses traits une dernière fois à la lumière du jour, tous ces creux et ces crevasses, toutes les nuances de sa peau, toutes ses couleurs. J'ai suivi ses rides du regard. J'ai pensé : *Ouvre les yeux. Ouvre-les, Grand-Pa.* Mais il ne les a pas ouverts. Alors je me suis signé avant de m'asseoir par terre à côté de lui. Grand-Mère s'est remise à me parler au milieu d'une phrase, en disant : « Rien n'est juste, comme si c'était quelque chose qui avait besoin d'être dit. Dans la vie, rien n'est juste. Tiens, j'ai perdu quatre enfants, et maintenant leur père. »

Le truc avec les travellers, c'est qu'on vivait avec depuis si longtemps que parfois on le voyait même plus : le monde, il était pas juste envers nous. Genre : j'ai dix doigts. J'ai dix orteils. Mais rien n'est juste envers nous. Seulement là, c'était une révélation pour elle, et ça la pétrifiait. Rien n'est juste dans cette vie. Chez les travellers, c'était pareil pour toutes les femmes : une poignée d'enfants morts, et puis, pour finir, leur père. Grand-Mère a posé la caisse sur la boîte à pain ; elle s'est appuyée dessus. Ensuite, elle a cligné des yeux, a écarté ses cheveux de son visage, et s'est remise à emballer les affaires. Je lui ai demandé : « Tu vas vraiment le faire, Grand-Mère ? »

Elle m'a jeté un regard en coulisse.

« Faire quoi ? »

C'était le même regard que celui de Papa quand je l'avais interrogé sur les *bansídhes* – comme si j'étais dingo.

« Enfin, on est obligés de tout brûler ? »

Ça semblait soudain si radical, une disparition aussi complète de sa vie, comme de la mauvaise magie. J'ai regardé le violon posé, muet, dans son coin, son archet appuyé dessus en une étreinte sans vie. Grand-Pa s'assurait toujours que ce violon brille tellement qu'on se voyait dedans. Il changeait les cordes dès qu'il pouvait. Grand-Mère avait coutume de dire que s'il s'occupait à moitié aussi bien d'elle que de son violon, elle serait digne d'être exposée dans un musée.

Elle est venue s'asseoir à côté de Grand-Pa sur la housse du matelas. Elle ne me regardait pas ; elle le regardait, lui. Elle lui a touché la main, et ça m'a fait regretter de ne pas avoir le courage de le toucher, moi aussi. Sa voix était posée et douce, et elle a annoncé d'un ton si prosaïque que je l'ai presque crue : « C'est la meilleure chose à faire. »

Elle lui a caressé le front, mais son calme ne pouvait pas empêcher ma panique de monter. Rien ne paraissait être la meilleure chose à faire maintenant – ni l'enterrement ni le bûcher. Ni la mort. Le monde entier partait en cacahuète.

Grand-Mère a cligné des paupières et regardé autour d'elle, d'abord par terre, là où j'étais assis. Et puis les couvertures, les vêtements de Grand-Pa et ses outils de rétameur. Elle a dressé l'inventaire d'un coup d'œil : les bottes en caoutchouc de Grand-Pa, la casserole et la bouilloire, la boîte à pain et le placard. Le peu qu'ils avaient de vaisselle en porcelaine, préservé et transporté avec un tel soin au fil des ans. La bible qu'ils ne savaient pas lire. Quatre Jésus différents et deux Marie, qui nous contemplaient tous depuis les murs. Et un des souvenirs préférés que j'avais de lui, un mouchoir brodé, glissé sous le coin de la toile à matelas.

Grand-Mère avait acheté ces mouchoirs-là pour Noël une année, les avait brodés elle-même avec du fil bleu marine aux initiales de Grand-Pa, S. H., que Papa lui avait dessinés sur le coton avec un bout de crayon. Je disais à Grand-Pa qu'elles imitaient le son « chut », alors il trouvait ça vachement drôle de déployer son mouchoir pour nous le montrer chaque fois qu'on se faisait remonter les bretelles. Il se mettait derrière tatie Brigid ou Grand-Mère, ou celui ou celle qui nous sermonnait, et agitait ses initiales vers nous au-dessus de son bras, un doigt posé sur ses lèvres pour nous demander de nous taire – ravi de sa blague. On gloussait, bien sûr, et ensuite Grand-Pa se faisait prendre, et il repliait le mouchoir dans sa poche très sobrement en déclarant : « Sais pas pourquoi ces garçons ricanent. »

J'ai tâté le mouchoir du doigt, je l'ai tiré de sa cachette sous Grand-Pa. Grand-Mère me l'a pris des mains et s'en est servie pour m'essuyer le coin de l'œil. Après quoi, elle l'a replié proprement et l'a remis sous la housse avant d'ajouter : « On doit le laisser partir maintenant, pour qu'il soit libéré de ce monde. »

Sa voix était faible, pleine de larmes. Elle ouvrait et refermait sa bouche sans dents. Ses yeux, ils brillaient dans la lumière pâle. Grand-Mère faisait parfois ça, elle changeait, tu vois. La reine des transformations. À cet instant précis, dans la roulotte écrasée de chagrin, elle ressemblait à un poisson lugubre. Bouche qui s'ouvrait et se refermait, s'ouvrait et se refermait encore, en silence. Je me figurais que, si elle l'ouvrait une fois de plus, il allait lui pousser des nageoires et des branchies, et qu'elle allait déchirer sa robe de deuil pour révéler des pectoraux en magnifiques écailles dures par-dessous, comme les fragments bleus et verts éparpillés sur le sol dehors. Et qu'elle s'en irait alors en nageant dans la rivière de ses propres larmes. Elle a rompu le charme en déclarant d'un ton définitif : « Faut que ce soit fait, alors bon. Mais commençons par le commencement. On a des obsèques dans deux heures. Alors, faut qu'on nourrisse les petits. »

Et elle a tendu une main vers moi. Vu qu'elle était prête, je devais être prêt aussi. Comment pouvait-elle être prête ?

Je me suis forcé à me relever et je lui ai donné la main. Grand-Mère a mis sa bible dans la caisse et laissé le tout par terre. J'ai jeté un coup d'œil à son maigre contenu au passage : deux tasses à thé avec leurs soucoupes et deux cuillères, une demi-douzaine de petits flacons en verre et de bouteilles aux bouchons de liège, une brosse à dents, un peigne, une paire de ciseaux, un jeu de cartes, un rosaire en pierres bleues, sa pipe à elle, mais pas celle de Grand-Pa, et puis la bible. En dehors de ses vêtements, qui seraient mis en sécurité dans la roulotte de tatie Brigid, en vrai, c'était tout. Cette caisse renfermait toutes les graines qu'elle allait devoir semer pour aller de l'avant. Les boutons de sa pochette brodée de perles se sont entrechoqués quand elle a descendu les marches devant moi, et ce bruit m'a apaisé.

Pour les travellers, la pochette était comme une carte de leurs souvenirs. Toutes les femmes *pavees* en avaient une : une longue pochette noire nouée autour de la taille qui pendait à côté du tablier, où elles rangeaient leurs objets personnels. Mais en fait, c'était à l'extérieur que les souvenirs étaient stockés, parce que ces trucs, ils étaient décorés avec des surpiqûres de couleur, et que, épinglées et cousues dans les surpiqûres, y avait toutes les collections de reliques et de médailles saintes, toutes les perles, les boutons et les broches que les femmes s'échangeaient sur le *tober*.

Grand-Mère avait sa pochette depuis toujours, chaque bouton possédait sa propre histoire. Il suffisait d'en pointer un du doigt, et elle partait dans ses récits. Cette pochette, c'était l'album de sa vie, et ça me réconfortait de l'entendre claquer sur sa hanche quand elle marchait. Comme si elle était jamais capable d'oublier une minute de sa vie avec Grand-Pa tant qu'elle avait cette carte-souvenir pour la guider.

Ensuite, Grand-Mère est allée quelque part se laver et s'habiller en privé avant l'église. Papa et Finty, ils étaient partis en ville récupérer le cercueil, et tatie Brigid était assise à côté du feu, elle baignait Maureen, son bébé, dans une bassine d'eau chaude, où Martin,

John Paul et moi on avait tous défilé chacun notre tour avant elle. J'étais scotché près du feu, moi aussi, m'appliquant juste de toutes mes forces à ne pas penser. J'ai cligné des yeux et respiré un grand coup, et l'instant d'après, j'ai senti une chaleur bizarre sur mon cou. Derrière nous, le ciel de jour tout entier était illuminé par les couleurs de flammes plus avides. La chaleur rugissait.

« *Jésus Marie Joseph !* a hurlé Brigid en laissant retomber le bébé dans la bassine au milieu des éclaboussures. La roulotte est en feu ! »

Maureen s'est débattue et a bu la tasse, mais Brigid l'a ressortie de là très vite – nue, glissante et en pleurs – avant de la poser par terre en criant : « Aide-moi, Christy ! »

J'étais debout, bouche bée, et Brigid s'était relevée aussi, luttant avec le poids de la bassine clapotante qu'elle traînait vers la roulotte de Grand-Pa en feu. Je me suis dépêché, et à nous deux, on a difficilement réussi à la relever. Quand on éteignait une flamme, d'autres prenaient tout de suite le relais, si bien qu'on a simplement laissé une pauvre mare de boue par terre sous la roulotte, pareille à la bave d'un cadavre. Les flammes léchaient la bâche et remontaient sur les côtés. Tout était détruit à une vitesse effrayante, et Brigid et moi, on était repoussés par à-coups.

« Sacrée lumière. »

Une voix. Je me suis retourné. Martin était à côté de moi, il observait le feu écrasant de ses yeux écarquillés et durs. À sa vue, ma mâchoire s'est décrochée, la lumière sur nos visages s'est mise à chauffer, et y a eu un appel d'air comme si quelque chose s'embrasait à l'intérieur – la housse du matelas, peut-être, là où était allongé Grand-Pa. Et maintenant, je savais qu'il brûlait lui aussi, dans ce ventre de feu noir, et ça avait rien de commun avec ce que j'avais imaginé. Y avait rien de paisible et de libre là-dedans – rien du tout. C'était horrible : la roulotte ressemblait à un monstre blessé, la bâche de sa peau tordue en lambeaux calcinés qui pendaient mollement, suspendus à l'armature.

C'était impossible de ne pas voir à l'intérieur à présent, jusqu'aux édredons qui s'embrasaient en bouffées colorées. Je ne voulais pas regarder Grand-Pa brûler, mais il était là, ou du moins sa silhouette. Juste la forme de son corps sur le matelas, qui devenait à la fois plus lumineuse et plus sombre. Éclairée par les flammes et noircissant jusqu'aux cendres. Grand-Pa s'était changé en carburant, son âme réduite à de la chimie. On a contemplé les couleurs du feu qui crépitait, montait et grignotait le bois consentant. Et puis la fumée s'est transformée en un bandeau aveuglant, et j'ai remercié le ciel de cette petite miséricorde.

Maureen pleurait, hystérique d'avoir été sortie de son bain, glacée, trempée, posée brutalement par terre. John Paul l'a hissée sur un transat, il essayait de la calmer, mais elle était toute nue et elle tremblait. Brigid tournait presque en rond désormais, joignant les mains, se tordant les mains – elle ne savait pas quoi faire. Elle tirait sur le foulard qui retenait ses cheveux.

Et puis Grand-Mère est arrivée. À peine sortie de son bain et propre, marchant sur la route vers nous. Elle a marqué une pause avant de se lancer dans un sprint maladroit et sautillant. La peur rend terriblement rapide. Grand-Mère était là, relevant ses jupes et volant presque – elle poussait de ces hurlements, de ces cris de douleur qui surpassaient toutes les lamentations jamais entendues. À ce moment-là, son chagrin était si fort qu'il nous étouffait. Je le respirais, je l'avalais.

« Qu'est-ce que t'as fait ? »

Personne n'a entendu mon murmure dans ce chaos, mais à l'expression du visage de Martin, j'ai su qu'il s'était persuadé de passer à l'action. Qu'il savait qu'il allait leur faire du mal, mais que malgré tout c'était la meilleure chose pour Grand-Pa. Parce que c'est ce que je l'avais amené à croire. Et maintenant, Grand-Mère s'effondrait, et Brigid était là, elle tentait de la retenir, de la soulever et de la garder avec elle, et j'ai su qu'en vrai, c'était à cause de moi qu'elle s'effondrait comme ça. C'était ma faute, tout ça. Sa caisse était toujours à l'intérieur, remplie de ses maigres réconforts. La vision de cette caisse m'a paru vitale, c'était le strict minimum dont elle aurait besoin pour continuer. Quelque chose a bondi en moi.

Je me suis précipité pour arriver au milieu de ces fichues flammes, monter tant bien que mal les marches et entrer dans la roulotte, l'haleine de dragon de la fumée autour de moi. Tout était marbré, d'un gris charbonneux, mais je me suis baissé pour chercher. À tâtons. Les lattes du plancher, la cuisinière, le violon en ruine de Grand-Pa qui éructait. Les morceaux de bois fracassés qui éclataient autour de moi, le crépitement bruyant du feu dans mes oreilles – pareil au claquement d'un drap en coton sur le fil à linge dans le vent. Les hurlements de ma famille, distants à présent, derrière tout ça. Des rideaux vaporeux maculés de gris. La morsure d'une flamme près de mon oreille – une autre à mon épaule. Je n'arrivais pas à respirer. L'air tremblotait de ces fichues vapeurs chaudes et frémissantes. D'une seconde à l'autre, ces vapeurs s'embraseraient, et avec elles, mon pantalon, ma chemise et moi. Fallait que je parte. Maintenant. J'étais à court de temps. Et puis, là : la caisse de Grand-Mère.

Fumante et menaçante, mais encore intacte. Un miracle brûlant. Je m'en suis emparé, j'ai commencé à revenir sur mes pas.

Et puis – bim. Un mur, là où devait être la porte. Fallait que je respire un peu. En aspirant l'air, j'ai senti les poils de mon nez griller. Et puis – crac, boum – du bois, des cendres et de la poussière se sont mis à pleuvoir. Il ne m'est rien tombé dessus. Et ensuite, le ciel clair au-dessus de ma tête. De la fumée et des vapeurs bouillantes s'échappaient en colonnes, et j'ai pu reprendre mes esprits, avaler une goulée d'oxygène. Trouver la porte. J'ai jeté la caisse fumante dehors, devant moi, avant de la suivre en trébuchant, avec l'impression que ma peau était pleine de trous, de fentes et de bulles, qu'elle s'enroulait sur elle-même et tirait comme la toile brûlée de la bâche.

J'entendais de nouveau Grand-Mère, qui hurlait à pleins poumons. Et mon nom, aussi, sortant de ses lèvres avec un gémissement plaintif : *Christopher*. C'était moi. J'étais sur le dos, par terre, crachant des flammes comme un dragon. Et tout était nimbé d'une clarté aveuglante, je devais attendre, attendre. Étourdi. Mais quand j'ai rouvert les yeux, Grand-Mère était là, son visage vide éclairé par le soleil, d'une noirceur de suie à cause de la fumée et du vent irlandais, humide même si loin à l'intérieur des terres, humide même par une journée claire et ensoleillée de ciel bleu. Comment ça pouvait brûler comme ça, une roulotte, dans l'humidité de ce vent ?

« Sainte Marie, mère de Dieu, Christy ! »

J'ai cligné des paupières. J'ai pensé que j'étais peut-être mort, comme Grand-Pa. J'avais été vers la lumière.

« Christy. » Grand-Mère traçait le signe de la croix sur mon front. J'ai toussé.

« Tout va bien. Vachement bien. »

Mon visage était mouillé, mais c'était juste de la morve. Grand-Mère m'a aidé à m'asseoir et j'ai vu toutes les petites graines de sa vie qu'elle avait soigneusement rangées dans la caisse éparpillées dans la terre et la boue. Elle avait de la cendre dans les cheveux. De la cendre de Grand-Pa. Ma peau était chaude et rouge, mais pas brûlée du tout, pas comme j'en avais l'impression. Je sentais une affreuse chaleur sèche dans ma bouche et ma gorge, pareille à du sable. Mais en vrai, ça allait.

Ensuite, les bras de Brigid, ils m'ont soulevé sous les aisselles, et je me suis retrouvé debout.

La roulotte a grondé, craqué, elle s'est désintégrée petit à petit, jusqu'à ce qu'il n'y ait plus que la moitié de sa carcasse, l'ossature en bois de sa cage thoracique brutalement exposée, dressée vers le ciel d'un bleu très pur au milieu des flammes.

On est tous restés là, à regarder et à attendre. Combien de roulottes on avait déjà vues brûler comme celle-là, réduites à une ombre, une forme ? Tout ce qui subsisterait à la fin, ce serait une pile instable de bois noirci et une vague fumée qui s'éloigne, presque une illusion.

Sauf que c'était différent. Grand-Pa était bien réel dans cette fournaise. Il était là-dedans, avec ses taches de vieillesse, ses sourcils. Les pores de sa peau qui se changeaient en rien. Comme des marques sur du papier, il était en train d'être effacé.

On se tenait en cercle autour de la roulotte : Grand-Mère, Brigid, Martin et moi, vaincus et abattus par le chagrin, comme frappés par la foudre. Cette odeur terrible et festive de feu de bois s'infiltrait et nous enveloppait, envahissant nos vêtements, nos épidermes, nos cheveux. John Paul tentait toujours de faire taire Maureen, et elle a continué à pleurer et à crier pendant qu'on contemplait ces fichues flammes qui grimpaient toujours plus haut et plus avidement dans l'éclatant ciel funèbre.

TROIS

Au milieu de toute cette chaleur, de toutes ces flammes et de toute cette peur, y a eu un murmure frais. La voix de Grand-Pa, comme s'il avait avalé de la neige, et que maintenant, il se penchait vers mon oreille pour me chuchoter des secrets, des choses que personne d'autre ne pouvait entendre. Et je faisais des efforts, des efforts énormes, mais sans arriver à le distinguer, voyant juste une suggestion de lui, et d'une manière ou d'une autre, je savais qu'il était là. Peut-être qu'il disait que ça allait, que ça ne faisait pas mal. Qu'il se sentait libre – grâce à moi et grâce à Martin –, et que c'était son âme qui s'échappait ici en escaladant la fumée et le brasier.

« Grand-Pa ? »

J'ai retenu ma respiration. Et puis je l'ai vu qui faisait la roue et culbutait à travers cette éruption solaire de couleurs-du-feu. Caracolant au sommet gris de fumée des flammes, un petit miracle non brûlé : un carré de papier dansant. Et j'ai tout de suite su que c'était Grand-Pa : son âme, aplatie et allégée, mais pas encore tout à fait libre. Un débris fantôme. Il était coincé là, dans cette feuille roussie et déchirée.

J'ai retenu mon souffle en la regardant plonger et tourbillonner. Des étincelles jaillissaient dans les airs comme des abeilles cramées. Sans le vouloir, j'ai tendu le bout de mes doigts vers le ciel chaud, comme des branches qui partent de l'écorce d'un arbre. Et tout à coup, grâce à une nouvelle bouffée d'air soufflée par l'esprit de Grand-Pa, le carré de papier a bondi et s'est envolé pour aller s'emmêler dans mes branches. Étincelles brûlantes. Doigts noircis. Je l'ai attrapé, et personne a rien vu, à part moi. Une photo de journal.

Que du gris, du noir et du blanc, que des visages aplatis et des regards contraints. C'était des énigmes, ces trois-là : une femme, aux cheveux dressés sur le côté de sa tête comme un drapeau agité par le vent. Au sourire précaire, comme s'il allait se changer en grimace à la moindre variation de la lumière du jour, au moindre nuage qui se glisserait devant le soleil. Et puis un type derrière elle, yeux vides, la main agrippée à son coude comme s'il la guidait, à la manière d'un bateau sur l'océan. Les os anguleux de son visage projetaient de grandes ombres qui le découpaient en morceaux. Et entre eux, la grosse boule ronde d'un bébé, avec des joues pareilles à des cupcakes bien dodus recouverts de sucre rose.

Ces trois-là, c'était des étrangers pour moi – personne. Mais je les serrais fort dans ma main et ils me fixaient depuis la page comme un mystère qui attend d'être résolu, comme si je pouvais les sauver. C'est là que je l'ai repérée – pendue à une chaîne en argent au cou de la femme –, impossible à rater, unique : une médaille de saint Christophe.

La mienne.

J'ai eu un hoquet quand j'l'ai vue, et ma mâchoire s'est décrochée. Le goût âcre de la fumée du feu, qui devenait piquante et amère, m'emplissait la bouche. La puanteur de la chair brûlée noyait ses senteurs plus boisées. Personne me regardait ; ils avaient tous les yeux rivés sur le brasier. Brigid s'est penchée pour vomir, ses nattes grises retenues ensemble derrière sa tête. Et à ce moment-là, bizarrement, j'ai eu l'impression d'avoir la réponse, l'impression que la photo du journal était une sorte de baguette magique dans ma main. Je ne savais pas encore comment m'en servir, mais, bizarrement, je sentais qu'elle pouvait tout réparer ; que c'était la clé qui permettrait d'arranger les choses pour Grand-Pa. Peut-être que je pouvais encore lui offrir la fin qu'il souhaitait.

J'ai fermé les yeux en sentant sur mes cils et mes joues le souffle chaud de ces flammes restantes. La trace de fraîcheur de quelques instants plus tôt s'était évaporée ; l'air tout entier s'était embrasé, et je savais que Grand-Pa était parti partout ailleurs sur Terre. J'étais son seul gardien.

J'ai fourré la photo dans ma poche. À côté de moi, Martin s'est mis à tousser, et j'ai rouvert mes yeux, qu'ont été piqués par des colonnes de fumée du bois brûlé. Grand-Pa et sa roulotte, ils laissaient une épaisse traînée couleur d'encre à travers le ciel.

J'avais pas l'intention de trouver la burette en fer-blanc. J'allais dans le champ pour me soulager, parce qu'on est toujours obligé de pisser, même quand le reste du monde arrête de fonctionner. Et j'ai simplement shooté dedans. Mon orteil a atterri dessus avec un affreux bruit creux, et je me suis penché pour la ramasser sans même savoir ce que j'avais là. J'ai tendu les mains avant que mon cerveau puisse leur dire non. Elle était de la même couleur que le gazon et les mauvaises herbes, vert vif avec le logo jaune ESSO imprimé sur la tranche. Je sentais les empreintes digitales de Martin dessus qui rougeoyaient de chaleur, aussi réelles pour moi que Jésus, et j'avais envie de les effacer avec un pan de ma chemise. Comme si ça pouvait défaire ce que j'avais fait. C'est là que Grand-Mère m'a aperçu en levant la tête, de l'autre côté de la pile de décombres fumants de sa vie, moi qu'étais debout avec cette burette d'essence vide dans mes mains coupables, si coupables.

Elle s'est précipitée vers moi. Jusqu'à ce jour-là, j'aurais jamais cru que Grand-Mère puisse bouger aussi vite. On aurait dit qu'elle avait rajeuni de vingt ans, comme si le chagrin pouvait vous ramener à quelque chose de plus essentiel que votre corps et vous rendre votre rapidité. J'ai essayé de cacher la burette derrière mon dos, pas parce que je pensais que ça marcherait, mais parce que mon corps contrôlait mieux les choses que mon cerveau.

« Donne-moi ça, a lancé Grand-Mère en tendant la main. Qu'est-ce que t'as trouvé ? »

Elle a tiré sur mon bras que je gardais derrière mon dos, et on a tous les deux observé le récipient vide. Il n'avait pas l'air criminel, pas en lui-même. En fait, il n'était pas de première jeunesse, avec de la rouille au dos et pas de couvercle. Grand-Mère l'a soulevé par la poignée, et l'intérieur était encore humide, encore imprégné de l'odeur puissante d'essence. Il en sortait un filet de carburant, révélateur récent au lieu de l'eau de pluie ou du vide que j'avais espérés.

« Où t'as trouvé ça ? »

Je l'ai contemplée, bouche bée. « Je…

— Où ? » a-t-elle répété d'un ton accusateur. J'ai bégayé : « J… juste là. Juste là, dans le champ, Grand-Mère.

— T'as vu quelqu'un ? »

J'ai fait non de la tête, mais je sais pas – soit elle avait remarqué mon air penaud, soit elle avait flairé ma culpabilité ou quoi, parce que, ni une ni deux, elle s'est mise à me secouer. Elle m'a tordu le bras.

« Qu'est-ce que t'as vu ?

— Rien, Grand-Mère ! »

Elle m'a dévisagé. Cherchant. Scrutant mon expression. J'ai tenté de tout planquer là-dessous, mais c'était pas mon fort. Elle m'a donné une taloche sur l'oreille.

« Allez, accouche ! »

Martin est intervenu, sa voix toute proche.

« C'était moi. C'était moi, Grand-Mère. »

Grand-Mère m'a lâché le bras, sa colère suspendue par la confusion. La burette de pétrole vide se balançait encore entre nous deux. Martin n'était qu'à quelques mètres, fixant la forme de la roulotte en ruine. Elle s'était effondrée sur elle-même, enfermant Grand-Pa à l'intérieur. Elle aurait pu ressembler aux restes joyeux d'un feu de camp, fumant comme ça à la lumière du soleil. Un feu récent, datant de moins d'une heure et mourant déjà. Papa et Finty allaient revenir maintenant, d'une minute à l'autre, avec le cercueil. Qu'est-ce qu'on allait mettre dedans ?

Je suis intervenu en disant : « Non, Martin », mais personne ne m'écoutait.

Grand-Mère avançait vers lui, vers son dos. Elle a demandé d'un ton stupéfait : « Comment ça, c'était toi ? »

Martin a haussé les épaules.

« C'était toi qui as fait *quoi* ? » Grand-Mère avait ouvert ses paumes vides. Elle griffait l'air.

« Grand-Pa aurait pas aimé être enterré », a expliqué Martin.

Grand-Mère secouait la tête. Ce qui restait de la roulotte s'est remis à bouger, insufflant une vie nouvelle aux flammes qui s'attardaient encore. J'aurais pu aller chercher un peu plus d'eau à ce moment-là. On aurait pu les noyer avec quelques bons seaux de flotte.

« Tu sais comment il avait toujours peur d'être enfermé », a murmuré Martin.

Je me suis rapproché d'eux. Je n'oublierai jamais l'air qu'il avait. J'étais incapable de le déchiffrer, mais ce n'était pas du regret.

« Et ? » a demandé Grand-Mère.

Martin a repris avec franchise, comme si tout ça n'avait absolument rien de poétique ni de fou : « Je me suis dit que j'allais le libérer. Du cercueil.

— Toi ? » Les mains de Grand-Mère se sont ouvertes, puis refermées. Elle serrait les poings sur du vide. « C'est toi qui as fait ça ? »

De petits filets d'eau lui coulaient sur le visage. Des larmes, peut-être, mais j'ignorais si c'était la fumée qui les avait amenées là, ou Martin. Mes yeux, ils coulaient aussi, irrités par l'air sale.

« *C'est toi qui as fait ça ?* » Elle a répété sa question, la voix montant d'une octave.

J'avais peur de la suite. J'entendais des bruits de sabots sur la route, le cliquetis de la roue d'un chariot. Le cercueil de Grand-Pa qui arrivait. J'ai encore avancé vers Grand-Mère. J'voyais l'orage qui grondait en elle.

« *Toi !* » Et cette fois, Grand-Mère a bondi sur Martin pour l'attraper à pleines mains par les cheveux.

J'ai fait un geste pour l'arrêter, la calmer, mais elle m'a juste giflé, repoussé d'un coup. Elle a pris la burette que je tenais mollement en criant à Martin : « Ça ? C'est comme ça que tu lui rends sa liberté ? Avec ça ? »

Elle lui a jeté la burette vide à la figure. Il s'est baissé trop tard, et un ruban écarlate a jailli de son nez, un petit geyser. Elle a recommencé à le frapper, à l'épaule, à l'oreille. Il avait levé ses mains, mais elle fondait sur lui, déchaînant tout son chagrin, sa fureur et sa terreur. Et puis Martin s'est retrouvé à genoux, et Grand-Mère aurait dû s'arrêter parce que là, elle pouvait vraiment le blesser, elle pouvait le tuer. Mais elle y voyait rien, rien que les formes dévastées et noircies de Grand-Pa et du feu. Elle hurlait.

« Comment tu as pu ! 'Spèce de diable ! »

Et chaque fois qu'elle le frappait, elle se remettait à hurler. « 'Spèce de diable, 'spèce de diable, 'spèce de diable ! »

Ensuite, Papa et Finty, y sont arrivés et l'ont arrachée à Martin, et ils savaient encore rien, et moi, j'étais conscient que la raclée que lui avait flanquée Grand-Mère, c'était de la petite bière comparée à ce qui se passerait quand Finty serait au courant. J'avais peur qu'ils aient peut-être besoin du cercueil pour Martin avant d'en avoir fini avec lui. Un des yeux de mon cousin était en train de gonfler, de se fermer, mais il me regardait avec le second, celui qui restait ouvert. Et j'ai cru le voir me faire un clin d'œil. Sans pouvoir en être sûr.

Après, Grand-Mère était comme une lampe à l'envers : elle avalait la lumière du jour au lieu de la diffuser. Elle était entièrement habillée avec ses vêtements noirs de deuil, un épais plaid drapé sur ses épaules. La peau aussi grise que de la fumée, et le visage éteint de l'intérieur. Les rayons du soleil s'écartaient autour d'elle.

Finty n'a pas du tout battu Martin. Au contraire, quand Brigid lui a raconté ce qui s'était passé, il a seulement appuyé sa main sur sa bouche en se détournant avant qu'on le voie pleurer. Après, il s'est enfoncé dans un silence féroce et blanc que je ne lui connaissais pas. Sa mâchoire avait changé d'angles, comme si c'était pas le même homme que celui qui s'était réveillé ce matin-là.

« Papa. » Martin voulait lui expliquer, lui faire comprendre, de la même façon que je le lui avais fait comprendre à lui, hier soir encore. « Tu te rappelles pas à quel point Grand-Pa avait peur des espaces clos ? Je l'ai fait pour lui, Papa, pour le libérer. Je pensais pas à mal. »

Mais Finty était devenu sourd aux paroles de son fils. Il passait devant lui comme s'il était pas là.

On a dû repousser les funérailles d'une journée pour pouvoir s'occuper de Grand-Pa. Papa m'a envoyé parler au prêtre avec Grand-Mère et Brigid, mais Martin, ils l'ont obligé à rester pour aider à sortir le cadavre du feu. Finty s'est fait prêter une pelle, et Papa était à côté de lui, les mains dans ses poches arrière. On aurait deviné qu'c'était deux frères alors, même en passant en voiture. Cet air qu'ils avaient, debout avec leurs trognes bronzées et burinées, leurs mâchoires carrées et leurs corps massifs. Les cheveux de Finty étaient gris sous sa casquette, mais ceux de mon père étaient encore bruns. Y z'attendaient qu'on parte pour commencer à creuser.

« Je veux rester aussi, Papa, j'ai menti. Je devrais vous aider. » Je ne voulais pas voir un seul doigt de mon Grand-Pa brûlé. Je ne voulais pas savoir ce qui restait. Ou qui ne restait pas.

« Va avec ta grand-mère, fils, a dit Papa. Elle a besoin de toi. »

À l'église, Brigid a annoncé au prêtre qu'il y avait eu un terrible accident, un incendie, et que la roulotte, elle avait brûlé. « Il nous faudra un ou deux jours de plus pour préparer l'enterrement. »

À côté de moi, Grand-Mère répandait son silence gris et buté, et en sortant de l'église, Brigid s'est arrêtée près de la porte pour remplir un petit récipient d'eau bénite. Ensuite, elle s'est agenouillée, et elle a chuchoté, mais je l'ai entendue quand même.

« Sainte Marie, lave-le de la malice du démon et rends-le de nouveau pur. »

J'y ai plongé ma propre main bien profond et je me suis signé cinq fois par sécurité en disant : « Sainte Marie, rends-moi aussi de nouveau pur. »

J'ai évité Martin toute la soirée. C'était le nouveau fantôme de notre camp, à la place de Grand-Pa. Personne lui parlait, personne le regardait, et quand Grand-Mère a servi les patates pour le dîner, y en avait pas dans l'assiette de Martin. Au lieu d'en demander une, il s'est contenté de quitter le feu de camp sans bruit et de partir seul dans la tente-abri.

Par contre, il m'a trouvé avant de dormir. Je pissais dans le champ, et il a défait sa braguette à côté de moi.

« T'as faim ?

— Nan.

— Je pourrais te chercher du pain ou autre chose.

— Ça va.

— Grand-Mère t'a pas fait trop mal ?

— Pas trop. »

Mais sa main est montée jusqu'à son nez abîmé, son œil gonflé. Ensuite, on a gardé le silence, à part le bruit qu'on faisait en arrosant l'herbe. J'ai murmuré : « Ça a marché ?

— Qu'est-ce qui a marché ?

— Tu sais bien. Le feu. Grand-Pa. »

Martin a pris une profonde inspiration. « Un peu. Enfin, je crois que oui. »

J'ai cligné des paupières, et mes yeux se sont remplis de larmes. « Il restait quelque chose de lui ? »

Mon cousin a acquiescé.

« Ouais. Mais pas comme avant. Je crois que ça l'a libéré. »

J'ai remonté ma braguette, reculé d'un pas.

« Tu sais… » La voix de Martin était terriblement calme et posée, comme une pierre sacrée. « Y avait plus que des morceaux de lui. Un tas de morceaux. »

J'ai bloqué ma respiration. « Et c'est ce qu'y a dans le cercueil maintenant ? Des morceaux ? »

Martin a acquiescé encore une fois.

« Ils m'ont obligé à remplir le reste avec des pierres. »

Le lendemain, dans la chapelle, le père Dougherty a levé les mains au-dessus de la foule, paumes face à nous, et sa longue robe s'est étalée derrière lui, pareille à des ailes en lin.

« Un peu de *ciúnas*[1], s'il vous plaît ! » a-t-il demandé, plus fort que nécessaire.

J'étais sur le troisième banc avec Martin, et je n'arrivais toujours pas à le regarder pour de bon, mais du coin de l'œil, j'ai noté qu'il avait l'air d'avoir pris

1. En anglais irlandais : « calme, silence ».

cinq centimètres dans la nuit. Ou peut-être que j'avais rétréci. Ses épaules, elles étaient rejetées en arrière, et il avait une coupure sur l'arête du nez, là où Grand-Mère l'avait frappé avec la burette d'essence. Son autre œil était réduit à une fente, gonflée et violette.

Nous deux, on surveillait le petit frère de Martin, John Paul, et Maureen, le bébé, qui bavait sur l'image pieuse parce que Martin la laissait faire. Il l'avait calée en hauteur sur le banc derrière lui et lui avait passé l'image pour qu'elle joue avec et qu'elle se taise. J'ai dû l'arracher de ses petits doigts sales, un coin était ramolli, tordu. J'avais l'impression que c'était un sacrilège de lui donner l'image pieuse de Grand-Pa à mâchouiller. J'ai tâché de la défroisser sur l'avant du prie-Dieu.

Ça devait être Papa qui s'était arrangé pour qu'on imprime ces jolies cartes, parce que personne d'autre ne savait lire. La page de gauche, c'était un dessin de Jésus, debout sur une montagne très pointue avec un tas de fumées jaunes ou de vapeurs autour de lui, et aussi des nuages sous ses pieds. Il tenait sa tunique ouverte pour qu'on puisse voir son cœur sacré, mais il avait l'air triste, même avec les nuages floconneux et les vapeurs. Et sur la droite, une croix, sans Jésus dessus, juste une petite avec des traits qui partaient du milieu comme si elle était censée rayonner. Et au-dessous, y avait tous les mots.

Que Jésus aie pitié
de l'âme de
Stephen Hurley
Né le – 1891
Mort le 11 février 1959.

Et puis une longue prière à propos du cœur si doux de Jésus, du purgatoire, du Jugement dernier, de la rédemption et des flammes de l'enfer.

Sur le banc de devant, à deux rangées de nous, Grand-Mère était debout, plus grande que je l'avais jamais vue. Son visage reprenait des couleurs petit à petit, et un voile de dentelle noire écrasait ses cheveux blancs pour les maintenir en place. Elle se tenait bien droite, tous les boutons de sa robe d'emprunt parfaitement alignés sur sa colonne vertébrale. La laine sombre s'aplatissait proprement sur ses hanches et ses épaules, et la seule ligne brisée qui restait était celle de sa bouche, mais cette bataille-là était perdue d'avance.

Tous ses enfants étaient là. Pas juste Papa et Finty, mais les quatorze au grand complet – tous ceux qu'on avait juste vus quand on les retrouvait à la foire de Puck ou autre, plus tous ceux qui vivaient là-haut à Dublin maintenant, pour ramasser les allocations chômage. Oncle Michael était venu seul en ferry de Liverpool, et il avait un nouveau dentier, trop grand et trop guilleret. Il essayait de ne pas le montrer, mais ça forçait ses lèvres à s'étirer, et un peu de blanc brillait encore dans l'ouverture, comme un genre de torche, ou de phare. Y en avait même quelques-uns que j'avais jamais rencontrés, bien que ce soient les frères et sœurs de Papa, parce qu'ils étaient partis sur les routes de leur côté depuis un bout de temps. C'était la règle chez les *Pavees* – on se séparait en groupes plus restreints pour voyager. Vu que, comme disait Papa, si on ne pouvait pas compter son propre camp sur deux mains, on était trop nombreux dedans. On avait pas tant de travail et tant de nourriture à partager, et les plus gros camps, c'était aussi ceux où on avait le plus faim.

Une grande partie des frères et sœurs plus âgés de Martin sont également venus, chacun de son recoin éloigné du pays. Y en avait cinq qui étaient tous mariés et partis, et ensuite un trou de sept ans où Brigid avait perdu plein de bébés, dont deux mort-nés, avant que Martin arrive pour rompre cette malchance. « Nous sommes ici pour célébrer un très triste événement, disait le père Dougherty devant nous. Et je voudrais vous demander, à vous tous réunis ici aujourd'hui, par respect pour les gens de la ville, et par respect pour cet homme auquel nous sommes venus rendre hommage, je voudrais vous demander de ne pas troubler la paix aujourd'hui. »

Dehors, nos roulottes étaient en rang d'oignons tout le long de la grande rue de la ville. Elles étaient belles, alignées comme ça, une vraie parade de couleurs chatoyantes – les plus jolies d'entre elles ornées de doré, de vert et de rouge brillant, avec des arabesques et des fioritures qui dégringolaient sur les côtés et donnaient l'impression que ces fichues roulottes, elles étaient en mouvement perpétuel. Même quand ses roues bougeaient pas, une roulotte bien peinte sentait constamment le vent qui l'encourageait dans ses avant-toits.

Au début de la file, y avait la nôtre à moi et Papa, où Grand-Pa devait être. Les chevaux hennissaient tout bas et piaffaient côte à côte. La pluie tombait lentement, et dehors, sur les marches, la foule des travellers qui ne tenaient pas dans l'église bondée a commencé à relever son col. Je sentais les murs de la chapelle enfler. J'ai serré les dents en regardant l'aube du père Dougherty se balancer mollement sous ses bras levés.

« On ne tolérera aucune bagarre, aucune ivrognerie, aucun comportement répréhensible », a-t-il déclaré.

J'ai jeté un coup d'œil à Martin, le visage sobre, résigné. C'était un énorme acte de foi pour lui, et il acceptait tout ce qui allait avec. Il avait infligé à Grand-Pa ce terrible incendie, il avait joué les martyrs pour satisfaire le chagrin de Grand-Mère. Il était tellement courageux et tellement stupide qu'à côté de lui, j'avais l'impression d'être un lâche. C'est ce moment-là qui m'a avalé tout entier, comme si quelqu'un m'avait rentré les burnes à l'intérieur du corps à coups de pied, jusqu'à l'estomac, et m'avait plié en deux de douleur. Un coup bas. Grand-Pa était parti.

« Les pubs de cette ville ont le droit de servir qui ils veulent et de refuser qui ils veulent, et vous devez le respecter », continuait le père Dougherty tandis que l'ombre de ses bras tendus montait et descendait sur la boîte où était enfermé Grand-Pa. J'ai détesté ce prêtre de parler comme ça, de balancer son blabla monotone de merde sur le chagrin qui m'était tombé dessus d'un coup. J'ai détesté Grand-Pa d'être parti, de m'obliger à écouter ça. Et j'ai détesté Martin d'être si différent de moi, vu qu'on était soi-disant exactement pareils.

« Vous feriez tous bien de vous souvenir que vous êtes des visiteurs ici, et que ça ne servira à rien de semer la zizanie dans les rues. »

Grand-Pa était mort, et tout ce qui intéressait ce curé, c'était un futur déchaînement imaginaire de travellers. Comme la colère est plus facile que la tristesse, mes joues ont chauffé. Même les chevaux, ils commençaient à s'énerver dehors, agitant leurs cloches dans le vent naissant, jusqu'à ce que le bruit devienne un murmure qui se glissait à l'intérieur et voyageait dans l'église. Tous ces fichus *Pavees* étouffaient leur rage, comme on avait appris à le faire depuis toujours.

Le père Dougherty a juste eu l'air surpris, mais pas trop. Il a brusquement refermé ses mains, laissé ses bras retomber sur ses flancs. Oncle Michael s'est retourné pour se joindre au vacarme. Il était furax : « On est à des obsèques ou à un cours magistral ? » Il bougeait les lèvres autour de ses dents trop blanches, et cet effort ressemblait à une contorsion.

Martin m'a choqué en criant d'une voix claire qui a résonné dans toute l'église : « On se déchaîne pas ! Pour l'amour de Dieu, on est ici pour enterrer notre Grand-Pa. » Ses mots se sont élevés, plus grands que toute l'assemblée réunie.

Le prêtre l'a foudroyé du regard, puis il a attendu que le silence revienne avant de poursuivre une fois l'orage passé. « Bon, alors. Au nom du Père, et du Fils, et du Saint-Esprit », et on a répondu : « Amen. »

C'est un vieux jésuite qui est venu prononcer l'éloge funèbre, et Finty a dit qu'il était du genre célèbre, pour un prêtre. Il s'appelait le père Toohey, et d'après Finty, les *Pavees* étaient son dada, il parcourait tout le temps la campagne en essayant d'obtenir des droits pour les travellers et de leur faire de la publicité. Il se prenait pour un vrai héros, mais il n'aurait jamais passé une nuit sur le *tober*, même si sa vie en dépendait. Du haut du pupitre, il a raconté qu'il avait bien connu Stephen Hurley, alors que j'avais jamais vu sa tronche. Il a parlé de la belle et longue existence que Grand-Pa avait menée, et au moins cette partie-là était exacte. Grand-Pa n'avait pas loin de soixante-dix ans quand il est mort, suffisamment vieux pour devenir célèbre, lui aussi, pour un traveller.

« Au cours de sa vie, Stephen Hurley a vu des changements inimaginables et il y a survécu, a ajouté le jésuite. Il y a eu des changements communs à tous ceux de sa génération – l'arrivée de l'automobile, du téléphone, du voyage aérien. Ces décennies-là avaient connu les extraordinaires avancées de la technologie, et les gens aiment tous ces conforts modernes. Mais pour les travellers, c'était seulement synonyme de la fin imminente d'un monde, du déclin d'un mode de vie ancien. »

Y avait un journaliste sur le banc du fond, qui écoutait le célèbre prêtre en prenant des notes. Le lendemain, la manchette du canard local couronnerait Grand-Pa comme le « dernier grand roi des gitans » et nous, on rirait de ces gens qui gobaient n'importe quoi, du peu qu'ils savaient de nous. Le père Toohey a continué :

« Au bout de centaines, ou peut-être de milliers d'années, cette communauté de voyageurs, jadis si vitale, si essentielle à l'économie de notre nation rurale, est au bord de l'effondrement. En l'espace d'une génération, nous avons assisté à une modification de l'attitude de notre peuple. Là où vous étiez jadis les bienvenus, vous êtes désormais seulement tolérés. Là où vous étiez jadis tolérés, vous êtes désormais honnis. »

J'ai tenté de regarder autour de moi pour déchiffrer les visages, mais à part Maureen, personne bougeait une oreille. Y avait pas de hochements de tête, pas de murmures approbateurs. Tous les travellers qui remplissaient cette église restaient impassibles.

« Parmi vous, beaucoup trouvent que vos coutumes traditionnelles ne sont pas viables dans la Nouvelle Irlande. Votre place dans la société est en train de disparaître, et les travellers modernes décident de s'établir et de s'enraciner quelque part, de mettre leurs jours de voyage derrière eux. De fait, ils n'ont guère le choix, à présent. »

Du haut de son pupitre, le prêtre a secoué la tête. Il a tapé du poing, mais même ce geste-là sonnait creux, paraissait simplement faire partie du jeu. Il voulait démontrer quelque chose qui n'avait rien à voir avec Grand-Pa, et il a poursuivi.

« Mais Stephen Hurley a survécu à tout, et cela ne l'a pas arrêté. Il était déterminé à se battre pour son mode de vie. À pourvoir fièrement aux besoins de sa famille florissante, en homme de foi vaillant et indépendant. C'était un esprit vif et résilient, capable de s'adapter à n'importe quelle aventure que notre Sauveur béni plaçait sur sa route. »

Il s'est incliné. C'était pas tout, quand même ? Il n'allait pas s'arrêter là – à cette ébauche, ce discours fade, ce récit plat qui aurait pu être l'histoire de n'importe quel traveller ? Il a repris la parole.

« Et maintenant, le Seigneur l'a emmené faire le voyage le plus merveilleux de tous, la route la plus longue. Une dernière aventure pour Stephen Hurley. Notre Père l'a ramené à Lui. »

Mais, et Grand-Pa, alors ? Ce noble blabla jésuite de merde, on s'en fichait. Où était l'homme, le vrai, là-dedans ? Le violon de Grand-Pa, et ses mouchoirs personnalisés ? Et le surnom de saint François qu'il avait récolté à cause de sa facilité avec les animaux, et comment on se foutait tous de sa poire en disant qu'il ouvrirait un zoo s'il y était autorisé ? Et les fois où il se mettait à se marrer si fort qu'il pleurait de véritables larmes, dégoulinant sur son visage ridé et faisant rougir son nez, et qu'ensuite, ça nous gagnait tous et qu'on se pissait presque dessus de rire sans pouvoir s'arrêter ? Et ses peurs, ses chansons et ses colères ? Et tout ce qu'on avait hérité de lui, et notre amour pour lui, si grand que Martin avait été prêt à tout risquer ? On l'avait *brûlé*, pour l'amour du Ciel. Et tout ça, alors ?

Une fois qu'on a eu enterré Grand-Pa – ou ce qui restait de lui – dans ce cercueil lesté de pierres, je suis monté à l'avant de la roulotte avec mon père. J'ai lorgné les gens qui nous jetaient des coups d'œil par la fenêtre de chez eux. J'ai fixé le gamin maigre au visage plein de taches de rousseur qui nous a fait un doigt d'honneur, bien en sécurité derrière le rempart du carreau de la cuisine maternelle ; elle avait planté des rodi-dendrons dans la jardinière dehors, mais son poil de carotte de fils, il avait pas de dents de devant, et toutes les fleurs du monde y pourraient rien. Malgré tout, elles repousseraient bien un jour. C'était dommage. Je lui ai envoyé un caillou qui a fissuré son reflet pile au niveau du trou de ses ratiches, et il s'est éloigné de la fenêtre en sautillant. Papa m'a tiré sur le bras en guise d'avertissement, alors j'ai laissé le reste de mes cailloux tomber sur le *tober*. On est passés devant les vitrines fermées des pubs à la mi-journée, et je me suis demandé combien de temps ils attendraient – quand on serait partis – pour rouvrir leurs portes. Ils savaient qu'on avait pas de maisons où aller ni d'endroit pour se rassembler. Ils savaient que notre chagrin était exposé dans cette file de roulottes, et pourtant, on était les bienvenus nulle part.

J'ai tenté de me dire que ça m'était égal, qu'à part mon Grand-Pa, j'avais tout ce dont j'avais besoin, et que ma vie, elle serait pas meilleure si on vivait dans une baraque avec de la plomberie et de la moquette partout. Que ça serait pas mieux pour moi si ces fichus sédentaires, ils étaient sympas avec nous – ça comptait pas. Mais en vrai, je comprenais pas le pourquoi,

pourquoi ce sentiment de pas être les bienvenus avait grandi entre nous, plus fort que leurs murs et leurs barrières. Plus rapide et plus leste, même, que les roues sous nos roulottes.

On a campé dans un grand champ tout au bas de la ville, mais comme y avait pas assez de place, pour finir, on a aligné les roulottes des deux côtés de Tullamore Road, et du coup, les gens qui passaient allaient être obligés de traverser une colonne de travellers. Avant la tombée de la nuit, on a construit le plus grand bûcher qu'on avait jamais vu, et tous les gamins ont joué des coudes pour s'approcher le plus possible, là où ils pouvaient entendre les hommes raconter des histoires sur Grand-Pa. La véritable oraison funèbre commençait seulement, et y avait pas de jésuite pour nous l'enlever. Les mamans restaient toutes un peu en retrait entre elles, devant de plus petits feux pour pouvoir faire bouillir les repas et s'occuper de leurs bébés au cul nu.

On a jamais vu le soleil se coucher – ce jour-là était si gris qu'on pouvait pas vraiment dire quand le soir est venu malgré tout. Mais les hommes ont sorti les bouteilles qu'ils gardaient en réserve depuis longtemps pour aider à étancher leur soif furieuse dans le crépuscule boueux. C'était pas suffisant, et tout le camp a été à sec avant que la nuit soit complètement tombée. Alors toutes ces fichues bouteilles vides, on les a cassées, et toutes ces fichues langues encore assoiffées, elles se sont déliées, et tous ces gens du voyage accablés de chagrin sont partis en ville à pied, pour réessayer de trouver une porte ouverte, un bar où poser leurs coudes et laisser couler leurs larmes.

J'entendais les chuchotements mouvants de toutes les mamans dans les autres roulottes et les autres tentes, qui mettaient leurs gosses au lit. Je me suis demandé où était Martin, mais sans partir à sa recherche. Au lieu de ça, je suis allé me promener avec Jack, tout seul – sans roulotte ni carriole à tirer –, rien que nous deux. Et quand j'ai été sûr que le camp était trop loin pour qu'on nous entende et que personne pouvait nous voir, j'ai enfoui mon visage dans son cou et j'ai pleuré. J'ai rien eu besoin de lui dire. Il comprenait ; il a appuyé son menton sur mon épaule. Quand on est rentrés, on avait sommeil, mais j'arrivais pas à trouver une position confortable. J'étais pas habitué à un village aussi tassé, parce qu'en général notre camp ne comportait que trois roulottes : celle de Grand-Pa, celle de Finty et la nôtre.

On entendait comme une chanson, un hymne par-dessous tout le reste, qui vous gardait éveillé, même si vous étiez pas malade de chagrin. Une brise nocturne murmurait au milieu de cette paroisse de roulottes, emportant des bribes de conversation et les mugissements d'animaux inconnus, avec leurs respirations humides et lourdes, et leurs yeux qui clignaient. Ça m'a rappelé à quel point Grand-Pa était absent de toute cette vie, à quel point il en serait toujours absent à partir de maintenant. Et ça m'a mis en rogne contre ces gens rassemblés pour le pleurer, contre cette ville improvisée de voleurs de chagrin. Grand-Pa ne manquerait à personne comme il me manquerait à moi. J'avais encore le souvenir de l'odeur de sa peau qui brûlait, enfoui en moi comme une respiration.

Papa est rentré tard, et je dormais, mais mal. J'avais pas de couverture sur moi, et je m'étais assoupi encore assis en l'attendant parce que je voulais le voir à son retour, et qu'il se sente coupable. J'avais allumé la lanterne tout bas quand il a fini par ouvrir la porte de la roulotte et qu'il est entré en trébuchant. Il a regardé dans ma direction, mais sans me remarquer.

« Papa », j'ai dit. Il était en train d'enlever ses chaussures.

J'ai répété : « Papa. »

Il n'a rien entendu. Il se baissait déjà vers le matelas et les couvertures.

« Papa !

— Hein ? Oh, Christy… tu es réveillé.

— J't'attendais.

— Ah bon. Eh ben, me voilà », a-t-il répondu en s'allongeant et en fermant ses yeux bleu et rouge.

J'ai enlevé ma chaussure et je l'ai jetée. Elle a fait bang et un ricochet avant d'atterrir pile au-dessus de la paire de Papa dont il venait de se débarrasser. Il n'a pas bougé d'un poil. J'ai enlevé la seconde et je suis resté debout au-dessus de lui. Je l'ai brandie au-dessus de ma tête, aussi haut que possible. Je me suis mis sur la pointe des pieds pour la lever vers le plafond. Papa dormait déjà profondément et calmement. Ses yeux, ils étaient fermés comme ceux de Grand-Pa, mais son visage fourmillait de vie sauvage. J'ai brandi la godasse de toutes mes forces et je l'ai rapprochée de mon oreille avec un sifflement pour aller l'écraser sur le plancher à un centimètre de son crâne.

Ses yeux se sont ouverts d'un coup et il s'est tenu la poitrine. La respiration hachée alors qu'il tentait de reprendre ses esprits, assis droit comme un *i*. Il a fixé ma chaussure par terre à côté de lui et esquissé un mouvement hésitant dans ma direction. Je n'ai pas essayé de reculer.

« Qu'est-ce qui te prend, bon sang ! »

Ses doigts étaient enfoncés dans la chair de mon bras. Je l'ai regardé, mais j'arrivais pas à parler. Je sentais ma bouche frémir, trembler, pleine à ras bord. J'ai laissé les larmes couler. Papa m'a assis sur ses genoux – j'étais presque trop grand, mais il l'a fait quand même – et je me suis effondré contre lui.

« Bon Dieu, qu'est-ce qui te prend, mon garçon ? »

Mais maintenant, il me caressait la tête, j'avais mes bras autour de son cou, et je respirais un peu de whisky dans sa sueur jusqu'à ce que je pleure si fort que je sente plus que dalle, à cause de la morve qui me bouchait le nez. Papa a tiré un édredon sur nous, changeant les deux bosses de nos corps en deux massifs montagneux, un gros, un petit. Et il est resté avec moi comme ça, sans dormir.

QUATRE

On a fui cette ville. Fui, déguerpi, pris le large, décampé en vitesse. Enfin bref, c'est l'impression que j'ai eue, même si en vrai, les sabots de Jack, ils foulaient la route poussiéreuse à leur rythme habituel. Personne n'avait envie de rester trop longtemps dans le cimetière de l'ombre carbonisée de Grand-Pa, alors on avait mis les voiles, et maintenant, on était un de moins à voyager. J'ai décompté ma famille sur mes doigts : Papa, moi, Grand-Mère, Finty, Brigid, Martin, et ensuite les petits, John Paul et Maureen. Huit. Y avait plus que nous huit une fois Grand-Pa disparu. Je me suis réfugié à l'intérieur, dans le ventre sombre de notre roulotte en forme de barrique, où la lumière s'inclinait et changeait à travers l'ouverture béante du rideau. Au-dessous de nous, les roues tremblaient en s'entrechoquant, et Jack avançait en claquant des sabots, mesurant la distance parcourue grâce à l'éclatante mémoire de ses pattes robustes en mouvement, de sa croupe maigre. Nos précieux livres, une demi-douzaine à peine, ils étaient bien rangés à l'abri dans leur caisse. Je les écoutais bouger et glisser, pris de mal de mer chaque fois qu'on tournait brusquement ou qu'on grimpait sur une colline. Le préféré de Papa, l'*Odyssée*, le mien, *Bilbo le Hobbit*, et leur poignée d'amis, qui se bousculaient à l'intérieur.

Au milieu de tout ce mouvement, j'étais aussi immobile que de la pierre, me rebellant sans bruit et dans le calme. Et je me suis demandé si, en restant dans cette position, je pourrais devenir carrément invisible. Mes mains pareilles à des cailloux, durcissant comme de la roche sur mes genoux. Mes yeux se changeant en deux galets noirs dans le lit de la rivière formée par mon visage. J'étais tellement immobile qu'en moi, mon cœur ressemblait à de l'acajou, sans battements, silencieux. Papa était assis devant avec Grand-Mère, chantant à voix basse une chanson à Jack.

Et puis, à travers une ouverture du rideau, j'ai vu, quand notre roulotte, elle passait, des gamins de la ville rassemblés devant la grille de la cour de leur école. Et j'ai eu l'impression qu'on était comme des voyageurs des mers et que le *tober* était l'océan. On dépassait les habitants de la terre ferme. On se toisait les uns les autres, nous de notre bateau, et eux de leurs rives, mais le fossé entre nous était si grand qu'on ne pouvait pas le franchir. C'était marée haute ou marée basse, ou n'importe quelle marée qui nous empêcherait de jeter l'ancre et de ramer jusqu'à eux, pour échanger des cadeaux et des mariées, des dieux et des maladies.

Et là, ces fichus gamins des villes nous ont tiré des langues aussi pointues que des épées en chantonnant : « Tinnnnnker, tinker ! » Mais Papa a juste baissé la tête et continué à diriger Jack.

À ce moment-là, Grand-Mère a déclaré : « Il faut qu'on fasse faire leur première communion aux garçons maintenant. »

Elle avait vendu son poney aux Ward ce matin-là et annoncé qu'elle allait prendre un nouveau départ sur tous les plans. Mais ce nouveau départ, elle pouvait pas le prendre du tout tant qu'on arriverait pas dans une ville où elle pourrait dépenser le produit inespéré de la vente du poney pour s'acheter une nouvelle vie. Une vie qui respirait, qu'on pouvait toucher, avec des roues et du bois, une crinière rêche et des naseaux frémissants, une roulotte et un cheval à elle. D'ici là, elle voyagerait avec nous.

« C'est pas comme si on avait pas essayé, Maman », lui a répondu Papa.

Elle était assise à côté de lui, à l'avant, et ils croyaient que je lisais *Bilbo*, mais en vrai, je ne bougeais pas, tout en tendant l'oreille.

« Ben, c'est différent, maintenant, non ? Martin… » Grand-Mère a claqué de la langue. « Il a l'diable en lui. »

J'entendais sa pipe en argile cogner contre ses bagues. Elle diffusait une odeur fantôme de tabac douceâtre et, comme Papa se taisait à présent, la seule réponse qu'a obtenue Grand-Mère, c'était l'écho des sabots de Jack sur la terre de la route. Elle a pris une vigoureuse bouffée pour atténuer la tension provoquée par ses paroles avant de souffler : « Peu importe ce qui l'a possédé, il va avoir besoin des sacrements. Il pourrait avoir de sacrés ennuis, celui-là.

— Tu veux dire quoi, Maman ?

— Je ne sais pas. Je ne sais pas. Est-ce qu'il a commis un péché mortel, Christopher ? Oui, tu crois pas ? Oh ! Faut qu'on le remette d'équerre. Ils sont si affreusement en retard pour leur première communion. En retard de combien d'années, maintenant ? Peut-être que c'est notre faute s'il est possédé, s'il a des démons en lui. »

Papa a répondu en baissant la voix pour l'empêcher de porter jusqu'à la roulotte de Finty derrière nous. « Allez, Maman ! Ne parle pas comme ça. Il n'est pas possédé, tu sais bien que non. Il est juste perdu. Il croyait bien faire. »

Grand-Mère a émis une sorte de bruit étranglé de chagrin du fond de sa gorge, et Papa s'est tu. Je me demandais à quoi ressemblerait l'enfer pour les travellers, si Martin et moi, on devait y aller. Je me demandais si on serait ensemble. Est-ce que c'était encore plus humide au moment de l'hiver, peut-être ? Ou est-ce que c'était tous les deuxièmes bébés qui y mouraient et pas les troisièmes ? Y avait pas de feu là-bas ? C'était sûrement ça : pas de feu. Un enfer sans feu serait bien pire qu'un enfer avec plein de feu. Au moins, on serait au chaud et au sec.

J'ai senti une chaleur dans ma poche à ce moment-là, à l'endroit où j'avais rangé la photo-fantôme de Grand-Pa. Elle n'avait pas refroidi depuis que je l'avais mise là ; elle conservait une tiédeur rayonnante. Pas une chaleur de flamme comme le feu qui couvait en moi, mais quelque chose de plus semblable à ce qu'on trouve sur le ventre duveteux d'un agneau de printemps.

J'ai tiré ma chaîne de sous ma chemise et sorti la photo de ma poche. J'ai roulé sur le côté pour me redresser sur mes coudes, lissé le bout de journal sur l'édredon. Même dans l'éclairage tamisé de la roulotte en mouvement, ma médaille luisait comme une lune qui projetait un rond de lumière sur le visage de la femme de la photo. J'ai passé la chaîne en argent par-dessus ma tête et laissé la médaille tomber sur le papier. Celle que portait la dame était plus petite. J'ai approché mes prunelles en cherchant une quelconque différence entre les deux bijoux, un quelconque détail qui permettrait de les distinguer.

Ma médaille était presque assez grosse pour recouvrir la paume de ma main, avec un disque doré au centre, sur un support central, pareil à un axe. Deux anneaux, un doré, un argenté, montés sur le même axe de manière à pivoter autour de saint Christophe. Exactement comme les anneaux de Saturne, avait dit Papa, mais orientés vers le haut sur les côtés. Les mots « Saint Christophe, protège-nous », ils étaient gravés sur l'anneau argenté, et l'anneau extérieur en or était serti d'étoiles. Pile au centre du disque doré, saint Christophe lui-même, au milieu d'une mer déchaînée. Il tenait un bâton dans une main, et sur son épaule, il portait l'Enfant Jésus.

La médaille était inhabituelle, unique au monde, en fait. Papa disait qu'y en avait jamais eu d'autre comme celle-là, et qu'elle avait été fabriquée spécialement pour moi. Sauf que la femme de la photo semblait avoir exactement la même. C'est vrai, cette photo était en noir et blanc granuleux sur du papier journal qui s'affinait. Mais la lumière se réfléchissait avec un éclat net et brillant sur ce bijou surdimensionné, et je n'arrivais pas à trouver une seule différence entre les deux.

J'ai senti la roulotte ralentir, entendu les sabots de Jack racler la route. J'ai soupiré en remettant la photo en sécurité dans ma poche. Pendant l'incendie, j'avais été si sûr que cette photo m'était destinée, que c'était un message de Grand-Pa – à la façon dont elle avait atterri sur moi, volé dans ma main comme un pigeon voyageur qui rentre chez lui. Et à sa manière, encore maintenant, de conserver cette chaleur fantôme dans ma poche. Mais si c'était vraiment un message, je ne comprenais pas ce que Grand-Pa essayait de me dire. Peut-être que j'étais juste en train de devenir dingo. J'ai fulminé tout haut : « C'est qui, ces gens ? »

Pas de réponse. J'ai repassé la chaîne par-dessus ma tête, tiré sur le col de ma chemise, puis lâché la médaille à l'intérieur. J'aimais son poids froid et familier contre ma peau, là où elle vivait, dans le creux entre mon ventre et ma poitrine. Saint Christophe, protège-nous.

***

Grand-Mère a remarqué que c'était un heureux hasard qui nous avait amenés dans cette ville après la mort de Grand-Pa, comme si un heureux hasard était un manège, ou un train pour lequel vous pourriez acheter des billets, puis décider vous-même où vous aviez envie d'aller. Grand-Mère était sûre que ce serait la ville qui nous réserverait un bon accueil, où on pourrait rester assez longtemps pour que moi et Martin, on puisse faire notre première communion tant retardée. Où on pourrait se mettre à l'abri et commencer notre travail de reconstruction.

Je savais qu'elle avait raison, peu importait le nombre de tentatives ratées qu'on avait déjà faites. Personne ne voulait jamais de nous dans sa paroisse. Bien sûr, ils ne le disaient jamais clairement. À la place, ils inventaient toujours une excuse et, en général, cette excuse, c'était moi. Parce que Papa aurait jamais avoué à personne comment j'avais tué ma maman en naissant. Et sans cette information, les prêtres, ils étaient libres d'imaginer d'autres choses sur l'endroit où elle se trouvait peut-être. Ils exigeaient des réponses, et Papa réagissait toujours pareil : on s'en allait. On était tellement en retard pour notre première communion maintenant que le dernier prêtre, il avait dit qu'on aurait intérêt à attendre d'être assez vieux pour faire notre confirmation en même temps. Des mois et des mois avaient passé depuis.

On a établi notre camp à environ sept cents mètres en dehors de la ville sur la Long Mile Road, au niveau d'une large ouverture dans la haie. Une fois qu'on a eu manœuvré pour amener les chevaux et les roulottes par-dessus le fossé, le terrain s'est dégagé, se transformant juste en un monticule de terre tassée donnant sur les champs verts cultivés au loin. Y avait une pompe à eau à l'intérieur du camp, à côté de la route, près du trou dans la haie. Des herbes folles poussaient au bord de la clairière, mais elle était en grande partie nue et creusée d'ornières par les roulottes qui nous avaient précédés. Même si c'était sans doute une halte populaire chez les travellers, elle sentait malgré tout le propre, comme le vent. À cette époque de l'année, on apercevait trois fermes de l'autre côté du patchwork des champs, mais à mon avis, à d'autres moments, ces champs étaient hérissés de hautes cultures, et alors, on aurait rien vu à part les oiseaux dans le ciel gris ardoise au-dessus de nos têtes.

On était plus que deux roulottes à présent, jusqu'à ce que Grand-Mère puisse s'en trouver une autre, et du coup, on les a stationnées bout à bout, au fond de la clairière, plus près du bord du champ où les plantations allaient pousser. Entre nous et la route, une épaisse ligne de haies et d'arbres s'étendait, ce qui faisait que le camp était bien caché, à part à l'entrée.

Y avait un arbre où on pouvait grimper un peu à l'écart du reste, pas au milieu de la clairière, mais sur le bord, d'un côté, comme le jaune d'un œuf au plat. Entre cet arbre et les roulottes, on a planté les tentes-abris, toutes face au feu. Moi et Martin, on a creusé un petit trou qu'on a entouré de gros cailloux. On a recouvert l'ensemble de bon bois sec à brûler, et tout de suite allumé les braises pour notre dîner. Grand-Mère et Brigid ont déchargé leur assortiment de transats fatigués, et John Paul a aidé à les mettre tous devant. Bébé Maureen chassait un scarabée pendant que Papa et Finty partaient chercher des provisions en ville.

Avec un peu de chance, on resterait là un moment, alors on a vite arrangé notre camp pour le rendre accueillant. C'était vraiment cosy d'être cachés derrière ces fichus arbres et loin d'la route. Ce camp était super et confortable comparé à plein d'endroits où on s'est arrêtés presque sur le bas-côté, en se garant juste aussi profond que possible dans les haies.

Tout le monde s'était remis à traiter Martin à peu près normalement, sauf Grand-Mère. Il allait lui falloir un bout de temps avant de digérer ce qu'il avait fait, et peut-être qu'elle le digérerait jamais, jusqu'à ce qu'il soit purifié par les sacrements. Elle le regardait se balader comme si c'était une gargouille, et elle ne réussissait même plus à se fendre d'un sourire ou d'un mot gentil pour lui. Et lui, ça n'avait pas trop l'air de l'embêter.

« Peut-être qu'elle serait plus sympa avec toi si elle savait que c'était mon idée, je lui ai suggéré pendant qu'on ramassait du bois pour le feu.

— Comment ça, ton idée ?

— De brûler la roulotte.

— Ça a jamais été ton idée.

— Mais… » Je suis resté bouche bée. Ce n'était pas moi qui lui avais soufflé tout ça, avec mon blabla sur les endroits confinés et les fusils en bois flotté ? Pourquoi je ne pouvais jamais avoir une ou deux certitudes ?

« Et de toute façon, a conclu Martin, pas la peine qu'elle nous déteste tous les deux. »

L'école nationale Saint-Malachy était située à la périphérie de la ville, à moins de sept cents mètres de l'endroit où on faisait halte, alors cet après-midi-là, dès qu'on a eu organisé le camp, qu'on a été sûrs que les cours de la journée étaient terminés et que tout serait calme, on est partis voir le directeur. Moi et Martin, on nous a fait asseoir dans le bureau à l'accueil, et on se tortillait sur nos sièges en attendant l'inspection du père Francis. Ça ne s'arrangeait pas, ces inspections, peu importe le nombre de fois où on y passait. On ne les réussissait jamais.

J'aimais rejeter la faute sur Martin quand je pouvais, c'est-à-dire souvent, parce que dans la plupart des cas, c'était facile de rejeter la faute sur lui. Mais s'il avait juste pris le temps d'y penser, il aurait su que c'était ma faute si on se faisait toujours envoyer balader. C'est vrai qu'il avait le chic pour amener un prêtre ou une religieuse à se crisper tellement ils étaient mal à l'aise. Il disait toujours ce qu'il ne fallait pas, se curait le nez au mauvais moment, essuyait une crotte sous la mauvaise chaise. C'était lui qui les hérissait et qui provoquait leur désapprobation. Mais c'était moi qui avais un passé trouble et compliqué, des origines douteuses, et un père qui bégayait, incapable de répondre. J'étais celui qui leur fournissait les raisons qu'ils cherchaient pour nous jeter dehors. J'étais celui qui n'avait pas de mère.

C'était déjà assez moche d'être des tinkers, mais être un tinker sans mère semblait vous faire franchir une ligne invisible derrière laquelle les gens ne nous toléraient plus. Papa me l'expliquait toujours, et du coup, je m'étais tanné le cuir. Il m'avait dit de ne pas y faire attention, que c'était préférable d'essayer de ne pas penser à elle. Il ne parlait jamais d'elle, absolument jamais – même pas quand les prêtres lui posaient la question. Il refusait de leur dire qu'elle était morte, qu'elle avait glissé hors de ce monde au moment où moi, je m'y glissais. Même quand ils haussaient les sourcils et qu'ils échafaudaient leurs terribles suppositions, il ne leur racontait pas ce que j'avais fait, comment je l'avais tuée. Dans beaucoup de domaines, Papa n'était pas courageux, il ne résistait pas aux sédentaires, mais dès qu'il s'agissait de ma maman, il me protégeait toujours.

Je savais ce que ces fichus prêtres pensaient à la place, puisqu'ils ne connaissaient pas la vérité. Y avait des tas de disputes sur le *tober*, et ça arrivait plutôt souvent ; une femme quittait sa famille et s'enfuyait pour retourner chez sa mère, après une altercation plus violente ou après avoir été battue par un mari saoul. Ça se lisait sur leurs visages, ce jugement ecclésiastique : on était une famille défaillante. Peut-être même qu'ils pensaient qu'elle était partie avec un autre homme, ou qu'elle était alcoolique, ou en prison. Et ensuite, ils nous rejetaient. Papa refusait de remettre les pendules à l'heure, même quand ils le pressaient de recommencer à vivre avec elle, de sauver son mariage, pour donner un meilleur exemple à son fils. Même quand ils secouaient la tête en disant qu'un enfant sans mère catholique dûment mariée n'était pas un bon candidat pour les sacrements. Même quand, chaque fois, ils nous renvoyaient.

Maintenant, on poireautait une fois de plus, et Martin m'énervait tellement que j'ai prié Jésus de créer une salle d'attente spéciale pour lui. Ou un cabanon ou un placard ou n'importe quel endroit pourri où on pourrait le fourrer pour le faire taire une minute. C'était une journée que j'attendais depuis une éternité. Une éternité. Enfin, depuis la dernière fois. Cette fois-ci, il fallait qu'on réussisse. J'avais envie d'avoir un moment tranquille, juste pour prendre quelques profondes inspirations et me préparer à rencontrer le directeur, pour que ce coup-ci, ça puisse être différent. Je voulais que ce prêtre soit plus subjugué par moi qu'il l'avait jamais été de toute sa vie par aucun élève, pour qu'il puisse pas refuser de m'admettre dans son école, quelle que soit la situation avec ma mère. Faire ce genre d'impression sur quelqu'un demande de la concentration.

« Tu m'aideras avec les réponses », était en train de dire Martin.

Malgré toute sa confiance en lui, l'école le terrifiait plus que tout. Il s'efforçait de parler à voix basse parce qu'il ne voulait pas que sa mère entende. Je lui ai rendu son regard en haussant les épaules. Des fois, j'avais pas envie de l'aider.

Il a répété : « T'es *obligé*.

— Sinon quoi ? »

Martin a serré le poing et a frappé la paume ouverte de son autre main avec.

« Un vrai Al Capone, j'ai commenté en roulant des yeux. Terrifiant.

— Très bien. Alors je vais raconter à toute la classe que tu suces encore ton pouce parce que t'as pas de mère et que t'as jamais été sevré comme il faut. »

Encore des menaces vides. J'avais pas sucé mon pouce depuis le mois de novembre précédent. Pas devant personne. Imperturbable, j'ai répondu : « Je me ferai pas prendre en train de tricher. Et de toute façon, tu t'avances. Qu'est-ce qui te dit qu'on va même être acceptés dans cette école ? »

Brigid nous a adressé un regard suspicieux, mais elle était trop nerveuse pour intervenir. Nos voix, elles étaient pas habituées à être coincées à l'intérieur, et elles rebondissaient sur les murs pour revenir vers nous. On parlait plus fort qu'on en avait l'intention. Papa était debout, se dandinant d'un pied sur l'autre, joignant les mains devant lui, puis derrière son dos, puis encore devant.

« Allez, Christy, insistait Martin. Tu peux me les donner en *cant*[1], et ils penseront que tu tousses ou quoi. »

Formidable. J'allais devoir traduire des phrases entières de *Pavee* par une série de toux grasses. Je n'ai pas eu le temps de lui expliquer à quel point son plan était stupide, parce qu'on a été interrompus par la secrétaire de l'école, la plus petite adulte que j'aie jamais vue, même chez les nonnes. Son habit avait sûrement dû être raccourci de moitié pour être à sa taille, et elle risquait encore malgré tout de trébucher, car ses chaussures confortables étaient invisibles sous la longue robe. Elle marchait les deux mains légèrement étendues devant elle, donnant l'impression exacte d'un hérisson qui rentre quelque part – mêmes yeux

1. Le *cant* est la langue des travellers du nord de l'Irlande.

globuleux, même cou tendu, et même défiance animale. On s'est redressés sur nos chaises.

« Pensez-vous pouvoir remplir ces formulaires avec les noms des garçons, etc. ? » a-t-elle lancé à Papa en prenant une planchette à pince, sur le seul bureau de la pièce, pour la lui tendre.

Elle fronçait même le nez quand elle parlait de sa voix grinçante de hérisson. Je me suis demandé si elle avait des favoris qu'elle était obligée de tailler avant de recevoir de la visite.

« À moins que vous n'ayez besoin d'aide pour les remplir ? »

La planchette à pince est restée un moment suspendue en l'air tandis que la minuscule nonne la reculait imperceptiblement hors de portée de Papa, qui a répondu en souriant avec fierté : « Oh non, pas du tout, ma sœur… merci. On va se débrouiller. »

J'ai scruté le visage de la religieuse à la recherche des inévitables signes de surprise, mais pour un hérisson, c'était une grande actrice. Elle a confié la planchette à mon père avec une chaleureuse tape sur le bras. Peut-être qu'elle ne jouait pas du tout la comédie.

« Prévenez-moi si vous avez des questions. Et je reviendrai vous chercher quand le père Francis sera prêt. »

J'étais content que Papa ait récupéré la planchette pour s'occuper.

« S'il te plaît, Christy, a repris Martin d'un ton plus pressant une fois la religieuse partie, j'y arriverai pas tout seul. »

Il avait dit *s'il te plaît*. Une première. J'ai observé ses narines se gonfler et rétrécir, et j'ai songé à fourrer quelque chose dedans.

« On va trouver un truc. Boucle-la juste un peu, hein ! »

La sœur Hérisson est revenue bien plus vite que prévu, et Papa n'avait pas fini de remplir les formulaires. *Les bâcle pas, Papa*, lui ai-je enjoint en pensée, mais j'ai vu que son stylo accélérait.

« Le père Francis est prêt pour vous, maintenant. » La nonne babillait en faisant des gestes urgents de ses minuscules mains tendues pour nous mettre en branle.

Papa a tracé avec le stylo une sorte de fioriture terminée par un point avant de rendre la planchette à sœur Hérisson, qui nous a introduits dans le bureau du directeur. Derrière sa porte, la moquette était plus épaisse, et du coup, j'ai senti mes bottes en caoutchouc s'y enfoncer bizarrement quand je marchais. C'était comme pénétrer dans une tombe, ou un lieu saint, empli de terreur et de possibilités.

À l'intérieur, y avait quatre chaises arrangées en un demi-cercle parfait autour du bureau du prêtre. Au lieu des livres que j'avais espérés, les murs étaient couverts de cartes imprimées dans des tons marron et jaunes à l'air ancien. Même les mers étaient sacrément brunâtres, avec des lettres compliquées en travers. Pas de poissons dans ces fichus océans. Et ensuite, à côté du bureau, une grande mappemonde ronde sur un socle – trois fois plus grosse qu'un ballon de football. Dans toutes les écoles dont on s'était fait virer, j'avais jamais vu rien de pareil.

Le père Francis était vêtu d'une longue robe noire, même si Papa nous disait toujours de ne pas appeler ça une robe, quand c'était un prêtre qui la portait. N'empêche que c'était quand même ça, un genre de robe d'aspect masculin avec un carré de tissu blanc au niveau du col. Il sentait comme le Saint-Esprit. Sa peau était plutôt sombre, comme s'il avait peut-être été un traveller un jour, et qu'il avait passé un temps fou dehors à prendre des couleurs. Son crâne était un dôme luisant et nu qui avait pas pris autant de couleurs que le reste, et ce qui lui restait de cheveux derrière était coupé si ras qu'on les voyait à peine. Un halo argenté indistinct en arrière-plan. Il était debout, occupé à faire tourner la mappemonde sur son axe, et quand on s'est approchés, il l'a arrêtée en pleine rotation, pointant du doigt une vague forme jaune avec les mots « République libre d'Irlande » écrits à la main en travers en gros caractères.

« Vous voilà, les garçons ! » a-t-il fait d'une voix si forte que Martin a sursauté.

Ensuite, il s'est dirigé vers Papa et tatie Brigid, menant la danse avec le dôme de sa tête chauve.

« Bien le bonjour, et soyez les bienvenus à Saint-Malachy. » Il a levé les yeux avant de serrer tour à tour la main à Papa et à Brigid. « Vraiment les bienvenus, en effet. »

Brigid paraissait sur le point de vomir.

« Je suis le père Francis, le directeur, ici. Bienvenue, bienvenue, et s'il vous plaît, asseyez-vous. »

Il était terriblement accueillant. Quatre fois déjà qu'il nous souhaitait la bienvenue. Brigid a hoché la tête, s'est assise, et sa pochette brodée de perles a émis un claquement en retombant sur ses genoux. Elle n'avait pas encore dit un mot. Le prêtre a rebroussé chemin pour aller se poster à l'autre bout du bureau, puis s'est laissé tomber dans son fauteuil en cuir rouge. La sœur Hérisson lui a déposé la planchette entre les mains avant de sortir de la pièce en vacillant. À mes côtés, Martin s'est fourré le doigt dans l'oreille. Brigid a tendu le bras devant moi pour l'obliger à remettre sa paluche baladeuse sur son flanc.

« Bienvenue à la famille *Hurley* », a dit le père Francis d'un ton songeur en lisant le papier qu'il avait sous les yeux.

Il a baissé la tête afin de pouvoir nous considérer par-dessus ses lunettes, et j'ai essayé de lui sourire, au cas où ça aiderait, puis il a demandé en nous examinant tous les deux :

« Martin ? »

Martin a levé un doigt solitaire en répondant : « C'est moi, mon père, je suis très heureux d'être ici à Saint-Malachy aujourd'hui, et nous vous remercions pour cet agréable accueil. »

La mâchoire de Brigid s'est presque décrochée alors qu'elle regardait son fils – il était si nerveux qu'il avait réussi à être éloquent et poli, le salaud.

« Très bien. C'est ce que j'aime voir : un garçon qui n'a pas peur de s'exprimer par lui-même. »

Martin a rayonné, et le père Francis a reporté son attention vers moi. Je suis resté les bras croisés.

« Et Christopher. Nommé d'après le Seigneur lui-même, je vois. »

Il m'a regardé pour obtenir confirmation, et j'ai répondu un « Oui, mon père », qui sonnait plus comme un couac-couac.

Il a continué sans se rendre compte de rien : « Très bien, très bien. Et quelle bonne idée que vos parents soient venus tous les deux ! C'est si rare pour nous d'avoir à la fois le père et la mère. Vous êtes deux p'tits gars chanceux, hein, d'avoir une maman et un papa aussi attentifs, n'est-ce pas ?

— Oui, mon père, a répliqué Martin.

— Non, mon père », j'ai rectifié.

Le prêtre m'a regardé en fronçant les sourcils, et je l'ai imité.

« Non ? »

J'ai secoué la tête, stupéfait de ma propre stupidité. En général, c'était le rôle de Martin ; c'était comme si on avait échangé nos cerveaux.

« Non, mon père. C'est juste, enfin, mon père, c'est pas nos parents. »

On aurait dit que ma voix était un furet piégé dans ma gorge. Confus, le père Francis a plissé son front bronzé tandis que Papa était pris d'une quinte de toux et que les jointures des mains de Brigid devenaient livides sur ses genoux. J'ai fixé le visage perplexe du prêtre et senti le poids des mots qui m'avaient échappé emplir la pièce. Merde. Qu'est-ce que j'avais fait ? Ça ne pouvait pas déjà dérailler comme ça, pas encore une fois.

« Enfin, y le sont. »

C'était nos parents ou c'était pas nos parents. Je pouvais pas arrêter ces stupidités de m'sortir de la bouche. Peut-être que Grand-Mère se trompait sur cette ville, peut-être que ce n'était pas destiné à arriver ici. Tout recommençait à dérailler.

« Enfin, *lui*, oui. » J'ai désigné mon père.

Une vraie tornade de stupidité. J'ai pris une profonde inspiration, cligné des yeux de la manière la plus lente et réfléchie possible. Quand je les rouvrirais, je repartirais de zéro, et tout irait bien. C'était vraiment un endroit pour nous. C'était *forcé*.

Je pouvais pas remonter le temps et faire ce que j'aurais dû faire, à savoir garder ma grande gueule fermée et laisser le prêtre croire que mes parents étaient ceux qu'il voulait qu'y soient. Mais maintenant, je *pouvais*, à condition de prendre des gants, trouver une manière délicate de m'expliquer, non ? Est-ce que ça devait compter tant que ça que j'aie pas de maman ? Est-ce que ça devrait compter *éternellement* ? J'ai rouvert les yeux.

« Voilà mon père, j'ai dit en souriant, le doigt toujours tendu. Et voilà ma tatie Brigid. C'est la mère de Martin, et son papa, c'est oncle Finty, qui est resté au camp. »

J'ai tenté d'invoquer la vision de ma mère fantôme : un croisement fragile et nébuleux entre Brigid et Grand-Mère, habillé de longues jupes noires et d'une pochette brodée de perles. J'ai songé que, si je le souhaitais suffisamment fort, elle allait peut-être apparaître dans la pièce à côté de nous et que le prêtre se mettrait à lui crier : « Vous voilà ! » à elle aussi, et que tout irait bien.

Brigid étudiait attentivement les pieds du bureau du père Francis, et je l'ai dévisagée en lui en voulant de ne pas m'aimer plus, pour qu'on puisse tous prétendre sans trop de mal que cette personne épaisse affligée d'un double menton était ma mère. Pourquoi ne pouvait-elle pas faire ça ? La toux de Papa s'est tue, et ensuite, en l'absence de ma stupide voix étouffée dans la pièce, y a eu un horrible silence, et j'ai cru que j'allais dégobiller pour de bon.

On avait déjà vécu et raté ce moment onze fois, dans onze paroisses différentes. On était même pas arrivés à monter les marches de Notre-Dame-de-l'Espoir-perpétuel à Cullohill. On avait jamais pu prier à Sainte-Marie-de-la-Visitation à Athlone, où les nonnes avaient surpris Martin à jurer et à cracher avant même qu'on ait décroché nos roulottes. Des fois, on avait réussi à aller aussi loin que celle-ci. Le bureau. Le directeur. L'entretien. Le congédiement. Saint Malachy était la paroisse numéro douze. Je sais que les autres avaient arrêté de compter, mais moi, non. Peu importe le nombre de fois où ça capotait, j'avais jamais cessé d'espérer que le prêtre me demande pas où était ma mère. Ni que mes aptitudes à la lecture seraient si impressionnantes que ça effacerait tout, et qu'il insisterait pour que je reste comme pensionnaire tellement j'étais doué, surtout pour un traveller.

« Et où est la mère de ce charmant p'tit gars ? » a interrogé le père Francis en s'adressant à Papa cette fois-ci, et je l'ai entendu lui servir l'histoire habituelle : « Il n'a pas de mère. Mais il est très intelligent, mon père. Il sait lire et tout. Il ne se comporte pas comme ça d'habitude, hein, Christy ? »

Le prêtre m'a souri et m'a gentiment rassuré. « Tout va bien, jeune monsieur Hurley. Tu es un peu nerveux, non ? »

J'ai acquiescé.

« Tout va bien, a-t-il répété avant de prendre Papa à partie. Bon, nous ne sommes pas obligés d'en parler *devant* les garçons, monsieur Hurley, si c'est un sujet sensible, mais nous *devons être sûrs* qu'ils sont tous les deux préparés aux sacrements comme il convient. À l'évidence, nous avons besoin de vérifier que votre fils est le fruit d'une union sanctifiée par l'Église. Sa mère sait certainement à quel point c'est important ? »

Il s'est raclé la gorge, mais s'il souhaitait que Papa abonde dans son sens, l'attente risquait d'être longue. Le prêtre a jeté un coup d'œil compatissant dans ma direction avant de fixer de nouveau Papa.

« Monsieur Hurley, a-t-il insisté, j'aimerais vous aider, mais vous comprenez certainement que j'ai les mains plutôt liées sur ce point précis. »

Papa a opiné, et j'ai senti la panique m'envahir. On était si près du but ce coup-ci – je ne pouvais pas continuer à compter les refus. Treize était un chiffre qui portait malheur, et c'était ma faute à moi seul, d'avoir tué ma maman et laissé Papa porter le chapeau pour son absence. J'ai pensé à lui quand il baissait la tête les fois où ces gamins nous traitaient de « tinkers » sur le *tober*. Je l'avais pris pour un lâche, mais peut-être que c'était moi qui n'avais aucun caractère.

« Je comprends, mon père. »

À travers la fenêtre derrière le prêtre, de l'autre côté de la cour, je voyais une classe vide et sombre, aux bureaux alignés qui attendaient. Je ne pouvais pas la regarder nous échapper encore une fois par ma faute. On serait tellement bien ici, ce serait tellement parfait. C'était ce que Grand-Pa voulait, ce dont Martin avait besoin. Ce dont j'avais besoin, *moi*. J'ai fourré mes mains dans ma poche, et la photo de journal chaude de Grand-Pa m'a donné la force nécessaire, et j'ai explosé.

« Je l'ai tuée ! »

À côté de moi, tatie Brigid s'est signée. Le père Francis m'a contemplé d'un air hagard, mais c'était trop tard, maintenant. La vérité allait soit nous sauver, soit nous achever.

« En naissant, j'ai expliqué d'une voix aussi solennelle qu'une bible toute neuve. Elle est morte quand je suis né. »

Ces paroles étaient sorties de ma bouche comme si Dieu en personne les y avait mises, avec autant de certitude. C'était même pas difficile ni effrayant. Un cri : et voilà ! Immédiatement, ma respiration s'est calmée, mes joues se sont rafraîchies.

Le visage de Papa s'est affaissé, mais il n'a pas dit un mot.

Le directeur avait l'air accablé ; il a exprimé sa compassion d'un lent signe de tête en s'exclamant : « Oh, jeune Christopher ! »

J'ai étudié mes orteils meurtriers, et il a ajouté : « Monsieur Hurley, pourquoi ne l'avez-vous pas précisé ? Je suis désolé. Et que Dieu la bénisse et la garde, mon enfant. Quel affreux fardeau à porter pour vous deux. J'ai cru… Eh bien, peu importe ce que j'ai cru. Toutes mes condoléances. »

À ce moment-là, il m'a souri, et j'ai été envahi par la certitude que tout irait bien. Papa a refermé la bouche, les dents serrées. Je n'arrivais pas à savoir ce qu'il pensait. Je m'en fichais.

« Merci, mon père, j'ai repris tout bas. Ma maman serait très contente d'apprendre que je vais faire ma première sainte communion ici à Saint-Malachy, et on vous causera aucun souci, mon père. Et on fera tous les devoirs qu'on nous demande, les lectures, les maths et tout.

— C'est très ambitieux de ta part, a-t-il approuvé.

— Oui, mon père. Si vous nous donnez juste une chance. »

J'ai entendu tout le monde respirer dans la pièce. « Bien sûr, a-t-il répondu en fourrageant un peu plus dans ses papiers. Nous avons déjà eu des travellers qui passaient par ici ces dernières années, et nous mettons toujours un point d'honneur à vous accueillir comme si vous étiez des nôtres. Après tout, nous sommes tous les enfants du Seigneur. »

Et ? Qu'est-ce que ça signifiait exactement ?

« Nous serions enchantés de vous avoir ici à Saint-Malachy. »

J'ai attendu le « mais ». *Malheureusement, nous sommes au complet en ce moment.* Ou : *C'est juste l'épidémie de tuberculose. On est plus ou moins en quarantaine... Vous comprenez.*

« Les garçons pourront commencer les cours lundi. »

Lundi ! Après tous ces mois et ces années d'attente, lundi, c'était seulement dans trois jours. On était déjà vendredi, et sûr que vendredi était à moitié passé. Ça semblait incroyablement rapide.

« Oh, merci, mon père ! » Brigid a joint les mains devant elle. C'était la première fois qu'elle parlait depuis notre arrivée, et j'espérais que ce serait aussi la dernière. Elle pouvait encore tout ficher par terre. J'ai souhaité de toutes mes forces que personne ne dise plus rien et que tout le monde reste tranquille, au cas où le charme se romprait, mais le père Francis a poursuivi.

« Je crois que vous allez vous plaire ici, les garçons. Nous avons des élèves formidables à Saint-Malachy, et des professeurs extraordinaires. »

On a confirmé d'un signe de tête, et il a repris en enlevant ses lunettes : « La seule question va être de savoir où vous mettre. Vous avez... Quel âge avez-vous, les garçons ?

— Douze ans, mon père », a répondu Martin, et j'ai complété : « Moi aussi, presque. Dans quelques semaines. »

Il a opiné avant de demander en appuyant ses paumes sur ses yeux : « Et vous n'avez jamais été scolarisés avant ?

— Pas scolarisés, non », a répondu Papa.

Je suis intervenu.

« Mais je lis des tas de livres.

— Des tas ? » Le père Francis a souri.

J'ai hoché la tête.

« Et quel est ton préféré, alors ? »

J'ai rétorqué sans y penser : « *Bilbo le Hobbit* », avant de me crisper au cas où j'aurais été supposé dire la Bible.

Il a juste expliqué que c'était un bon choix.

« J'ai bien peur que nous devions vous mettre en CE1. » Il a commenté pensivement : « C'est la classe de la première communion, mais les enfants y sont beaucoup plus jeunes que vous. En général autour de huit ans. »

Martin a fait une grimace digne d'un monstre, fugitive, mais suffisante pour que le prêtre la remarque. « Ça vous ennuierait beaucoup ? » Même si ça avait l'air horrible, je me suis hâté de répondre : « Non, mon père, pas du tout. »

Sauf que Martin n'avait pas réussi à changer de tête, et que le prêtre s'en est aperçu. Les coudes sur le bureau, il a concédé :

« Ce n'est peut-être pas idéal. Cela dit, savais-tu qu'avant le pape Pie X, personne ne recevait guère l'Eucharistie avant l'âge que vous avez aujourd'hui, Martin ?

— Non, m'sieur », a répondu mon cousin.

« C'est pourtant vrai. Et donc, il y a cinquante ans, vous auriez été parfaitement dans les temps. » Le prêtre s'est esclaffé, et j'ai demandé : « Alors, on n'est pas en retard, finalement ?

— Eh bien, tout dépend de la façon dont on voit les choses, mais il n'y a pas de raison de s'inquiéter. Vous pouvez faire votre communion et recevoir la confession, et peut-être même votre confirmation en même temps. Ce sera fantastique. »

Ensuite, il y a eu un long silence durant lequel il a encore réfléchi à ce qu'il allait faire de nous, et j'entendais le vent siffler dans les poils de ses narines quand il respirait. Il a fourragé parmi les dossiers sur son bureau avant de finir par annoncer : « Je crois que ce serait plus approprié que vous restiez en CE1. » Il a froncé les sourcils à l'intention de Martin. « Je sais que ce n'est pas ce que vous préféreriez, mais je ne peux vraiment pas vous mettre en cinquième avec tous les autres candidats à la confirmation. Vous êtes juste trop jeunes, et vous auriez trop de retard. »

J'ai senti Martin se tendre à côté de moi, et moi aussi, mes tripes, elles se sont tordues.

« Et je ne crois pas non plus qu'on puisse simplement vous scolariser avec les autres enfants de votre âge, parce vous avez besoin d'instruction religieuse pour vous préparer aux sacrements. Vous êtes tous les deux petits pour douze ans. Vos camarades ne s'apercevront peut-être même pas que vous êtes bien plus vieux. Pas vrai ?

— Oui, mon père. » On a branlé du chef.

Quand il s'est mis debout, on l'a imité en se levant de nos sièges avec précaution. J'ai bloqué ma respiration dans mes poumons, comme de l'eau coincée derrière un barrage. C'était pas l'idéal, mais ça m'était égal. Après toutes ces années de refus, l'école, on pouvait enfin y aller. J'aurais commencé à la maternelle si besoin.

« Vous pourrez régler la paperasse avec sœur Helena, là-bas. Nous aurons besoin des copies des certificats de baptême, bien sûr, et ensuite, ce sera bon. »

La bouche de Papa s'est légèrement ouverte, et une pointe d'inquiétude est passée sur son visage.

« Bien sûr, mon père, disait Brigid en lui serrant la main comme si elle pompait l'eau d'un puits. Ça ne nous pose aucun problème. On va s'en occuper, mon père. »

N'empêche que Papa avait l'air effrayé, et que sa figure avait pris une teinte blanchâtre.

CINQ

Vous savez comment, des fois, vous ne vous apercevez pas que vous avez la migraine jusqu'à ce qu'elle soit partie ? Et qu'ensuite, vous sentez vos épaules se détendre, votre respiration se libérer, et cette absence de douleur, ce réconfort pur, qui s'installe autour de vous comme un bain chaud ? C'est ce que j'ai ressenti dès qu'on a été pris à Saint-Malachy. Comme si j'ignorais à quel point j'étais devenu super déprimé, sacrément malheureux, jusqu'à ce qu'on m'accorde ce petit morceau de rédemption. Ça m'a donné un coup de fouet.

Quand on est rentrés au camp, Papa a sorti ses outils, et je suis allé l'aider. Il a accroché une plaque d'étain sur une enclume coincée entre ses genoux et l'a fait tourner sans cesse d'une main en tenant un marteau de l'autre. Et en tapant.

Y avait pas de manière prudente d'amener ce que je voulais dire, alors je me suis simplement jeté à l'eau.

« Martin et moi, on a pas été baptisés ensemble ?

— Non. »

Il n'était pas furax après moi d'avoir parlé de ma mère au prêtre, ce qui m'a agréablement surpris.

En vrai, lui aussi, il avait l'air étrangement de bonne humeur. Peut-être que c'était juste le soulagement.

« Comment ça se fait ?

— T'as pas été baptisé en même temps, c'est tout. Y voyageaient pas avec nous à ce moment-là. »

Il avait coincé les rivets entre ses dents et les sortait un par un pour les faire rentrer d'un coup de marteau. J'ai aligné les autres sur ma jambe, prêt à les lui tendre par paquets de cinq quand sa bouche était vide, après les avoir récupérés sur mon genou en les comptant.

« On était que tous les deux, alors ? »

Papa a fredonné, et à mon avis ça signifiait que la réponse était oui. Brigid avait filé à sœur Hérisson le nom de la paroisse où Martin avait été baptisé pour qu'elle puisse leur demander le certificat de baptême. Mais Papa lui avait annoncé qu'il s'occuperait du mien lui-même, que le prêtre était un de ses vieux amis, et que de toute façon, il devait lui écrire depuis longtemps.

« Alors qui c'est, ton vieil ami prêtre ?

— Purée, quel mêle-tout tu fais, Christy !

— Ben quoi ? Tu m'as jamais dit que tu avais un vieil ami prêtre qui m'avait baptisé. »

Une petite araignée s'est glissée sous le coin de la roulotte, tissant sa minuscule maison sous la nôtre. Je l'ai regardée tomber en tournoyant.

« Y a plein de choses que je t'ai jamais dites. J'aurais plus de voix si j'essayais de te raconter toute ma vie. »

Papa a lâché le marteau dans la poussière pour venir s'asseoir à côté de moi sur les marches à l'arrière de la roulotte. Il a choisi celle du milieu en posant ses pieds par terre, et moi, la plus haute, au-dessus de lui. Il a levé son gobelet d'eau pour en prendre une gorgée.

« Et s'ils nous traitent de tinkers ? À l'école. »

J'avais noté les pancartes après les obsèques de Grand-Pa, sur les portes des lieux publics. Sur la plus gentille, on pouvait lire : ON NE SERT PAS LES ITINÉRANTS. Les autres se bornaient à dire PAS DE TINKERS. Entre le I et le T de l'une d'entre elles, j'avais ajouté un H à moi avec un morceau de charbon, de sorte qu'on lisait : PAS DE THINKERS[1].

« Qu'est-ce que ça peut faire ? » Papa s'est levé en s'étirant avant de se baisser pour reprendre ses coups de marteau.

« Peut-être que je leur mettrai un pain dans la figure. »

Papa a marqué une pause suffisamment longue pour lever les yeux vers moi. « Si tu fais ça, c'est moi qui vais t'en mettre un. »

J'ai marmonné d'un air dégoûté : « Tu leur résistes jamais. »

Papa a poussé un soupir accablé. « On ne peut pas se battre pour chaque petit truc. Il faut apprendre à choisir ses combats, Christy. Autrement, il te restera pas d'énergie pour les choses importantes.

— Mais c'est une chose importante.

— C'est rien qu'un mot, pour l'amour du Ciel. Ça veut dire que dalle. »

J'ai écouté le son du marteau qui frappait l'étain recourbé entre ses jambes, où il prenait lentement la forme d'un seau.

« C'est rien qu'un bruit. » Papa a cogné son outil sur l'étain. « Voilà. Le bruit d'un tinker – c'est tout ce que ça veut dire. »

J'ai écouté le tink tink de l'étain qui répondait au marteau. Ça paraissait peu probable qu'un son aussi inoffensif puisse être responsable de ce mot

1. *Thinkers* : « penseurs ».

injurieux : tinker. Papa m'a tendu le marteau, a centré un des rivets à l'endroit qui allait devenir sa maison.

« Plante-moi ça là-dedans, Christy.

— Moi ? »

Papa a secoué la tête en répondant malgré tout : « Oui. Toi. »

Je me suis levé, lâchant la totalité des rivets que j'avais sur les genoux directement dans l'herbe, mais mon père était d'humeur patiente, alors il a attendu pendant que je les ramassais. Le marteau était plus lourd que prévu. À le voir le soulever, on avait l'impression qu'il ne pesait rien, mais j'ai eu besoin de mes deux mains pour soutenir son poids.

« Tout doux, petiot. Donne-lui juste une bonne claque. Pas la peine d'assassiner ce machin. »

J'ai ancré mes pieds dans le sol, bien écartés, balancé le marteau vers le bas. J'ai raté le rivet et creusé une belle encoche à deux centimètres et demi au nord de ma cible.

« Encore un essai, moins sauvage. T'as pas besoin de forcer pour le faire rentrer. Il en a envie. Encourage-le juste, Christy. »

Après avoir centré le marteau, je l'ai de nouveau brandi, plus doucement, cette fois, un œil clos et l'autre fixé sur le rivet. Je l'ai frappé avec le plat de l'outil, et il s'est enfoncé bien droit dans l'étain – brillant comme un globe oculaire larmoyant.

« Bon, a continué Papa en reprenant le marteau, qu'il a pointé dans ma direction. T'es pas un tinker. »

J'ai acquiescé. « Je sais. C'est pas un mot à nous. »

Je me suis rassis sur la marche en rassemblant les rivets dans mes paumes.

« C'est ça. Tu es un *Pavee*, un traveller. Ils nous appellent comme ça que parce qu'ils ne comprennent pas nos coutumes, alors ils ont besoin de les expliquer avec leurs mots à eux. Laisse-les-leur. Ça ne représente rien pour nous. »

Papa s'est repenché sur le seau, et, au bout d'une minute, il s'est mis à fredonner une petite mélodie. C'était une de celles que Grand-Pa jouait sur son violon, dont je connaissais les paroles, mais j'allais pas la chanter là, tout de suite. Au lieu de ça, je l'ai interrompu.

« Mais comment ça se fait, Papa ? Qu'ils pigent pas nos coutumes, tu vois ? C'est pas comme si on était si compliqués. »

Papa a encore fredonné un moment, mais après, il s'est arrêté. « Je suppose que ce serait difficile de comprendre l'intérêt de notre vie si on l'a pas essayée soi-même, tu vois.

— Moi, je la trouve plutôt super. » J'ai haussé les épaules.

« C'est parce que tu y es habitué. Mais si t'étais habitué à une maison à la place, tu saurais peut-être même pas ce que tu rates. L'agréable liberté de vivre cette vie au grand air, d'aller là où tu veux aller. De te réveiller tous les matins et d'être ton propre chef : c'est une différence énorme entre les *Pavees* et les sédentaires.

— Mais, et les médecins, alors ? Et les gens comme eux ?

— Ouais, bon. Enfin, y en a parmi eux qui sont leurs propres chefs, comme les médecins. Mais en général, ils travaillent pour d'autres gens, par exemple dans des boutiques, des pubs, des usines ou des journaux. Et le pire de tout, c'est d'être fermier – ces fichus fermiers, y sont presque esclaves, tu vois, des saisons, ou même de leurs bêtes. C'est une vie sacrément dure qu'ils ont.

Mais ils pensent la même chose de nous, ça fait pas un pli. Qu'on a une vie sacrément dure, tu vois, et ils arrivent pas à imaginer pourquoi on l'a choisie. Mais je voudrais pas d'autre vie que celle qu'on a.

— Moi non plus.

— Sûr que même un roi dans son château doit finir par drôlement s'ennuyer. À dormir enfermé derrière ces quatre mêmes murs toutes les nuits. Je choisirais l'espace du *tober* à tous les coups plutôt que ça. » Il s'est remis à fredonner un peu, et je l'ai accompagné, mais seulement une minute. J'ai fourré la main dans ma poche, senti le coin chaud de la photo.

« Papa ?

— Mmmm ?

— Grand-Pa te manque ?

— Sûr qu'il me manque.

— À moi aussi. »

Il a repris son fredonnement.

« J'ai reçu un message de lui. »

Cette fois, il a arrêté de fredonner. Je savais que je prenais un risque, mais quelque chose m'a poussé à parler, et j'ai enchaîné.

« Oui. Et je vais te le montrer, mais faut que tu promettes de dire que je suis pas devenu ramolli du bulbe. »

Papa s'est rassis bien droit et il a attendu.

« C'est promis ? »

Il n'a pas répondu.

J'ai cédé en tendant la main vers ma poche pour en tirer la photo du journal. « Bon, d'accord. Elle est venue à moi quand la roulotte a pris feu. »

Avant même d'y jeter un coup d'œil, il a demandé : « Tu entends quoi par : elle est *venue* à toi ?

— Juste ça. Elle est venue à moi.

— Quoi, il lui a poussé des jambes, et elle a marché vers toi en déclarant : *Ça boume, Christy ? Je suis un message de ton Grand-Pa !* »

Je l'ai fusillé du regard. « Non. Elle volait par là et je l'ai attrapée.

— Si tu le dis », a-t-il concédé, et quand il s'est penché pour voir, son visage s'est fendu d'un sourire.

J'ai cru que son cœur allait éclater. Sans réfléchir, il a lâché : « Bon Dieu ! C'est ta mère. »

Le marteau a atterri à ses pieds dans un nuage de poussière. Il m'a pris la photo des mains, l'a examinée avec attention, et ses traits étaient un masque de tendresse que je ne reconnaissais pas. Il a murmuré : « Où as-tu trouvé ça ? » La photo tremblait entre ses doigts.

« Ma mère ? »

C'était n'importe quoi. Je l'ai fixé. Papa a détourné les yeux, fait volte-face pour que je ne puisse pas le voir. Il était conscient que son visage était comme un panneau publicitaire étalant au grand jour ses pensées.

« Comment ? » j'ai répété. Bon, elle portait ma chaîne. Mais. « Qui c'est, là, avec elle ? Elle… » J'avais tellement de questions que je ne savais même pas par où commencer.

« Qui c'est, le bébé ? Elle a eu un autre bébé, avant moi ? Avant… Et qui c'est, l'homme avec elle ? »

Mais je ne regardais que le dos de Papa, qui était en train de recoller les morceaux de l'histoire pour les enfermer en lui, hors de portée. Lorsqu'il s'est retourné vers moi, elle était même plus sur sa figure.

« Comment je le saurais ? » Il m'a rendu la photo avec nonchalance. « Je l'ai jamais vu avant. »

Avec le recul, je peux dire aujourd'hui que je suis resté d'un calme remarquable. Je ne comprenais tout simplement pas, je n'arrivais pas à absorber tout ça, les découvertes qui allaient avec cette photo. Les dents de ma mère : blanches comme un rang de perles. Ça paraît évident maintenant, mais comment je pouvais imaginer alors que ma mère n'avait peut-être pas été une traveller ? Comment je pouvais seulement commencer à imaginer une chose pareille ?

Personne ne me parlait jamais d'elle, à part Grand-Pa, avant de mourir – dans le plus grand secret, quand y avait personne. Il m'avait dit que c'était une vraie beauté, et qu'elle avait des cheveux semblables à une tornade rousse, si foncés qu'ils en étaient presque violets, bouclant jusqu'à l'arrière de ses genoux. Que ses cils, ils étaient si longs qu'on racontait qu'ils soulevaient une sacrée brise dans son coin du pays dès qu'elle clignait des yeux. Et que quand elle marchait dans les champs, les cultures s'inclinaient devant elle, en une sorte d'adoration. Que même les vaches gazouillaient après elle sur son passage.

Avant ce jour-là, j'avais toujours réussi à fermer les yeux et à l'imaginer, si clairement que je pouvais m'enfouir dans ces cheveux violets et la respirer. Je la sentais presque sur ma peau, comme l'odeur estivale du vin de pissenlit. Mais là, ce réconfort avait disparu. Cette mère que je m'étais construite à partir des souvenirs de Grand-Pa m'avait été enlevée subitement dans un moment de négligence et s'était fracassée pour être remplacée par une femme plate et grise sur une photo de journal. Finis les violents orages de cheveux qui s'emmêlaient et s'agitaient autour de sa tête dans la brise et le tumulte déchaînés par ses cils. À la place, j'avais devant moi en noir et blanc celle que j'avais tuée, qui me souriait de toutes ses dents parfaites, un bébé sur la hanche. Tout s'est mis à tourner. J'ai scruté le visage de ce bébé, ses joues rondes et ses yeux clairs et brillants. J'ai essayé de reconnaître ses traits. J'ai tâté mon menton et mes pommettes, pour tenter de sentir si y avait une ressemblance. Mais comment est-ce que ce bébé pouvait être *moi* ? *Comment* ? Ma maman s'était donc pas vidée de son sang en poussant pour me mettre au monde ? Oh, mon Dieu, j'étais étourdi par ces fichues questions. J'ai secoué la tête pour m'éclaircir les idées, pour pouvoir réfléchir, mais je comprenais rien à rien. Je me suis demandé si c'était possible que quelqu'un vous manque quand il avait jamais été là au départ. Sept minutes où vous aviez tous les deux respiré sur cette Terre. Sept petites minutes.

***

« Tu t'es lavé les dents ? » m'a demandé Papa le lendemain matin après un petit déjeuner à base de rien, puisqu'on avait rien à becqueter dans le camp.

J'ai opiné. « Ouais. »

Il s'essuyait le cou avec une serviette, et son visage était nu. Je savais que ça ne servait à rien de recommencer à le tourmenter avec la photo. J'avais essayé toute la soirée sans résultat. Il la fermerait tant qu'il serait pas prêt, ou que j'aurais pas trouvé une ruse pour le forcer à parler. La veille, je l'avais étudiée pendant des heures, pour tester si je pouvais ressentir le moindre truc en la regardant, qu'une femme comme ça puisse être ma mère. Mais vu le peu de sentiments que j'éprouvais pour elle, elle aurait très bien pu être le Taoiseach[1] d'Irlande. Je l'avais remise dans ma poche.

1. Chef du gouvernement d'Irlande.

On était samedi, j'avais attelé Jack à la petite carriole sur ordre de Papa, et on a grimpé dedans pour aller à la ville. Il m'a tendu un paquet emballé bien serré avec une enveloppe glissée sous la ficelle. L'enveloppe disait : « Père Jonas Stapelton – Paroisse du Saint-Esprit, Rathnaveen » de son écriture pointue et penchée, à l'encre bleue.

« C'est le prêtre qui m'a baptisé ?

— C'est lui.

— Père John-iss Stapleton, j'ai lu tout haut, et Papa m'a corrigé.

— Joan-iss. C'est un *o*, comme dans : des os.

— Ou pot. »

Papa m'apprenait à lire depuis un bout de temps, mais des fois, je me trompais encore sur certains mots. J'ai grimpé à côté de lui dans la carriole.

« Tu vas lui envoyer quoi ? » Je pensais que le paquet était pour lui.

« Rien. Juste la lettre – pour récupérer ton certif de baptême.

— Alors, c'est pour qui, ça ? » J'ai tiré sur la ficelle autour du paquet.

« Pas pour toi, en tout cas. »

J'ai tripoté le coin du papier kraft dans le but de jeter un coup d'œil à l'intérieur, mais Papa m'en a empêché.

« Laisse ça !

— Où on va ?

— Tu verras. C'est une surprise. »

Parfois, les surprises de Papa, elles étaient merdiques. Du genre : « Surprise, ces fichus sédentaires avaient pas besoin de ferblanterie, alors je leur ai vendu tes chaussures à la place. » J'ai tenté d'obtenir un indice.

« Y a du bacon là-bas ? »

Papa a levé les yeux au ciel, mais il a répondu quand même. « Écoute, il faut qu'on discute de quelque chose. »

Je l'ai regardé. Peut-être qu'il avait changé d'avis, et qu'il allait me parler de ma mère, maintenant.

« L'incendie de la roulotte, tu sais. »

Je me suis raidi. Il allait rien dire sur la photo, pardi. Ni sur ma mère. J'avais pas envie de parler de l'incendie de cette satanée roulotte. J'avais même pas envie d'y penser – que c'était moi le fautif. Même si c'était Martin qui avait répandu l'essence, comme un prêtre qui asperge la congrégation d'eau bénite. Martin qui avait eu le cran de craquer l'allumette. Mais c'était moi qui l'en avais persuadé. C'était moi qui trouvais toujours quelque chose à redire aux choses : qui tirais sur un fil dépassant du bas d'un pull jusqu'à ce qu'il ne reste plus que deux manches et un tas de laine emmêlée. J'arrivais jamais à laisser tomber. Alors peut-être que Papa était au courant. Peut-être qu'il avait pigé que tout était ma faute. Et maintenant, l'interrogatoire allait commencer, et je craquerais illico, parce que c'était le genre de gars que j'étais. Quelqu'un qui craque.

« La photo que tu as trouvée. »

Ça m'a effrayé.

« Quoi ?

— Je sais que l'incendie de la roulotte ne s'est pas passé comme prévu. Et c'était très mal, ce que Martin a fait. Et pas juste à cause de ce qui est arrivé à ton grand-père. Mais aussi, tu vois, en faisant ça, il a volé quelque chose de très précieux à ta grand-mère. Il l'a privée de la cérémonie. C'était à elle de dire au revoir. Mais c'est lui qui l'a fait, et, bien qu'il en ait pas eu le droit, on peut pas revenir là-dessus. »

J'ai acquiescé, mais je ne voyais pas le rapport avec la photo de ma mère.

« Mais tout ce qui appartenait à ton grand-père a brûlé, et ça au moins, c'est comme ça devrait être. Sauf la photo. Elle aurait dû brûler aussi. »

Mon estomac a eu un soubresaut, et j'ai remarqué : « Sauf qu'elle est toujours là.

— Non.

— Alors peut-être que c'était pas censé arriver. Peut-être que Grand-Pa voulait que je l'aie. »

Papa m'a regardé comme pour me signifier que je devais savoir que c'était n'importe quoi.

« Christy, t'accrocher à cette photo, c'est comme garder ton grand-père captif. C'est injuste envers lui. »

J'ai senti mes narines frémir. « Injuste envers *lui* ? Et moi, alors ? C'est *ma* mère, sur cette photo. Et tu t'obstines encore à vouloir me dire que dalle sur elle. »

Papa a serré les mâchoires d'un air dur, j'ai vu une veine gonfler sur son cou.

« Ta mère n'a rien à voir là-dedans. » Je commençais à m'énerver.

« Ça a tout à voir avec ma mère, merde. Grand-Pa voulait que je la connaisse. C'est le seul. Le seul à en avoir quelque chose à faire. Toi, t'en as jamais rien eu à faire, merde. Encore maintenant.

— Ça suffit, Christy.

— Non, ça suffit pas. Grand-Pa voulait que je l'aie et… »

Papa m'a interrompu.

« Il faut que tu la brûles.

— *Quoi* ?

— Tu m'as bien entendu.

— Pas question.

— Ce n'est pas une requête, Christy. »

J'ai fait non de la tête. « Tu veux juste que je la brûle parce que c'est la photo de ma mère, et que tu refuses que je sache un seul truc sur elle. Parce que tu veux la garder rien que pour toi. »

Il n'a pas réagi. J'avais besoin de trouver quelque chose de plus dur à lui balancer pour le blesser comme j'en avais envie, alors j'ai tenté : « Je te déteste ! »

Papa a secoué les rênes de Jack en s'exclamant : « Mais bien sûr », avant de bâiller.

***

J'ai fulminé pendant le reste du trajet jusqu'à la ville, mais mon humeur ne pouvait pas avoir d'influence sur le temps, et le ciel a paru se dégager un peu au fur et à mesure. Les gros nuages semblaient plus hauts quand on est arrivés le long de la High Street. Le garçon boucher était sur le seuil de sa boutique en train de balayer, et un camion de livraison s'était garé devant la boulangerie ; comme ses portes arrière étaient grandes ouvertes, on voyait la marchandise à l'intérieur. Ça m'a rappelé Jésus qui nous montre le Sacré-Cœur – même genre de souffrance, mêmes couleurs. Sur les étagères du haut, y avait toutes ces bonnes choses, les tartelettes débordant de flopées de cerises et de sucre glace, les gâteaux et les flans, les tourtes sucrées et brillantes. Les gâteaux roulés. Les gâteaux à la crème. Et ensuite, au-dessous, y avait les pains : bruns, kaki, blancs ou blanc cassé, en grand, petit et moyen. Bosselés ou ronds. Costauds ou maigrelets. De la farine et des graines savoureuses. J'avais tellement faim. On sentait leur odeur, encore chauds de leurs fours pleins de beurre. Encore ensommeillés. Comme des proies.

J'ai entendu la voix d'un gamin siffler : « Oh, les tinkers qui puent ! » et puis des rires, mais sans arriver à savoir de quelle fenêtre ou de quelle ruelle ils venaient. J'ai craché sur la route. Papa a arrêté Jack à côté de la camionnette ouverte à l'arrière, et j'ai sauté par terre pour l'attacher. Une fois qu'il a pris le paquet sur mon siège, il est descendu après moi. Ensuite, il s'est retourné, et il est parti. J'étais censé le suivre, sauf que la porte arrière de la camionnette, elle était restée ouverte, à moins d'un mètre. Juste un petit pain ou un scone. Juste une bouchée, en attendant.

« *Hé !* »

Ce foutu garçon boucher. C'était même pas sa boutique. Pas comme si je piquais des côtes d'agneau. Il a craché : « Hé, toi, dégage de là ! »

J'ai levé les yeux vers lui sans dire un mot. Il a donné des coups de balai en direction de mes pieds. Il avait peut-être trois ans de plus que moi. Avec des boutons sur sa tronche nourrie à la viande. Il a insisté : « Allez. Va-t'en. »

J'ai pas bougé d'un pouce en me demandant si je pourrais en chaparder un quand même avant de partir en courant. Mais Papa attendait debout quelques portes plus loin. Il savait que j'avais faim, et il ne m'aurait pas empêché de piquer un scone pour que mon estomac arrête de protester en gargouillant. Mais il n'empêcherait pas non plus ce mec-là de me flanquer par terre. Il voulait juste voir ce qui allait se passer.

J'ai laissé le méchant garçon boucher boutonneux tranquille. Il avait jamais eu faim de sa vie. À mon humble avis, vu sa corpulence, il avait même jamais loupé un seul goûter.

Papa poireautait sous l'enseigne la plus simple de toute la rangée de boutiques, un truc rudimentaire en bois avec LIBRAIRIE peint dessus en lettres rouges, et pareil dessous, en irlandais : SIOPA LEABHAR. On a essuyé nos pieds deux fois sur un épais paillasson avant d'y pénétrer.

« Entrez, entrez, les amis, a lancé la femme derrière la caisse, d'une voix qui résonnait dans la pièce remplie de livres. Venez vous mettre à l'abri de ce sale temps. »

Je ne savais pas de quel sale temps elle parlait, mais on avait l'impression qu'elle disait exactement la même chose à tous ceux qui faisaient tinter la cloche au-dessus de la porte de sa librairie, et qu'elle enchaînait généralement par « Il y a un vent à décorner les bœufs dehors », ou peut-être, « Ce soleil qui vous tape sur le ciboulot, ça n'en finit pas – on est sûr de mourir d'insolation », selon les jours.

Alors on est entrés comme on nous avait dit, mais j'ai noté comment les planches noueuses par terre étaient polies et craquaient. Et aussi les poutres sombres au plafond, et comment les lampes pendues à ces fichues poutres éclairaient les tranches colorées des livres – des centaines et des centaines de livres. J'ai passé mes doigts le long de leurs reliures, grosses ou minces. Je les ai respirées. Je leur ai murmuré.

On sentait le café que la p'tite dame avait préparé et qu'elle buvait, assise derrière la caisse. Comme c'était du café et pas du thé, peut-être qu'elle était un peu excentrique. Elle a corné la page du bouquin qu'elle lisait pour se rappeler où elle en était, puis l'a posé à côté de la caisse en laissant sa tasse par-dessus. Une demi-lune de rouge à lèvres framboise était accrochée au bord. L'odeur puissante du café me donnait l'impression d'avoir moins faim.

« Eh bien, Christopher Hurley ! » La dame s'est levée pour saluer Papa. « Vous revoilà une fois de plus, hein ? Ça fait un bail.

— En effet, nous revoilà. Madame Hanley, voici mon fils, qui s'appelle aussi Christopher. »

J'avais envie de rester de mauvais poil pour punir Papa, mais la p'tite dame m'a souri en me regardant dans les yeux.

« Comment vas-tu, Christopher ? »

Et elle avait un côté si jovial qu'on pouvait pas être désagréable avec elle, pas pour de bon.

« Christy. Salut. »

Elle était charmante et ronde, mais pas de la même manière que tatie Brigid était ronde – pas avec un bébé qui poussait là-dedans toutes les cinq minutes. Et même pas avec un gros derrière grassouillet ni des bouts de peau qui pendouillaient ni rien. Elle donnait juste l'impression d'être tout en courbes douces et en petites cambrures gracieuses. On aurait dit une collection de ces formes-là mises ensemble de manière à se combiner pour former un corps, et un visage. Elle s'habillait comme une religieuse – mais une de ces religieuses modernes qui se promènent avec une jupe en dessous du genou et un cardigan de la même couleur que les prunes, ou bleu ou gris. Elle ne portait pas de lunettes, mais elle avait l'air d'en avoir besoin, comme si son nez était un perchoir qui n'attendait que ça. Ses yeux, ils étaient petits et bruns, avec presque pas de cils. Et ses cheveux, ils étaient blancs – aussi blancs qu'un ciel d'hiver, avec juste une ou deux traînées argentées par-ci par-là, tous ramenés en arrière en un chignon géant de la taille d'une deuxième tête. Ses cheveux semblaient avoir quelques dizaines d'années de plus qu'elle.

Elle a pris Papa par le coude pour l'entraîner dans le bureau derrière la caisse, et je les ai suivis dans cette petite pièce bien rangée. Je savais pourquoi on était là. Papa ne m'avait jamais emmené ici avant, mais je savais qu'il vendait des livres, qu'il était toujours à l'affût de ceux dont les gens ne voulaient pas ou ne se servaient pas, pour pouvoir les échanger contre quelque chose, ou les revendre à un négociant qui paierait peut-être un bon paquet contre un exemplaire rare en bon état. La pièce disposait d'une fenêtre en hauteur percée dans le mur extérieur qui laissait entrer une lumière froide sur le bureau bien rangé. Une note épinglée dessus disait : « Prenez, si vous le devez, ce petit sac de rêves. Desserrez la cordelette, et ils vous envelopperont. » À ce moment-là, le propriétaire est arrivé, tout agité et affairé derrière un ventre d'homme bien portant, et la p'tite dame a disparu à l'avant de la boutique, suivie de son chignon blanc géant.

Papa a posé le paquet sur le bureau, et monsieur Hanley et moi, on l'a tous les deux observé pendant qu'il dénouait la ficelle et laissait le papier se déplier. Trois bouquins à l'intérieur, nus et prêts à l'emploi. Deux couvertures en cuir, une en tissu. Ils frissonnaient presque, exposés comme ça sur le bois. Mais monsieur Hanley les a examinés avec l'amour irréductible d'un maître des livres. Il les a touchés et respirés, les a feuilletés délicatement, a émis des bruits ambigus en tournant leurs pages tremblantes. Pour finir, il a enlevé ses lunettes avec un grognement.

« Je connais un collectionneur qui leur conviendrait parfaitement, a-t-il dit en repliant ses lunettes et en les posant sur le bureau. Il sera enchanté. »

Il gribouillait une somme dans un coin du papier ouvert. Papa s'est penché pour regarder, et sans voir le chiffre qu'était écrit dessus, je devinais à la tête qu'il faisait qu'on allait manger de gros morceaux de lard ce jour-là, et qu'on boirait même une goutte ou deux de porto.

Papa s'est levé, il a tendu la main à monsieur Hanley sans même tenter de marchander. Il avait beau en avoir obtenu un bon prix, je ne comprenais jamais pourquoi il n'essayait même pas de discuter, de grappiller quelques sous. Mais Papa avait toujours l'air de se satisfaire de ce que les sédentaires lui offraient. Monsieur Hanley et lui ont continué à parler en se donnant des claques dans le dos, et je suis sorti du bureau en douce pour retourner dans la boutique et explorer.

Dans la pièce de devant, y avait que des livres, rien que des livres et encore des livres, la caisse, la p'tite dame, l'odeur intense et renversante du café, et ça vous donnait presque l'impression d'être dans une roulotte, parce que tout ce dont vous aviez besoin était entassé dans cet espace restreint, mais en ordre, net et bien rangé. Sauf que si c'était une roulotte, ça aurait été la meilleure du monde, avec tous ces fichus bouquins à l'intérieur.

Je me suis posté à l'avant de la boutique en jouant à un jeu avec moi-même : si je pouvais choisir un livre sur chaque étagère, lequel est-ce que je prendrais ? J'ai sélectionné une édition de poche de *Croc-Blanc* à cause du loup sur la couverture, qui découvrait ses dents étincelantes, mais qui tirait quand même la langue comme un chien, plutôt amicalement. Derrière lui, au loin, y avait des tipis, avec sûrement des Indiens dedans, et qui n'avait pas envie de lire des histoires d'Indiens ? J'ai sorti *Lolita* pour son titre qui faisait cirque et la jolie boîte verte soyeuse qui allait avec. Je me suis dit qu'un livre vendu avec sa boîte à lui devait être très distingué, comme les cigares.

Papa m'a ramené à la réalité. « Rêve pas, mon pote. »

Il devait déjà avoir fini avec monsieur Hanley, et il repliait notre paie dans la poche de sa veste. Je ne m'étais même pas aperçu que j'avais attrapé la boîte à livre soyeuse, mais je la tenais devant moi comme des chocolats interdits, et j'avais pas envie de la lâcher. Malgré mes doigts qui la serraient bien fort, Papa me l'a reprise pour la remettre sur l'étagère.

« En tout cas, pas de doute, tu as bon goût. Tu ne choisis que ce qu'il y a de mieux dans la boutique, espèce de morveux ! »

Madame Hanley a laissé échapper un petit rire, qui faisait exactement le même bruit que la cloche sur la porte, et elle s'est approchée de nous.

« Manquerait plus que ça ! Bien sûr, on n'est pas censés avoir celui-là ici. Enfin. Je ne crois pas que ce soit bien méchant, quand même. Vous ne *parlez-vous* pas un peu *frances*[1] ? »

Elle m'a adressé un clin d'œil, mais je n'avais aucune idée de ce qu'elle racontait. Elle a repris la boîte verte sur l'étagère où Papa l'avait reposée avant de baisser la voix et de se mettre à murmurer un peu fort, bien qu'y ait pas un chat dans la librairie : « *Il est interdit, vous savez.* »

Papa a haussé les sourcils.

« Oh, bien sûr, c'est celui-là. Qui parle du vieux croûton et de la petite jeunette ? J'ai lu quelque chose là-dessus dans le journal.

— C'est choquant. » Madame Hanley n'avait pas l'air choquée du tout. Elle a repris sa voix habituelle,

1. En français dans le texte.

avec un volume et une mélodie normales. « C'est l'édition parisienne – la seule sur laquelle nous ayons réussi à mettre la main. »

Elle a admiré la boîte qu'elle tenait dans ses bras, a fait courir les doigts le long du passepoil en soie.

« Hmm. Je crois que je vais juste le garder avec moi derrière la caisse. En lieu sûr, hein. »

Elle a tapoté la boîte, puis s'est penchée vers moi, suffisamment pour que son visage soit tout proche, et sa main sur mon épaule. Elle sentait très bon. Une odeur de propre.

« Aimerais-tu choisir un livre dans notre bibliothèque de prêt ? Quelque chose d'un peu plus approprié à ton âge, peut-être ? Ou au moins un qui ne te vaudrait pas de te faire arrêter ? » Son sourire avait la couleur de son rouge à lèvres framboise.

« Merci, m'dame, j'ai dit sans regarder Papa pour lui demander la permission. Ça serait génial. »

Je suis passé devant lui, et madame Hanley m'a entraîné vers la section bibliothèque. Elle m'a montré sur quelles étagères je pouvais choisir, et maintenant, ce n'était plus un jeu, mais la réalité. J'allais vraiment pouvoir quitter la boutique avec un de ces bouquins – n'importe lequel sur ces trois étagères. Juste un. Ça m'a pris tellement de temps de les examiner que Papa a fini par annoncer d'un ton exaspéré qu'il allait jeter un coup d'œil aux tableaux à l'arrière.

« Des tableaux ? » J'ai posé la question sans me laisser distraire longtemps, et il a simplement répondu : « N'y passe pas des plombes. »

Je l'ai ignoré. À présent, j'avais sorti quatre livres, entassés comme des oreillers, et je tentais de me concentrer pour réduire mes choix. Y avait *Les Aventures de Tom Bombadil*, que je savais que j'aimerais à cause du *Hobbit*. Avec un voilier sur la couverture, en plus, et de très gros poissons. Sauf que la voile du bateau était rose, alors ça l'a plus ou moins éliminé. J'ai mis sur la touche *La Toile de Charlotte* juste parce que. Je ne sais pas pourquoi. Peut-être parce que c'était une fille et que j'ai pensé que ça serait peut-être barbant, même si elle avait l'air d'avoir un cochon, et aussi un mouton.

La p'tite dame, elle m'a vu le reposer sur l'étagère, et elle m'a averti : « Je pense que *La Toile de Charlotte* pourrait vraiment te plaire. Ce livre est très populaire en Amérique. »

Ça m'a fait gamberger. « En Amérique ?

— Mmm-mmm.

— Vous croyez qu'Elvis l'a lu ? »

Elle a aspiré bruyamment un peu de café à travers ses dents et, au lieu de se moquer de moi, elle a considéré la question avec sérieux. « Oh, ce serait difficile à dire, vois-tu. Je ne sais pas si Elvis est vraiment du genre à lire. »

Ce qui en laissait donc deux. *Les Aventures de Huckleberry Finn* avait l'air classe, et le gamin sur la couverture semblait avoir le même âge que moi, ou peut-être un peu plus vieux. Ou alors juste plus grand, et de toute façon, il portait un chapeau de paille. Et il était pieds nus. Je me suis dit que peut-être on avait des choses en commun à part le chapeau. Mais en fin de compte, j'ai choisi *Les Voyages de Gulliver*, un livre cartonné, ce qui le rendait mystérieusement un peu plus conséquent que les autres. J'aimais qu'il pèse plus lourd dans mes bras. J'aimais pouvoir le serrer sans avoir peur de le gondoler. Il était rouge vif et orné d'une centaine de fioritures et de décorations dorées différentes. Partout sur la couverture, dégoulinant sur les bords, et même au dos, des lignes, des lettres et des tourbillons dorés, gonflés et en relief. Et pile au milieu de toutes ces centaines de fichues fioritures, dans un halo doré rond, boursouflé et en relief, Gulliver, doré, boursouflé et en relief lui aussi. Un traveller. Tout ça avait à la fois l'air très académique, sérieux et audacieux. Un vrai livre de vrai érudit.

« Celui-là, j'ai tranché en faisant glisser le bouquin sur le comptoir, à hauteur de mes épaules, et la p'tite dame a approuvé

— Ah, excellent choix ! »

Et là, elle a sorti son registre pour y inscrire mon nom, Christopher Hurley, avec la date, le 17 février 1959. Après, elle m'a donné un petit morceau de papier en guise de reçu, sur lequel elle a écrit à l'encre verte, d'une écriture bizarre : « Profite bien de cette aventure, mon ami ! Et ensuite, sois gentil de rapporter ce livre à la librairie Hanley de High Street. »

Et alors, je lui ai demandé, en me mettant sur la pointe des pieds et en baissant la voix autant que possible sans lui laisser penser que je murmurais : « M'dame, vous avez aussi de vieux journaux ? J'ai besoin que d'une page – n'importe laquelle, peu importe. »

Elle se penchait déjà en arrière pour fourrager sur une étagère basse sous le comptoir. Elle n'allait même pas chercher à savoir pourquoi. Elle a sorti *The Irish Independent* de la veille et l'a poussé vers moi.

« Tu peux le prendre en entier. J'allais juste m'en servir pour allumer le feu. »

J'ai jeté un coup d'œil à la porte de derrière en espérant que Papa resterait encore une minute là où il était.

« J'ai seulement besoin de quelques pages. »

Après avoir ouvert le journal au milieu, j'en ai arraché un gros morceau dans un coin avec une photo dessus, grimaçant du bruit qui résonnait dans la boutique silencieuse. En remarquant ma réaction, madame Hanley a eu une quinte de toux pour détourner l'attention. Elle l'a fait pour de faux, j'en étais sûr, sans même me connaître. Elle se fichait de ce que je mijotais ; elle voulait juste m'aider. Je l'ai remerciée d'un grand sourire et j'ai plié très vite ma nouvelle page déchirée à la fin du livre que j'avais emprunté.

« Te voilà paré, maintenant », a-t-elle conclu d'une voix forte en appuyant sur la couverture pour mieux cacher le journal à l'intérieur.

Pour finir, elle a replié le reste des pièces à conviction et remis *The Irish Independent* sous le comptoir.

« Merci », j'ai dit en prenant le bouquin.

Je l'ai plaqué contre moi comme s'il faisait partie de mon anatomie. Un bras, une jambe. Un cœur rouge et sanglant qui pulsait, battait. Avec des fioritures.

SIX

J'ai trouvé Papa dans la galerie de l'arrière-salle, les mains derrière le dos et son chapeau suspendu à ses doigts. Il était scotché devant un tableau qui l'avait embarqué ailleurs, et quand j'l'ai vu, ça m'a coupé le souffle direct.

Dans un champ morne et venteux, une maison toute seule et affamée se dressait près de la mer. Des rochers cernaient la bicoque comme un gang de crânes béants. Je ne distinguais que l'arrière de leurs têtes, mais j'entendais leurs accusations désespérées ; je sentais leur appétit. Des gueules de famine, affamées, voraces, faméliques. Bouche ouverte, crevant la dalle. Des taches vert gazon sur leurs mentons pierreux. Je les connaissais ; je connaissais tous les mots désignant la faim.

Au-delà du champ, à l'horizon, y avait les couleurs de la mer et du ciel qui se mélangeaient doucement, chacune voulant supplanter l'autre. Tout était meurtri, battu. Toute cette violence et cette tendresse, elles étaient prisonnières d'un lourd cadre doré, mais cette capture ne les avait pas du tout domestiquées. D'une manière ou d'une autre, même sur le mur blanc et propre de la librairie, ça restait sauvage. C'était comme si je voyais ma vie à travers une fenêtre, et ça me donnait le sentiment d'être pas-seul, parce que je savais que, si les gens regardaient ce tableau, ils comprendraient comment c'était pour nous.

Je suis resté derrière Papa aussi silencieusement que possible, et j'ai continué à fixer le tableau. À observer. Et j'entendais presque la vie craquer et bourdonner dans cette maison, avide de nous. Et j'entendais le vent qui attaquait ses fenêtres tremblotantes, et je sentais le feu de tourbe qui brûlait tout bas gentiment dans la cheminée. Je voyais Papa qui ronflait peut-être un peu, dans un bon fauteuil aux larges accoudoirs, sans chaussures, les doigts de pied tendus vers la chaleur. J'imaginais le son entraînant du violon de Grand-Pa, la musique qui réchauffait l'intérieur de la petite pièce avec de la joie et des membres qui s'agitent en cadence. Et tout de suite, mon ventre s'est contracté de tristesse quand je me suis souvenu. La musique de Grand-Pa, c'était fini.

À ce moment-là, je me suis senti plus perdu, plus seul que jamais encore dans ma vie. Je ne comprenais pas le sentiment que m'inspirait cette bicoque, pourquoi ce tableau me parlait comme ça. Les maisons, je ne supportais pas. Je n'étais jamais à l'aise dedans. Même en visite, je m'y sentais oppressé, confiné, comme si leurs murs allaient m'étouffer, me suffoquer. Dans une maison, je ne pouvais pas respirer. Mais j'étais quand même rempli d'une nostalgie perfide. Et peut-être que c'était pareil pour Papa, à côté de moi, qui contemplait la maison, lui aussi.

Ma confusion amplifiait tout à ce moment-là, et j'ai absorbé l'ensemble au plus profond de moi – l'intensité des sentiments contenus dans ce tableau. Tout mon chagrin et toute ma nostalgie. Je me disais que si je pouvais m'en imprégner, j'arriverais peut-être à les comprendre. Je tenais le livre contre ma poitrine, et je l'ai pressé fort sur ma cage thoracique en espérant qu'il me remplirait.

« On y va ? » a demandé Papa sans quitter des yeux le tableau.

J'ai hoché la tête, mais je n'ai pas détourné le regard non plus. On est restés devant trois minutes de plus.

En allant vers la sortie, Papa s'est encore arrêté devant la caisse, et j'ai retenu ma respiration sans regarder la p'tite dame, avec juste une petite prière pour qu'elle mentionne pas le journal. Elle buvait toujours bruyamment son café, mais maintenant, elle avait le nez dans la boîte-livre verte en soie, les yeux écarquillés et gourmands derrière les pages. Elle a replié son doigt à l'intérieur et refermé à moitié son bouquin en nous voyant avant de nous dire au revoir.

« À la prochaine fois !

— Certainement, a répondu Papa. Une dernière chose avant qu'on parte – je cherche à poster une lettre. Vous vendez des timbres à l'unité ?

— J'en ai, bien sûr. » Elle a replacé avec soin le bouquin dans l'écrin de sa boîte, puis ouvert le tiroir-caisse pour en sortir une enveloppe.

« John Redmond ou Arthur Guinness ?

— Oh, on va prendre Guinness, pas vrai, Christy ? »

J'ai haussé les épaules. Bien sûr que je voulais le Guinness, mais j'étais pas prêt à tailler une bavette avec lui.

« Juste un ?

— Oui, c'est tout. »

Elle a posé le petit carré de papier sur le comptoir entre nous. Sur le timbre, la tête de monsieur Guinness était rose. J'ai retenu ma respiration.

« Bien. Ça fera trois pennies. »

Papa lui a mis les pièces dans la main, et elle les a lâchées dans le tiroir-caisse.

« Voulez-vous que je vous la poste ? »

Papa était en train de lécher le timbre, qu'il a collé au coin de notre importante lettre-au-prêtre.

« Oh, je vais m'en occuper.

— Ça ne me dérange pas. » Elle a désigné une pile d'enveloppes sur l'étagère derrière elle. « J'en ai moi-même tout un paquet à envoyer aujourd'hui. Je vous éviterai le voyage.

— Alors, d'accord. Merci beaucoup. » Papa lui a tendu la lettre.

« Ah. Aucun problème. » Elle l'a posée au sommet de sa pile, et Papa l'a saluée. « *Slán leat*[1].

— *Slán abhaile*[2] ! » Dieu merci, la p'tite dame avait déjà replongé le nez dans son bouquin.

J'étais tiré d'affaire. Dans les boutiques, on a acheté des clopes et du porto, un journal, des œufs, du pain, du beurre (Dairygold), des tranches de lard, six pommes de terre, deux pommes, des chips Tayto (!), un paquet de biscuits au chocolat, et – merveille de toutes les merveilles – un volumineux morceau compact d'authentique *fromage* Mitchelstown. On allait se taper la cloche comme jamais. Jack n'allait pas assez vite pour moi, tellement j'avais hâte de rentrer au camp pour tout dévorer. Je n'arrivais même pas à rester en

1. « Au revoir. »

2. Littéralement *Safe home*, expression irlandaise utilisée pour dire adieu à quelqu'un qui rentre chez lui.

colère contre Papa, avec toute cette nourriture qui me distrayait. Mon estomac a gargouillé d'enthousiasme.

« Tu peux remercier un certain monsieur Eliot pour tout ça, a expliqué Papa tandis que je lorgnais les sacs de courses à mes pieds.

— C'est qui ?

— George Eliot. Le type qu'a écrit le bouquin qui paie ce festin.

— Qu'est-ce qu'il avait à dire de si important ? »

Papa a tendu la main vers le sac le plus proche et m'a lancé un paquet de ces chips Tayto fromage et oignon.

« Je ne sais pas, mais il l'a dit il y a presque cent ans dans la première édition à tirage limité. Alors ce soir, grâce à George, on va bouffer comme des rois. »

J'ai déchiré l'emballage des chips et je me suis arrêté un moment, les yeux fermés, pour les humer avant de commencer à les enfourner. Ces chips, elles étaient parfumées au fromage et à l'oignon, *carrément* comme si c'était du vrai fromage et du vrai oignon. Je ne sais pas comment ils se débrouillaient – comment ils réussissaient à rendre ces morceaux de pomme de terre si craquants et à leur donner autant le goût de fromage et d'oignon. Un véritable miracle. Je salivais de plus en plus, un flot de salive pour les faire descendre et laisser la place aux suivantes. Je me suis demandé si je devais ralentir et les savourer, ou si j'aurais droit à un autre paquet quand çui-là serait fini, parce qu'on en avait des tonnes. J'adorais cette ville – gentils prêtres, livres gratuits, excellents commerçants, chips Tayto. Qu'est-ce qu'on pouvait vouloir de plus ?

« Est-ce qu'on va devoir décoller tout de suite une fois qu'on aura fait notre communion, moi et Martin ? » je me suis renseigné, la bouche pleine.

Papa a dit : « On verra », ce qu'il répondait toujours quand je voulais savoir quand on partait, ou à quel endroit on allait ensuite.

Le bouquin rouge et brillant était coincé entre mes genoux pour qu'y se salisse pas. Je l'ai désigné d'un doigt salé et couvert de miettes.

« Je dois le rendre avant qu'on s'en aille ?

— Non, Christy. Juste quand tu l'auras fini. Ou peut-être que tu voudras le rendre et en prendre un autre en échange, à emporter avec toi sur le *tober*, dès que tu auras terminé celui-là.

« Mais, et madame Hanley ? Est-ce qu'elle est au courant que quand on partira, on reviendra peut-être pas avant des mois et des mois, tu vois ? Est-ce qu'elle sait qu'on est des travellers, tu vois ? »

C'était une question que je n'aurais pas posée en temps normal. Tout le monde avait l'air de savoir qu'on était des travellers, comme si c'était plus ou moins tatoué sur notre peau, écrit sur nos fronts. Sauf que madame Hanley ne nous traitait pas comme des travellers.

« Bien sûr que oui. Et tu as entendu ce qu'elle a dit avant qu'on parte. Elle nous a donné rendez-vous la prochaine fois. »

Je m'en souvenais. « Ouais. C'est vrai. »

Papa a tendu la main, paume ouverte, attendant ses Taytos, et j'en ai versé quelques-unes dedans. Il les a enfournées.

« Et elle me l'a prêté quand même.

— Exact, a-t-il confirmé.

— Et elle m'a fait confiance pour le rapporter. »

Papa a hoché la tête.

« C'était vachement sympa de sa part. »

Après ça, je n'ai pas arrêté de me poser des questions sur madame Hanley – sur ce qui les poussait à vendre des livres et des tableaux, elle et son mari. S'ils écrivaient leurs propres livres et s'ils peignaient leurs propres tableaux pour les vendre, ou s'ils vendaient juste des trucs fabriqués par d'autres génies. Je me suis dit que c'était peut-être bien tous les deux des génies. Monsieur Hanley – sa façon de manier ces fichus bouquins, la façon dont ils lui parlaient, et dont il sentait leur valeur rien qu'à les tâter et à les respirer. Et puis la p'tite dame, rien que le chic qu'elle avait pour vous parler *tout au fond de vous*, mystérieusement, pas comme la plupart des gens, qui se contentent de vous parler, ou les pires, qui vous parlent comme si vous étiez pas là. Je me suis dit que peut-être que les Hanley, ils étaient capables de lire des livres sans même les ouvrir – qu'ils pouvaient juste tenir un bouquin et absorber les histoires à l'intérieur du bout des doigts. J'avais l'impression que je pouvais poser à la p'tite dame toutes sortes de questions, et qu'elle connaîtrait les réponses, et même qu'elle me les donnerait.

De retour au camp, j'ai détaché Jack de la carriole, et il m'a gratifié d'un coup de museau reconnaissant comme toujours. Après, je l'ai brossé jusqu'à ce qu'il soit tellement satisfait qu'il en ronronnait presque.

« Maintenant, une ou deux gorgées d'eau, et tu seras comme neuf. »

Dès que j'ai eu terminé mes tâches habituelles et mangé mon dîner, j'ai grimpé dans l'arbre, comme ses branches étaient assez basses et épaisses pour que j'y apporte *Gulliver*. J'aimais le changement de décor, les angles aigus et le secret de tout ça. Quand j'ai ouvert le bouquin, j'ai tout de suite su que j'avais fait le bon choix. Des fois, je crois qu'on peut le dire rien qu'à l'odeur du papier, différente pour chaque page – douce et humide pour certaines, puissante et amère pour d'autres. *Gulliver* sentait comme un voyage sur l'océan rempli d'algues. Ou peut-être de bernacles. Je n'avais jamais senti de bernacles. Délicieux. J'ai tourné chaque page lentement et lu chaque mot que je trouvais, même ceux qui faisaient pas partie de l'histoire et qu'avaient pas de sens, comme J. M. Dent & Co. 1909. Je voulais le savourer, même si de toute manière, j'avançais au ralenti parce qu'y avait un tas de mots plus longs que prévu. Malgré tout, Gulliver s'est bientôt embarqué sur un gros bateau appelé l'*Antilope*, et je sentais bien qu'il se préparait à des aventures. Ensuite, il a commencé à faire trop noir pour lire, même en orientant les pages vers la lueur du feu. Alors j'ai glissé ma main dans ma poche pour en sortir la photo de journal de Grand-Pa.

Ma mère. J'ai de nouveau observé son visage, l'ombre de sa main sur ses yeux, et j'ai regretté que Grand-Pa soit pas là. La photo finissait par se ramollir un peu à force de vivre dans ma poche. Le livre serait une bien meilleure cachette pour elle, et je l'ai refermé dessus avec la page déchirée de *The Independent* que j'ai repliée jusqu'à ce qu'elle ait la bonne taille. Après, j'ai coincé le bouquin contre le tronc de l'arbre et espionné le camp au-dessous de moi.

« Finty, tu sais que tu commences à avoir une tache de calvitie ? je me suis moqué de là-haut. Elle est en train de s'étendre sur tout l'arrière de ta tête.

— Va te faire voir. »

Brigid a protesté. « Fintan !

— Je dis rien que la vérité. Elle est à peu près grande comme ça. » J'ai mimé un *o* avec une main. « J'ai pensé que tu devrais être mis au courant.

— Très aimable à toi de me prévenir.

— Elle a des taches de rousseur, en plus.

— Tu vois tout ça de là-haut ? »

J'ai opiné. « Je vois le Connemara d'ici.

— Tu vas peut-être voir mon poing de plus près si tu fais pas gaffe.

— C'est rien qu'un chapeau pourrait corriger. »

À ce moment-là, il a bondi vers moi et cherché à m'attraper les jambes qui pendaient pour me tirer vers le bas.

J'ai saisi *Gulliver*, escaladé la branche d'après juste à temps, mais Finty m'a prévenu qu'il m'aurait à l'usure, que je serais bien obligé de redescendre un jour.

« Pourquoi tu me jouerais pas un peu de musique ? Je vais rester ici pendant des plombes. J'ai besoin de distractions.

— Martin, apporte-moi les pipeaux, et ensuite, grimpe dans cet arbre et fais-moi retomber ton cousin à coups de pied », a ordonné Finty.

Martin lui a apporté les pipeaux, et ensuite Papa est arrivé avec son *bodhrán*[1] et le porto, et bientôt, Finty a oublié sa tache de calvitie et ses envies de se venger de moi dans l'arbre, alors j'ai pu rester assis bien tranquillement et recommencer à balancer mes pieds près du sol. C'était pas pareil sans le violon de Grand-Pa, mais la musique était classe quand même. On était à cette heure de la soirée où on ne peut pas dire si le ciel est violet ou bleu, avant qu'il devienne noir sans qu'on ait pu décider. Soudain, la lueur des flammes

1. Tambour irlandais en peau de chèvre.

s'est faite plus vive et elle a vacillé. Et puis ça a été la nuit.

Y avait un peu de vent, et j'ai senti une averse qui montait derrière, mais cette cruelle humidité était atténuée par le feu et la musique. La nuit et le mauvais temps, ils étaient repoussés en périphérie du camp rien que par la force de ma famille. J'ai serré *Gulliver* contre ma poitrine et basculé en arrière sur ma branche, en cochon pendu. Ma médaille est sortie de ma chemise, elle retombait sur un de mes yeux, et du coup, j'étais comme un pirate tête en bas. Je me suis balancé en laissant le petit disque froid et doré cogner doucement mon front.

Les autres sont allés se coucher tôt, mais Papa et moi, on s'est attardés près du feu. Je savais ce qu'il attendait, alors je gagnais du temps. J'ai prétendu avoir complètement oublié que je devais brûler la photo. À la place, j'ai brandi ma médaille au bout de sa chaîne et contemplé ses reflets orangés et mouvants à la lumière de la veilleuse. Elle m'appartenait depuis toujours. Dans certains de mes premiers souvenirs, j'étais assis les mains sous les cuisses sur les marches à l'arrière de la roulotte et je me balançais de gauche à droite en regardant cette médaille étincelante osciller sur sa chaîne autour de mon cou. Je torturais souvent Papa pour qu'il me raconte cette histoire, même une fois que je l'ai connue par cœur. Il ne l'avait pas fait depuis un bail.

J'ai levé les yeux de la médaille qui tournoyait pour observer son visage à moitié envahi d'ombre, éclairé par le feu.

« C'était un traveller, Papa ? Saint Christophe ?

— Pas exactement. C'était plutôt quelqu'un qui aidait les travellers. » Quand Papa vous racontait une histoire, c'était toujours comme si c'était la première fois.

« Saint Christophe était un grand gars costaud. » Il continuait à frotter la peau de son *bodhrán* en parlant. « Et dans son coin, il y avait un puissant ruisseau que personne arrivait à franchir à part lui. Alors il se baladait souvent par là, au bord du cours d'eau. Et chaque fois que quelqu'un venait et qu'il avait besoin d'un coup de main, eh ben, il le soulevait pour l'emmener de l'autre côté.

— Et c'est ça qu'il fait sur l'image ? Aider un voyageur à traverser un ruisseau ?

— Pas n'importe quel voyageur, Christy. C'est Jésus, l'Enfant Jésus. Tu vois son auréole, là ? »

C'était une auréole d'aspect particulièrement authentique.

« Eh ben, un jour, Jésus est tombé sur saint Christophe à cet endroit-là et lui a demandé de l'aider à traverser. Et Christophe dit : "Bien sûr, monte", en pensant qu'à première vue, cet enfant était petit, et que ce serait un passager facile. Mais à mesure que Christophe transportait Jésus de l'autre côté, l'enfant est devenu de plus en plus lourd jusqu'à ce que son poids soit presque insupportable.

« "Qu'est-ce que tu cherches en devenant si lourd comme ça, grand garçon ?" a voulu savoir saint Christophe. Et Jésus lui a expliqué qu'il portait sur son dos le poids de tous les péchés du monde. Enfin bref, saint Christophe s'est accroché, il a emmené Jésus sur l'autre rive sans encombre. S'est presque brisé le dos par la même occasion, mais il aurait fait la même chose pour n'importe quel voyageur qui le lui aurait demandé. Il veille sur nous, Christy. Et tu es assez chanceux pour avoir le même nom. »

C'était l'histoire que je connaissais depuis le plus longtemps, mais soudain, elle avait acquis une certaine nouveauté, parce que maintenant, je la partageais avec ma mère. Sur la photo, elle portait saint Christophe, mon saint patron, autour du cou. On aurait dit qu'un chapitre entier avait été arraché à un vieux livre familier, et que je n'avais même jamais su que ce chapitre manquait jusqu'à ce que Grand-Pa m'ait envoyé sa photo.

« Tu as cette photo avec toi, fiston ? »

J'ai secoué la tête. « Comment ça se fait que ma mère ressemble pas à une *Pavee* ? Elle a bien dû être une traveller, pas vrai, Papa ? »

Il refusait de me répondre. Pourtant, elle portait une médaille de saint Christophe, comme la mienne.

« C'est vraiment elle, sur la photo ? »

Comme si on avait deux conversations complètement différentes, il a répondu : « Il est l'heure.

— Tu peux pas. Papa, tu peux pas me forcer à la brûler sans me donner quelque chose en échange. J'ai que dalle à elle, à part ça. »

Papa a joué quelques notes sur son *bodhrán* et contemplé le feu en réfléchissant.

« T'as d'autres photos d'elle ? »

Il a fait non de la tête.

« Alors laisse-moi garder celle-là. C'est Grand-Pa qui me l'a envoyée. »

Je l'ai regardé, admirant comment la lumière du feu sautait dans tous les coins d'ombre de son visage, et j'ai repris :

« C'est pas juste.

— Y a jamais rien de juste, Christy.

— Tu devrais au moins me parler d'elle. »

Papa s'est mis la main sur la bouche, et je l'ai observé, notant l'expression qui envahissait ses traits quand il pensait à quelque chose.

« Tu m'en veux encore de l'avoir tuée ? C'est pour ça que tu me racontes jamais rien sur elle ?

— Ah non, fiston, non. Ne crois jamais ça.

— Ben, qu'est-ce que je suis censé croire, alors ? »

Il a respiré un grand coup. « Juste que c'est… » Sa voix s'est brisée et elle a vacillé comme la lueur des flammes. « C'est dur, tu vois, de parler d'elle. Je suis conscient que je devrais, pour toi – tu mérites d'en savoir plus. Mais pour moi, ces souvenirs, c'est juste douloureux. »

Il a déplacé sa main du *bodhrán* jusqu'à sa poitrine. « C'est… Je suis heureux, maintenant. On est heureux, non ? Je n'aime pas revenir en arrière et penser à ces fichus moments-là. C'est inutile de toujours s'attarder sur sa douleur comme ça. Si vous la laissez faire, elle vous tue. »

J'ai tiré la photo de l'intérieur de *Gulliver*. J'ai contemplé le visage de ma mère, sa masse de boucles agitées par le vent. J'ai aussi contemplé les deux inconnus, le bébé et l'homme. J'étais jaloux d'eux, quels qu'ils soient. Je les détestais, vu qu'eux, ils étaient *avec* elle, et qu'elle souriait.

J'ai redressé mes épaules en prenant une profonde inspiration, comme Grand-mère l'aurait peut-être fait le jour de l'enterrement de Grand-Pa, si Martin lui avait laissé cette chance. J'ai avancé d'un pas vers le feu et tendu la main.

« Attends, fais voir », a dit Papa.

Je me suis retourné en tenant la photo à bout de bras pour qu'il la regarde. Le fantôme de Grand-Pa était encore dedans, alors il la protégeait, la guidait.

Il frissonnait entre mes doigts. Les yeux de Papa se sont fixés sur ma mère, son visage a été submergé de souvenirs.

Il a fait un signe du menton. « Allez, vas-y, fiston. »

J'ai pris une grande bouffée d'air avant de lui tourner le dos, pour me placer entre lui et les flammes. Un rapide tour de passe-passe, c'est tout ce dont j'avais besoin. Je me suis agenouillé en joignant les mains, je me suis signé, et en me relevant, j'ai jeté la page du *Irish Independent* de m'dame Hanley directement dans la coupe du feu. Elle a lancé plein d'étincelles et disparu en quelques secondes. La photo de Grand-Pa était en sécurité, bien au chaud, cachée dans la doublure décousue de la manche de mon manteau.

« Bien, a conclu Papa. Ça y est. »

Je lui adressé mon sourire le plus sinistre.

« Tu as fait le bon choix, Christy.

— Je sais. »

Le lendemain matin, c'était dimanche. On a monté les marches en pierre de la chapelle et j'ai salué d'un signe de tête la Marie en marbre aux bras tendus à côté de la porte. Le ciel était de la même couleur que son voile : d'un blanc minéral, avec une pluie mêlée de neige. J'ai toujours pensé que Marie faisait ce truc de tendre les bras spécialement pour moi, le garçon sans mère. J'ai toujours aimé la fraîcheur des bassins d'eau bénite près de l'entrée des églises, et j'essayais chaque fois d'y tremper ma main le plus profond possible. Papa me tirait l'oreille parce que je laissais une traînée d'eau sur le sol, le long de la travée, jusqu'au banc.

« On dirait Hansel, avec ta traînée d'eau bénite. » Il se débrouillait pour que sa voix ressemble à la fois à un cri et à un murmure. « Et de toute façon, qui voudrait te retrouver ? »

Malgré tout, j'en ai frotté sur mes jointures et je me suis senti consacré. À l'intérieur, l'église n'était éclairée que par des bougies et la lumière délavée d'hiver qui rentrait à grand-peine à travers les lourdes fenêtres. Des ombres titubaient dans les coins, je respirais l'odeur des gens humides rassemblés dans leurs manteaux de laine. Avec ma famille, quand on s'est agenouillés en ligne, on occupait tout un banc, et l'espace d'un instant, j'ai eu l'impression d'être le rayon d'une roue de roulotte, bien vissé là où il devait être, à la fois mobile et immobile.

« Alors, on s'arrête ici pour tout le carême, et après, on fera notre communion à Pâques, c'est ça ? » a demandé Martin, et j'ai chuchoté en retour : « Ouais, c'est ce que le prêtre a dit. »

J'avais les yeux rivés sur les carreaux de mosaïque sales par terre.

« Et c'est long comment, le carême, alors ?

— Quarante jours, je crois.

— Quarante jours ! » Il chuchotait bruyamment sur le banc à côté de moi. « On s'est déjà arrêtés si longtemps avant ? »

J'ai fait non de la tête en gardant les paupières closes. « Juste une ou deux fois quand on était tout minots et qu'on a séjourné à l'hospice les hivers très froids. Pas depuis, j'ai répondu avant de continuer à bouger un peu les lèvres pour lui faire croire que je priais et lui couper la chique.

— Oh. Et sinon, quand est-ce qu'on s'est arrêtés plus longtemps après ça ? »

Des fois, il était tellement bouché. Il savait compter aussi bien que moi. Enfin, bon. D'accord, peut-être pas.

« J'sais pas, Martin, j'ai avoué, aussi bas que possible. Peut-être une quinzaine. Peut-être un ou deux jours de plus. »

Vu qu'il disait plus rien, j'ai pensé qu'il était sans doute en train de hocher la tête à côté de moi, alors j'ai risqué un regard vers lui. Il était également agenouillé, son cul reposait contre le banc de derrière, et il n'avait qu'un coude sur le prie-Dieu, le menton dans la main. J'ai serré les paupières très vite en m'efforçant d'éloigner mon corps de lui. Je me suis cogné à Grand-Mère de l'autre côté, qui a ouvert un œil. Je lui ai dit que j'étais désolé, et elle l'a refermé.

« Quarante jours, c'est beaucoup plus long qu'une quinzaine ? » Martin était revenu à la charge. J'ai tenté de l'ignorer, mais il a recommencé. « C'est beaucoup plus long… ?

— Je sais pas, Martin ! »

Je l'ai entendu faire un bruit de déglutition, et comme toujours, j'ai cédé.

« Quarante jours, c'est à peu près trois quinzaines.

— *Bon Dieu, trois quinzaines !* » Cette fois, il avait protesté à voix haute.

Toute notre rangée d'adultes et les deux de devant et de derrière ont ouvert les yeux pour nous fusiller du regard. J'ai refermé les miens illico. Martin s'est tourné sur son autre coude pour pleurnicher auprès de sa mère.

« Maaaaman, comment ça se fait qu'on a jamais dû rester aussi longtemps avant, quand Kevin ou Eileen ou Joseph ou Michael ont fait leur communion ? » Mais en apercevant l'expression sur le visage de Brigid, il a compris.

Finty et Brigid avaient des tas d'enfants plus grands, mais qu'étaient tous mariés et partis, alors Martin était le plus vieux maintenant, et Brigid s'attendait à ce qu'il montre l'exemple à John Paul et Maureen. Ou du moins c'était le cas avant l'incendie de la roulotte. Comme j'avais peur que cette histoire ait presque donné à sa mère l'envie de jeter l'éponge avec lui, j'ai été plutôt soulagé du regard furax qu'elle lui a adressé. Sa mâchoire se contractait rageusement. Martin a soulevé son cul du banc derrière lui, a planté ses deux coudes sur le prie-Dieu et fermé les yeux. Peut-être même qu'il priait. Tatie Brigid pouvait avoir cet effet-là sur vous.

Une fois qu'on a eu quitté nos vêtements d'église, moi et Martin, on est partis au turbin pour voler des seaux en plastique. En principe, j'aurais dû détester ces fichus seaux en plastique parce qu'y commençaient à remplacer nos seaux en étain. Les gens nous achetaient plus beaucoup d'objets en étain. Mais le plastique était tellement choquant, avec ses couleurs folles et vives : des rouges, des bleus et des verts aveuglants. Y se contentaient pas de vous renvoyer violemment les couleurs des champs et du ciel à la figure, comme nos seaux en étain. Leurs bouches en plastique, elles formaient des *o* parfaits, si solides que si on mettait un seau à l'envers, on pouvait sauter dessus sans lui faire une seule bosse. On les voyait alignés le long des murs des fermes, à la manière de petits drapeaux criards nous avertissant qu'on allait sans doute pas être accueillis à bras ouverts.

Papa disait qu'il s'en fichait. Il disait que n'importe comment, j'apprendrais le boulot, pour devenir un mec autosuffisant. Et faut admettre que c'était la classe, cette façon que Papa avait de prendre une pile de ferraille et de lui donner une forme avec trois fois rien.

Pas simplement des seaux, mais aussi des bols, des carafes, des sifflets et des bouilloires et un tas de récipients utiles. Et c'était la classe aussi, cette manière qu'ils avaient de briller près du feu, tout en reflets sauvages orange et bleus qui dansaient en attendant d'être rassemblés et vendus dans les maisons.

Alors moi et Martin, on a ratissé toutes les baraques pour piquer les seaux en plastique, mais on faisait toujours super gaffe d'en prendre juste un ou deux. On les volait jamais tous, au cas où un fermier pige le truc. Alors que si on en chourait pas trop, il penserait qu'il les avait mal rangés. Et au bout de quelques jours, on retournait dans toutes ces fichues baraques leur vendre nos seaux en étain. On faisait de bonnes affaires, même si des fois, ça nous pétait à la figure. Des fois, ces fichus sédentaires nous accusaient de la disparition de leurs seaux en plastique, même si on avait fait super gaffe, et ils nous hurlaient dessus et nous chassaient. Mais la plupart de ces fermiers ne se fatiguaient pas à nous engueuler, vu qu'ils avaient besoin des seaux, ou peut-être aussi un peu par pitié.

J'étais pas un très bon vendeur, parce que je trouvais ça dur de me séparer des seaux de Papa, comme pour ces fichus tas de ferraille et ces bâches qu'on laissait derrière nous, comme pour ces fichus fusils en bois flotté. J'aimais pas qu'ils soient vendus et qu'ils servent à des inconnus. Je soupçonnais qu'ils ne brilleraient pas aussi fort que les soirs où Papa les façonnait et leur donnait vie à partir de rien, une fois qu'ils seraient à côté des cheminées de leurs nouveaux propriétaires.

En tout cas, le matin où on a découvert Finnuala Whippet, c'était en sortant voler des seaux. Je l'ai appelée comme ça parce que j'avais aucun moyen de connaître son vrai nom, et ça tombait sous le sens qu'une fille avec des tresses bien serrées dans le dos et de petites lunettes rondes du genre coincé se nomme Finnuala Whippet[1].

La première fois qu'on l'a vue, c'était en matant par la fenêtre de chez elle. Elle avait à peu près le même âge que nous, et elle était perchée sur un tabouret de piano bien astiqué, martelant des notes qu'elle devait plisser les yeux pour lire, la tête rejetée en arrière dans une posture apparemment pénible. Ses jambes maigres se balançaient sous elle dans leurs collants sombres, et elle tendait sans succès le pied droit pour atteindre une des pédales de temps en temps. C'était un mouvement si maladroit que j'avais peur qu'elle finisse par glisser du siège pour de bon si elle continuait, ce qui paraissait peu probable, vu comme sa musique craignait. Par contre, elle avait une vigueur surprenante – qui ne cadrait pas trop avec son allure. On aurait dit un homme qui apprécie plutôt l'odeur de ses propres pets, et elle persévérait avec un plaisir manifeste, pendant que Martin et moi, on grimaçait sous la fenêtre de son salon.

J'ai murmuré à Martin : « Je parie qu'elle s'appelle Finnuala Whippet », et il a gloussé.

« Ouais. Et moi, je parie qu'elle appelle ses parents mamounette et papounet. »

La maison de Finnuala Whippet était la Grande Demeure du coin. Une structure compacte et austère connue dans tous les comtés irlandais – un géant

1. Finnuala est un prénom gaélique traditionnel, et *whippet* signifie « lévrier ». Dans la légende celtique, Finnuala est changée en cygne et condamnée par sa belle-mère à errer pendant neuf cents ans avant d'être sauvée par le mariage.

colossal qui pousse comme un bouton tremblotant au sommet de la plus haute colline de chaque ville. Dans les baraques comme celle-là, l'agneau rôti du déjeuner était servi avec de petits bottillons blancs préparés par les domestiques. On les avait vus. Les jours d'été, on les sentait à travers les fenêtres béantes, enivrants et succulents dans leurs manchons en papier. On avait bavé sur les battants entrouverts des fenêtres, le visage barbouillé de désir, et léché le bois verni et odorant de leurs cadres, malades d'envie. Rêvant. De goûter ces fichus déjeuners. Mais ils étaient mâchés sous nos yeux et avalés en deux temps, trois mouvements, dans le bourdonnement des voix aux accents pointus qui déferlaient. La nourriture venait en seconde position, comme un accessoire à la conversation.

Je me suis demandé si Finnuala Whippet avait une voix bêcheuse, si elle laissait des mares de sauce dans son assiette quand elle avait fini de manger. Mais bizarrement, je me suis surpris à lui accorder le bénéfice du doute. J'ai décidé qu'elle épongeait le reste du jus avec du pain. Qu'elle se léchait les doigts. Elle avait quelque chose de mal nourri. Je pensais qu'elle pourrait même sucer le noyau d'une prune jusqu'à ce qu'il devienne tout sec et se casse, rugueux sur sa langue.

Martin et moi, on partait toujours explorer les Grandes Demeures partout où on allait parce que c'était les plus marrantes, les plus spectaculaires, celles qui excitaient le plus l'imagination. Si vous alliez espionner les gens pour vous concocter votre maison à vous, alors autant espionner des riches, et vous construire la maison imaginaire la plus ridicule possible. Et donc, on avait déjà regardé par des fenêtres du même style avant, mais jamais on avait espionné quelqu'un dans le genre de Finnuala Whippet. Elle nous a pris par surprise.

Y avait un tas de gros buissons qui nous cachaient du jardin de derrière, et on serait restés planqués là pendant un bout de temps si Finnuala Whippet avait vaguement amusé Martin. Une belle roue aurait fait l'affaire, une culotte entrevue sous ces fichus collants noirs. Mais au lieu de ça, elle continuait consciencieusement à marteler les touches, à s'entraîner, à massacrer les notes, et Martin a commencé à s'impatienter.

« Pour l'amour de Dieu, a-t-il murmuré en s'avachissant sous la fenêtre et en se bouchant les oreilles à deux mains. Christy, elle est *nulle*. On y va ? »

Mais j'étais hypnotisé. Pas simplement par elle, mais par la maison. Cette maison massive, imposante, intimidante, magnifique et affreuse. Le salon à lui tout seul était assez grand pour accueillir peut-être trois roulottes et une poignée de tentes-abris. À une extrémité de cette longue pièce, on voyait un chaleureux feu de cheminée, bourré de tourbe à l'odeur suave. Un petit groupe de fauteuils moelleux avec un divan, rassemblés tout près. Sur celui le plus à droite, un journal abandonné. Le mur derrière Finnuala Whippet était couvert de cadres dorés, de visages sérieux. Mais le troisième, lui, était couvert, du sol en parquet au plafond à moulures fantaisie, de magnifiques, magnifiques livres. Le dos de leurs reliures en cuir brillait dans la pièce comme un millier de minuscules balises.

Quel effet ça ferait de vivre dans une maison pareille, avec tous ces livres à lire ? Elle était suffisamment grande pour qu'on ne s'y sente peut-être même pas piégé, même pas suffoqué. On pourrait peut-être même s'y mettre à l'aise, envoyer valser ses chaussures, s'étendre devant le feu et s'en donner à cœur joie pour bouquiner.

Martin a gémi : « Chriiiiiiiiiiiiist-yyyyyyyy ! »

Fallait toujours qu'il interrompe mes fantasmes.

« Eh ben, vas-y, si tu veux partir. T'as besoin que je fasse tout avec toi ? On dirait un chiot ! »

Martin a fait mine de m'ignorer. Il s'est penché sur ses genoux et a écarté quelques branches du buisson pour observer la ferme d'à côté par-dessous. Il m'a tiré vers lui pour que je jette un coup d'œil : un cottage à toit de chaume standard avec deux vaches et quelques poulets dans la cour. D'un ennui total.

« On y va ?

— Pas moi, j'ai répondu avant de me retourner et d'identifier un compromis possible. Regarde, Martin ! » Je lui ai désigné un petit carré de menthe sauvage rampante qui poussait là, sous les buissons.

« Ahh – formidable ! On va faire des super cigarettes avec. »

Et il s'y est mis, cueillant proprement la menthe et la balançant dans les seaux qu'on avait barbotés en s'appliquant à ne pas laisser de taches révélatrices sur ses paumes. Je suis retourné à mon poste sans remarquer le silence qui était tombé sur la pièce, à l'intérieur. Quand j'ai regardé, plus aucune trace de Finnuala Whippet. Le piano était sans vie, son couvercle encore grand ouvert, soutenu par sa béquille qui ressemblait à un cure-dent. La feuille de musique avait été abandonnée sur le pupitre comme une langue haletante. J'ai pris le risque de sortir ma tête un peu plus haut.

« Où est-ce qu'elle est partie, Finnuala Whistlebottom ? » Martin a posé la question sans lever les yeux de sa récolte. Je l'ai corrigé.

« Finnuala Whippet !

— Hein ?

— Elle s'appelle Finnuala Whippet. Pas Finnuala Whistlebottom. »

Cette fois, il a arrêté de ramasser sa menthe. « Christy, qu'est-ce que ça peut bien faire que ta fausse petite copine s'appelle comme ci ou comme ça, espèce de tocard ? Où est-ce qu'elle est passée ?

— C'est pas ma petite copine.

— Bien sûr que si. La nana la plus chic de la ville est toujours ta petite copine. »

Je lui ai donné un coup de pied et il a rétorqué en me le rendant : « Dans ta tête, en tout cas.

— Je la vois pas. Elle a dû en avoir marre de ces miaulements. »

Martin s'est mis à rire, mais au même moment, le visage plissé aux lunettes coincées a surgi de l'autre côté de la vitre, à quelques centimètres du mien seulement.

« Ah-HA ! » s'est-elle exclamée à travers la fenêtre fermée.

J'ai sursauté avant de retomber en arrière et d'atterrir sur Martin, qui a envoyé la menthe voler dans tous les sens.

Il ne l'avait pas remarquée, et il essayait toujours de ne pas hausser la voix. Il a murmuré furieusement : « Qu'est-ce qui t'arrive, espèce de fouteur de merde ? Tu vas me lâcher ? »

Il s'est tortillé en agitant les bras, et j'ai roulé sur lui, mais mes yeux restaient rivés sur l'autre paire d'yeux derrière les lunettes et derrière la vitre. Elle me souriait maintenant, et elle riait. Sa peau était si fine qu'on voyait presque au travers, jusqu'aux veines et aux os à l'intérieur. Un moment est passé, et puis une voix d'adulte a retenti dans son dos, qui l'appelait à travers la pièce caverneuse.

« Chérie, pourquoi ne répètes-tu pas ? Qu'est-ce que tu fais à la fenêtre, mon poussin ? »

Mon cœur s'est mis à battre la chamade quand j'ai entendu cet accent bref et instruit. On aurait cru une topiaire. Et pourtant, elle me regardait toujours dans les yeux. J'ai articulé en silence : « Dis rien », et prié pour que ce soit le cas.

Nos seaux volés et notre récolte clandestine de menthe, ils étaient bien en vue de la fenêtre au-dessus de nous. J'ai plaqué ma main sur la bouche de Martin avant de me dégager pour le clouer au mur à côté de moi. Je nous ai collés là tous les deux en nous aplatissant le plus possible, pendant que Finnuala Whippet faisait pivoter sa grosse tête sur son petit corps dans l'espace juste au-dessus.

« Rien, Maman. » Elle avait répondu d'une voix chantante bien plus douce que les notes qu'elle arrivait à tirer du piano.

Je l'ai entendue faire claquer rapidement les semelles de ses chaussures en cuir véritable sur les lattes étincelantes du parquet avant d'annoncer : « Je crois que Rex est sorti… Il m'a semblé l'entendre dehors. »

On a planté là ces fichus seaux en plastique, et on a mis les voiles.

SEPT

Ce soir-là, alors qu'on emmenait Jack au pas le long de la route pour le mettre dans le champ pendant la nuit, j'ai demandé : « On va s'arrêter ici un bon moment, hein, Papa ? »

D'habitude, c'était notre travail à moi et Martin de nous occuper des chevaux – de leur trouver à manger et où crécher partout où qu'on campait –, mais cette fois, comme on allait rester un moment, Papa et Finty s'étaient arrangés avec quelques familles de paysans locaux. Fallait que les canassons paissent convenablement, et que les fermiers soient dédommagés convenablement si on voulait continuer à être les bienvenus. Enfin bref, ça m'enlevait un sacré poids de savoir que Jack était en sécurité et bien nourri. C'était pas un secret que certains fermiers furibards passaient leur temps à ouvrir le feu sur les chevaux *pavees* – les plus sympas tiraient en l'air en guise d'avertissement, juste pour les faire déguerpir de leurs terres. Mais ceux qui l'avaient vraiment mauvaise, ils hésitaient pas à tirer sur un cheval pour le tuer, rien que pour nous donner une leçon. Les *gardaí* avaient beau le décourager, la loi était claire : on pénétrait sur des propriétés privées sans en avoir le droit. C'était rare qu'un fermier soit puni pour avoir tiré sur un canasson *pavee*. Alors je trouvais agréable de savoir que j'avais pas besoin de me faire de mouron pour Jack tant qu'on restait dans cette ville.

Finty et Martin avaient déjà emmené leur poney là-bas plus tôt dans la soirée, et maintenant, Papa me la montrait – la nouvelle piaule de Jack.

« Comment on va faire pour la bouffe et tout, pendant le séjour ?

— Ah, exactement comme d'habitude. On va se débrouiller.

— Mais c'est pas pareil que d'habitude. On s'arrête jamais si longtemps quelque part – tu dis toujours ça, qu'il faut pas qu'on abuse de l'hospitalité des gens. Que pour gagner notre vie, on doit suivre le boulot, rester en mouvement.

— T'inquiète pas, Christy. On va s'en occuper. Finty et moi, on va s'en occuper. L'école va aider, les nonnes aussi.

— Mais s'ils le font pas ? S'ils en ont marre de nous ? »

J'avais peur que si les choses se corsaient, Papa nous retire simplement de l'école et nous remette sur le *tober*. Ça avait été tellement long d'y être admis. Je voulais m'assurer qu'y avait rien qui pourrait tout faire capoter maintenant.

« S'il le faut, Finty et moi, on bougera un peu. Et on enverra de l'argent et de la nourriture. On va y arriver. D'accord ?

— D'accord. »

Demain, c'était notre premier jour de classe, et j'étais super excité, nerveux. Le ventre tout chamboulé.

« T'as déjà été accepté dans une école, Papa ? T'as forcément dû, quand t'étais plus jeune.

— Forcément ?

— Pour apprendre à lire aussi bien.

— Ah ! Sûr que je savais lire à la naissance.

— C'est ça. Personne t'a jamais rien appris.

— Jamais.

— Alors comment c'était ? L'école ?

— Tu sais quoi ? C'était super. »

Pas vraiment la mine d'informations que j'espérais.

« Mais je veux dire, comment c'était, en vrai ? C'était genre difficile ? Ou bien, genre… effrayant ?

— J'suppose que oui, a admis Papa. Un peu effrayant. Mais j'y ai jamais vraiment pensé, tellement j'étais content d'être là.

— C'était un pensionnat ?

— Oh, non. Juste une académie de frères chrétiens très ordinaire.

— Alors où est-ce que t'habitais ? Est-ce que Grand-Mère et Grand-Pa se sont arrêtés avec toi quand t'étais dans cette école ?

— Non, j'habitais au presbytère avec les prêtres – ça aurait pris trop longtemps à mes parents avec tous mes frères et sœurs à nourrir. Y en avait encore… » Il s'est interrompu pour réfléchir. « Je ne sais pas, au moins six ? À peu près cinq ou six qui vivaient toujours avec ta grand-mère et ton grand-père, alors ils ne pouvaient pas s'arrêter avec moi. Mais le presbytère disposait d'une chambre de bonne à côté de sa cuisine, avec un lit d'appoint, un réchaud et une petite fenêtre ronde, et c'est là que je dormais. Et pourtant, le prêtre s'est confondu en excuses à cause de l'état de la pièce parce qu'on avait enlevé le carrelage par terre sans jamais le remplacer. Sûr que pour moi, c'était le Taj Mahal. Il faisait chaud. »

Jack a repéré un peu de trèfle dans le fossé et s'est arrêté pour brouter son en-cas. Je l'ai laissé manger une minute avant de le presser de repartir.

« Tu sais ce qui était le plus étrange ? » Papa s'était immobilisé sur la route sombre pour pouvoir allumer une clope. Les cigarettes l'aidaient à se souvenir des choses. Il en commençait une, ses yeux se plissaient, et il avait très vite des tas de trucs à dire. « J'avais cru que j'adorerais dormir dans mon propre lit, avec personne pour me donner des coups de pied dans la tête pendant son sommeil. Mais ce lit était bien à quatre-vingt-dix centimètres du sol et j'avais affreusement peur de tomber pendant la nuit et de me casser le cou. Alors, la première semaine, j'ai enlevé tous les draps et les couvertures et j'ai couché dessus, par terre. » Il a repris une bouffée de sa cigarette.

« Combien de temps t'es resté ?

— Comme toi. Juste pour le carême, jusqu'à ce que je fasse ma communion. Ta grand-mère et ton grand-père sont revenus à temps le jour J, pour me récupérer. »

L'atmosphère était humide ce soir-là – sans pluie, mais une telle brume que mes cheveux me dégoulinaient sur le front. Je me suis demandé par quel miracle la cigarette de Papa ne partait pas en eau de boudin.

« Mais en fin de compte, je me suis habitué. Et tu sais, les prêtres bouffent tous le temps – ces gars-là, ils pourraient bouffer pour toute l'Irlande. Et chaque fois qu'ils étaient nourris, moi aussi. Y avait des jours où je pensais que je vomirais si je voyais une patate de plus. »

J'avais du mal à l'imaginer.

« Hue, Jack », j'ai dit en tirant sur le cuir de ses rênes quand il a encore essayé de s'arrêter.

Jack a émis un son proche de l'éternuement, chose qu'il faisait souvent quand Papa fumait trop près de lui. Il a henni et éternué jusqu'à ce que mon père soit obligé de chasser la fumée à côté de ses gros naseaux en agitant les bras, et ensuite, il s'est contenté de se lécher les lèvres avant de continuer. Ça ressemblait à un sketch comique, même si Papa a dit qu'il ne voyait pas ce qu'il y avait de si drôle.

« Et les cours, Papa ? C'était genre dur à suivre ?

— Tu ne t'inquiètes pas pour ça, si ? a-t-il lancé en agitant la main devant la tête désapprobatrice de Jack. Tu maîtrises, Christy. À mon avis, tu lis sûrement aussi bien que n'importe lequel de ces gamins.

— Non. Je sais. »

Jack s'est remis à éternuer, et Papa a transféré sa cigarette dans sa main extérieure.

« Par contre, je suis pas aussi bon en maths et tout ça.

— Ah, t'inquiète pas. Tu vas t'en sortir bien mieux que moi. Sûr que le deuxième jour de classe, j'ai levé le doigt pour poser une question, et le prêtre qui nous faisait cours m'a complètement ignoré. J'ai gardé le bras en l'air si longtemps que j'ai senti que le sang ne circulait plus et que j'ai dû lever l'autre. »

Jack s'est remis à hennir et Papa lui a crié : « Oh, bordel de merde, le canasson ! » avant de jeter sa clope par terre et de l'éteindre avec sa botte. Puis il est revenu à son histoire comme s'il ne s'était rien passé de spécial.

« Finalement, j'ai été obligé de l'interrompre parce qu'il commençait la leçon d'après. Et je lui fais : “Excusez-moi, mon frère, que je lui ai fait, mais vous pourriez répéter la dernière partie, vu que je n'ai pas vraiment réussi à suivre." Et t'sais ce qu'il m'a dit, Christy ?

— Quoi ?

— Rien du tout. Il a ouvert le tiroir à l'avant de son bureau et en a sorti un morceau de papier vierge, un stylo et un encrier. Il s'est levé et m'a fixé, s'est approché lentement, très lentement de là où il m'avait placé, au dernier rang. Après, il a posé le papier vierge devant moi, puis la bouteille, avec une telle brusquerie que j'ai eu peur qu'elle se casse en mille morceaux. Quelques gouttes d'encre noire se sont envolées et m'ont éclaboussé les doigts. Et l'une d'elles a atterri sur son visage, juste au-dessous de l'œil, comme une larme.

« Il a dit : "Je ne vais pas retarder toute la classe à cause d'un petit tinker crasseux." Sur ce, il s'est redressé en désignant la bouteille d'encre entre nous. "Pourquoi tu ne fais pas de jolis dessins jusqu'à ce que les véritables élèves aient terminé leur cours ?"

— Janey Mack[1] !

— Ouais.

— C'était plutôt horrible de sa part, merde.

— Surveille ton langage.

— Mais c'est vrai !

— C'est vrai, ouais.

— Alors qu'est-ce que t'as fait ?

— Qu'est-ce que je pouvais faire ? J'étais coincé là jusqu'à nouvel ordre, jusqu'à ce que mes parents reviennent, que ça me plaise ou non.

— T'as dessiné, alors ?

1. Formule pour dire « Jésus-Christ » fréquemment utilisée en Irlande afin d'éviter d'invoquer en vain le nom du Seigneur.

— Non. Sûr que ce prêtre m'a juste donné envie de m'appliquer encore plus. »

Je me suis passé de l'eau fraîchement pompée sur la figure et dans les cheveux, sur les oreilles et la nuque. On était lundi matin, le premier jour de ma vie scolaire. J'étais impatient d'arriver à l'école, de m'asseoir à un pupitre bien rangé au plateau en bois brillant. J'étais une vraie pile électrique, mon excitation pareille à une locomotive. Le père Francis s'était arrangé pour obtenir les fournitures dont on aurait besoin chez les sœurs de la Charité ; deux crayons à papier, deux blocs-notes, et une gomme qu'on partagerait. Le crayon de Martin avait déjà des marques de dents dessus. « Pour qu'on les mélange pas », a-t-il commenté, une particule de peinture jaune sur les incisives. J'ai fourré le tout dans mon sac à dos, avec *Gulliver*.

On était en avance en arrivant dans la cour, et on a dû faire la queue derrière trois gars plus grands qu'avaient quelques années de plus et qui poireautaient déjà. Je me suis senti comme Bilbo au tout début, y a très longtemps, campé sur ses pieds bien soignés de Hobbit dans l'encadrement de la porte de Souscolline, fumant sa pipe et attendant que sa vie commence.

Un des garçons devant nous est sorti de la file et nous a toisés d'un air méprisant. J'ai cru que j'allais devoir retenir Martin pour l'empêcher de se battre, mais quand je me suis retourné, il avait levé la tête pour scruter le ciel avec une curiosité inhabituelle. C'était un matin gris, le ciel était vide. Martin a reculé d'un demi-pas en piétinant, et il s'est presque retrouvé sur moi.

« Vous êtes des tinkers, les mecs ? » s'est renseigné le plus grand des trois. J'ai attendu que Martin réponde. Rien. « Des travellers. » J'ai relevé le menton, et je me suis corrigé. « Des *Pavees*. »

Le garçon a hoché la tête et s'est retourné vers les autres en fredonnant d'une voix aiguë : « *Paaaa-veeeees*. »

On aurait dit le perroquet qu'on avait vu un jour dans un pub à Tipp Town[1], moi et Martin. Je me suis demandé s'il avait un problème, à se prendre pour un piaf comme ça, mais les autres ont ri, et après, ils ont tous continué à parler comme si Martin et moi, on était même pas là.

Le grand a ajouté d'une voix redevenue normale : « J'arrête les trucs sucrés pour le carême. Sauf les biscuits. Les biscuits, ça compte pas. »

Un autre a enchaîné : « Moi, j'arrête la cuisine de ma mère », et ils se sont tous remis à rigoler.

J'ai dégagé brusquement mon sac à dos de mon épaule pour faire semblant de fouiller dedans. J'en ai sorti mon bloc-notes bleu vierge et je l'ai feuilleté. Pas encore de mots là-dessus ; je l'ai rangé dans le sac. Et puis j'ai cherché à tâtons la photo de ma mère à l'intérieur de *Gulliver*, la chaleur de Grand-Pa qui était passée dedans. J'ai pensé que ça pourrait me calmer, me donner de la force. Moi et Martin, on était tous les deux propres, on sentait bon et on s'était peigné les cheveux en les ramenant en arrière avec de la gomina comme Elvis. Comment ils réussissaient à deviner qu'on était des travellers ? Comment ils réussissaient *toujours* à deviner ? J'ai remis le sac à dos sur mes épaules. C'était affreux qu'on soit finalement à l'école et que Grand-Pa, il soit pas là pour nous aider, nous donner des conseils.

1. Tipperary, ville d'Irlande.

À ce moment-là, deux filles sont arrivées, à peu près de notre âge, même taille et même silhouette, mais l'une avec les cheveux noirs, et l'autre avec les cheveux blonds. Un grand sourire stupide a fleuri sur le visage de Martin. En vrai, on connaissait pas de filles, à part quelques cousines qu'on avait jamais beaucoup vues, et Finnuala Whippet.

« Qu'est-ce qu'elle a ? » Martin avait perdu son sourire.

« Qui ?

— Finnuala Whippet.

— Oh, rien. » J'avais dit ça tout haut ? « Je, euh, je me demandais juste si elle viendrait. Si elle serait genre dans la même école que nous. »

Martin s'est remis à sourire en arquant les sourcils. « Eh ben, t'as vu la taille de sa maison ? Ça paraît peu probable. Elle étudie sans doute dans une grande pension chic quelque part. »

J'ai contre-attaqué.

« Ben, si elle est en pension, alors qu'est-ce qu'elle faisait chez elle hier à jouer du piano ? »

Martin a haussé les épaules avant de suggérer : « Je suppose que tu pourrais demander à quelqu'un des renseignements sur ta petite copine. Oh, attends une seconde. C'est vrai… Tu connais pas *son nom*. »

Je lui ai donné une bourrade dans la poitrine et il s'est foutu de moi.

« Je dis juste que ça pourrait légèrement faire obstacle à votre histoire. »

Bien sûr, il avait raison ; quel abruti j'étais. J'avais piqué un fard, et j'espérais que personne avait rien vu.

Sœur Hérisson est apparue alors pour déverrouiller la grande porte. J'avais envie qu'elle craque bruyamment en s'ouvrant à la volée, pour célébrer mon arrivée, mais elle n'a même pas grincé sur ses gonds bien huilés. Ensuite, on est entrés à la queue leu leu ; les filles d'abord, puis les trois autres garçons, et puis Martin, et enfin moi. Derrière la porte, y avait un gros tonneau noir et, en passant, chacun des élèves a lâché une ou deux mottes de tourbe dedans pour aider à chauffer le bâtiment de l'école. Boum-boum. Sœur Hérisson avait déjà accepté de nous dispenser de cette taxe chauffage, moi et Martin (en raison de notre « situation financière »), mais j'avais quand même envie de pouvoir faire ce bruit sourd et creux dans le tonneau au passage. L'absence de boum était plus sonore que les cinq doubles boum devant nous, et les garçons se sont retournés pour ricaner.

Sœur Hérisson nous a indiqué notre classe (troisième porte à gauche), on a défilé comme des hommes allant à la potence dans ce couloir qui résonnait. J'étais content de voir les autres tourner dans des classes différentes.

L'école était vachement plus grande que je m'y attendais. Les écoles de campagne qu'on avait vues avant avaient une ou deux classes maximum – les gamins de tous les âges mis ensemble, dans la ou les deux pièces, avec juste un ou deux maîtres. Mais dans celle-là, j'avais compté cinq classes, et aussi une petite bibliothèque, un gymnase, une cour, plus le bureau du père Francis et sa minuscule antichambre où habitait sœur Hérisson. Pratiquement une petite ville à elle toute seule à l'intérieur de ses murs.

Ensuite, moi et Martin, on s'est retrouvés debout avec nos pulls bleu marine assortis dans une classe vide, appuyés contre la cloison près de la porte, soulagés d'être de nouveau seuls. On est restés là à observer ces fichus bureaux inoccupés, vissés par deux et alignés en rangées bien droites, jusqu'à ce que les élèves commencent à entrer au compte-gouttes. Ils ont trouvé leurs places et sont allés s'y avachir. Un ou deux d'entre eux ne nous ont même pas remarqués. Les autres nous ont montrés du doigt en nous reluquant. En murmurant. Plus petits que nous, tous autant qu'ils étaient, des mioches de huit ans. On aurait dit des petits Martiens. La plupart avaient pas de dents de devant. J'ai commencé à me sentir de plus en plus grand, comme Alice au pays des merveilles une fois qu'elle a mangé le gâteau.

Mais le dernier à arriver était un grand gaillard bien en chair, qui me dépassait peut-être de trois centimètres, et qui nous a adressé un signe de tête et un large sourire débile en passant. Un arôme costaud de sueur traînait derrière lui.

Et puis sœur Philippa, notre maîtresse, a été là, massive dans sa robe noire. J'ai compté trois mentons, mais je me doutais qu'elle en cachait d'autres sous son habit. Elle nous a obligés à aller nous placer devant la classe, et cette fois-ci, je me suis senti tout petit.

« Les enfants, je voudrais que vous souhaitiez la bienvenue à nos deux nouveaux élèves, disait-elle. Martin et Christopher Hurley. »

À côté de moi, Martin a fait un truc horrifiant, comme un petit salut, ou presque une révérence.

« *Bonjour, Martin et Chriff-topher* », ont entonné les mioches de huit ans tous en cœur.

Sur ce, sœur Philippa nous a indiqué un double bureau vide, à mi-chemin du fond, près des fenêtres. Et sans que je m'en rende compte, les heures ont défilé en un éclair. Soudain, c'était l'heure du déjeuner. Quand Martin et moi, on est sortis dans la cour à la mi-journée, et qu'il déblatérait à n'en plus finir, je ne me souvenais ni de l'odeur de la cire du parquet, ni de la sensation du bloc et du stylo dans ma main légèrement tremblante, ni du chatouillis de tous les yeux de ces fichus mioches de huit ans qui se baladaient partout sur ma nuque hérissée de chair de poule. J'étais juste capable de fixer le visage de mon cousin dans la cour inondée par la lumière du soleil, crispé d'un côté et les joues rouges d'excitation, les cheveux dressés dans le vent comme une salade qu'on mélange.

Dans la tente, cette nuit-là, Papa dormait, et j'étais assis à lire *Gulliver*, mais sans arriver à me concentrer sur l'histoire. Je sautais tout le temps à la fin du bouquin pour contempler ma mère. J'ai fait bien attention de garder *Gulliver* hors de portée de mon père, pour que, s'il ouvrait un œil, il ne la voie pas là, la photo non brûlée, mon cadeau de Grand-Pa.

Je sentais encore la chaleur de son fantôme sur le papier. Je l'ai approché de mon nez, et au lieu de celle du feu, j'ai senti son odeur à lui. Je jure que c'était la sienne. L'espace d'un instant, c'était comme s'il était là avec nous, avec toute sa chaleur, et son odeur, un mélange de terre, de tabac et de sueur propre. J'ai sursauté en regardant autour de moi pour m'assurer qu'il n'était pas avec nous. Qu'il ne s'était pas faufilé à l'intérieur ; qu'il était toujours mort. Mais bizarrement, je le sentais dans mon pouls. Je l'ai imploré.

« Aide-moi. Aide-moi à bien travailler à l'école, Grand-Pa. »

Après, j'ai baissé la lampe, mais je me suis endormi la main coincée dans le livre, en caressant le fantôme de Grand-Pa comme si c'était de la soie.

Le lendemain, j'étais préparé : je savais à quoi m'attendre ; j'allais pouvoir mieux me concentrer.

De toute façon, c'était rien qu'une bande de mioches de huit ans. Pourquoi est-ce que je me soucierais de leur opinion ? Ça aurait été encore pire si ces mioches, ils avaient eu le même âge que nous. Plus dur, en tout cas. Plus effrayant. Moi et Martin, on avait compris qu'y fallait pas arriver aussi tôt, et du coup y avait personne qui entrait en même temps que nous pour entendre qu'on balançait pas de tourbe dans le tonneau. J'ai quand même toussé quand on est passés devant, histoire de couvrir ce bruit qu'était pas là. Il faisait sombre dans les couloirs, alors qu'y avait de larges fenêtres aux deux bouts du grand hall et qu'en plus, les portes des classes, elles étaient ouvertes. Martin regardait son bloc-notes en marchant. Hier, on avait étudié les additions en maths, et il voulait que je les revoie avec lui. J'hésitais, parce que j'avais pas envie qu'il pige que j'étais pas aussi bon en calcul qu'avec les mots. Il avançait lentement à côté de moi, absorbé dans sa lecture.

« Jusque-là, ça va. » Il a désigné un point dans la deuxième rangée de nombres de sa liste.

Je me suis arrêté aussi pour jeter un coup d'œil à ses chiffres, surpris de constater comme ils étaient bien écrits, et qu'il avait même réussi à les recopier. Il avait jamais tenu un crayon avant, à part des fois, quand il dessinait, et puis ce jour de l'été précédent où je lui avais appris à écrire son nom. On y avait passé une bonne partie d'un après-midi ensoleillé, et Martin voulait qu'on aille se baigner à la place, mais j'avais insisté.

« T'essaies vraiment de les apprendre, alors », j'ai commenté.

Il a haussé les épaules.

« Maintenant qu'on est là, autant s'y coller. »

J'avais cru qu'il tuerait juste le temps jusqu'à ce qu'il puisse faire sa communion. Je ne m'étais pas attendu à ce qu'il soit intéressé pour de bon. J'ai tendu la main vers lui et sauté à la page suivante. Il avait rien écrit pour le cours de lecture. Martin est revenu à celle d'avant.

« Je t'ai pas demandé d'aide là-dessus. »

Je l'ai dévisagé.

« Sois sérieux, Christy. Quand est-ce que je vais avoir besoin de lire ? Au moins, avec les maths, si je les apprends bien, je pourrai vérifier que Papa obtient un bon prix quand on va vendre notre ferraille.

— Mais… » Il m'avait déjà coupé la parole.

« T'es un traveller, Christy. Personne va jamais te donner un boulot dans un bureau, avec une machine à écrire. En fait, ils te laisseraient même pas commencer comme fossoyeur, et c'est pas la peine d'essayer. Tout le monde s'en fiche que tu saches lire et écrire. Réfléchis, quoi ! »

Il m'a mis le bloc-notes sous le nez, et je l'ai repoussé.

« J'ai besoin de personne pour m'aider à démarrer. Comme je serai vétérinaire, je serai mon propre patron. Pareil que Grand-Pa.

— Grand-Pa avait pas besoin de savoir lire pour ça », a remarqué Martin

Bon sang.

« Mais il était pas officiellement véto.

— Officiel ou pas, on s'en fiche – il savait tout. » Martin a recommencé à pointer sa liste du doigt. « Tu vas m'aider avec ce truc ou pas ? »

On s'est remis à marcher, et un carré de lumière provenant d'une des classes ouvertes s'est posé sur nous pendant qu'on se disputait. Au-delà des nombres compliqués à deux chiffres et du papier bleu pâle, au-delà du carré de lumière qu'on traversait, au-delà du golfe qui nous séparait, Martin et moi, j'l'avais vue. Tout en rubans jaunes, dents de travers et sourire bête et angélique. Finnuala Whippet.

Martin s'est exclamé : « Hein ? »

Mais j'étais incapable de lui répondre. J'avais encore la bouche ouverte quand le coin de ma chaussure d'occase trop grande s'est pris dans un joint traître du plancher, me projetant en avant. J'ai plongé vers Martin pour amortir ma chute, mais je l'ai raté. À ce moment-là, mon bloc-notes s'est envolé (sa couverture s'est arrachée du reste avec un bruit terrible) et je suis tombé en allant me cogner le nez avec un gros crac contre la porte de la classe de Finnuala Whippet. Ensuite, la poussière. La cire du parquet. La douleur. Quelque chose de salé et d'humide qui me coulait dans la gorge. Trente-six chandelles.

Je suis resté immobile quelques secondes seulement avant de tenter de me remettre sur pied. Mais alors que je vacillais sur mes genoux, mon crayon bien taillé a d'abord percé la doublure de ma poche de pantalon, puis la peau de ma cuisse. J'ai couiné. Je suis sûr que j'ai couiné, même si pour être honnête, je ne m'en souviens pas, mais je suis sûr que j'ai émis un son comme ceux que font les porcelets, quelque chose de distinctement pas-du-genre-d'Elvis. Les larmes aux yeux, j'ai mis la main dans ma poche pour déloger le bout du crayon là où sa mine de plomb s'était fichée dans ma peau. Durant ces derniers instants avant que je devienne tout à fait conscient de la douleur dans ma jambe et sur mon visage, avant que les picotements se transforment d'un seul coup en élancements mémorables, en un supplice croissant, avant que je m'aperçoive du regard appréciateur de mon public, j'ai levé la tête pour voir la floraison de gouttes de sang rouge vif éclabousser les restes de mon bloc-notes ravagé.

Sœur Hérisson aurait pu être infirmière avant d'être religieuse, tellement elle s'est bien occupée de moi. Elle gardait des potions magiques dans son tiroir du bas. Elle m'a demandé de rouler la jambe de mon pantalon jusqu'au genou et même la cuisse pour évaluer les dégâts. Elle a dit que ça aurait été plus facile de le descendre juste un peu, mais pas question que je baisse mon froc devant une nonne. À l'aide d'une pince à épiler puis d'une aiguille, elle a enlevé la mine de plomb plantée dans ma peau, mais y avait un méchant cercle rouge autour à présent. Elle a sorti la première de ses potions : une fiole d'un brun opaque contenant un liquide rouge épais qui a taché ma cuisse et m'a arraché un hurlement de fillette (dans ma tête, et peut-être aussi tout haut).

Sœur Hérisson avait désormais une seconde fiole en main, enveloppée de papier. Elle contenait un jus doré qu'elle a versé dans une cuillère à soupe, puis dans ma bouche, deux fois, pour « aider à gérer la douleur ». Quelques minutes après l'avoir avalé, j'ai été pris d'un genre de vertige agréable qui m'a mis sur un petit nuage, comme les fois où je m'étais enfilé un peu de la *poitín*[1] de Papa alors qu'il avait le dos tourné. Pour finir, sœur Hérisson a appuyé sur mon nez et mes deux orbites avec ses mains, puis avec une bouteille de lait froid pour « éviter les saignements et l'inflammation ». Elle tenait la bouteille contre mon visage à ma place. À cause de la potion qu'elle m'avait donnée, elle se

1. Alcool de contrebande irlandais à base de céréales maltées ou de pommes de terre.

dédoublait un peu, et je la voyais en une fois et demie. Le temps que la bouteille commence à se réchauffer, elle a déclaré que j'étais en état de retourner en classe.

« Merci, ma sœur », j'ai lâché avant de filer en refermant la porte derrière moi.

Je m'y suis adossé, restant là à respirer, sonné, pendant au moins trois minutes. Ou peut-être quinze. J'avais encore la poignée en main, et je l'ai tournée sans faire volte-face. J'ai reculé dans le bureau de sœur Hérisson, qui a levé les yeux vers moi. Sûr qu'elle était étonnée, mais je ne voyais pas grand-chose de son visage à cause de la boisson étourdissante qu'elle m'avait donnée.

« Christopher ? »

J'ai hoché la tête.

« Est-ce que ça va ? »

Et j'ai essayé de confirmer, mais au lieu de ça, j'ai fait non. Et mes lèvres se sont durcies l'une contre l'autre, et mon menton s'est fripé, et sœur Hérisson a reculé sa chaise de son bureau pour s'approcher de moi, les mains tendues. J'ai secoué la tête de plus belle et là, tout est devenu encore plus flou, à cause des larmes qu'arrivaient. J'ai piétiné avec mes chaussures d'occase trop molles pour aller vers elle, me laissant tomber de tout mon poids contre son minuscule corps robuste. J'ai enroulé mes bras autour de sa taille en pleurant comme un veau.

Elle a murmuré : « Chuut, chuut, chuut. » Le même son que les initiales de Grand-Pa.

« Chut, chut, ça va aller. Tout va bien. »

Elle ne m'a pas demandé pourquoi je chialais, alors je ne lui ai pas expliqué à quel point j'étais humilié, dépassé. À quel point Grand-Pa me manquait. Elle a passé son petit bras costaud autour de mes épaules, ses doigts dans mes cheveux, et elle m'a materné. Elle m'a *materné.* J'ai pleuré si fort que mon nez s'est remis à saigner et, malgré tout, elle ne m'a pas lâché. Elle a épongé le sang avec la manche immaculée de son habit, m'a bercé dans ses bras, et pendant quelques courts instants, j'ai eu l'impression que j'étais à elle. Ses mains sur moi. Mon menton et mon cou enfouis dans son giron. Juste comme un garçon normal avec sa maman.

Je ne sais pas combien de temps j'ai pleuré, mais ça a duré suffisamment pour trois crescendos, suffisamment pour que je remercie le Ciel que le père Francis ne soit pas entré par hasard. Quand j'ai eu enfin, enfin fini, j'ai pleuré encore un peu. Et sœur Hérisson a pris toutes mes larmes, mes hoquets et ma morve pour les faire disparaître dans ses énormes manches caverneuses.

Ensuite, un épuisement à vous exploser le crâne. Mon nez et mes oreilles étaient encombrés des échos de tous ces sanglots, et j'avais l'impression que mes articulations étaient aussi pesantes que du sable mouillé, et toutes faibles. Sœur Hérisson m'a assis sur sa propre chaise en me disant d'attendre pendant qu'elle appelait Martin pour qu'il me ramène chez nous, avant de conclure : « Tu te porteras comme un charme demain matin. »

Je l'adorais.

HUIT

« Patate à la tomate » : c'est comme ça que Martin m'a surnommé, vu que mon nez était aussi bulbeux et rouge qu'une pomme de terre couverte de ketchup. « Pat Tomate » pour faire court.

J'étais allongé par terre à côté du feu de camp déjà allumé comme un soldat blessé sur le champ de bataille, et tatie Brigid avait levé les yeux au ciel et émis de légers bruits désapprobateurs en me traitant de « bon gros bébé ». Mais après, elle m'a aussi aidé à me mettre à l'aise pendant qu'elle faisait bouillir un chiffon à enrouler autour de mon front, pour que le gonflement, il diminue.

Martin m'a taquiné.

« Tu vois les choses comment de là-bas, Pat Tomate ? »

Il a soulevé le coin de mon chiffon bouilli pour me jeter un petit coup d'œil. Après avoir entrouvert une paupière, je l'ai regardé d'un air dégoûté. Il était assis à côté de moi sur une poubelle retournée.

« Enfin, les choses, tu les vois avec des couleurs différentes maintenant, peut-être parce que tes deux yeux, y sont noirs et violets et tout ?

— Juste ta tronche. »

Il a ricané. « La classe. J'adorerais avoir un coquard comme ça. »

J'ai rajusté le coin du chiffon autour de mon front et laissé échapper un soupir en marmonnant : « Je pourrais t'en filer un. »

Son propre visage avait à peine cicatrisé depuis ses démêlés avec Grand-Mère à la suite de l'incendie de la roulotte. Mais Martin n'avait pas envie de penser à ça, il était plutôt fortiche pour éteindre son cerveau dès que ça l'arrangeait. J'aurais aimé pouvoir faire pareil de temps à autre. Il est resté silencieux une minute, mais à mon avis ça ne voulait pas dire grand-chose. Il se grattait sûrement une croûte ou quoi.

« Tu veux savoir ce que Beano, il a dit en classe ce matin ? »

Sous le chiffon, j'ai ouvert les yeux. J'ai commencé à froncer les sourcils, mais la douleur était trop forte, alors j'ai relâché les muscles de mon visage. Sans moi à côté de lui pour le protéger et le soutenir à l'école, Martin s'était inventé un ami imaginaire – Beano, d'après les bandes dessinées que je lui lisais parfois. Pendant un moment, j'ai été inquiet pour de bon, et j'ai lâché prudemment : « Hum. Martin, Beano est pas *réel*.

— Pas ce Beano-là, a-t-il corrigé en ricanant encore, plus fort cette fois-ci, et en se tapant sur les cuisses par la même occasion. Pas le Beano des BD. » Il riait si fort qu'il faisait un bruit qui ressemblait vraiment à HA HA.

« Ben, y a un autre Beano à part lui ?

— Beano est dans notre classe, espèce de gros crétin. Tu sais, le géant à cheveux noirs. »

Sauf que je ne savais pas. Je connaissais pas un seul de leurs noms. Pour moi, c'était rien que différentes versions du même gamin au visage pâle et aux mains moites qui puait la viande. Ils vivaient dans des maisons avec des mères et des pères, des frères et des sœurs, des cheminées et de petits récipients d'eau bénite accrochés derrière les portes, à deux pas de là où étaient exposées les images du Sacré-Cœur. C'était des mioches de huit ans. Des gens d'intérieur. Ils passaient un tas de portes toute la journée et en général, ils réussissaient à le faire sans se casser la figure et se démolir le portrait. Voilà ce que je savais d'eux.

« Ah oui, *Beano* ! »

J'avais encore le goût aigre de cette bouillie de morve et de sang dans la bouche. Je me suis soulevé, j'ai roulé sur le côté pour cracher, et là, j'ai senti mon sang palpiter derrière mes yeux.

« Ouais. Et donc, la sœur de Beano est dans la même classe que nous, bien qu'elle ait deux ans de moins, parce qu'il a redoublé une ou deux fois.

— Il a pas loin de notre âge alors ?

— Plus proche du nôtre, en tout cas – je crois qu'il a dix ou onze ans. Et donc, la sœur est le vrai cerveau de la famille – comme toi, Christy –, et donc, on faisait la lecture, et c'était un truc super dur, et Kathleen – c'est le nom de la sœur, Kathleen – elle a été appelée pour qu'elle lise. Et elle s'est levée et elle a lu le truc tout haut si clairement et parfaitement ! Et quand elle a fini et que tout est redevenu silencieux, sœur Philippa a dit : "Très bien, Kathleen !" Et Beano était si excité qu'il a balancé son bouquin sur la table en s'exclamant : "C'est la fête du slip pour toi, Kathleen !" Et tous les élèves de la classe ont poussé des cris horrifiés, et Beano a pas bougé d'un poil, il a juste continué à sourire, tellement il était fier de sa sœur. Il savait même pas ce qu'il avait fait de mal ! »

J'ai trouvé cette histoire très difficile à croire, du début à la fin. Je me suis assis pour regarder Martin dans les yeux et voir s'il me faisait marcher. Même nous, on savait qu'il valait mieux ne pas crier « C'est la fête du slip » à qui que ce soit devant une religieuse. Mon scepticisme était si grand qu'il m'a distrait, et que la douleur était un peu moins forte, réduite à une palpitation sourde et régulière sur l'arête de mon nez, qui faisait un petit bruit quand j'appuyais dessus.

« Ah, allez, j'ai dit à Martin. Comment il pouvait ne pas le savoir ? »

Martin a haussé les épaules en tripotant un brin d'herbe. « Il savait pas, c'est tout.

— Honnêtement ? »

Martin a hoché la tête. « C'était hilarant, putain. »

J'ai tenté de me représenter la scène. « Et qu'est-ce qui lui est arrivé ?

— Ben, le Blob a rappliqué derrière en courant…

— Le Blob ?

— Oui. »

Je l'ai fixé en attendant qu'il m'explique qui était le Blob.

« Oh, ouais, c'est comme ça qu'ils appellent sœur Philippa dans son dos. Tu sais, parce qu'elle est tellement énorme.

— Je le crois pas. »

Martin a de nouveau hoché la tête. Comment est-ce que je m'étais débrouillé pour rater tout ça ? J'avais l'impression qu'on était les deux moitiés de Pinocchio – et moi la fausse, la partie en bois avec ses ficelles malcommodes et tous ses désirs. Et que Martin était le vrai garçon. Le salaud. C'était toujours lui le vrai garçon. J'ai inspiré profondément malgré ma figure douloureuse.

« Alors, il a fait quoi, le Blob ?

— Elle est arrivée au galop avec un bruit fracassant à l'arrière de la classe, où Beano était assis à l'avant-dernier rang, et j'sais pas d'où est sortie la règle, mais elle l'a cognée sur le bureau de Beano, et c'est finalement ça qui lui a enlevé son sourire.

— Tu veux dire qu'il souriait *encore* ? » Je n'en revenais pas.

« Jusque-là. Et ensuite, le Blob a crié à Beano : "Qu'est-ce que tu as dit ?" Et Beano s'est gratté la tête, comme s'il s'en souvenait plus. Et j'ai vraiment cru qu'il jouait simplement au con, mais alors, il s'en est souvenu ! Et il lui a *répondu* !

— Mais non !

— Eh si.

— Tu mens.

— Pas du tout. "Oh, je disais juste à ma frangine que c'était la fête du slip pour elle d'avoir si bien lu, ma sœur", qu'il lui a fait, et le Blob était tellement choqué ! J'ai cru qu'elle allait tomber raide. Mais elle s'est ressaisie et lui a demandé de tendre les mains. Et elle lui a hurlé qu'elle ne tolérerait pas de langage ordurier de ce genre dans sa classe, et qu'il aurait dû avoir honte de parler à sa sœur comme ça, et pendant tout le temps qu'elle criait, elle lui donnait des coups sur le dos des mains avec sa règle. Elle la brandissait en l'air pour l'abattre comme une guillotine. Et toute la classe a grimacé, à part Beano, qui a seulement lancé un regard un peu triste à sa frangine, comme s'il lui avait peut-être fait honte.

— Et c'était vrai ? Il lui a fait honte ?

— Je pense pas. Elle a levé le pouce après, et il a pas tardé à retrouver son grand sourire fêlé. »

Mon genre de femme. « Ben dis donc. Sacrée histoire, Martin.

— C'est sûr, hein ?

— Mais comment ça se fait qu'il savait pas ? »

Martin a secoué la tête. Est-ce qu'il avait la même pensée dégoûtante que moi ? Est-ce qu'il se demandait si Beano et Kathleen, c'était des travellers comme nous ?

« Pourquoi est-ce qu'on l'appelle Beano ?

— Je crois qu'il bouffe que des haricots. »

Ben, impossible que ce soit un traveller, dans ce cas. Un traveller mangerait tout ce qui lui tomberait sous la main. Il est resté silencieux quelques minutes en réfléchissant à tout ça. J'étais réconforté par l'idée qu'y avait quelqu'un d'encore plus mal intégré que moi. Peut-être que je ne serais pas la risée de tout le monde quand je reviendrais, le lendemain. Peut-être que je me rachèterais et peut-être même que personne ne s'en souviendrait. Peut-être que Finnuala Whippet ne m'avait pas vu tomber du tout, et que je pourrais reprendre à zéro, au point où était Martin.

« Je crois que tu te trompes, Martin. »

Il a haussé les épaules. « Peut-être bien. Peut-être qu'il mange d'autres trucs, aussi, et que les haricots, c'est juste la base.

— Non. Pour la lecture et l'écriture. »

Martin a ramassé un bâton et s'est mis à dessiner des choses dans la terre entre ses pieds. Il ne m'a pas répondu.

« Je dis seulement que ça a de la valeur. »

Il a lâché le bâton. « Je vois juste pas pourquoi c'est si formidable. T'as envie d'être comme eux, ou quoi ? »

Mon visage est devenu brûlant d'un seul coup, et je me suis penché pour ramasser le bâton de Martin. Je l'ai envoyé dans le feu. « C'est pas vrai. »

Mais là, j'ai pas été capable d'en dire plus. Je pouvais pas me défendre convenablement, parce qu'en vrai, peut-être qu'il avait pas tort. J'ignorais pourquoi j'étais si différent de Martin. Pourquoi je ne pouvais pas être plus comme lui, mieux dans ma peau, plus confiant et plus satisfait. J'y comprenais que dalle. Je détestais la façon qu'il avait de voir des aspects de moi que j'avais pas envie de regarder. Il a étiré ses bras au-dessus de sa tête en bâillant.

« Tu sais de quoi on a besoin ? je lui ai dit tandis qu'on contemplait tous les deux son bâton qui se consumait dans le feu.

— De quoi, Pat Tomate ?

— On a besoin de ces mottes de tourbe. »

Quelles que soient nos différences, je savais que Martin voulait faire ce double boum dans le tonneau le matin autant que moi. Il m'a demandé : « T'as des idées ?

— Va juste falloir qu'on en trouve. »

« Le truc, c'est de pas être trop gourmand, j'ai expliqué à Martin. D'y aller doucement, tu vois. Rien qu'une motte ou deux maximum par maison. »

À côté de moi, il a opiné, et je voyais sa respiration sortir de lui en spirales blanches. Il faisait plutôt noir dehors le matin à cette époque de l'année, mais ça allait assez rapidement s'éclaircir. « Et faut qu'on trouve une baraque où y a pas de fumée qui monte de la cheminée. Pour être sûrs qu'y dorment encore à l'intérieur. »

Mon tour d'opiner. « Bien vu. Et pas de chiens. »

On visait les maisons à la campagne, le plus loin possible du centre-ville, où les granges seraient un peu à l'arrière, et où on aurait plus de chances d'entrer et de ressortir, ni vu ni connu. Mais les chiens de ces maisons, ils étaient dingos. Pas comme les cabots *pavees* qu'étaient gentils et qui se baladaient partout en tirant la langue. Et même pas comme les chiens des petites ou des grosses villes, qu'étaient souvent contents qu'on les accueille en leur grattant le dos, parce qu'en général, ils cherchaient des restes. Les chiens de la campagne, ça protégeait son territoire, ça bavait et c'était bruyant, avec des yeux injectés de sang et un museau presque humain. S'ils vous chopaient dans la grange la main sur la tourbe de leur maître, eh ben, vous alliez déguster.

« *Tourbe ! Tourbe ! Tourbe !* » Ils aboieraient pour donner l'alarme et en deux temps, trois mouvements, vous vous retrouveriez au poste des *gardaí* toute la matinée.

Martin a répété : « Pas de chiens. Compris. »

On l'a bouclée tous les deux à ce moment-là, accroupis dans les herbes hautes à reluquer un petit bungalow près de la route, puis j'ai annoncé : « J'y vais. Et toi, tu montes la garde.

— D'accord. »

Je me suis levé, et on a tous les deux posé les yeux sur mes chaussures trop grandes en se rappelant mon accident de la veille. Ma figure n'était presque plus gonflée, mais j'avais quand même encore mal à la tête.

« D'accord. » Martin s'est levé à son tour pour prendre ma place en première ligne.

Ce qui était formidable avec Martin, c'est qu'on avait beau être super différents, y avait des fois où on se comprenait à demi-mot. On était jamais obligés de perdre du temps à pinailler sur les détails.

« Siffle juste si tu vois une lumière allumée, alors, a-t-il conclu.

— Tu vas remonter directement l'allée, ou chercher une ouverture dans la rangée d'arbres et revenir en arrière ? »

Il s'est arrêté, les bras croisés devant lui, a étudié les lieux en tordant la bouche. Les manches déchirées de son pull, elles étaient trop longues, et il avait rentré ses mains dedans pour réchauffer ses doigts recroquevillés. À présent, il soufflait dans ses manches l'une après l'autre, et il a répondu : « Je crois que je vais foncer direct et remonter l'allée en priant pour que ça passe. »

J'ai approuvé d'un signe de tête avant de cueillir un épais brin d'herbe pour préparer mon sifflet. Il a pris une ou deux grandes inspirations et filé comme un lapin dans l'obscurité qui s'estompait.

Dix secondes plus tard, il était de retour, déjà hors d'haleine.

« Quoi ? j'ai demandé.

— Comment on sait s'ils ont des chiens ? »

On a tous les deux observé la maison encore une fois. Le champ de derrière commençait à devenir plus clair sur les bords. Le soleil allait bientôt se lever. On n'avait pas le temps de faire gaffe.

« Si tu te fais mordre, c'est qu'y a des chiens.

— D'accord. »

Martin est parti pendant des plombes. J'ai mâchouillé mon brin d'herbe-sifflet en attendant que le soleil se hisse au sommet de l'horizon. Pour m'occuper, je comptais les chiens qui grouillaient dans cet endroit et qui reniflaient, pissaient et bâillaient. Pour l'instant, j'en avais compté trois, mais je ne savais pas si le border collie que j'avais vu à deux reprises était le même cabot ou deux cabots différents. J'avais pris quatre fois le risque de siffler avant que Martin me dise bouh à l'oreille, et j'ai presque littéralement fait dans mon froc de peur.

« Où est-ce que t'étais passé, bon sang ? » j'ai lâché en souhaitant que ce soit pas sorti exactement comme une phrase qu'aurait pu prononcer tatie Brigid.

Martin n'a pas eu l'air de remarquer. Il arborait un sourire jusqu'aux oreilles. Je voyais les mottes de tourbe qui pesaient à l'intérieur de son pull, et il s'est contenté de répondre : « Allez. On va être en retard à l'école. »

Après avoir sauté par-dessus le haut du fossé, il a décollé avant que j'aie eu le temps d'attraper mon sac à dos et de me remettre sur pied. Une fois qu'on a été un peu plus loin sur la route, il a soulevé son pull pour me montrer son butin. Six beaux morceaux de tourbe aux allures de gâteaux au chocolat. Six ! Plus question de ne pas être trop gourmand. Je m'en fichais. « Génial ! » j'ai dit en tendant la main pour prendre les trois miens.

Mon vœu le plus cher, c'était qu'on puisse faire coïncider notre arrivée à l'école avec le moment le plus animé. Pour avoir le public le plus large possible quand je larguerais ces fichues mottes de tourbe dans le tonneau avec le plus retentissant des doubles boum. Je me suis représenté le visage impressionné de Finnuala Whippet au moment où elle remarquerait la force phénoménale de mes boum. Je n'avais même pas envie de savoir ce qui avait retardé Martin, ni comment il avait réussi à éviter les chiens.

Les chiens. L'un d'entre eux nous suivait – un border collie. Il avait sauté par-dessus le mur pour nous emboîter le pas sur le chemin et il trottait derrière nous, sur le *tober*. En général, ces chiens de la campagne ne quittaient pas leur territoire ; ils vous pourchassaient jusqu'au bout de leur propriété, comme s'ils savaient, comme s'ils avaient fait une descente au palais de justice et vu le cadastre, et ils vous suivaient jusqu'à la limite de leurs terres. Mais pas plus loin.

Ce p'tit gars-là était différent. Intéressé. Il n'avait pas la bave aux lèvres, il n'aboyait pas comme une commère. Il venait juste pour le *craic*[1], pour nous renifler. Martin a jeté un regard en arrière, vers la maison, avant de lancer au collie : « Allez, *ouste* ! »

Le chien s'est assis à nos pieds, et je n'ai pas pu m'empêcher de me moquer de Martin. Il n'avait pas hérité comme moi de la facilité que Grand-Pa avait avec les animaux. Il ne savait pas leur parler.

« Rentre chez toi, p'tit gars », j'ai tenté en me penchant vers lui.

Comme il ne montrait pas les dents, je lui ai donné un léger coup de pied au derrière. Il m'a léché le poignet.

« Vas-y, maintenant », j'ai retenté d'un ton plus sévère.

Il s'est laissé tomber par terre en m'offrant son ventre. Il a rentré le menton dans sa poitrine.

Martin surveillait nerveusement la maison. « Allez, Christy, faut qu'on décolle. On a pas le temps pour ces bêtises. »

1. Terme typiquement irlandais d'origine gaélique utilisé pour qualifier quelque chose de plaisant, d'agréable.

Mais le chien s'en fichait. Je lui ai frotté le poitrail, et il est resté allongé là dans la terre, heureux comme un pape. Sa queue s'agitait follement, soulevant un léger nuage de poussière autour de lui.

« Allez, Christy. Moi, je me barre.

— Je sais, je sais. » Je me suis levé pour le suivre. Pas question pour un empire de rater mon moment de triomphe avec la tourbe. Même pas pour cette petite boule de fourrure sale.

« Va-t'en ! » J'ai crié. J'ai tempêté. J'ai tapé du pied. Je lui ai grogné dessus, mais il s'est contenté de me donner la patte.

Alors, j'ai capitulé. « Et merde. On dirait qu'il vient à l'école. »

Et on est partis, parce que, en vrai, on n'avait pas d'autre choix. On pouvait difficilement rester là à discuter le bout de gras toute la journée avec un cabot.

« Comment tu vas l'appeler ? a demandé Martin.

— Qui ?

— Le prince de Galles. Qu'est-ce que tu crois, merde ? Le chien, espèce de crétin. »

J'ai jeté un nouveau coup d'œil au collie. « Pourquoi pas Fidel ? » J'ai sifflé, et il a bondi à mes côtés et m'a léché la main.

Martin a eu l'air sceptique, alors je lui ai expliqué. « À cause de la *fidélité*. »

Il ne comprenait toujours pas.

« Ça veut dire *loyauté*. »

Martin a fait de son mieux pour me jeter un regard noir.

« Je pense que tu devrais plutôt l'appeler Clodo. »

Ces derniers temps, tout était merdique : d'abord Grand-Pa, et puis ce truc avec ma mère, aussi. Enfin, elle n'était pas plus morte maintenant qu'elle avait des belles dents et une robe à pois, mais bizarrement, cette photo avait tout changé. Ce petit morceau de savoir m'avait fait plonger. Mon père était un abruti qui voulait rien me dire sur rien. Et pour couronner le tout, mes deux premiers jours d'école avaient été un échec total. Il ne me restait plus de fantasmes pour m'aider à flotter à travers la journée. Mais les mottes de tourbe m'avaient donné de nouvelles perspectives, un peu comme ce que j'avais ressenti, je m'en souvenais, quand le père Francis avait annoncé qu'on était acceptés dans cette école. Cette sensation d'avoir des papillons au creux de l'estomac.

« Ça boume, Marie ? » j'ai dit à notre Sainte Mère en passant devant elle, parce j'étais dans cet état d'esprit-là, et aussi parce que je saluais toujours Marie, chaque fois que je la voyais.

Elle n'a pas répondu, mais je lui ai quand même adressé un clin d'œil. Je me sentais comme Bing Crosby dans *Haute Société*, que moi et Martin on avait vu au ciné la fois où on avait passé Noël à Dublin. Après, on avait traîné sur Ha'penny Bridge pendant deux jours, en faisant des mouvements jazzy avec les mains et en chantant « Qui veut devenir millionnaire ? » (Martin : « Pas moi ! ») et on avait gagné plus d'argent qu'on en avait jamais vu. On avait été des millionnaires pendant à peu près une semaine.

Y avait déjà quelques gars qu'attendaient quand on est arrivés, tous alignés avec leur tourbe. J'ai essayé de tenir la mienne comme y tenaient les leurs, un peu cachée pour pas en avoir l'air trop fier. On avait planqué les deux mottes en plus sous des feuilles dans un fossé à environ deux cents pas à l'est de la cour de l'école, pour les avoir sous le coude le lendemain.

Aucune fille n'était encore arrivée – juste des garçons plus jeunes, qui poireautaient. J'ai sifflé l'air de « Qui veut devenir millionnaire ? » et Martin a chanté « Pas moi » dans sa barbe, sauf que je ne pense même pas qu'il s'est rendu compte qu'il le faisait. Je guettais Finnuala Whippet d'un œil de lynx, mais en tentant de prendre un air dégagé. Je priais Dieu et la Vierge Marie qu'elle ne se montre pas avant que sœur Hérisson vienne ouvrir les portes.

Fidel était assis derrière moi, il se tenait déjà super bien. Il était aussi immobile et impassible que la Vierge Marie en personne – pas question de remuer la queue, de haleter ou de renifler. Il était comme moi dans la roulotte, il essayait de se rendre invisible, mais ça ne marchait pas. J'ai vu que quelques autres gars le remarquaient, mais personne a moufté, presque comme si c'était nous qu'étions invisibles. J'ai sifflé plus fort et plus vite, en m'appliquant à rester de bonne humeur.

Beano a été le suivant à débarquer avec sa sœur Kathleen dans son sillage, et j'ai su que c'était lui avant même que Martin dise : « Ça boume, Beano ? » parce qu'il avait exactement la tête d'un mec qui s'appelle Beano. Je l'ai reconnu du premier jour. Il était difficile à oublier, grand, tout transpirant et sans forme, avec des mains comme deux jarrets de porc qui sortaient des manches de son pull rouge trop serré. Ses cheveux noirs étaient plaqués en travers de son front dans ce qui était peut-être un effort de coquetterie. Il donnait même l'impression de *sentir* pareil que les haricots.

« Hé, Martin », a-t-il dit, et j'ai remarqué qu'il portait la tourbe de sa sœur à sa place. « Christy. » Il m'a fait un signe du menton.

Je l'ai regardé à mon tour, bouche bée, surpris qu'il connaisse mon nom. Son sourire était aussi large et généreux que son ventre, et ça le rendait plus beau. Enfin, moins laid.

Martin a expliqué : « Il va changer de nom pour s'appeler Patate à la tomate. À cause de son pif. »

Beano s'est mis à rire et m'a donné une grande claque sur l'épaule en me déclenchant un nouvel élan de douleur dans la figure.

Martin a précisé : « Pat Tomate pour faire court », sur quoi Beano a répondu : « Ben, va pour Pat, alors. »

Je lui ai souri en m'écartant pour laisser un peu de place à la sœur, que j'ai tout de suite cataloguée comme bizarroïde. Elle n'a jamais dit bonjour, s'est juste mise sur un genou pour se faufiler entre nous et commencer à tripoter le chien. Je ne voulais pas qu'elle attire l'attention, au cas où on aurait des problèmes pour l'avoir amené là, mais elle était impossible à arrêter. Elle était jolie, dans le genre plastique, comme les seaux multicolores. Elle avait des cheveux bruns qui brillaient et une grosse tache de rousseur ronde solitaire au-dessus d'un sourcil, semblable au début de la bulle racontant les pensées d'un personnage de bande dessinée.

« Kathleen, c'est ça ? » j'ai demandé.

Elle m'a souri en se protégeant les yeux du soleil. Sa croûte sur le menton suffisait tout juste à la sauver d'avoir l'air bégueule.

« Et lui, il s'appelle comment ? » Sa voix rauque et chaude faisait penser à du jus de viande – plus proche de celle d'un garçon que de celle d'une fille de huit ans.

« Fidel. »

Elle a reporté avec avidité son attention sur Fidel, et là, elle s'est exclamée : « Amy ! »

Bon sang, qu'elle était étrange. Je l'ai corrigée.

« Non, *Fidel*. À cause de la fidélité. Parce qu'il est tellement loyal. »

Elle m'a de nouveau regardé en souriant. On lui passerait sans doute sa bizarrerie une fois qu'elle serait un peu plus grande et que ses dents auraient repoussé, parce qu'elle avait des fossettes à tomber.

« Non, *Amy*. » Elle m'a corrigé à son tour en désignant Finnuala Whippet qui franchissait au pas de course les portes de l'école.

Amy. Les battements de mon cœur ont marqué une pause tandis que ce nom résonnait dans ma tête. Amy. Et je ne sais pas pourquoi, mais j'ai eu le sentiment que si je le prononçais tout haut, ou si je le *pensais* même avec mes lèvres, ce serait comme de la magie noire. Que ça jetterait un sort, ou que ça romprait un sort, que je me réveillerais, et que toutes les terreurs tapies en périphérie de ma vie arriveraient en force comme de l'eau qui pète un barrage. Cette gamine fragile de Grande Demeure, avec ses nattes sombres et ses jambes maigres, c'était Finnuala Whippet, pas Amy. C'était mon invention, ma fille imaginaire. Et j'avais besoin qu'elle reste Finnuala Whippet, douce et malléable. Au moins jusqu'à ce que je me sente plus solide à l'intérieur. J'ai fermé les yeux de toutes mes forces, aspiré une grosse bouffée d'air. C'était encore Finnuala Whippet. Sûr que oui.

« Salut, Kathleen, salut, Beano », a-t-elle commencé d'une voix chantante, et mes paumes sont devenues moites comme deux éponges, et mon estomac s'est retrouvé dans mes chaussettes.

Elle est venue directement vers nous pour aller se pencher sur Fidel et aider Kathleen à l'étouffer. Ce salaud de veinard de chien de la campagne. Mon cœur avait redémarré, et je me demandais si elle entendait le boucan qu'il faisait dans ma cage thoracique en battant. J'ai baissé les yeux sur le sommet de son crâne sans bouger d'un poil. La raie dans ses cheveux était si droite qu'elle n'avait pas l'air vraie, et ses deux nattes pendaient de chaque côté de sa figure comme une seconde paire d'oreilles.

« Tu connais Martin et son cousin Christy ? » a dit Kathleen.

Je n'ai pas eu le temps de me vexer que Martin passe en premier, parce que Finnuala Whippet s'est relevée en tapant du pied, repoussant ses lunettes qui glissaient sur l'arête de son petit nez. Elle a répondu en me pinçant le coude avec un clin d'œil : « On s'est déjà rencontrés. »

Même à travers ma veste et mon pull, j'ai senti ce coude commencer à transpirer. Des coudes *moites*, manquait plus que ça. À ce moment-là, elle a exécuté une énorme courbette et m'a tendu la main en ajoutant : « Mais pas *officiellement*. Je m'appelle Amy. »

Finnuala Whippet, elle était plantée devant moi, main tendue, et j'ai pas eu d'autre choix que de la serrer. J'ai jonglé avec mes mottes de tourbe avant de m'essuyer la paume sur le fond de mon pantalon, en espérant qu'elle ne remarque pas sa moiteur.

« Salut, j'ai répondu, au bord de la syncope. Je m'appelle Christy. »

Je ne voulais pas lâcher sa main, mais elle se tournait déjà vers Martin. Même s'il ne se fichait pas de ma poire, je voyais bien qu'il avait du mal à s'en empêcher. Elle s'est retournée vers moi avant que j'aie eu le temps de reprendre mon souffle.

« Comment ça va, ta figure ? »

Alors elle avait vu. Merde. Je me suis touché le nez, mal à l'aise. « Pas mal », j'ai menti.

Elle a hoché la tête. « Et ça vous ferait rien de me dire pourquoi vous rampiez tous les deux dans mon jardin la semaine dernière, messieurs ? » a-t-elle demandé en nous regardant tour à tour, Martin et moi.

Quitte à changer de sujet, elle aurait pu faire mieux en ce qui me concernait, mais je lui en étais reconnaissant. Et de toute manière, elle aurait pu parler de crottes de nez et de vers de terre que ça aurait été pareil, parce que sa voix ressemblait aux clochettes du harnais de Jack. J'avais envie de l'entendre rire, comme le jour où elle nous avait découverts sous sa fenêtre.

Je me suis fendu d'un nouveau mensonge. « Fidel s'était échappé. On l'cherchait. » J'ai pointé le collie du doigt, et elle a froncé le nez.

Elle m'a jeté un regard pénétrant. « C'est drôle. Mon Rex est un chien de chasse, et d'habitude il aboie quand il y a un autre animal dans le coin. Sauf que, cette fois, il était muet comme une carpe. »

Saloperie. Le détective Whippet était sur le coup. J'avais l'impression d'être à poil, mais elle me souriait, me taquinait, et ensuite, sœur Hérisson a été là, et on a fait rentrer toutes les filles d'abord, et j'ai joué des coudes pour m'approcher de la porte, pour qu'elle m'entende quand je lâcherais ma tourbe dans le tonneau. Mais elle était déjà au milieu du couloir au moment où j'ai balancé ces fichues mottes aussi fort que possible. BOUM. BOUM. Et j'ai senti l'écho me résonner jusque dans la moelle épinière. J'ai observé son dos et ses épaules aussi longtemps que j'ai osé, jetant juste de petits coups d'œil à mes chaussures trop grandes pour éviter de me casser la figure.

Le Blob s'est arrangé pour sauter mon tour au moment de la lecture, au cas où j'y arriverais pas. J'ai pensé à l'horrible histoire de Papa sur le frère chrétien et le dessin, mais j'ai quand même levé la main en disant à la sœur que je voulais lire. Son signe de tête était sceptique, mais j'ai lu parfaitement, et Beano a énergiquement validé du pouce en silence pour me féliciter. Kathleen aussi a eu l'air impressionné.

NEUF

Tous les autres élèves, ils filaient chez eux aussi vite que possible après l'école en espérant se changer pour pouvoir sortir jouer au foot. Mais Martin et moi, on savait qu'y avait du travail qui nous attendait au camp, alors on traînait les pieds.

« Beano est plutôt *craic*, hein ? » m'a-t-il demandé.

On était les seuls qui restaient dans le couloir de plus en plus sombre, avec juste une feuille morte qui se faisait la malle par la porte d'entrée.

« Pas un mauvais bougre, apparemment, j'ai répondu en coinçant mes deux pouces dans les lanières de mon sac à dos au niveau des épaules.

— Tu l'aimes pas.

— Je le connais même pas. Et toi non plus, m'sieur je m'fais des amis tout de suite. Tu viens à peine de le rencontrer. » Je comprenais comment ça sonnait. J'ai essayé de gommer la jalousie dans ma voix. Martin a protesté : « Je sais pourquoi.

— Pourquoi quoi ?

— Pourquoi tu l'aimes pas.

— Ah oui ? »

Il est resté silencieux une seconde en attendant que

je creuse un peu, mais j'en avais pas l'intention. Il pouvait poireauter toute la journée.

« Tu l'aimes pas parce qu'il est comme nous », a-t-il fini par déclarer.

J'ai tenté d'avaler ma salive, mais je me suis plus ou moins étouffé avec, et j'ai repris en toussant : « Quoi ? Il a rien à voir avec nous, et de toute façon, nous, je nous *aime bien*, espèce de gros attardé, alors c'est quoi, cette explication ? »

Martin a insisté : « Il est *exactement* comme nous. Tout le monde le trouve bizarre. »

Quelle théorie stupide. « Où est-ce que tu veux en venir ?

— Depuis quand j'ai besoin de vouloir en venir quelque part ? »

J'ai senti mes joues se mettre à brûler et j'ai dû respirer un grand coup avant d'ajouter : « En tout cas, sa sœur est vraiment bizarroïde aussi. »

« Tiens ! » a fait une voix derrière nous.

On était presque à l'entrée, mais on s'est retournés pour saluer le père Francis, appuyé à l'encadrement de la porte du bureau de sœur Hérisson.

« Et comment se débrouillent les deux nouvelles recrues de Saint-Malachy ? »

J'ai répondu le premier. « Très bien, mon père.

— J'ai entendu dire que tu as eu un petit souci l'autre jour. » Il a désigné mon visage, et j'ai répliqué en tâchant de cacher le plus gros des bleus avec ma main : « Oui, mon père, mais ça va beaucoup mieux maintenant.

— Et les études, comment ça se passe ?

— Très bien, mon père, merci.

— Et toi, Martin ?

— C'est dur, mon père. Mais c'est bien.

— Allons ! Un peu de persévérance ! »

On a tous les deux répondu : « Oui, mon père.

— Eh bien, Martin, tu peux dire à ta mère que ton certificat de baptême est arrivé aujourd'hui et que tout a l'air en ordre.

— Génial. » Martin a opiné.

« Et, Christopher ? »

Il a posé sa main sur mon épaule et nous a accompagnés jusqu'à la porte. Je me souvenais pas qu'un prêtre ait jamais posé sa main sur mon épaule.

« Sœur Helena m'informe que ton papa a écrit lui-même pour obtenir le tien ?

— C'est ça, mon père. On a posté la lettre la semaine dernière.

— Très bien. La réponse viendra de la région ?

— De Rathnaveen, mon père. »

Il a froncé les sourcils.

« Dans le comté de Tipperary, mon père.

— Ah, alors. »

Il a souri. « Tant qu'elle ne vient pas d'Amérique ou d'Angleterre ou d'ailleurs. On a juste besoin de s'assurer qu'elle arrive bien avant vos communions.

— Oui, mon père. Je suis jamais allé en Amérique ou en Angleterre pour être baptisé.

— Et au Guatemala ? »

Martin a ricané.

« Non, m'sieur… mon père, j'ai dit.

— À Nairobi ? »

J'ai secoué la tête.

« Et vous revendiquez l'appellation de travellers ? Ma parole, vous êtes simplement comme nous tous. »

À côté de moi, Martin rayonnait, et je dois admettre que j'étais peut-être aussi un peu baba. Le prêtre a poursuivi : « Je ne pense pas que le comté de Tipperary soit si loin en fin de compte.

— Non, mon père.

— Alors je suis certain qu'il arrivera largement à temps.

— Oui, mon père.

— En tout cas, je l'espère sincèrement, Christopher, a-t-il conclu. Ce s'rait vraiment bien dommage que Martin doive faire sa communion sans toi. »

Ils se sont tous les deux remis à rire et j'ai essayé de me joindre à eux, mais j'ai senti quelque chose dont je n'avais pas détecté la présence avant ce moment-là, quelque chose comme une gargouille frémissante recroquevillée dans mon estomac.

J'ai raconté à Martin que je devais porter un message pour Papa et que je le retrouverais au camp. D'abord, je suis allé à la poste, et Fidel m'a attendu dehors.

« Y a quelque chose pour les Hurley ? » j'ai demandé au comptoir.

Le préposé n'a pas levé le nez de son registre.

« Non. »

J'ai pianoté du bout des doigts sur le comptoir en redemandant : « Vous êtes sûr ? C'est vraiment important, m'sieur. Vous pourriez juste vérifier ? » Le postier a poussé un gros soupir en me regardant et posé son stylo sur la page. Il s'est frotté les yeux derrière ses lunettes avant de reprendre : « Écoutez, je fais ce métier depuis trente-trois ans. Je connais les noms de chaque homme, chaque femme et chaque enfant de cette paroisse, et la plupart de leurs anniversaires. Comme je ne connais pas de Hurley, je ne peux que supposer que vous êtes des itinérants en visite sans adresse fixe ? »

J'ai retiré ma main.

« C'est exact ?

— Oui, m'sieur, j'ai lâché à voix basse.

— Vous faites partie des Hurley qui stationnent sur la Long Mile Road ? »

J'ai répété : « Oui, m'sieur.

— Eh bien, c'est comme je l'ai déjà dit. » Il a récupéré son stylo sur le registre. « On n'a rien pour vous ici. »

Je lui ai adressé un signe de tête en faisant mine de partir. Mais une fois arrivé à la porte, je l'ai gardée ouverte. « On attend une lettre. Pour mon père, Christopher Hurley. Je repasserai demain. »

Il a grogné une réponse, et j'ai lâché le battant, qui a claqué derrière moi.

À la librairie, la p'tite dame était assise à sa place habituelle quand j'ai fait tinter la cloche.

« Entre, entre. Mets-toi à l'abri de ce sale temps, Christopher, entre donc ! »

Alors j'avais raison à propos de sa façon de saluer les gens en parlant météo. « Salut, m'dame », j'ai commencé en m'essuyant les pieds sur le paillasson.

Elle a posé son livre sur le comptoir, frappé dans ses mains, les a frottées l'une contre l'autre, et du coup j'ai eu l'impression d'amener le mauvais temps avec moi dans la boutique et de lui donner froid, comme si la brise arrivait perchée sur mes épaules. Elle ne durerait pas une journée sur le *tober*.

« Eh bien. » Elle a serré ses bras autour de sa poitrine avec un sourire. « On n'a pas déjà fini *Gulliver*, si ?

— Non, m'dame. Pas encore. »

Elle avait une trace de ce rouge à lèvres couleur framboise sur une dent de devant.

« Je voulais juste vérifier que vous aviez pu poster cette lettre la semaine dernière.

— Mais oui, naturellement. Je l'ai fait l'après-midi même.

— Ah, d'accord. C'est ce que je pensais. C'est juste que c'est très important et qu'on a pas encore reçu de réponse… Je voulais en être sûr.

— Il n'y a pas de mal à se renseigner.

— Non, exactement.

— Les nouvelles seront bonnes, j'en suis certaine.

— Pardon ?

— Ce pour quoi tu attends une réponse. Une lettre d'amour, c'est ça, j'imagine ? Tu as écrit une déclaration fiévreuse, et maintenant, tu attends le verdict, comme Roméo attend Juliette. »

J'ai fait non de la tête. La cloche au-dessus de la porte s'est remise à tinter, et une femme est entrée en poussant ses deux jeunes enfants devant elle, un garçon et une fille. Des cheveux blonds brillants tous les deux, mais à part ça, ils avaient l'air super moroses, et il sortait pas un mot de leurs grandes bouches renfrognées. Leur mère portait un long manteau flottant avec une ceinture et des bas scintillants. Un chapeau était épinglé dans ses boucles bien lissées.

« Entrez, entrez ! s'est exclamée la p'tite dame. Entrez. Et comment vous portez-vous, madame Mulligan ?

— Ah, nous allons très bien, vraiment très bien, n'est-ce pas, les enfants ? »

Les deux pisse-froid ont acquiescé. « Oui, Maman. »

Je me suis mis plus loin devant le comptoir pour leur faire de la place, m'imprégner du cadre jusqu'à ce qu'ils débarrassent le plancher. Mais le garçon me fixait tellement que ça m'en empêchait. Il avait des yeux comme deux soucoupes pleines de lait sur le point de déborder. J'ai essayé de lui sourire, mais ça servait à rien. La mère a essayé de voir ce qu'il regardait et, quand elle m'a aperçu là, elle a tendu le bras pour écarter son fils de moi en le tirant par le coude.

« Ouste ! Nous n'allons acheter aucune de tes babioles et nous n'avons rien à te donner, alors tu ferais aussi bien de déguerpir. Ouste ! » On aurait dit qu'elle s'adressait à un chien. Elle a agité la main vers moi, et j'ai riposté, mais pas suffisamment fort pour qu'elle entende : « Je parle pas le chien. » J'sais même pas si j'ai bougé les lèvres. La p'tite dame est intervenue.

« Allons, allons. Allons, madame Mulligan. Christopher ne fait de mal à personne ici. Il ne cherche pas à vous vendre quoi que ce soit, vraiment pas, n'est-ce pas, Christopher ? C'est un client.

— Christopher ? » a répété madame Mulligan, et la p'tite dame a précisé : « Notre jeune ami ici présent. C'est un gros amateur de belles œuvres littéraires. Il adore lire ! N'est-ce pas, Christopher ? »

J'ai dévisagé le garçon, dont les yeux en forme de soucoupes devenaient plus grands et plus laiteux de minute en minute. Sa maman tentait de le mettre à l'abri derrière elle, de l'autre côté, là où il ne pourrait pas me reluquer, où il ne pourrait pas attraper une de ces maladies qu'elle pensait que j'avais.

Je lui ai crié : « BOUH ! » et il a bondi derrière elle en vitesse comme un lapin.

« Que puis-je faire pour vous aujourd'hui, madame Mulligan ? » a voulu savoir la p'tite dame.

Mais madame Mulligan était trop distraite. « Nous allons partir. Nous reviendrons une autre fois. » Et elle était déjà en train de se retourner, de rassembler ses affaires et de pousser ses gosses moroses vers la sortie.

« Ah, c'est seulement un enfant, Theresa. Il ne fait de mal à personne ! »

N'empêche que Theresa Mulligan était occupée à décamper. La cloche au-dessus de la porte s'est remise à sonner, et les têtes blondes se sont éloignées en ballottant.

Tout est devenu super calme après leur départ, et j'étais toujours là, avachi dans un coin, et je ne savais pas quoi dire à la p'tite dame après ça, ni si je devais m'excuser d'avoir fait « BOUH » au garçon aux yeux laiteux.

La p'tite dame est retournée se percher sur son tabouret. Elle a pressé ses lèvres l'une contre l'autre, et j'ai pensé qu'elle réfléchissait à ce qu'elle devait dire, quel blabla me servir pour me remonter le moral. Les sédentaires sympas, ils trouvaient toujours des excuses aux sédentaires méchants, comme si en étant suffisamment sympas, ils arriveraient à expliquer ça de manière compréhensible – pourquoi cette femme venait de me parler comme à un chien. Un chien galeux. « Je suppose qu'en réalité c'est davantage Yeats qui attend Maud Gonne que Roméo qui attend Juliette. Ou du moins je *l'espère*. Ça n'arrangerait rien si tu répandais tes tripes partout dans ma boutique. Je viens de cirer le parquet. »

Elle n'était même pas gênée à propos de madame Mulligan. Elle n'était même pas gênée pour moi. Pas d'excuses, pas de réprimandes. Pas de discussion. Elle a levé sa tasse de café pour en avaler bruyamment une gorgée.

« … il n'y a rien de mieux. Ahhh, j'adore les bonnes romances. Les bonnes histoires d'amour. Je suis sûre qu'elle va t'écrire des lettres enflammées bientôt. Ça ne va pas tarder, maintenant, c'est certain ! »

J'ai ri – impossible de m'en empêcher, j'ai ri. « Sûrement pas. C'est dégoûtant.

— Dégoûtant ? Dégoûtant ! » Elle a reniflé en mimant la consternation.

« Enfin, je suppose que tu es sans doute un peu jeune pour tout ça en fin de compte. Mais tu vas vite changer d'avis. »

J'ai pensé à Finnuala Whippet en me demandant si elle avait raison. Bientôt, j'aurais douze ans, et beaucoup de *Pavees* se mariaient vers quinze ou seize ans. Sûr que ça commençait à me travailler. Mais j'avais suffisamment de problèmes en ce moment sans en plus devenir tout mollasson à cause d'une fille. Madame Hanley s'est réinstallée confortablement sur son tabouret en agrippant sa tasse de café à deux mains. Bien qu'elle n'ait rien demandé, j'ai expliqué : « C'est une lettre du prêtre qui m'a baptisé – j'en ai besoin pour faire ma communion. Et j'ai super peur de pas la recevoir. »

Elle a appuyé ses coudes sur le comptoir entre nous. « Pourquoi tu ne la recevrais pas ? »

J'ai haussé les épaules. « Sais pas. Juste qu'on est jamais allés aussi loin avant. On a jamais été autorisés à entrer dans une école et suivre les cours pour de bon. Je savais pas qu'on allait avoir besoin d'une copie de cette paperasse, voyez, et mon cousin Martin a déjà eu la sienne, mais la mienne était censée arriver par la poste. »

D'après Papa, j'avais la mauvaise habitude de balancer sans ménagements l'histoire de ma vie aux gens. Mais ça n'avait pas l'air de déranger la p'tite dame.

« Pas d'inquiétude. Je suis sûre que tu vas la recevoir en un rien de temps. Il leur a probablement fallu quelques jours pour s'organiser de l'autre côté, c'est tout. Elle ne va pas tarder. »

J'ai respiré un grand coup en hochant la tête. « Merci.

— Pas de problème. Reviens nous voir quand tu veux. Tu pourras prendre un autre livre quand tu auras terminé *Gulliver*.

— Génial.

— D'accord. »

Comme elle avait rcpris son bouquin, j'ai cru qu'elle me donnait le signal du départ. Je me suis dirigé vers la porte, mais j'ai fait demi-tour avant d'y arriver pour me rapprocher du comptoir. Elle me souriait par-dessus son livre.

« Pardon, m'dame. Encore un petit truc.

— Mmm-hmm ?

— C'est juste que… »

Elle m'a regardé, elle a attendu.

« Juste… Ben, disons que vous ayez un bout d'article de journal, et que vous vouliez en savoir plus là-dessus. Vous auriez une idée de comment vous y prendre avec ce genre de chose ? »

Elle a refermé son livre encore une fois et déclaré en se frottant les mains : « La seule chose qui surpasse une histoire d'amour. Un bon mystère !

— Sans doute.

— Alors, pour commencer, je suppose qu'il faudrait examiner cet article d'assez près, pour voir quelles sortes d'indices tu pourrais en extraire.

— Genre quoi ?

— Oh, peut-être une date, par exemple. Ou le nom du journal, ou du reporter qui a écrit l'histoire.

— D'accord. »

Elle a poursuivi ses explications.

« De nos jours, des tas de canards gardent des archives très détaillées. Et donc, si tu avais assez d'indices, tu pourrais aller consulter le texte complet. »

La photo de ma mère était tout près, à l'intérieur de *Gulliver*, dans mon sac à dos. Je pouvais la sortir ici même. Je pouvais la déplier et l'étaler sur le comptoir, et la p'tite dame pourrait m'aider à l'étudier. Elle pourrait m'aider. Je sentais la présence de ma mère là-dedans, qui essayait de me grimper sur le dos et de s'échapper par le haut du sac. Elle avait envie que je la découvre, exactement comme Grand-Pa l'avait découverte. Peut-être que leurs fantômes, ils travaillaient ensemble maintenant, pour qu'on soit réunis tous les deux. Je le sentais, comme le magnétisme sacré.

Mais à ce moment-là, la cloche a de nouveau retenti, et cette fois, c'était un jeune homme en costume et chapeau. J'ai aperçu le museau patient de Fidel par la porte entrebâillée avant qu'elle se referme brutalement. Le monsieur portait un attaché-case et un imperméable. Il a dit : « Bon après-midi » à la p'tite dame.

« Entrez, entrez. George ! Je suis si contente de vous voir ! Entrez vous mettre à l'abri de ce sale temps. »

Elle s'est levée derrière la caisse, a contourné le comptoir pour s'approcher de lui. George a marqué une pause devant la section réservée aux biographies.

« J'en ai fini avec Mussolini. Je suis prêt pour une personnalité dotée d'un peu plus de panache. Une idée pour le suivant ? »

Elle était debout à côté de lui à présent, et ils discutaient tous les deux des options possibles. Je me suis dirigé vers la porte.

« À bientôt, m'dame.

— Bonne journée, Christopher ! »

Et le tintement de la cloche a accompagné ma sortie.

Quand on est arrivés chez nous, en guise de présentation au camp, Fidel a levé la patte vers le linge propre de Brigid, qui a hurlé : « Va-t'en, sale bête ! »

Et ce moment-là a vraiment scellé notre dévotion l'un pour l'autre. Après le dîner, je lui ai donné un bain et j'ai décidé qu'il n'appartenait pas du tout à cette ferme où on l'avait trouvé. On ne s'en était pas occupé – même pas un peu, comme ils font dans les fermes. C'était plus un chien errant qu'un chien domestique, et ses côtes, elles se voyaient sous son pelage emmêlé. Il m'a fallu presque une heure pour le brosser, mais j'étais patient, et lui aussi. J'ai brûlé quatorze tiques que j'ai trouvées sur lui, et il a tenté de bouffer celles qui étaient violettes et gonflées, et qui tombaient de sa fourrure comme des baies moisies. Ses pattes, elles étaient dans un état correct, mais je me suis quand même servi des pinces et de la râpe de mon père pour lui couper les ongles. Papa a remarqué d'un ton à moitié sarcastique pendant que Fidel se pavanait : « Ah, il est adorable, non ? Il va gagner le premier prix au concours canin de Crufts. »

Papa et Finty, ils travaillaient sur une pile de ferraille qu'ils avaient piquée dans la journée. J'ai eu un grand sourire. Fidel aurait besoin de quelques bonnes rations avant d'être parfait, mais ce n'était déjà plus du tout le même chien que celui qui nous avait suivis chez nous.

J'ai gratté la tache blanche sur sa tête propre : « Pas dégueu, hein, Fidel ? » et Martin a grommelé en retour : « Il a intérêt à être adorable après tout ce chouchoutage. »

Il était juste furax parce qu'il avait dû s'occuper de la ferraille tout seul. Je me suis levé pour l'aider à finir et lui éviter de râler. On a rassemblé une pile avec de petits moteurs et un vieux radiateur (qu'on ferait passer pour de la fonte en le remplissant de sable bien lourd avant de le vendre), et une autre de vieilles casseroles, de bouilloires, et tout ça. Papa et Finty, ils buvaient du porto dans leurs gobelets, et Martin a voulu en siffler une goutte en douce. Brigid l'a pris en flagrant délit ; elle l'a envoyé au lit plus tôt.

Jack et Fidel se reniflaient l'air de rien, comme deux potes de toujours qui ne s'aiment pas trop, mais qui sont obligés de se fréquenter parce qu'ils vont au même pub. Fidel nous a accompagnés quand moi et Jack, on a marché jusqu'au champ retrouver notre petit coin au bas du mur.

« C'est dommage que t'aies pas droit au même festin que nous, j'ai dit à Jack en m'appuyant sur sa croupe pour le faire avancer. Pas de Taytos, de fromage ni de biscuits au chocolat pour les chevaux, hein ? »

Sa queue rêche m'a balayé la figure dans l'obscurité, et pour la neuf millionième fois, je me suis rappelé le jour de sa naissance, comment il avait bien failli jamais venir au monde. Comment Grand-Pa l'avait sauvé – pour moi, je crois, parce qu'il savait que j'aurais besoin de lui. Il savait que Jack deviendrait grand et fort et que ce serait mon meilleur pote.

« Rien que de l'herbe du soir pour toi, j'ai annoncé en regardant vers le mur là où il broutait déjà. Mais je crois que c'est ce que t'aimes. »

J'ai grimpé pour m'asseoir sur le mur, où Fidel m'a rejoint d'un bond. J'ai posé *Gulliver* à côté de moi en frottant la fourrure de mon chien. Il était encore mouillé de son bain.

« Alors, ça te plaît, Jack ? De revenir au même endroit tous les soirs ? De la bonne herbe, suffisamment de place pour bouger, ne pas devoir chercher par-dessus son épaule des fermiers en colère avec des fusils. »

Jack a continué à mastiquer.

« Un cheval de travellers pourrait faire nettement pire, tu sais. »

Je distinguais à peine l'éclair rose de sa langue qui léchait l'herbe sucrée dans la pénombre. Peut-être que c'était bon.

« Sûr que t'aurais jamais pu être un cheval de ferme, pas vrai ? »

Jack a reniflé. J'ai sauté du mur pour aller m'appuyer sur lui. J'ai cueilli une poignée d'herbe, mais il a pas attendu que je la lui donne. Y me l'a arrachée des mains, et j'ai protesté : « Ah, espèce de grand bêta ! » Mais ça me surprenait toujours de voir combien il était paisible, et comme ses grosses lèvres étaient douces sur mes doigts.

J'ai appuyé mon front contre ses naseaux. Fidel nous a surveillés tranquillement un moment depuis son perchoir avant de redescendre pour disparaître derrière le mur. On l'a écouté rentrer au camp tout seul.

« C'est bien, Jack », j'ai dit à mon cheval en lui donnant une bonne claque dans le dos.

Jack léchait et mâchait toujours, mais il m'a regardé tout le temps – il ne m'a jamais quitté des yeux. Je savais depuis cette première nuit dans la grange illuminée que c'était un des rares canassons qui comprennent le parler humain. Moi et Grand-Pa, on l'avait persuadé de survivre avec des paroles ; on l'avait *convaincu* que la vie valait la peine de se battre.

Je lui ai demandé en passant ma main dans sa crinière : « Il te manque à toi aussi, non ? »

J'ai dégagé mes doigts de sa toison rêche pour la peigner avec.

« Ça me rappelle que je voudrais te poser une question. »

Pas comme si j'étais fou ou quoi. Pas comme si je pensais vraiment qu'il allait me donner son opinion. Pas avec des *mots*, voyez. Mais je me suis approché du mur et j'ai ouvert *Gulliver*, d'où j'ai sorti la photo du journal que j'ai brandie pour qu'il puisse la voir.

« C'est ma mère. »

Jack a contemplé la photo, fait un pas en avant, et il a essayé de la goûter. Je l'ai éloignée juste à temps.

« Holà. Ça se mange pas. »

Je lui ai tapoté le museau en tenant désormais de l'autre main la photo à distance respectueuse, puis j'ai enchaîné en me retournant pour le regarder : « Tu t'souviens de ta mère à toi, Jack ? Elle aussi, elle est morte quand t'es né. Pareil que moi. »

Je lui ai souri pour qu'il ne se sente pas mal.

« Grand-Pa s'est débrouillé pour que j'aie cette photo. Je le sais, c'est tout. Mais maintenant que je l'ai, c'est comme un cul-de-sac, et ça me rend presque malade. Parce que r'garde-la, Jack. Elle ressemble à rien… enfin, à rien qu'j'ai jamais vu. »

Dehors, c'était la pleine lune, et – chose rare en Irlande – le ciel nocturne était sans nuage. La lueur de la lune tombait sur ma mère, debout avec cet homme et ce bébé sur la photo. Un pli se creusait sur le papier journal, pile au milieu de la feuille qui était sur le point de se séparer en deux morceaux distincts. Le corps et la tête de l'homme sur le côté gauche, et le bras de l'homme, ma mère et le bébé sur celui de droite. Je les avais séparés les uns des autres de façon permanente sous prétexte que c'était pratique de plier ce truc. Je me suis grondé tout haut. « Oh, arrête d'être aussi dramatique, Christy ! »

Jack a henni.

« Je sais ce que tu penses, Jack. Mais c'est pas moi, ce bébé. C'est pas possible. Parce qu'elle est morte quand je suis né. Alors ça doit être… quelqu'un d'autre. J'sais pas qui ça peut être, merde. »

Madame Hanley avait dit qu'elle chercherait des indices. Des indices. N'importe quel mot que je pourrais trouver nous aiderait peut-être. La photo avait été découpée dans le journal – pas déchirée. Découpée avec soin, et aucun des mots n'avait été gardé avec. J'ignorais comment j'étais censé dénicher un seul indice à partir de ça. J'ai secoué la tête en me mordant la lèvre.

« Si Papa était pas un tel trouduc, il me le dirait. Sûr qu'il en sait plus qu'il prétend. »

Jack mâchait toujours bruyamment son herbe. Après quoi, il a roté.

« Bon, en fait, tu m'aides pas tellement. »

J'ai refermé le papier journal en suivant son pli familier, prêt à le ranger à l'intérieur de *Gulliver*, et là, j'l'ai vu. Je ne sais pas comment j'avais pu rater ça si souvent. Combien de fois je l'avais déjà regardée, à ce moment-là ? J'étudiais la photo dès que j'étais seul, mais je n'avais jamais noté ce qui était imprimé au dos. Je n'avais jamais fait attention. Une publicité pour les thés et les cafés Bewley, c'est ce que j'ai vu alors – rien d'extraordinaire. Mais au-dessus, dans le coin supérieur gauche, on lisait le nombre seize. Un, six. C'était donc la page seize du canard où elle avait été découpée, quel qu'il puisse être. Ce qui signifiait que la page opposée était soit la numéro quinze, soit la numéro dix-sept, pas vrai ? Ben, j'étais pas peu fier de moi à ce moment-là ! J'avais l'impression d'être les deux frères Hardy[1] à moi tout seul. Sherlock ! Je scrutais le reste de la page maintenant, de très près. J'en ai pas tiré grand-chose, mais y avait une publicité locale – juste le haut d'une publicité locale pour les fournitures de plomberie Cummins à O'Briensbridge.

« Eh ben, ça vaut peut-être le coup de creuser. T'en penses quoi, Jack ? Une réclame pour un plombier à O'Briensbridge. »

Je connaissais ce village – on le traversait souvent. Papa appelait ça un village parfaitement moyen. Taille moyenne, moyennement joli, moyennement généreux.

J'ai regardé Jack dans les yeux. « Combien de journaux il peut y avoir dans un trou pareil ? Sûrement pas plus d'un ? »

Jack est retourné prendre racine dans l'herbe, mais ensuite, il s'est arrêté pour me considérer au moment où je recommençais à balancer mes deux jambes du côté du mur donnant sur la route. Je crois qu'il avait espéré que je reste, mais fallait que je réfléchisse. Et en plus, *Gulliver* m'attendait.

« 'nuit, Jack. »

En arrivant au camp, je me suis appliqué à rester dans l'ombre, comme un vrai limier. Ou un monte-en-l'air. Ouais, un monte-en-l'air. Quelquefois, j'aimais faire semblant d'être un personnage de livre ou de film – un espion, un détective ou un Indien. Et ce soir-là, j'étais un monte-en-l'air, et, si je réussissais à

1. Héros d'une série américaine de romans policiers pour la jeunesse créée par un collectif d'auteurs à partir des années 1900.

pénétrer dans la tente-abri sans être vu, je décrocherais le gros lot.

Je me suis introduit en douce à l'arrière du camp, derrière les roulottes, en retenant ma respiration. Je me suis glissé dans la tente, faufilé de l'autre côté du rabat, puis j'ai jeté un coup d'œil derrière le feu. Papa et Finty étaient plus occupés avec le porto qu'avec la ferraille, et Fidel était là entre eux, le menton appuyé sur la chaussure de mon père. Il a agité la queue quand y m'a vu, mais sans se lever. À moi le gros lot.

Gulliver. J'ai repris ma respiration et tâtonné dans le noir à la recherche de la lampe et des allumettes. J'ai enflammé la mèche, et l'intérieur est devenu une bulle orange de lumière, douillettement blottie tout près du sol. Les clayonnages, ils inclinaient leurs côtes au-dessus de ma tête en arches gracieuses qui soutenaient leurs peaux de toile. J'ai enlevé mes bottes en caoutchouc et tiré les couvertures sur moi, ouvrant avec précaution le livre sur mes genoux à la page où j'en étais resté. J'ai suivi les lettres avec ma main pour pouvoir les absorber aussi du bout des doigts. Exactement comme madame Hanley, cette savante folle.

Et puis il m'est venu une idée, qui a suffi à me distraire de ma lecture une petite minute : peut-être que le chignon blanc géant était bel et bien *une seconde tête*. Peut-être que ses cheveux n'étaient qu'un simple déguisement destiné à cacher la zone où elle mettait son second cerveau. Fallait au moins deux cerveaux pour stocker tous les mondes des livres qu'elle avait dans sa librairie. J'avais hâte de trouver l'occasion de retourner lui rendre visite pour lui parler de l'indice que j'avais découvert. O'Briensbridge. Ça m'avait l'air d'en être un gros.

Je sais pas combien de temps j'ai lu, mais en m'réveillant, j'ai vu le bouquin fermé à côté de ma tête et, du coup, c'est la première chose que j'ai remarquée en ouvrant les yeux le lendemain matin : son rouge joyeux, ses dorures. Papa avait dû le poser là en rentrant quand y m'avait vu dormir dessus.

Merde. La photo. Si Papa avait soulevé le livre, il l'avait peut-être trouvée, intacte. Je me suis redressé en vitesse, paniqué. J'étais seul dans la tente. J'ai guetté, mais, comme je n'entendais personne dehors, j'ai ouvert le bouquin entre la dernière page et la couverture. Ma mère était encore en sécurité à l'intérieur.

DIX

On a pas tardé à prendre le rythme de la ville et de l'école, et les jours ont commencé à se ressembler et à filer à toute allure. Le samedi matin, Papa et Finty sont partis à quelques bourgades de là pour la journée, histoire de commercer avec des têtes nouvelles. C'était pas facile pour eux de trouver du travail si longtemps au même endroit, de rester les bienvenus et de réussir à nous nourrir alors qu'ils ne pouvaient pas bouger comme ils voulaient. Et donc, ils allaient être obligés de se mettre à faire des allers-retours d'un jour maintenant, ou des fois deux, pour continuer à bosser. Grand-Mère était partie acheter de la bimbeloterie au magasin Monster House. Alors y avait que Brigid et nous, les gosses. Pas d'école, pas de Finnuala Whippet. La longue journée s'étirait lentement devant nous, aussi vide qu'une boîte à pain.

Martin a trouvé deux bouteilles de limonade, Dieu sait où, et les a attachées ensemble en X avec un bout de ficelle. Apparemment, elles faisaient comme un genre de volant. Il a garé sa voiture imaginaire à côté de notre roulotte en appuyant sur le frein. J'étais assis sur la marche à l'arrière avec *Gulliver*.

« Monte », a-t-il proposé en tenant le volant devant lui. Une des bouteilles n'était pas tout à fait vide. Elle fuyait.

« Z'allez où ? je lui ai demandé.

— Oh, je me suis juste dit que je sortirais faire un tour dans ma nouvelle automobile. »

Il a pressé son klaxon invisible, qui a fait un boucan de tous les diables.

« Belle tire. C'est quelle marque ?

— Une Rolls-Royce. Convertible, comme ça, même pas besoin d'ouvrir la portière. On peut juste sauter dedans par le toit. Un nouveau modèle. Appelé la Mart-O-Matique. Allez, viens.

— Je rentre pas dans ce truc-là.

— Comme tu veux. »

Et il a démarré en trombe. Il reviendrait, je le savais. Et je sauterais dans le siège du passager, et on ferait un tour ensemble en klaxonnant les gens et en renversant des bébés. Peut-être qu'on ramasserait une ou deux poulettes. Parce qu'on était samedi et qu'on avait rien d'autre pour s'occuper.

Au bout d'un moment, tatie Brigid a annoncé qu'on partait faire la manche, et j'avais jamais été aussi heureux d'entendre ça. Fallait que je sorte de cette Rolls. J'ai claqué la portière, donné un coup de pied dans ses roues invisibles. Martin a protesté : « Tu vas la cabosser ! Attention !

— Préparez-vous, a dit Brigid en contournant la roulotte par l'arrière pour natter ses cheveux. On s'en va maintenant, d'ici quelques minutes.

— On est obligés de venir, Maman ? » a gémi Martin.

Il était en train de mettre à l'abri son volant sous les marches de sa roulotte. Dans le ciel, les nuages, ils étaient patraques et j'avais bien l'impression qu'ils allaient se faire la malle en vitesse avant l'après-midi. Y avait deux pies dans l'arbre où je grimpais. Martin la sentait aussi, la promesse du soleil à venir, et il voulait rester là à jouer au lieu d'aller faire la manche. Tatie Brigid ne lui a pas répondu. À la place, elle a assis bébé Maureen sur ses genoux et lui a parlé en frottant ses minuscules pieds roses avec de la poussière.

« Tu sais comment est ton frère ? S'il y avait du boulot au lit, il serait par terre en train de dormir ! »

Bébé Maureen commençait juste à avoir deux petits morceaux de dents blanches en forme de demi-lune sur la gencive du haut, et elle les montrait quand elle souriait. J'espérais qu'elles se redresseraient une fois qu'elles auraient un peu poussé.

Ça ne me dérangeait pas du tout d'aller faire la manche avec Brigid. Elle avait un don pour ça – tout le monde le disait. Je ne le lui aurais jamais avoué, bien sûr, mais je l'admirais plus ou moins. En faisant attention, on pouvait apprendre des choses d'elle, et pour les *Pavees*, demander la charité devenait de plus en plus important.

À une époque, quand j'étais tout petit, on en avait presque jamais besoin – juste de temps en temps – parce que Papa et Finty et Grand-Pa, ils arrivaient toujours à dégotter un tas de boulots dans les fermes à différentes périodes de l'année, pour les semis et les récoltes. C'était avant que tous ces fichus agriculteurs aillent s'acheter des tracteurs, des presses à balles et des moissonneuses-batteuses. Et ils connaissaient tous Grand-Pa, et l'appelaient au lieu du docteur, en cas de naissance par le siège ou de génisse malade. Il était capable de soigner n'importe quel animal, les paysans le respectaient. C'était pas si ancien. Juste quelques années plus tôt, d'après mes souvenirs.

Y avait encore plein de sédentaires qui nous achetaient de la ferblanterie, ou qui nous payaient pour réparer leurs casseroles et leurs bouilloires usagées. On recollait même leurs assiettes fendues. C'était un secret que seuls les *Pavees* connaissaient, et ensuite, les choses avaient l'air comme neuves, et on pouvait même pas deviner où était la fente. Les sédentaires achetaient aussi des tas de babioles, parce que, comme personne n'avait de voiture, ils adoraient nous voir arriver. On était une boutique ambulante, voyez, un spectacle prisé. On soulageait leur isolement. Y avait toujours moyen de leur échanger un peigne, un dé à coudre ou peut-être une paire de ciseaux, ou un truc qui leur manquait contre de la nourriture ou quelques sous. Des fois, on leur faisait passer des messages de ville en ville, parce qu'ils pouvaient pas bouger comme nous. À cette époque-là, avant les voitures, les tracteurs et les téléphones, ils avaient besoin de nous.

Mais plus maintenant. Maintenant, on était obligés de mendier pour se rattraper, et Brigid s'en tirait très bien. C'est fou comme elle l'ouvrait jamais quand Papa et Finty, ils étaient dans le coin. Mais dès qu'elle était toute seule, à discuter avec des dames, elle débordait de charme et d'esprit, de prédictions murmurées et de confidences – quelqu'un de complètement différent.

Chaque femme traveller avait son approche à elle, et celle de Brigid, c'était de s'assurer qu'on était bien sales, même si on s'était déjà lavés le matin. C'était le *craic* absolu. On était tellement crades qu'on ressemblait à une troupe de clowns de cirque, et je ne pouvais pas m'empêcher de me demander à quel point ces fichus sédentaires pouvaient être bouchés, pour que ça marche sur eux. Plus on était crades, plus ils vous plaignaient, et plus ils vous donnaient de bouffe ou d'argent. On aurait pu croire qu'ils vous offriraient juste un morceau de savon et de l'eau. Mais non. Ils croyaient que de la bouffe ou quelques sous nous aideraient à nous nettoyer.

Quand elle partait faire la manche, Brigid paraissait dix ans de plus, et elle n'était déjà pas de première jeunesse. Elle avait plus de quarante ans maintenant, alors tout le monde pensait que Maureen était probablement le dernier bébé qu'elle sevrait. Elle l'accrochait devant et se voûtait un peu ou se mettait à marcher comme si elle avait une patte folle, pour bien montrer les terribles difficultés qui lui étaient tombées dessus. Si ça avait pas été une *Pavee*, elle serait devenue une star de cinéma. Elle m'a grondé en m'voyant prêt à partir. « Christy, tu récolteras pas un penny dans cette tenue, et tu le sais. T'es deux fois trop propre pour un gosse à la figure aussi amochée. Tu vas faire mourir le bébé de faim. »

Elle a claqué la langue pour conclure. C'est vrai que ma face bleuie cicatrisait plutôt bien, mais je ne m'étais même pas lavé ce matin-là. Mes cheveux étaient encore hirsutes, et j'avais mon haleine du réveil, adoucie par des restes de thé. C'était pas ma faute si mon exubérance et ma propreté naturelles surnageaient à travers tout ça. Un *bain de boue* ne me rendrait pas aussi sale que Martin. Elle me fixait des objectifs impossibles.

« On peut pas tous être des érudits et des aristos », a-t-elle dit en rejetant la tête en arrière pour mieux me regarder de haut. Sur quoi j'ai répondu en louchant sur Martin : « Et on peut pas tous être du bétail non plus. »

Maureen (qui entre parenthèses ne risquait pas de mourir de faim, et qui était la plus gâtée et chouchoutée de tous les enfants de Brigid, dans l'espoir fou qu'elle serait la dernière) était coincée dans une couverture en travers du torse de sa mère, ses minuscules bras et ses minuscules jambes dodues pendant de chaque côté. Ça donnait à Brigid l'air d'une pomme de terre germée, avec des racines et des yeux. Mais le clou du spectacle, c'était le petit John Paul de quatre ans. Les sédentaires l'adoraient : boucles blondes. Fossettes. Saleté. D'énormes mirettes bleu clair qui vous contemplaient dans sa frimousse brune de crasse. Sa mère a tendu les bras vers lui.

« C'est bien, John Paul, mon lapin. Viens voir maman. »

J'imaginais qu'il avait des insectes sur lui quelque part. Je m'en représentais toute une armée, des fourmis, des tiques et des perce-oreilles, qui paradaient sous le col de sa chemise, escaladaient sa forêt de boucles et s'engouffraient dans les cavernes de ses conduits auditifs.

Martin ressemblait simplement à son moi habituel. Il avait une tache de quelque chose de collant sur le menton. Peut-être du jus, sauf que j'sais pas où il en aurait trouvé.

Notre troupe sale et poussiéreuse a donc remonté le chemin. Les sédentaires, ils auraient pu, à voir par la fenêtre le nuage qu'on soulevait, nous confondre avec du mauvais temps qu'arrivait. Un orage avançant sur la route, un tonnerre de pieds nus. On est partis plus loin de la ville – vers les sentiers de campagne, vers les baraques que Brigid n'avait pas encore visitées. Fidel nous a suivis un moment, mais il a pas tardé à se désintéresser de nous et à partir de son côté. Il était plutôt du genre indépendant. Comme un vrai chien *pavee*, il revenait toujours vers nous le soir. On a pas été longs à franchir la barrière d'une maison. Y avait un veau de lait avec sa mère dans un enclos sur le côté. La vache nous a salués d'un « meuh ».

C'était un grand cottage, tassé près du sol par son toit en bardeaux gris incliné – pas de chaume ni de joncs sauvages au-dessus des têtes de ces fichus sédentaires modernes. Les fenêtres, elles étaient profondément encastrées dans les murs épais, et quelqu'un y avait suspendu des jardinières vides, désirant sans doute des fleurs de couleurs vives. Peut-être que Brigid pourrait leur vendre un peu de ses fleurs en papier. L'ensemble avait l'air d'avoir été récemment blanchi à la chaux, et du coup, ça brillait presque dans cette cour miteuse. Brigid a lancé la salutation habituelle avec son accent du Nord : « *Dia duit*[1] !

— *Dias Maire duit*[2] ! » La réponse a fusé en patois campagnard irlandais avant que la petite femme proprette s'avance dans la lumière du pas de sa porte. « Et alors, qui est-ce qu'on a là ? »

C'était calme autour de la maison – pas d'enfants qui traînaient, pas de mari en vue. Sauf qu'on voyait des traces de pneus sur la terre de la route. Ils reviendraient. Brigid s'est protégé les yeux d'une main, balançant le panier de bimbeloterie sur son bras. Même si la femme allait sans doute rien lui acheter, il fallait prétendre que c'était possible. C'était de mauvais goût de mendier directement, sans offrir quelque chose

1. « Bonjour. »
2. « Longue vie à vous. »

en retour. Un dé à coudre, une brosse à dents, une chanson.

Brigid a hasardé : « On a deux, trois bricoles à vendre, m'dame. Et si vous avez des vieux oripeaux chez vous, on serait ravis d'vous en débarrasser. »

La femme s'essuyait les mains sur son tablier en plissant les yeux. Elle avait l'air en bonne santé et bien nourrie. Brigid ne proposerait pas de lui dire la bonne aventure ou de lire les feuilles de thé si elle ne manifestait pas d'abord de curiosité.

La campagnarde a répondu : « Entrez quand même. On va voir ce qu'on peut vous trouver. »

Elle a reculé sur le pas de sa porte et nous a poussés à l'intérieur comme si on était des poulets. Du bétail, en fin de compte. Elle a souri à John Paul quand il a déboulé et lui a presque – pas tout à fait – tapoté la tête. La pièce principale était petite, mais immaculée. Les murs épais de la maison donnaient l'impression d'être encore plus épais une fois qu'on était dedans. La cheminée paraissait avoir été balayée récemment, avec un beau feu qui rougeoyait juste chaleureusement sans trop souffler son haleine brûlante sur la salle.

Au-dessus de la porte par où on était entrés, le Seigneur en personne était sur la croix, surveillant l'activité du foyer.

Martin et moi, on s'est posés sur un banc en bois à côté de la table. Brigid a pris une chaise, et la petite femme de la campagne a approché la sienne. Elle était assise bien droite et fière – une sédentaire dans chaque os de sa colonne vertébrale, jusqu'au bout des doigts et des orteils. Mais en même temps, elle était timide, les mains soigneusement jointes devant elle, les chevilles croisées sous son siège. Elle avait des chaussures d'intérieur molles, et j'ai essayé de me souvenir si j'avais déjà vu les chevilles de Brigid avant. Les femmes *pavees* portaient leurs jupes si longues qu'on ne voyait jamais leurs jambes. Même pas la suggestion d'une jambe. J'aimais la manière dont les dames sédentaires habillaient les leurs, comme si c'était un équipement. Des jupes flottantes, suffisamment courtes pour permettre les travaux de la ferme. Des bottes en caoutchouc sur leurs pieds de travailleuses. Elles cachaient rien. Les affaires, rien que les affaires.

John Paul se baladait dans la pièce comme si c'était le maître des lieux, fourrant son nez morveux et ses mains partout. J'ai bâillé pour tenter d'avaler plus d'air. Fallait toujours que je respire un peu plus profondément dans une maison, que je m'applique davantage à remplir mes poumons. J'ai observé comment la femme respirait, et je me suis demandé si leurs poumons, ils avaient la même forme que les nôtres, à l'intérieur. Ça semblait facile pour elle.

Elle a demandé : « Ils sont tous à vous ? »

Comme si on était une centaine.

Brigid a répondu en me désignant : « Tous sauf Christy. C'est mon neveu. »

John Paul examinait tout comme un commissaire-priseur. Il touchait les choses, caressait les choses, sentait les choses, secouait les choses, regardait à l'intérieur des choses et à côté. Laissait une traînée d'empreintes de doigts boueuses partout. Personne ne faisait attention à lui. Au-dessus de sa tête, hors d'atteinte de ses mains poisseuses, y avait trois bibelots de porcelaine bien dépoussiérés qui jaunissaient avec l'âge sur le manteau de la cheminée : un cygne, un fer à cheval blanc couvert de trèfles, et une dame toute mince et pâle tenant ce qui avait peut-être été un parapluie. Elle en serrait encore bien fort le pommeau, mais la tige était fêlée juste au-dessus de sa tête. En me voyant fixer la figurine cassée, la campagnarde a dit en riant : « Ah, ben on ferait mieux de la réparer avant qu'il pleuve, hein ? »

Mais j'ai senti qu'elle aurait préféré que je ne la remarque pas. J'ai senti qu'elle pensait qu'avoir un manteau de cheminée avec une figurine fêlée, c'était mieux que de ne pas avoir de manteau de cheminée du tout. Elle s'est rembrunie et s'est retournée vers tatie Brigid.

« Vous vous occupez de lui aussi, pas vrai ? lui a-t-elle demandé pendant que je mâchouillais l'intérieur de ma joue. Z'avez pas assez des vôtres à surveiller ? Bonté divine ! »

J'ai lorgné ses chevilles sans bas. Elles avaient soudain l'air un peu obscènes. Grasses et nues.

« Bah, sa maman est morte en couches », a expliqué Martin.

Je l'ai regardé en souhaitant sa mort à lui et à tous ses enfants. Et aux enfants de ses enfants. La femme s'est signée comme attendu et s'est approchée de moi pour poser sa main calleuse sur mon front.

« Ah, que Dieu te bénisse. Pas étonnant qu'il soit pas dans son assiette. »

J'ai écrasé le pied de Martin sous le banc, bien fort. La main de la femme sentait le tabac et quelque chose d'aigre, et j'ai prié Marie, Joseph et tous les saints pour qu'elle la retire de ma tête. Comment quelqu'un d'aussi fier de sa maison pouvait-il se promener sans remarquer l'odeur d'animal mort dans sa manche ? Et dire qu'ils nous trouvaient sales ! J'ai toussé un peu tout en m'ordonnant en pensée de ne pas bouger.

Je savais qu'y aurait des biscuits, et probablement des œufs à emporter chez nous en prime. Peut-être même du bacon si on arrivait à garder cette femme bien lunée. Notre Brigid avait pas son pareil pour inspirer une bonne dose de sympathie si on lui en fournissait l'occasion. Je ne voulais pas tout ficher par terre en me faisant rembarrer ou en dégobillant sur ce sol propre, tellement propre. Mais j'avais besoin d'air, et pas qu'un peu. Cette sensation me donnait le tournis, ce besoin était comme un gouffre béant à l'intérieur de moi.

J'ai regardé vers la porte ouverte, le soleil haut dans le ciel qui commençait à briller faiblement sur cette cour de fin d'hiver. Mes jambes, elles fourmillaient d'envie d'y aller. J'ai tendu la main pour que mon bras soit caché sous le creux du coude de Brigid, et j'ai pincé la petite guibolle grassouillette de bébé Maureen. Elle a hurlé en agitant les bras. La femme a enlevé sa main de ma tête, s'est tournée vers le bébé pour voir ce qui clochait. J'ai avalé une grande goulée d'air avec soulagement pendant que tatie Brigid écartait la couverture de sorte que la femme puisse jeter un œil. Brigid m'a adressé un regard menaçant par-dessus son crâne avant de suggérer : « Pourquoi toi et Martin, vous emmèneriez pas le petit John Paul dehors dans la cour voir le veau de lait ? Qu'on puisse parler un peu, moi et la dame. »

J'avais déjà quitté mon banc et j'étais dans le jardin avant même qu'elle ait fini d'y penser. John Paul était aux anges.

« Ouais, Maman ! Le veau de lait ! »

Il a déguerpi sur mes traces et foncé tout droit vers l'enclos du bétail. La vache ruminait sa nourriture à moitié digérée. Elle nous a reluqués paresseusement, décidant qu'on était pas une menace pour son petit gars, et elle est retournée à son repas du matin. John Paul a demandé : « Pourquoi on appelle ça un *veau de lait* ? »

Il était debout à côté de moi, ses bras de marmot de quatre ans étalés sur la branche du bas de la barrière. Le bébé veau et lui se dévisageaient avec la même curiosité.

« Appelle-le… Je vais te montrer. »

J'ai tendu les bras au-dessus de ma tête, laissé mon corps se déplier à l'extérieur des murs de la maison. J'ai respiré profondément pour évacuer l'odeur de la main dégueu de la femme sur ma peau. John Paul a fait un bruit de baiser en direction du veau en frottant ses doigts l'un contre l'autre. Le veau de lait a zigzagué vers la barrière en reniflant, s'approchant prudemment du bras tendu de mon petit cousin.

« Donne-lui un peu d'herbe. »

John Paul s'est baissé pour en cueillir un seul petit brin. Il l'a offert à l'animal, qui s'est remis à renifler et s'est encore rapproché. John a regardé le veau dans ses grands yeux en agitant le brin d'herbe. L'animal a sorti sa langue et plongé dessus ; le minuscule poing de John Paul a disparu dans sa bouche, et un instant après, son poignet et son coude aussi. Il avait le bras enfoncé jusqu'à l'épaule dans la gorge du veau, qui suçait de toutes ses forces. John Paul a hurlé en essayant d'arracher son bras englouti à cette tête goulue : « Enlève-le-moi ! Il me mange ! »

Mais le veau déçu avait déjà compris que John Paul n'était pas un pis, et il commençait à s'en désintéresser. Il l'a sucé une dernière fois en glougloutant avant de tout relâcher. John Paul a titubé en arrière, tombant sur les fesses, son bras visqueux en l'air. Il a eu un petit froncement de sourcils furieux, puis a planté ses deux mains dans la terre pour s'relever. Il m'a poussé contre la barrière, a levé le bras pour essuyer le reste de salive du veau avec ma chemise ; je l'ai laissé faire en rigolant.

« C'est pour ça qu'on appelle ça un veau de lait. Parce qu'il suce le lait. »

— Pas drôle. » Mais John Paul a vite retrouvé le sourire, il attrapait déjà un autre brin d'herbe pour réessayer de nourrir l'animal.

À ce moment-là, Martin est apparu derrière nous en sautillant ; il a cueilli un solide brin d'herbe derrière le poteau de la clôture. Après l'avoir coincé entre ses deux pouces, il a gonflé les joues et soufflé. Un « pouet » sonore a retenti de l'autre côté de la cour, effrayant le veau, qui a trotté vers sa mère. John Paul a fait des bonds en applaudissant de ses petites mains dodues avant de glapir : « Montre-moi, montre-moi.

— Prends-en un grand, bien large », lui a ordonné Martin.

Il s'est baissé pour aider son frère à choisir le bon brin d'herbe qui ferait pouet-pouet, et par-dessus son dos, j'ai maté le camion rouge rouillé qui tournait dans le chemin après la barrière, soulevant de la poussière avec ses gros pneus.

« Papa est rentré », j'ai signalé.

Martin s'est levé, il s'est retourné pour voir le camion qui roulait vers nous. Le sédentaire a appuyé sur le frein, et le véhicule s'est arrêté en crachotant. Il en est sorti en claquant la porte. Y avait aussi deux garçons devant, qui ont déboulé de l'autre côté. Le père déchargeait leurs sacs de courses du coffre de la guimbarde ; il les a tendus à ses fils.

« Alors, les garçons », nous a-t-il lancé, et Martin a répondu :

« Comment ça va, m'sieur ? »

Mais j'arrivais à rien dire parce que j'avais repéré le garçon qui prenait le sac de courses à son père maintenant, et il nous regardait avec un large sourire, c'était le grand échalas de l'école. Celui qui chantonnait « *Pavees* » d'une voix de perroquet.

« Amenez-les à votre mère », a ordonné le père avant de se retourner pour se diriger vers le cabanon à côté de la maison.

Il allait faire mine de nourrir ses poulets ou de réparer une machine ou quoi, mais en vrai, il nous surveillerait juste jusqu'à ce qu'on parte, pour vérifier qu'on volait rien. J'avais envie de lui conseiller de ne pas se fatiguer parce que rien ne nous plaisait chez lui, mais je n'aurais pas été crédible. Le grand échalas a passé la porte avec son petit frère, et je l'ai vu lâcher les sacs de courses sur la table à côté de sa mère. Il lui disait quelque chose, mais je n'entendais pas quoi.

« C'est ce mec de notre école, j'ai expliqué à Martin. Le salopard qui fait le perroquet. Tu t'souviens de lui ? »

Martin a hoché la tête, et maintenant, je ne voyais pas où le garçon était allé, mais une minute après, il est revenu. Il est sorti dans la cour, a refermé la porte derrière lui. Il avait quelque chose dans les bras. D'une hideuse couleur orange comme du vomi de carottes.

Il m'a tendu une pile de laine orange. « Ma mère m'a demandé de vous donner ça. »

J'ai déplié ce machin et je l'ai laissé pendre dans mes mains : le pull le plus hideux sur lequel j'avais jamais posé les yeux. Pourquoi fabriquerait-on même de la laine de cette couleur ? Il avait des taches marron foncé au niveau des aisselles et un nuage d'un truc blanc de Dieu sait quoi aggloméré d'un côté.

« Il est trop petit pour moi. Mais je suis sûr qu'il t'ira très bien. C'est vraiment un pull de tinker de toute façon. »

Il avait retrouvé son grand sourire, et j'ai eu soudain une envie irrésistible de faire un trou dans la ligne de ses dents bien rangées. J'ai tendu le pull à John Paul.

« Merci, j'ai répondu. Ça tombe bien, on était à court de papier-toilette. »

Il a reculé en croisant les bras sur sa poitrine. Il n'était pas stupide ; il a reculé.

« Quand on mendie, on fait pas les difficiles. »

J'ai ouvert la bouche, mais il ne m'est pas venu un seul mot. Même pas « putain ».

John Paul a parlé à ma place.

« J'aime bien votre veau de lait. Il s'appelle comment ?

— Il a pas de nom. Il s'appelle Déjeuner. »

John Paul l'a regardé d'un drôle d'air. « Il a pas de nom ou il s'appelle Déjeuner ? Faudrait savoir.

— Bon Dieu, vous êtes tous aussi débiles les uns que les autres. » Le garçon avait beau avoir répondu, il continuait à reculer en direction de sa maison. « Pas étonnant que vous soyez sans domicile. »

Là, je me suis senti violent. Je me suis vu le bousculer, l'empoigner, le choper par les oreilles comme si c'était des poignées et lui fracasser le crâne sur le perron super propre de sa mère. John Paul gloussait.

« On est pas sans domicile, 'spèce de grand crétin. Qui t'a raconté ça ? » Il tenait le pull orange par ses deux manches et l'étirait pour en faire une corde à sauter. Il a ajouté : « Christy, comment ça se fait que tes oreilles, elles deviennent toutes rouges ?

— La ferme, John Paul », j'ai dit, et le grand gars a répété :

« La ferme, John Paul. Ses oreilles, elles sont rouges parce que vous êtes qu'un tas de sales tinkers qui mendient. »

John Paul a refermé la bouche d'un coup. Subitement, il l'avait capté, le bruit de la haine dans l'air. Brigid est intervenue d'une voix sifflante.

« Eh ben, quel gamin méprisable tu es. »

Les poils de mes bras se sont hérissés. Bon Dieu, j'étais super content de la voir debout dans l'encadrement de la porte, bébé Maureen toujours sanglée en travers de sa poitrine. Sa fureur m'a bizarrement calmé, m'a rappelé ce qu'on avait à perdre ici en disjonctant. Je ne voulais pas être flanqué dehors de l'école, viré de la ville. Je voulais rester. Le grand gars s'est tourné vers Brigid, et son visage dégoulinait de satisfaction, mais ses oreilles n'ont pas rougi. Sa mère, elle était debout derrière Brigid sur le pas de la porte, la bouche entrouverte. Elle a lâché stupidement : « Patrick ! »

Mais c'était tout. Pas terrible comme engueulade. Patrick n'était pas assez futé pour inventer ce genre de discours tout seul, ça se voyait. Il répétait juste les choses qu'il entendait. Salopard de perroquet. Le père, il était debout un peu plus loin le long de la maison en faisant mine de pas écouter.

« On va pas rester pour le dîner, m'dame, a annoncé Brigid. Merci pour votre hospitalité. »

La femme a commencé à protester, mais ma tante était déjà au milieu du jardin, passant devant Patrick le Perroquet.

« Y pensait pas à mal », a hasardé sa mère.

Brigid s'est retournée pour lui faire face. « Ah non ?

— Vous connaissez les enfants… »

Brigid l'a interrompue. « Que l'diable le prenne ! Que l'diable prenne cette maison et tout ce qu'y a dedans ! »

Soudain toute pâle, la femme a étouffé un cri, et Brigid s'est retournée vers la route. Les sédentaires détestaient qu'on les maudisse ; c'était un truc qu'ils craignaient vraiment avec nous, les sorts. Ils pensaient que les tinkers faisaient de la magie noire. J'ai mimé un coup de griffe vers la maison, histoire d'imprimer la malédiction dans sa mémoire. Et ensuite, Martin et moi, on a franchi la barrière en fanfare, mais John Paul lambinait, perturbé. Il tordait encore le pull couleur vomi entre ses doigts.

Brigid a dit : « On y va », en s'efforçant de reprendre son ton de maman, et l'a attrapé par la main.

Elle a eu beau étouffer la rage dans sa voix, ses joues étaient blanches au lieu d'être roses, et ça, on pouvait rien y faire. Derrière nous, la femme a trempé sa main dans le récipient d'eau bénite à côté de l'entrée et elle s'est mise à en asperger les environs. Elle a attrapé son perroquet de fils par le bras et l'a tiré sans ménagements dans la maison pour lui en coller une bonne dose. Quand il a commencé à râler, elle a ordonné sèchement : « Rentre ! » avant de claquer la porte.

Je ne comprenais pas pourquoi mes oreilles étaient devenues aussi rouges quand j'étais debout dans le jardin de Patrick. J'avais surtout l'impression que c'était de la rage. J'aurais voulu avoir un anneau d'invisibilité, comme Bilbo. Je me faufilerais dans ce cottage au toit en bardeaux et je les hanterais tous, ces salauds. Je casserais la tête de leur dame en porcelaine.

Papa disait toujours qu'y avait pas de honte à faire la manche, qu'on devait voir ça comme un défi, un concours d'idées. De toute manière, on avait pas le choix. On était obligés. On préférait travailler : on choisirait toujours ça d'abord. Travailler ou vendre. Mais quand le boulot se faisait rare partout, et que ces fichus sédentaires étaient de plus en plus radins dès qu'il s'agissait d'acheter nos babioles ou notre ferblanterie, qu'est-ce qu'on pouvait faire d'autre ? C'était pas notre faute s'ils se sentaient coupables, s'ils nous plaignaient. Ou s'ils étaient sensibles à la flatterie et au charme. C'était pas notre faute s'ils insistaient pour mettre de la bouffe et des pièces dans les mains ouvertes de Brigid.

Patrick se croyait mieux que nous à cause de ces fichus murs et de ces fichues fenêtres, parce que la nuit, il dormait avec un toit qui poussait sur ses rêves. Mais sa famille n'était pas riche. Sa mère ne savait probablement même pas lire. Son père acceptait probablement aussi la charité, quand les temps étaient durs à la ferme. Ils étaient pas mieux que nous. Plus bêtes, en fait. Nous, au moins, on savait ce qu'on était.

Alors pourquoi ? Pourquoi est-ce que je sentais encore mes joues chauffer et mes poings se crisper ? Pourquoi est-ce que j'avais l'impression que le sang bouillait dans mes veines ?

Quand on est rentrés au camp, j'ai dû trouver un truc pour me distraire de mon humeur massacrante. Alors j'ai volé une des bouteilles de limonade de la Rolls-Royce Mart-O-Matique, et j'ai coupé le fond, vu que je voulais bricoler une loupe. Je savais que Martin serait fou s'il s'en apercevait, mais tant pis. J'avais aussi du boulot de détective à faire. J'en avais marre d'attendre que Papa se radoucisse et me parle de ma maman. Ma belle maman, dix fois plus jolie que celle de Patrick, cette idiote de bouseuse ordinaire et cradingue.

Je suis allé dans la tente, j'ai sorti la photo, et je l'ai réexaminée. La façon gracieuse que ma mère avait de se tenir debout, le dos aussi droit et robuste qu'un bouleau, ses lèvres en forme d'arc, ses dents éblouissantes, ses boucles balayées sur le côté par le vent. Elle était belle. Entière. Même à plat sur le papier, elle n'avait pas l'air raplapla comme tatie Brigid avec son corps usé par tous ces fichus bébés. Elle était intacte, solide. Je n'arrivais pas à croire que c'était la mienne.

À ce moment-là, j'ai trouvé une branche avec les ramifications en triangle qu'il fallait, et j'ai coincé le bas de la bouteille de limonade dedans, attaché par un bout de ficelle. Ensuite, retour à la tente, où j'ai arraché une page de mon bloc avant de la déchirer en une dizaine de plus petits morceaux que j'ai attachés avec un autre bout de ficelle, pour écrire des indices. Sur le premier, j'ai marqué « indices ». Et puis une rafale de vent est entrée par le rabat en sifflant sur la toile.

« Grand-Pa ? » j'ai murmuré.

Parce que pour une raison mystérieuse, j'avais l'impression que c'était lui, ce courant d'air qui me balayait le cou. Comme s'il était revenu, pour m'encourager. Sa main sur mon épaule. La rafale a feuilleté les pages vierges des indices.

« J'ai trouvé que dalle pour l'instant, j'ai dit. Je commence seulement. Tu peux pas m'aider ? À qui je peux demander ? À qui je peux demander, maintenant ? »

Et là, le vent est sorti direct par le rabat en balayant les indices devant. Je les ai rattrapés, et j'ai tout de suite démarré mes interviews. C'était pas de la tarte, parce que je devais interroger tout le monde sans qu'y s'en aperçoivent. Papa et Finty étaient encore partis, alors j'ai commencé par Grand-Mère, qui rentrait à peine du Monster House.

« Grand-Mère, tu te souviens un peu de ma maman ? »

Elle a secoué la tête d'un air mécontent. Toujours la même histoire, dès que je lui posais la question.

« Oh, c'était bigrement triste. Bigrement triste pour elle. » Elle m'a jeté un coup d'œil, a placé sa main sous mon menton. « Faut pas que t'y fasses trop attention. T'as de la chance d'avoir toute cette famille quand même. »

Grand-Mère gardait Maureen, et j'ai fait mine de l'aider, même si en vrai, je continuais mon enquête. Au bout de quelque temps, j'ai retenté ma chance.

« Vous achetiez des journaux, des fois, Grand-Pa et toi ? »

Elle m'a dévisagé bizarrement. « Sûr que ça me ferait une belle jambe d'acheter des journaux ! Gaspiller mon argent pour ça. C'est l'habitude de ton père, pas la mienne. »

Je n'avais pas si bien préparé mes questions. « J'sais pas. Peut-être que tu pourrais les revendre, aux gens des maisons. »

En vrai, c'était pas très dur de garder Maureen. Elle jouait derrière leur roulotte avec des cubes en bois que Finty lui avait sculptés. Elle les empilait les uns sur les autres, par trois, et puis elle les renversait. Ensuite, elle recommençait. Grand-Mère l'a regardée ; Maureen tendait la main vers le troisième qui avait roulé hors de sa portée.

« Tiens, voilà, ma puce », lui a-t-elle dit en ignorant complètement ma question.

Maureen a glapi, posé un cube sur sa tour. Après, elle l'a encore fait tomber. J'ai réessayé en changeant de tactique.

« Grand-Mère, tu sais comment les affaires de Grand-Pa ont toutes brûlé dans l'incendie de la roulotte ? »

Cette fois, elle m'a juste répondu par un bruit douloureux qui sortait de sa poitrine et un lent affaissement des épaules.

« Je sais que c'est pas comme ça que c'était censé arriver.

— Non.

— Alors qu'est-ce qui se passerait si, à cause de tout ça, parce qu'on a pas eu le temps de l'organiser comme il fallait… Qu'est-ce qui se passerait si on se rendait compte après coup qu'on avait raté quelque chose ? Disons juste qu'on retrouve quelque chose qui appartenait à Grand-Pa et qu'a pas brûlé dans l'incendie ? »

Je me demandais si je pouvais lui montrer la photo. Grand-Mère a fermé les paupières et s'est signée en remuant silencieusement les lèvres. Quand elle a eu fini de prier, elle s'est penchée pour me dévisager, et son œil était une vraie loupe à lui tout seul.

« Il en serait pas question, Christy. Quoi que ça puisse être, faudrait qu'on le brûle, et vite. Et après, faudrait qu'on laisse cet endroit derrière nous une fois de plus. »

Partir ! Dieu du ciel, elle nous obligerait à partir, si elle savait ! Bon sang. Mes espoirs se sont envolés. Grand-Mère n'allait pas m'aider ; je pouvais pas lui montrer la photo. Je pouvais faire confiance à personne.

« Pourquoi tu poses ces questions ? Tu as trouvé quelque chose, mon enfant ? »

Tous autant qu'on était, elle nous appelait seulement « mon enfant » si elle avait un truc à nous reprocher.

« Non, Grand-Mère, non, j'ai dit en baissant très vite les yeux vers mes mains. Rien de ce genre. J'étais juste curieux. »

Elle a opiné lentement, mais elle me dévisageait toujours, et j'étais déstabilisé.

« T'sais combien y publient de journaux à O'Briensbridge ? » j'ai hasardé en changeant encore de sujet.

Elle m'a adressé une sorte de grimace hagarde. « Non. Combien ?

— J'sais pas. Je te demandais. »

Grand-Mère a secoué la tête en concluant : « Peu importe. » Sur ce, elle m'a envoyé chercher de l'eau pour laver Maureen, qui venait de faire un si gros caca qu'il lui remontait presque jusqu'au cou.

Quand j'ai eu rapporté l'eau, je suis allé dans la tente, j'ai ouvert les indices et inscrit mes découvertes sur la première page. Ensuite, j'ai sorti ma loupe pour essayer de les relire, mais le verre courbait les mots et je savais juste ce qu'ils disaient parce que j'venais de les écrire.

Mes interviews de Brigid et Martin ont donné le même genre de résultats, et à la fin de cet après-midi-là, tout ce qu'y avait marqué dans les INDICES, c'était ça :

Réclame pour Bewley
Page 15 ou page 17
Fournitures de plomberie Cummins à O'Briensbridge
O'Briensbridge est plus ou moins au sud-ouest d'ici
Journaux à O'Briensbridge ?

Peut-être que j'aurais plus de chance avec Papa et Finty, mais ça devrait attendre demain, parce que comme il faisait déjà assez sombre, on savait qu'ils ne reviendraient pas avant le matin.

Dès que les hommes étaient pas là, Grand-Mère et Brigid, elles alimentaient le feu pour qu'il soit plus chaud et plus vif, et je ne savais pas si c'était parce qu'elles aimaient ce petit truc en plus, pour les aider à se sentir en sécurité, ou si c'était juste parce qu'y avait personne pour les harceler d'avoir gaspillé de l'essence. N'empêche que c'était sympa quand ils ne rentraient pas – juste parce que ça changeait. Le camp donnait l'impression d'être vraiment joyeux pour la première fois depuis la mort de Grand-Pa. Grand-Mère chantait un air rauque dans la nuit noire, et le rythme de sa voix, sans flûte ni tambour derrière, était quelque chose de brutal et de beau. Comme le vent qui hurle sur les falaises mouillées au-dessus de la mer. Ses chansons parlaient de tisserands, de cordonniers et de soldats, et c'était très bien. Mais ensuite, elle est passée à une chanson d'amour lugubre en irlandais bancal et j'entendais l'absence de Grand-Pa dans sa voix rocailleuse et brisée, et je sentais comme il lui manquait, les vides qu'il lui avait laissés. Et j'ai eu l'impression d'être un de ces fichus voleurs de chagrin, avec ma tristesse et ma photo chaude. Le son de tout ça me faisait mal.

ONZE

Papa et Finty sont revenus le lendemain matin, à temps pour la dernière messe. Martin et moi, on était justement en train de discuter de ce qu'on allait faire du pull orange vomi quand ils sont arrivés, mais pour finir on l'a simplement foutu au feu. Papa disait toujours que ça ne servait à rien de prendre les gens de front, et que les ennuis vous trouveraient bien tout seuls sans que vous alliez les chercher. Mais bon, Papa aurait sans doute accepté ce pull orange vomi avec gratitude. Il aurait touché son chapeau et fait plaisir aux sédentaires avec sa reconnaissance, parce qu'il ne tenait jamais tête à personne. C'était pas plus mal qu'on ait jamais eu de miroir, vu que j'étais pas sûr que Papa pourrait se regarder dans les yeux, même le temps de se raser.

Le lendemain, j'ai guetté Patrick le Perroquet à l'école, parce que j'avais prévu des tas de trucs imaginaires à lui dire, à lui faire. Yeux au beurre noir, lèvres gonflées, nez en sang, mes jointures toutes blanches à force de serrer la peau de son cou. Ma botte en caoutchouc qui s'enfonçait dans son bide. Je rêvais de la morve que je lui balancerais à la figure, d'humiliations fantastiques où il était question de sous-vêtements et de gémissements. Mais quand j'l'ai vu, je lui ai juste jeté un regard méprisant et il n'a pas réagi du tout. Et d'une certaine manière, c'était pire. Comme si je n'existais même pas.

Quand le Blob est arrivé, elle nous a annoncé qu'on allait prendre des cours d'instruction religieuse supplémentaires durant les semaines de carême qui restaient pour nous préparer à notre sainte communion. D'abord, y avait les dix commandements. On a tous sorti nos blocs-notes pendant qu'elle expliquait que c'était super important. « La chose la plus cruciale que vous aurez apprise jusqu'ici dans vos courtes vies. »

Puis elle s'est mise à nous les énumérer, en commençant par : « Numéro un. N'aie pas d'autres dieux que moi. Tu n'adoreras pas de fausses idoles. »

Elle nous a précisé que ça signifiait que Dieu voulait que nous n'aimions que Lui, et pas d'autres dieux, ce qui me paraissait simplement être une affaire de bon sens. Sûr, qu'est-ce qu'il y avait d'autre à part Dieu ?

Mais Beano a levé la main, et il s'est débattu un moment avec ses questions sur le fait qu'y avait Jésus, plus Dieu, plus le Saint-Esprit. La religieuse lui a répliqué qu'ils étaient tous un seul Dieu, et que c'était très bien comme ça.

Sauf qu'au moment où elle était sur le point de passer au numéro deux, il a encore levé la main en ajoutant : « Et la Vierge Marie, alors, ma sœur ? » Et elle a eu l'air un peu déboussolée, répondant que non, la Vierge Marie était à coup sûr une sainte, et certainement la femme la plus sacrée qui ait jamais vécu, mais qu'elle et Dieu, c'était différent. Je ne voulais pas vraiment admettre que la question de Beano était plus ou moins justifiée, mais ça paraissait un peu étrange que Jésus et le Saint-Esprit soient Dieu, mais pas Marie, surtout alors qu'il existait toute une prière qu'on disait sans cesse rien que pour elle. Elle s'appelait même *Je vous salue Marie*. C'était la préférée de Grand-Mère.

Beano a dit que c'était super, mais là, sa main s'est de nouveau levée avant que la sœur ait le temps de passer au commandement suivant, et il a fait : « Mais comment elle peut être la mère de Dieu en étant pas elle-même Dieu ? » Et j'ai dû admettre qu'il n'était peut-être pas si bourrin qu'il en donnait l'impression. Enfin bref, elle était tellement épuisée qu'elle a perdu patience et lui a expliqué qu'il avait dépassé son quota de questions pour la journée et qu'on avait encore neuf commandements à couvrir.

Du coup, elle nous a annoncé le suivant. « Tu n'invoqueras pas en vain le nom du Seigneur. »

Celui-là, on l'avait déjà entendu, et pas à l'église, mais parce que Brigid le rappelait toujours à Finty. On savait que ça voulait dire qu'on ne devait jamais utiliser le nom de Dieu ou de Jésus à la légère, et plus précisément jamais quand on était furax ou qu'on jurait. Celui-là avait l'air plutôt dur parce qu'on serait obligé de s'arrêter pour s'en souvenir chaque fois qu'on serait en train de disjoncter et de crier des trucs par accident.

J'ai jeté un coup d'œil à Martin pour voir s'il se faisait de la bile, mais ça m'aurait étonné. Martin ne se faisait jamais de bile pour rien sauf si c'était moi qui l'en persuadais. J'ai tenté de me rappeler Grand-Pa quand il parlait, et je n'ai pas réussi à déterminer s'il avait jamais invoqué le nom du Seigneur en vain, mais j'ai fait une prière rapide qui disait : *Cher Seigneur Dieu, s'il vous plaît, veillez sur mon Grand-Pa, et pardonnez-lui s'il a jamais invoqué Votre nom en vain parce que je suis sûr que si c'est le cas, il en avait pas l'intention.*

Mais le Blob était passé au suivant. « Vous ferez du sabbat un mémorial, un jour sacré. »

Je ne savais même pas ce qu'était le sabbat, et encore moins son mémorial ni comment en faire un jour sacré. Heureusement, elle nous a expliqué ensuite que le « sabbat » était juste un mot compliqué pour « dimanche », et que par ce commandement, Dieu nous rappelait simplement de nous souvenir d'aller à la messe le dimanche, et c'était super, parce que Grand-Mère se débrouillait toujours pour qu'on y aille toutes les semaines, peu importait où on s'arrêtait. Il était aussi vrai que peu importait comment on était accueillis dans une ville, on était toujours les bienvenus à l'église. Ou peut-être que je dis ça trop gentiment, mais à mon avis, on ne nous avait jamais refusés dans une église. En plus, certaines églises des villes plus importantes avaient des livres de cantiques sur les bancs, et leurs fenêtres, elles avaient plein de jolies couleurs, et les plafonds étaient assez hauts pour que vous ayez jamais l'impression d'étouffer. Dans les plus grandes, on ne se rendait presque pas compte qu'on était à l'intérieur, et des fois, on se serait cru dans une immense forêt très haute à la place. Aller à la messe toutes les semaines, c'était facile – ça ne me dérangeait même pas.

Elle a enchaîné sur celui d'après. « Tu honoreras ton père et ta mère. »

Je l'ai noté, et je sentais presque la photo de ma mère palpiter à la dernière page de *Gulliver*, bien à l'abri dans le sac à dos pendu derrière ma chaise. L'honorer, j'ai pensé. Peut-être que c'était ce que je faisais en cherchant à me renseigner sur sa vie.

Quelques mains se sont levées dans la pièce. Kathleen était la première, et elle voulait savoir : et si votre père et votre mère désirent que vous fassiez deux choses différentes ? Le Blob lui a répondu que, dans ce cas-là, il fallait simplement leur demander de clarifier. Après, un autre gamin a posé la question, et si votre maman vous demande de faire quelque chose de mal, qu'est-ce qu'il faut choisir ? Suivre le commandement, ou honorer sa maman ? La religieuse lui a lancé un regard qui aurait fait cailler du lait frais et lui a dit d'arrêter d'être ridicule, que sa mère ne lui demanderait jamais de faire quelque chose de mal. Et là, je me suis aperçu avec horreur que Martin avait levé la main.

« Et si vous avez pas de mère à honorer ? » a-t-il questionné quand elle lui a donné la parole.

J'ai retenu ma respiration très fort et je suis resté comme ça. Pourquoi est-ce qu'il posait cette question ?

Elle a répondu d'une voix plus douce et plus pensive que je l'avais jamais entendue prendre. Une expression pleine de sollicitude a traversé son visage poupin, et elle lui a dit : « Je crois que quand on n'a pas de mère à honorer, alors on doit toujours s'efforcer de se comporter d'une manière dont on est sûr qu'elle serait fière. On doit honorer sa *mémoire*. »

J'ai fixé Martin, sa figure toute plissée, son air intense. Pourquoi est-ce qu'il avait toujours le courage qui me manquait ? Satané Martin. C'est ma mère *à moi* qui est morte, j'ai pensé, pas la tienne.

« Et si on a même pas ça malgré tout, ma sœur ? Et si on peut pas honorer sa mémoire parce qu'on s'en souvient peut-être pas du tout ? »

Mon rythme cardiaque s'est mis à dérailler. Qu'est-ce qu'il en savait, cet abruti ? Comment est-ce qu'il osait ? Il savait que dalle. J'avais plein de trucs à me souvenir à propos de ma maman. J'avais tous ces fichus souvenirs que Grand-Pa m'avait donnés, ces histoires au sujet de ses cheveux presque violets et de ses longs cils ensorcelants. Et maintenant, j'avais sa photo, aussi. Son visage et son sourire, sa main fine.

« Dans ce cas, monsieur Hurley, poursuivait la sœur en dirigeant sa compassion mal placée vers Martin, comme s'il était une pomme de terre qu'elle tartinait de beurre, vous devriez prendre spécialement soin d'honorer votre père et tous les autres adultes de votre vie pour qu'ils vous guident et vous supervisent. Et sachez qu'ainsi, vous serez la fierté de votre mère.

— Merci, ma sœur. » Martin a hoché la tête.

J'ai levé les yeux au ciel. Elle s'est appuyée sur le bureau qu'on partageait, et son habit s'est drapé sur mon bras, faisant déraper mon crayon sur la page. Le trait en zigzag était flou sous mon regard fixe. Elle a tapoté la main de Martin à côté de moi. Pas la mienne. Celle de Martin.

Mais quand elle s'est retournée, il m'a adressé un clin d'œil, et j'ai su qu'il voulait juste m'aider. Il ne réfléchissait jamais trop aux choses avant de les dire ou de les faire. Il avait plus de couilles que de cerveau, Martin. C'était quand même un abruti, mais peut-être que c'était pas vraiment sa faute.

La religieuse est revenue à l'avant de la classe pour lire tout haut le commandement d'après. « Tu ne tueras point. »

Celui-là était plutôt simple, si je me débrouillais pour ne pas tuer Martin.

« Tu ne commettras pas l'adultère. »

Celui-là était flou, même une fois qu'elle l'a eu expliqué. Il avait quelque chose à voir avec le mariage, mais j'ai noté dans mon bloc de chercher le mot

« adultère » dans le dictionnaire de Papa quand on rentrerait au camp.

Et là, elle nous a assené le plus génial. « Tu ne voleras point. »

Quoi ? Attendez un peu, sérieux ? J'ai levé mon crayon et j'en ai fourré l'extrémité dans ma bouche pour le mordre bien fort. Je ne pouvais pas détacher mes yeux de la page. J'avais écrit le numéro – sept – mais rien après. Peut-être que si je refusais de l'écrire, ça ne serait pas réel. *Tu ne voleras point.* Je voyais le bout pointu du crayon qui sortait de ma bouche, et il tremblait.

Enfin, j'avais toujours plus ou moins su qu'c'était mal de voler, mais là, ça laissait pas trop de place à l'interprétation. On pouvait pas parler de zone grise. Comme par exemple quand Brigid disait que ça ne posait pas de problème de prendre une poupée si un enfant l'abandonnait dehors sous la pluie, parce que c'était un signe que la poupée ne représentait rien de spécial pour lui, et qu'elle ne lui manquerait pas. Ou comment des fois on pouvait ramasser des pommes dans un verger quand notre estomac était vraiment complètement vide et qu'on avait rien d'autre à manger. Comment ça pouvait être mal, ces choses-là ? Est-ce qu'y avait juste une différence entre voler et prendre ? Peut-être que voler, c'était mal, mais que prendre, ça passait.

J'ai jeté un coup d'œil à Martin, mais il était tellement penché sur son bloc-notes qu'il menaçait de s'effondrer dessus. J'ai fini par écrire les mots : « Tu ne voleras point », avant de baisser les yeux vers eux pour les voir trembloter sur la feuille. Ils avaient l'air véhéments, en colère. Je les avais marqués en appuyant si fort que le crayon avait traversé la page suivante, et celle d'après. J'ai commencé à les écrire une seconde fois, mais j'ai entendu la mine de plomb se casser.

Tout autour de nous dans la classe, j'avais l'impression que les autres, ils nous observaient, et pendant un instant, j'ai imaginé avoir un accès de rage de tous les diables. Je deviendrais violet de colère, j'arracherais mon bureau du sol où il était vissé avant de le balancer à travers la pièce. Et je hurlerais : *Qu'est-ce que vous y connaissez au vol ? Vous vous êtes déjà couchés en ayant faim, bande de branleurs bien-pensants ?*

Mais c'était juste un rêve éveillé, et en fin de compte personne ne nous regardait. Ils posaient pas de questions. Ils avaient accepté tout ça calmement, comme les plafonds, les oreillers et le fromage. Et ni une ni deux, ils étaient passés au commandement suivant.

« Donne-moi ton crayon, Martin », j'ai chuchoté.

Il a pris un air renfrogné, et j'ai répété : « Prête-moi ton crayon ! »

De toute manière, il ne se servait même pas du sien. Il ne notait même pas les commandements. Il me l'a envoyé d'une pichenette.

J'entendais à peine la sœur qui poursuivait : « Tu ne feras pas de faux témoignage à l'encontre de ton voisin. »

Celui-là, il voulait dire que dalle aussi. On avait pas de voisins.

« Tu ne convoiteras pas la femme de ton voisin. »

Elle parlait, mais je n'écoutais presque plus. Ces règles, elles étaient pas faites pour nous. Même pour Dieu, on était des marginaux. C'était pas juste. J'avais toujours considéré l'église comme un endroit sûr, où je pourrais parler à Dieu, et où Il s'attendait pas à ce que je sois quelqu'un d'autre, juste qui j'étais. Tel qu'*Il* m'avait fait. Maintenant, je me sentais trahi, furieux.

« Tu ne convoiteras pas la maison de ton voisin. »

Et à présent, le Blob expliquait qu'on ne devait pas vouloir de choses, surtout les maisons, qui appartenaient à d'autres gens. Bordel de merde. Je pourrais jamais vivre dans une maison, je le savais – je me sentais emprisonné au point de suffoquer rien que d'y entrer. Mais est-ce que ça pouvait vraiment être un péché d'avoir simplement envie de quelque chose ?

« Convoiter, expliquait-elle, ça signifie désirer, aspirer à, avoir un besoin maladif de. »

J'ai pensé au tableau de la maison-affamée-près-de-la-mer dans la librairie. J'ai pensé à la maison de Finnuala Whippet. J'ai pensé à la maison propre de Patrick avec le veau de lait et sa mère et la dame en porcelaine jaunie au parapluie cassé, et si j'étais honnête, si je regardais bien en moi-même courageusement : je les voulais toutes. Je voulais toutes ces stupides maisons suffocantes. Je voulais les maisons délabrées qui tombaient en ruine et les grandioses demeures immaculées et les maisons de ville et les cottages sur la plage. Je voulais les cabanons et les igloos et les trous de Hobbit. Je les convoitais tous jusqu'au dernier.

Après ça, je ne pouvais même plus être en colère. Je me sentais juste dévasté.

***

Sur le chemin du retour, j'ai dégobillé dans le fossé pendant que Martin attendait. Il a pas moufté. Toujours à quatre pattes, je lui ai demandé : « Tu crois qu'on va aller en enfer, tous autant qu'on est ?

— Mais non. Aucune chance. »

Il était toujours tellement sûr des choses, tellement positif. Et de toute manière, Martin n'avait pas besoin d'imaginer à quoi l'enfer pourrait ressembler. Il avait déjà rempli de cailloux le cercueil de Grand-Pa. J'ai encore eu un haut-le-cœur, mais sans rien vomir de plus. J'avais le ventre vide.

Après m'être essuyé le menton, j'ai dit : « Peut-être qu'on a plus besoin de la tourbe. Peut-être qu'on a prouvé ce qu'on avait à prouver et patati et patata.

— Tu vas laisser une religieuse t'expliquer ce qui est bien et ce qui est mal, Christy ?

— Sûr qu'y a personne d'autre pour nous l'expliquer, sinon. » J'ai haussé les épaules. « Tu la crois pas, alors ? Tu crois rien de ce qu'elle a raconté ? »

C'était un joli coucher de soleil orangé et froid, et on s'est remis à marcher.

« Si. Enfin, je crois en Jésus et tout et tout. Mais on a plus huit ans comme le reste de ces mioches, Christy. Ils présentent ça pour se mettre à la portée des petits, mais c'est juste genre les grandes lignes. Des suggestions.

— C'est pas ce que le Blob a dit.

— Elle peut difficilement dire ça, Christy, tu crois pas ? Sers-toi un peu de ta tête. »

Mais ma tête me donnait la sensation d'être en coton. Je comprenais rien à rien.

« C'est seulement que ça paraît si injuste. Même Grand-Mère vole une pomme de terre ou un œuf quand elle est obligée. » J'avais l'impression de traîner mon estomac sur la route derrière moi.

« Tu te fais trop de souci, Christy. »

Si je pouvais lui donner la moitié de mes soucis, peut-être qu'on serait tous les deux normaux. Avec la même clairvoyance sublime, il a conclu : « Réfléchis un peu : comment est-ce que les règles pourraient être les mêmes pour les travellers, vu que tout le reste est différent ? »

« Alors, comment tu t'en sors à l'école ? » m'a demandé Papa ce soir-là. Il venait juste de finir son dîner et il se curait les dents en réchauffant ses bottes près du feu.

« Super.

— Quel genre de choses vous étudiez ?

— Un tas de conneries, en vrai. »

J'étais encore fumasse à cause des commandements, et de toute manière, Papa n'avait pas la cote avec moi. Il savait pourquoi. Il pensait qu'il pouvait effacer toutes mes questions rien qu'en brûlant la photo de ma mère. Mais elles ne faisaient simplement que grandir en moi. Papa ne savait pas que je l'avais roulé, que la photo était toujours en sécurité, mon bien le plus cher. Mon cadeau de Grand-Pa. J'le laisserais jamais m'la prendre.

« Un tas de conneries ? En tout cas, ils vous apprennent à parler comme des livres. »

J'ai haussé les épaules. Martin est intervenu.

« On a vu les dix commandements aujourd'hui. Et Christy a eu la trouille de sa vie parce qu'y pensait qu'on irait tous en enfer.

— Va te faire mettre, j'ai pas eu la trouille.

— Il a vomi dans le fossé », a annoncé Martin. Le salaud.

Papa s'est passé une main derrière la tête, et il m'a regardé. Je me suis appliqué à détourner sa compassion. Je n'en voulais pas.

« Qu'est-ce qui t'a inquiété, fiston ?

— Rien.

— Rien ?

— Ben non.

— D'accord. »

Mais ensuite, une fois que Martin a fini son dîner et que tatie Brigid a ramassé les assiettes pour faire la vaisselle, il est revenu à la charge d'une voix douce.

« Pourquoi tu penserais qu'on ira tous en enfer ? Qu'est-ce que la maîtresse t'a dit qui t'a inquiété ? »

J'ai baissé le nez sur mon assiette ; elle était encore pleine. J'ai regretté que Grand-Pa ne soit pas là pour pouvoir lui parler à la place. Mais il n'était pas là. J'avais l'impression que Dieu nous laissait tomber, et j'étais en colère. Et en vrai, j'avais bien la trouille. Pour Grand-Pa, pour tout le monde. J'avais personne avec qui discuter à part Papa. J'ai fini par lâcher :

« Tu ne voleras point. C'est un des dix commandements. Voler, c'est *officiellement* un péché, tu vois. »

Papa a ouvert la bouche et l'a refermée. Il cherchait une réponse. « Mais tu le savais sûrement déjà ?

— Quoi ?

— Tu savais sûrement que c'est un péché de voler. »

J'avais beau n'avoir rien mangé du tout, j'ai soudain cru que j'allais me remettre à dégobiller. « Comment je le saurais ?

— Sûr que je t'ai déjà dit que c'était mal de voler, non ?

— Déjà dit ? Oui. Tu me l'as dit. Et après, tu m'as aussi dit de voler les seaux en plastique, et des fois tu m'as dit de voler des œufs dans un poulailler. Et un jour, tu m'as même dit de voler une chèvre – tu t'souviens de celle-là ? Parce que personne la surveillait ? »

J'avais haussé le ton, et Papa a lorgné le dos de Brigid, penchée sur sa vaisselle, pour voir si elle écoutait. Je m'en fichais. Je voulais qu'il se sente comme je m'étais senti en classe. Abandonné. Damné.

Papa a respiré un grand coup et s'est léché les lèvres. Je le regardais bien en face. Je n'avais jamais été aussi plein de défiance. J'ai cru que j'allais lui jeter mon assiette remplie de bouffe à la figure.

« Tu n'as pas le droit de parler à ton père comme ça. » Il m'a rendu mon regard, droit dans les yeux, et sa voix avait une force que j'avais oubliée. Je l'avais presque oublié lui, avec tout mon chagrin et toute ma colère – l'homme avec qui j'avais grandi, sa puissance pure. La raclée qu'il allait me flanquer si je m'oubliais assez pour lui tenir tête sans réserve, si j'osais vraiment lui balancer mon assiette à la figure. Il parlait bas, mais je ne pouvais pas ignorer son ton inflexible.

« On doit jamais voler par avidité ou par méchanceté. Au grand jamais. Je te l'ai toujours appris. Ça doit pas être fait pour blesser. Tu comprends ce que je dis ?

— Oui.

— Mmmm ?

— Oui, m'sieur. »

Il s'est reculé, et je n'arrivais pas à savoir ce qu'il ressentait. Peut-être du soulagement que j'aie fait machine arrière. Que ce moment soit passé et que l'équilibre soit revenu. Peut-être que moi aussi, j'étais un peu soulagé.

« Tu sais, parfois les gens n'apprécient pas toujours ce qu'ils ont, Christy. Et nous, on a plus besoin d'une chose ou d'une autre. Comme la nourriture. Et Dieu ne voudrait pas qu'on meure de faim, fiston, juste vu qu'on est des travellers. »

Il a regardé mon assiette. « Alors mange. »

J'ai levé ma cuillère, enfourné une bouchée de haricots tièdes. J'ai réussi à les avaler.

« Et de toute manière, c'est à ça que sert la confession.

— Qu'est-ce que tu veux dire ? » J'ai pris une autre bouchée de mes haricots.

« Parce que parfois, c'est inévitable. Pour les travellers, en tout cas. Par exemple, si ta cousine Maureen avait faim, et qu'il n'y avait pas d'autre moyen, Grand-Mère volerait peut-être un œuf pour elle, hein ? »

J'ai acquiescé.

« Et ensuite, Grand-Mère serait obligée d'aller se confesser et de faire pénitence. Du coup, Dieu saurait qu'elle regrettait, mais qu'elle n'avait pas eu le choix.

— Mais pourquoi ce serait mal au départ ? Si on peut rien y faire. »

Papa a secoué la tête. « Je ne sais pas, fiston. C'est juste comme ça.

— Alors je suppose que Dieu aime pas les travellers non plus. Parce qu'Il aurait sûrement pris ça en compte quand Il élaborait les règles, tu vois. S'Il s'en souciait. »

Papa a soupiré. « Maintenant, je crois que tu essaies simplement d'être pénible. »

Sauf que c'était pas vrai. Enfin, peut-être que je l'étais, pénible, voyez. Mais maintenant, je le pensais vraiment. Que peut-être que Dieu, Il était différent de personne. Peut-être qu'Il nous aimait pas non plus, et que Papa était trop intimidé pour le voir.

« Et celui sur les maisons, alors ? »

J'avais pas vraiment eu l'intention de dire ça, d'en révéler autant. Je cherchais juste à prouver que j'avais raison, mais là, j'étais obligé de m'expliquer. Papa m'a regardé bizarrement.

« Le quoi sur les maisons ? » a-t-il demandé d'un air complètement déboussolé.

J'ai hésité, puis j'ai décidé que c'était trop tard pour reculer. « Le commandement sur les maisons. »

Et merde. Comme j'étais allé aussi loin, autant lui sortir la totale. Je me suis redressé, j'ai récupéré mon bloc-notes sous mes fesses, là où je l'avais planqué, et je l'ai feuilleté jusqu'à la page où j'avais marqué les commandements. Je l'ai tendue à Papa.

« Numéro dix », j'ai précisé.

Ses yeux ont balayé la liste, et il a eu le souffle coupé comme un bateau à voile qu'a plus de vent. Son regard a fouillé mon visage. Il a lâché « Christy », et sa voix était si triste qu'elle m'a instantanément purgé de ma colère.

« Christy, tu veux la maison d'personne, hein ? Pourquoi tu t'inquiéterais pour ce commandement-là ? »

J'étais incapable de lui répondre. Je me sentais tout dépassé et confus. J'ai contemplé mes pieds.

Papa s'est penché sur ses coudes, appuyés sur ses genoux repliés, et il a baissé la voix jusqu'à ce qu'elle ne soit plus qu'un murmure. « Tu veux une maison, Christy ? » Il m'a même touché le front, l'a juste effleuré du doigt.

Je me suis mordu la lèvre en opinant. Une trahison éléphantesque. Bien pire que ce Dieu avait fait aux travellers.

« Oh », a fait Papa, et y avait un chagrin sans fond dans cette syllabe.

Je ne m'étais quasi jamais senti aussi minable. Qu'est-ce que Grand-Pa penserait de moi, s'il savait ? J'avais la sensation d'être un traître, un menteur. Un imposteur. Le visage de mon père était si triste que j'ai dû détourner les yeux.

« Mange ton dîner », a-t-il ordonné en continuant de parcourir ma liste.

Je ne pouvais pas.

Il est resté silencieux, et il a fini par ajouter : « Tu sais, ça dit clairement la maison de ton *voisin*. Alors, à qui elle appartient, cette maison que tu convoites ?

— À tout le monde », j'ai admis aussi bas que possible. Ça ne servait à rien d'essayer de garder des secrets à ce stade. Le mal était fait.

« À tout le monde ? »

J'ai hoché la tête de plus belle.

Il a relevé le menton et avalé sa salive en se couvrant la bouche de la main. Son expression était affreuse. Finalement, il a demandé : « Celle de Brigid ? » Sa mâchoire était contractée, il parlait les lèvres serrées.

« Ben non, j'ai répondu tout bas.

— Pourquoi ?

— Sûr que Brigid a pas de maison. Elle est pareille que nous.

— Celle de Grand-Mère, alors ? » a-t-il repris en désignant le camp d'un geste circulaire.

J'ai fait signe que non.

Sa roulotte avait beau être flambant neuve, achetée seulement trois jours plus tôt, j'aurais pas voulu la lui piquer. La nôtre m'allait très bien.

« Bon. Brigid et Grand-Mère, c'est pas tes voisines ? »

J'ai acquiescé.

« Et tu as d'autres voisins dont je ne connais pas l'existence ? »

Nouveau signe de tête négatif.

« Donc, en fait, tu veux juste *une* maison. N'importe quelle vieille maison ferait l'affaire. Ce n'est pas que tu veux une maison en particulier qui appartient à ton voisin.

— Ben non, j'ai concédé lentement. Pas exactement.

— Et ce n'est pas comme si tu aimerais mettre tes voisins à la porte de leurs baraques pour les avoir à toi tout seul comme un petit goinfre.

— Non. » C'était vraiment pas le cas.

Papa a refermé le bloc-notes et me l'a rendu.

« Ben alors, je ne vois pas le problème. »

J'ai indiqué d'un geste que je comprenais, mais il ne me regardait pas. Il regardait dans le feu.

« D'accord », j'ai dit.

Et j'ai senti quelque chose m'envahir sournoisement, du soulagement mélangé à autre chose. J'étais content de lui avoir parlé, et je lui en étais même un peu reconnaissant, parce qu'il avait réussi à me sortir de mon trou noir. Mais en l'observant qui se levait et s'essuyait les mains sur son pantalon, j'ai eu le sentiment que je lui avais pris un truc énorme. Comme s'il avait vu qu'il me manquait une jambe, et qu'il s'était coupé la sienne pour me la donner.

DOUZE

Le lendemain, après l'école, moi et Martin, on est allés en ville et on a volé un tas de tourbe dans une brouette qu'était rangée face à la porte de derrière de la boucherie. Ça ne m'a pas posé de problème, et ça ne m'a pas inquiété. C'est ce que je me suis raconté.

On a enterré la tourbe dans le fossé sur la route près de l'école, et ensuite on est retournés à la boucherie, directement par l'entrée principale, cette fois-ci. Martin a avancé vers le comptoir en demandant au boucher s'il lui restait quelque chose pour le dîner et s'il avait besoin de réparations dans sa boutique, parce que nous, on s'arrêtait en ville pendant un moment. Le mec nous a dit que notre papa était déjà venu le trouver, et qu'il lui avait apporté une nouvelle bouilloire.

Tout le temps qu'y discutaient, le jeune apprenti boutonneux s'essuyait les mains sur son tablier taché de sang et me reluquait en retroussant les lèvres. C'était le même gars qui m'avait chassé pour m'empêcher de prendre ce chouette scone chaud le premier matin. Je lui ai tiré la langue en douce pour que le vrai boucher le voie pas. Ensuite, j'ai laissé traîner mes paumes ouvertes sur la vitrine en regardant à l'intérieur, et je l'ai parcourue dans toute sa longueur en faisant mine d'examiner les morceaux de viande. Cet apprenti boutonneux de mes deux serait obligé d'essuyer mes traces de doigts après qu'on serait partis. Je suis passé une deuxième fois pour en remettre une couche. Le vrai boucher bavassait toujours avec Martin en enveloppant quelque chose à rapporter chez nous pour notre maman, qu'il a dit. Une grosse tête ronde de cochon pour un ragoût. Elle avait l'air sacrément dégoûtante, avec ce sang et ces saletés qui dégoulinaient à travers son emballage en papier journal, mais j'ai trouvé ça très sympa de sa part quand même, surtout vu qu'on lui avait piqué un tas de tourbe.

Martin a dit : « Merci, m'sieur », en hissant la tête sur son épaule à côté de la sienne.

Celle du cochon était légèrement plus grande. Et puis, sur le chemin du retour au camp, j'ai eu un énorme moment de générosité mal avisée : Martin, j'l'ai amené à la librairie.

La p'tite dame faisait le poirier quand on est entrés, et du coup, tout ce qu'on voyait d'elle, c'était ses deux chaussures dressées dans les airs derrière la caisse. Une paire de godasses montantes noires lacées à talons épais comme attendu. Mais je crois qu'elle a entendu la cloche tinter au-dessus de la porte, parce que ses jambes ont commencé à tomber genre *gaaarez-voooous* et ensuite une de ses chaussures s'est prise dans l'anse de sa tasse de café, mais elle ne s'est pas renversée comme la p'tite dame. Le liquide a simplement fait des vagues. Après, son visage a surgi de derrière le comptoir et il était tout rouge, mais pas de gêne, juste à cause de tout le sang qu'était descendu là-dedans suite au poirier. Elle avait toujours son chignon blanc parfait derrière la tête – qui ressemblait plus à un chapeau qu'à des cheveux.

« Entrez, entrez, les amis ! Mettez-vous à l'abri de ce sale temps ! »

Martin a regardé derrière lui pour voir si une tempête avait éclaté dehors. Bien sûr, c'était pas le cas. La p'tite dame a disparu une seconde de plus, balancé un livre sur le comptoir avant de se remettre laborieusement dans le bon sens. Elle a lissé ses cheveux (qui ne bougeaient toujours pas) et s'est installée sur son tabouret. Puis elle a avalé bruyamment une gorgée de café en disant : « Ahh.

— Salut, m'dame ! j'ai lancé.

— Eh bien, bonjour, Christopher », a-t-elle chantonné.

La tête de cochon était lourde, et Martin la portait à deux mains, mais madame Hanley a pas fait de commentaire quand il l'a péniblement lâchée sur le comptoir à côté de nous. On aurait dû la laisser dehors, je crois bien, mais j'y ai pas pensé du tout jusqu'à ce que j'la voie posée entre nous. Même à travers son papier journal, je sentais ses orbites vides qui nous surveillaient. Je sentais sa langue qui pendait, et j'avais la trouille qu'elle ouvre la bouche en grondant très fort : « Bande de tinkers, sortez immédiatement de cette librairie ! Vous n'avez rien à faire dans un endroit pareil, espèce de petits romanichels ! » Je m'en suis écarté d'un pas pour essayer de prendre de la distance. Deux mouches nous avaient suivis à l'intérieur, qu'étaient scotchées à cette tête comme deux apôtres. Madame Hanley nous observait tous les deux en clignant des yeux comme si elle ne l'avait même jamais remarquée.

« Et qui est-ce, alors ? » Elle a souri à Martin.

« Oh, juste une tête de cochon qu'on a eue chez le boucher pour le dîner », a-t-il répliqué en la défiant du regard.

Il a poussé la tête un peu plus près de la p'tite dame, et les mouches ont suivi. Il voulait la forcer à poser les yeux dessus, à reconnaître sa présence. Mais elle refusait. Elle a continué à lui sourire. Elle a même ri.

« Je voulais parler de vous. Monsieur… »

Martin n'a pas répondu.

« Monsieur Cochon, j'ai hasardé, vu qu'il disait rien. Vous pouvez l'appeler monsieur Cochon. » Elle a soufflé sur la vapeur au-dessus de sa tasse en y réfléchissant. Je savais qu'elle ne s'adresserait pas à Martin ni à la tête en disant « monsieur Cochon ». C'était une bien trop gentille dame pour ça. Et elle n'avait toujours pas jeté un seul coup d'œil à cette tête de cochon, même si une des deux mouches qui volaient autour faisait à présent la bombe dans son café. Martin nous a tourné le dos en prétendant étudier les étagères voisines remplies de livres. Elle a suggéré : « Et si je l'appelais monsieur Darcy ?

— Monsieur qui ? »

Il a quand même fini par lâcher : « Je m'appelle *Martin.* »

Si elle se demandait pourquoi il était aussi grossier avec elle, elle ne l'a jamais montré. Elle n'a même pas eu l'air de le remarquer.

« Eh bien, comment vas-tu, Martin ? Tu aimerais choisir un livre à emprunter dans notre bibliothèque ? »

Elle a indiqué les trois étagères qu'il lorgnait.

« Non. Je lis pas. » Il a dit ça comme si c'était un choix.

Si je ne m'en étais pas aperçu quand Martin avait mis la tête de cochon sur le comptoir, maintenant, j'en étais sûr : l'amener ici était une idée épouvantable. Il ne comprendrait jamais le caractère sacro-saint d'un endroit pareil. Et pire encore, j'ai vu tout de suite ce que Martin pensait de la p'tite dame, comment il l'avait déjà cataloguée. Il avait décidé qu'elle appartenait à la pire catégorie de sédentaires – celle qui avait envie de nous *améliorer*. Ceux-là, ils étaient même pires que ceux qui nous prenaient de haut. Dans sa tête, Martin avait rencontré la p'tite dame des centaines de fois, dans une centaine de boutiques différentes. Par contre, ce que je pigeais pas, c'était comment son poirier ne lui avait pas permis de comprendre qu'elle était spéciale. Je crois que tous ces fichus livres le rendaient nerveux, comme s'ils le rendaient aveugle au lieu de le faire voir. Il avait la tronche de quelqu'un qui sent une mauvaise odeur, mais je savais que c'était à cause des livres (et pas de la tête de cochon) qu'il faisait cette tronche-là. La p'tite dame a demandé en reportant son attention sur moi : « Ta correspondance est-elle arrivée ? »

La lettre du prêtre ! J'ai eu l'impression que mon estomac dégringolait en m'en souvenant. J'ai secoué la tête.

« Non, m'dame. Pas encore. »

Qu'est-ce qui la retardait, à la fin ? On aurait dû avoir reçu le certificat de baptême à l'heure qu'il était.

« Ah bah. Elle sera là d'un jour à l'autre maintenant, d'un jour à l'autre. » Elle a souri.

« Faut qu'on y aille », j'ai dit, et madame Hanley a acquiescé.

Dieu la bénisse. Elle se comportait comme si c'était normal de venir lui rendre visite et de repartir aussi sec. Elle se comportait comme si cette tête de cochon n'avait rien d'extraordinaire.

« Reviens quand tu veux ! Et toi aussi, Martin. »

Martin l'a regardée en roulant des yeux avant de balancer encore une fois la tête sur son épaule. Au moment où on allait vers la porte, elle a demandé : « Oh ! Et le mystère ? De nouveaux indices ont-ils fait surface ? »

J'ai grimacé. Tout bien réfléchi, j'avais décidé de ne rien dire à Martin à propos de la photo. C'était trop risqué de mettre qui que ce soit au courant, surtout une tête de pioche comme lui. Et en plus, j'avais envie de garder ma maman pour moi tout seul. J'ai fait signe que non à la p'tite dame.

« Des indices ? Non. » Je me suis appliqué à prendre une expression neutre, comme si je n'avais aucune idée de ce qu'elle racontait, et, comprenant tout de suite, elle m'a adressé un clin d'œil.

« Désolée, désolée ! a-t-elle dit en agitant les mains. C'était Christy *Daly* qui cherchait à élucider un mystère. J'vous ai confondus une minute, incroyable, non ? Oh, mais où ai-je la tête ! »

Martin a marmonné : « Regardez par terre ! Peut-être que vous l'avez laissée là. »

J'ai souri de toutes mes forces à la p'tite dame. Martin était déjà dehors.

J'ai articulé : *Je reviendrai*, sans qu'un seul son sorte d'ma bouche.

Elle m'a refait un clin d'œil et salué d'un geste quand j'ai suivi Martin.

Sur la route du retour, il m'a confié : « C'est une échappée de l'asile, ou quoi ? »

Je l'ai regardé comme si je ne savais pas ce qu'il voulait dire.

« Tous ces fichus livres, ça l'a rendue barjo », a-t-il commenté avec un mouvement circulaire de l'index pour mimer la dinguerie sur la tête de cochon.

« Mais non. »

Martin s'est moqué de moi. Il n'avait même pas besoin de se fatiguer à expliquer : après tout, on l'avait surprise en plein poirier. Peut-être qu'elle était foldingue.

« Elle est juste vraiment *craic*. Et de toute manière, c'est pas seulement des livres qu'ils vendent. Ils ont aussi des tableaux, à l'arrière. Et y en a un avec une maison près de la mer, et il est… ben, c'est difficile à décrire. Mais tu devrais le voir. Quand on le regarde, c'est presque comme si la maison était une personne. Une personne hantée, avec de grands yeux tombants à l'endroit des fenêtres. Presque comme si elle avait *faim*. Tu sais ? »

Martin ne savait pas. « La maison a faim », a-t-il répété.

Dit comme ça, ça paraissait stupide.

« Ouais. Bon. Ouais. Comme si elle te faisait juste ressentir des trucs, tu vois.

— Comme avoir faim ? » Son sourire était méprisant.

J'avais envie de lui mettre un pain dans la figure. « Laisse tomber. J'aurais jamais dû t'emmener là-bas. »

Il est resté silencieux une minute.

« Faut que tu fasses gaffe à toi avec tous ces fichus livres, Christy. Je pensais qu'ils étaient pas très dangereux, mais peut-être que tu vas attraper un peu de cette dinguerie avec, toi aussi. »

Une fois qu'on a eu compris comme c'était facile, moi et Martin, on a commencé à se relayer pour chercher la tourbe de temps en temps. C'est devenu un peu un concours de voir qui en rapporterait le plus quand c'était son tour. Et on a arrêté de se dire où on la trouvait, pour pouvoir tous les deux garder secrètes nos meilleures planques.

C'est pour ça que j'ai eu l'impression qu'il me provoquait ce mercredi matin-là, quand on a déterré la tourbe du fossé et qu'il a joint les mains en disant : « Merci, madame Hanley ! »

J'ai arrêté de creuser dans les feuilles.

« Qu'est-ce que t'as dit ? »

Martin a fourré deux mottes sous son bras. « Hein ?

— Merci, qui ? j'ai demandé en me relevant.

— Tu sais, ta copine de la boutique avec les livres. Et du tableau avec la *maison affamée* », mais il a dit ça d'une voix sarcastique de dessin animé.

J'aurais jamais dû le trimballer là-bas. Jamais. C'était ma faute.

« La maison a peut-être faim, mais la p'tite dame, c'est sûr que non. » Il s'est mis à rire.

Je l'ai regardé fixement, sans un geste. Peut-être que ma mâchoire était la seule à bouger, ou alors ma langue à l'intérieur, là où j'essayais d'avaler ce qu'il venait de dire.

« Tu le crois, toi, qu'elle laisse ces fichues mottes de tourbe juste devant la porte comme ça ? Dans un panier ouvert, comme si elle leur faisait de la réclame ? »

Martin prétendait ne pas remarquer que j'étais dégoûté, que je m'étais arrêté en me redressant pour le fixer. Il tentait de me fourrer deux mottes de tourbe dans la main maintenant, mais je les contemplais comme si c'étaient les membres amputés de madame Hanley. J'étais incapable de les prendre, de les tenir. Elles sont reparties rouler dans le fossé, et je me suis retourné pour frapper Martin, à qui j'ai collé une bonne beigne sur le côté de la tête. Et de l'autre côté, je l'ai cogné direct à l'oreille pour lui faire voir trente-six chandelles, tellement fort que j'en ai eu mal aux jointures.

Il a lâché sa tourbe pour s'affaisser sur mon ventre, et d'un seul coup, j'ai perdu pied avant de voltiger dans les airs, propulsé par son coup d'épaule. Et maintenant, on était tous les deux par terre, moi sur le dos, et lui qui cherchait tant bien que mal à se remettre à genoux au-dessus de moi. Ses doigts s'enfonçaient dans mon bras. On respirait fort tous les deux, et on luttait, on luttait. Il allait gagner. J'ai dégagé mon poignet de son étreinte et je l'ai de nouveau envoyé valdinguer – cette fois, je lui ai flanqué un coup oblique dans le pif, mais il avait son genou sur mon autre coude, pesant de tout son poids sur ce genou-là, et j'ai cru que j'allais peut-être devoir crier grâce. Ou peut-être que je pouvais encore le mordre pour m'en débarrasser. Mon bras libre faisait toujours des moulinets. Il m'a donné une bonne claque dans la figure – une fois, deux fois, trois fois, et j'ai senti mon œil se remplir de larmes, et dans ma bouche, un léger goût indiquant que quelque chose clochait. J'ai relevé mon genou et je me suis débrouillé pour l'atteindre juste à l'arrière des roubignoles. Il a roulé sur le côté en me libérant avec un grognement.

Et puis on a plus entendu que le son bruyant de nos respirations fraîches.

J'ai cherché à faire le tri dans ma tête, à comprendre ce qui s'était passé. Comment ça s'était passé. Martin était roulé en boule en se tenant l'aine à côté de moi dans la boue. On commençait à reprendre notre souffle et à respirer moins vite, plus régulièrement. La respiration de Martin ressemblait toujours à moitié à un gémissement.

« Elle a été sympa avec moi », j'ai murmuré. Mon visage était mouillé. J'ai demandé : « Je saigne ? »

en roulant vers lui. Il se détendait petit à petit à côté de moi. Ses traits étaient inondés de lumière du jour.

« Non. » Il a secoué la tête avant de reprendre une autre grande bouffée d'air. « Mais, je peux réessayer s'tu veux. »

Il a eu un large sourire, et je me suis essuyé la figure. Mes larmes ou ma sueur.

« Non, ça va », j'ai dit en m'asseyant.

J'ai craché pour voir si un peu de rose sortait. J'étais couvert de feuilles, et Martin cherchait à s'asseoir, lui aussi. Je lui ai tendu la main, il s'est relevé en appuyant ses coudes sur ses genoux.

« Jamais dans les roubignoles, Christy, c'est quoi, ton problème ?

— J'étais désespéré. » J'ai haussé les épaules.

On était entourés de tourbe. On avait roulé dedans.

« T'aurais pas dû. T'aurais pas dû la dépouiller. »

Martin s'est passé une main entre les jambes pour vérifier que tout y était encore.

« On les laisse là, alors ? a-t-il lâché tout bas. On fait l'impasse là-dessus, juste pour aujourd'hui ? » Et il ne plaisantait pas. Il était aussi sérieux qu'un cheval avec une patte folle. Il ne s'excuserait jamais, mais il n'en avait pas besoin.

« T'en penses quoi ? » a-t-il demandé.

Je me suis léché les dents. J'ai tenté de rassembler mon courage, mais sans succès.

« Sois pas débile, j'ai concédé en attrapant deux des mottes pour les lui tendre. Elles sont là maintenant. Pas la peine d'les gâcher. »

J'allais devoir trouver un moyen d'affronter madame Hanley, alors je m'suis raconté que la tourbe lui manquerait même pas. Qu'elle en avait pas suffisamment besoin pour remarquer son absence. Après la classe, j'ai dit à Martin d'aller se faire voir de son côté, et moi et Fidel, on a trotté vers le centre-ville. J'ai noté à travers la vitrine de la librairie que la p'tite dame était occupée avec un client, alors j'ai attendu d'entendre la cloche de la porte tinter, et je l'ai rattrapée pendant qu'elle était encore ouverte pour me faufiler à l'intérieur.

« Salut, m'dame ! »

Elle était en train de se réinstaller sur son tabouret derrière la caisse.

« Christopher ! »

Peut-être que je devenais tellement un habitué qu'elle n'était plus obligée de me faire de remarques sur le temps.

« Belle journée, belle journée, mmm ? » a-t-elle dit.

Peut-être pas.

« On sent le printemps qui arrive – les premiers signes de sa venue.

— Très chouette.

— J'ai bien peur d'avoir presque fichu en l'air ton mystère l'autre jour, n'est-ce pas ?

— Oh non. Vous inquiétez pas, m'dame.

— Il t'a posé beaucoup de questions une fois que vous êtes partis ?

— Nan. Martin est pas super curieux. Je pense même pas qu'il ait remarqué.

— Bon. *Ouf !* Quel soulagement ! Moi qui craignais d'avoir tout gâché. »

Elle s'est penchée vers moi en pianotant sur le comptoir entre nous avec ses mains, avant de reprendre : « Alooors ? Tu as bien quelque chose de neuf, non ? Un indice ? »

Après avoir enlevé mon sac à dos d'une torsion du buste, je l'ai posé sur le comptoir entre nous. J'ai ouvert la fermeture Éclair et je lui ai tendu les INDICES.

« Je le savais ! » s'est-elle exclamée en applaudissant.

J'ai fourragé dans le sac une seconde fois, cherché à tâtons la photo de ma mère à la dernière page de *Gulliver*. Madame Hanley hochait la tête en faisant « Mmmm » pendant qu'elle lisait les INDICES, et quand elle a eu fini, je me suis jeté à l'eau et j'ai pris une profonde inspiration pour lui tendre la photo du journal pliée. Elle l'a ouverte avec précaution, comme si ce bout de papier avait des dents.

« Alors voilà donc le mystère », a-t-elle commenté en l'examinant.

Ensuite, elle a fouillé sous le comptoir pour en ressortir *une vraie loupe*. J'ai essayé de ne pas hoqueter. Elle l'a approchée de son visage, et derrière, son œil marron était géant. Elle a étudié la photo de bas en haut pendant que je surveillais la porte, nerveux à l'idée que quelqu'un entre.

« Très intéressant, a-t-elle noté.

— C'est ma mère. » J'avais beau chuchoter, mes paroles ont retenti aussi fort dans la pièce silencieuse que des pierres qui tombent dans un étang.

Elles ont résonné jusqu'à ce que je voie leur effet sur le visage de madame Hanley. La p'tite dame connaissait le poids de ces fichus mots ; elle les prenait au sérieux. J'ai soulevé le col de mon pull pour en sortir ma médaille, que je lui ai tendue. J'ai laissé la chaîne s'étirer entre mon cou et le comptoir pendant que madame Hanley saisissait le bijou.

« Tu as son médaillon. C'est un objet si inhabituel. Magnifique. Je n'ai jamais rien vu de tel. »

Ça ressemblait à une pièce à conviction. Même si elle avait l'air de me croire, je voulais qu'elle soit sûre que je disais la vérité. Que la femme sur la photo était bien ma mère, malgré ses boucles d'oreilles et sa jolie robe à pois. La médaille le prouvait. La p'tite dame l'a retournée dans sa main pour l'examiner plus attentivement. Elle a fait pivoter les anneaux dorés et argentés sur leur axe tandis que saint Christophe restait immobile au milieu.

« Et qu'est-ce que tu as besoin de découvrir ? »

Elle se laissait jamais choquer par rien. J'appréciais vraiment ça chez elle, sa façon de ne jamais paraître surprise ou sceptique. Ce serait facile de simplement tout lui raconter. Enfin, presque tout. Elle n'avait pas besoin de savoir pour Grand-Pa et les pierres du cercueil.

« Alors. Quand mon Grand-Pa est mort, y a juste quelques semaines, j'ai trouvé la photo. Il… il me l'a plus ou moins laissée. »

Comme elle acquiesçait, j'ai continué.

« Et je savais pas qui c'était, sur la photo, mais j'ai tout de suite remarqué qu'elle portait ma médaille.

— Tu ne connaissais pas ta mère ?

— Je l'avais jamais vue avant.

— Oh, Christy », a-t-elle compati, et sa voix était tout écrabouillée, mais j'ai quand même ajouté : « Elle est morte à ma naissance. »

La p'tite dame a mis sa main sur son cœur.

« Et je l'ai montrée à mon père, et je lui ai demandé qui c'était, sur la photo, et je crois pas qu'il avait même l'intention de le dire, mais y m'a avoué que c'était ma maman. »

Elle a acquiescé de plus belle.

« Mais je sais pas qui sont ces autres gens, et mon père refuse de me le dire. Il prétend pas savoir qui c'est, sauf que je le crois pas. »

Elle a plissé le front. « Mais pourquoi mentirait-il là-dessus ?

— Sais pas. » J'ai secoué la tête. « Enfin, c'est vrai, comment il pourrait ne pas le savoir ? Il sait forcément. »

Elle a avalé une grande bouffée d'air et pris son temps pour expirer avant de commenter en examinant toujours la photo de ma mère : « Elle est très belle. »

Je rayonnais. « C'est vrai, hein ?

— Qu'est-ce que tu sais d'autre sur elle ? »

J'ai tenté de réfléchir, mais c'était tellement peu.

« Tu sais d'où elle vient ? »

J'ai fait signe que non. « J'ai toujours cru que c'était une traveller. » Et encore une fois, mes mots ont paru pesants dans la pièce.

Parce que ça semblait de plus en plus évident qu'elle n'en était pas une, qu'elle ne pouvait pas. Fallait vraiment que j'affronte cette réalité, mais bizarrement, elle me paraissait toujours impossible. La p'tite dame a désigné le bébé.

« Eh bien, commençons par là. Est-ce que ça pourrait être ton frère ou ta sœur ?

— Non. Y a que moi. J'étais leur premier bébé, leur seul bébé, et après, elle est morte.

— D'accord. Alors peut-être une nièce ou un neveu ? Et elle pourrait être avec son frère. »

J'ai haussé les épaules.

« Y a-t-il quelqu'un d'autre dans ta famille à qui tu puisses poser la question ?

— Non. Papa croit que j'ai brûlé la photo. Il m'a obligé à la brûler, parce qu'elle était à Grand-Pa. Et si quelqu'un découvrait que je l'ai encore, j'aurais un tas d'ennuis. »

Elle m'a considéré en pianotant longuement sur le comptoir, puis elle a enchaîné avec un hochement de tête énergique : « D'accord. Je vais t'aider. Je vais essayer de t'aider. »

J'ai souri de toutes mes dents en me balançant sur la pointe des pieds. « Merci, m'dame.

— Mais il faut d'abord qu'on passe un accord. »

J'ai opiné, prêt à tout. Elle a désigné la photo.

« Il y a bien évidemment une raison pour que ton père n'ait pas voulu parler de cette photo avec toi. »

J'ai baissé les yeux, et elle s'est de nouveau penchée vers moi, attendant que je revienne croiser son regard. Elle m'a remis la médaille dans la main sans la lâcher.

« L'information est la plus puissante et dangereuse des ressources, monsieur Hurley. Alors, quelle que soit celle que nous découvrirons – ce sera ta responsabilité. D'accord ? »

On tenait tous les deux ma médaille à présent, entre nous. Ses doigts, ils restaient autour des miens.

« Oui, bien sûr, j'ai dit d'un ton négligent, mais elle a insisté.

— Et tu la manieras avec précaution, cette information ?

— Oui. Je promets. »

Elle a hoché prudemment la tête avant de rouvrir les *Indices* pour relire ma liste. Je l'ai regardée faire.

« Alors voilà, c'est tout ce que j'ai découvert en étudiant le dos de la photo. » Je me suis mis sur la pointe des pieds pour pouvoir passer en revue la liste avec elle. « Et en posant des questions à ma famille. Y m'ont pas beaucoup aidé, par contre. »

Elle a approuvé avec un froncement de sourcils.

« Vous voyez la réclame, là, pour les plombiers ? » J'ai retourné la photo pour qu'elle puisse la voir. « C'est à O'Briensbridge. Du coup, je me suis dit que le journal est peut-être de là-bas.

— Je n'ai entendu parler d'aucun journal à O'Briensbridge. » Elle a plissé le nez. « C'est plus probable qu'il soit à Nenagh. Ou même Limerick – ils ont peut-être fait passer leur réclame dans l'un des canards de Limerick. »

Les enquêtes, c'était plein d'embûches. J'étais super content que la p'tite dame m'aide. J'ai continué : « D'accord. Donc. »

Elle s'est levée pour rapprocher son tabouret du bout du comptoir.

« Assieds-toi là-haut, Christy. »

J'ai jeté un coup d'œil à la porte avant de grimper sur son tabouret ; le siège était encore chaud là où elle s'était assise. Elle était devant le téléphone, étirant le fil en travers du comptoir. Elle a posé cet appareil visiblement lourd entre nous, et il a atterri avec un bruit saccadé. Elle a soulevé le récepteur, qu'elle a tenu incliné pour qu'on puisse tous les deux écouter, même si je ne savais pas qui elle était censée appeler. J'avais jamais appelé personne au téléphone avant. Et personne m'avait jamais appelé. Elle a fourré son doigt dans un des trous pour les numéros et l'a tourné. Après le clic, on a entendu une voix de femme à l'autre bout de la ligne.

« Opératrice », a dit la voix, et j'ai failli tomber de mon tabouret tellement elle était forte. On avait l'impression qu'elle était juste là, sous le comptoir.

« Bon après-midi, Loretta, c'est Margaret Hanley », a commencé la p'tite dame, et Loretta l'opératrice a répondu dans le téléphone : « Comment ça va, Margaret ? Et les affaires ? Bonnes, j'espère ?

— Très bonnes, très bonnes, merci. Et comment va votre mère ?

— Ah, elle se sent beaucoup mieux, merci, Margaret, merci de poser la question.

— Ah, tant mieux. Dites-lui que j'ai demandé de ses nouvelles.

— Je n'y manquerai pas, bien sûr. »

La p'tite dame a repris : « Loretta, pourriez-vous me passer les fournitures de plomberie Cummins à O'Briensbridge ? J'ai bien peur de ne pas avoir leurs coordonnées. »

Je l'ai dévisagée. Là, c'était du vrai travail de détective. La loupe aurait dû me mettre la puce à l'oreille. J'ai réexaminé rapidement le dos de la photo. En effet, y avait pas de numéro dessus – et en plus, la réclame avait été coupée en deux.

« Naturellement, je vais vous le donner. Accordez-moi juste une minute. »

Et là, y a eu un silence, j'ai presque eu peur qu'on l'ait perdue, mais la p'tite dame m'a simplement souri, et une minute plus tard, Loretta est revenue au bout de la ligne en disant : « Ne quittez pas. »

Ensuite, on a entendu une sonnerie, et quelques secondes après une voix d'homme, qui a fait : « Allô ? »

Madame Hanley a répondu : « Allô ! Je suis bien aux fournitures de plomberie Cummins à O'Briensbridge ?

— Oui, c'est ça, a confirmé la voix d'homme. Seamus Cummins à l'appareil.

— Ah, très bien ! » Madame Hanley m'a regardé pour voir si je voulais lui parler.

J'ai refusé d'un signe de tête véhément, repoussé le récepteur plus près d'elle. Elle a acquiescé en me tapotant la main.

« J'ai une drôle de question pour vous, je me demande si vous pourriez m'aider. Je m'appelle Margaret Hanley, et je suis tombée sur une coupure de journal dans ma librairie. »

Elle a marqué une pause pour voir si monsieur Cummins allait répondre quelque chose. Comme il ne disait rien, elle a continué. « Il y a une réclame pour votre boutique au dos de la page, voyez-vous, et je cherche à retrouver l'origine de l'article. »

Un crépitement a parcouru la ligne, et je me suis demandé si monsieur Cummins avait une barbe, parce que ça faisait comme du papier de verre frotté contre le téléphone. Il a marmonné quelque chose d'inaudible.

Madame Hanley a dit : « Pardon ? », puis elle a coincé le combiné contre son menton en mettant un doigt dans son oreille libre pour pouvoir mieux se concentrer.

Maintenant, je n'entendais plus du tout l'homme ; juste sa voix comme un murmure qui fuitait derrière l'oreille de madame Hanley collée au récepteur.

« Eh bien, ça n'a pas d'importance », a-t-elle dit.

Murmure.

« Mais vous avez bien fait passer une réclame, alors ? Peu importe il y a combien de temps. »

Nouveau murmure.

Madame Hanley a opiné en tendant la main sous le comptoir pour attraper un stylo vert dont elle a enlevé le bouchon avant de saisir la mienne, qu'elle a tordue, paume vers le haut. Elle a écrit « LIMERICK LEADER ». Et après, « décembre 1947 ». En plein sur ma paume humide en lettres vertes.

« Mmmm-hmm. C'est bon, d'accord. Seulement pour la période de Noël. Votre première année d'activité. C'est logique, oui. Mmm-hmmm, mmm-hmm. »

Murmure, murmure, murmure.

« Et vous avez dû avoir d'excellents résultats. Pour être encore là avec un commerce florissant toutes ces années plus tard. »

Murmure, murmure, murmure.

« Ah, très bien. » Elle a ri en levant le pouce dans ma direction. « Oui, merci beaucoup, monsieur Cummins. Ah, pas de problème. Oui, vous aussi. Merci, merci ! »

Elle a raccroché et j'ai contemplé les lettres vertes qui bavaient sur ma peau.

« Le *Limerick Leader* ? j'ai répété.

— C'est ça. » Elle était déjà en train de décrocher le combiné pour rappeler Loretta.

Le coup de fil au *Limerick Leader* a pris un peu plus longtemps, mais madame Hanley était patiente. Elle leur a fourni approximativement la date qui nous intéressait, expliquant que l'article en question devait se trouver page 15 ou 17, puisque la réclame était en page 16. Elle s'est levée pour verrouiller la porte au milieu de la conversation, au cas où des clients s'aventureraient à l'intérieur sur le tard. Quand j'ai quitté la librairie ce soir-là, elle nous avait obtenu une promesse. Le *Limerick Leader* avait retrouvé l'article. Oui, ils l'avaient retrouvé. Et oui, ils avaient promis de l'envoyer en express. On pouvait s'attendre à le recevoir dans le courant de la semaine suivante. La p'tite dame a conclu dans le combiné : « Oui, je serai ravie de vous faire parvenir mon paiement en retour. Merci infiniment. »

Sur ce, elle a raccroché. Mon cœur bondissait presque hors de ma poitrine pendant qu'elle me raccompagnait jusqu'à la porte et qu'elle ouvrait le verrou pour me laisser sortir. J'étais tellement transpirant, nerveux et surexcité que les lettres vertes sur ma paume avaient fondu pour former en une épaisse traînée visqueuse. Je ne savais pas comment la remercier. Dehors, il faisait noir à présent, elle avait allumé les lumières dans la boutique, et je voyais nos reflets sur la vitrine, entourés de toutes parts des couleurs des livres.

« Merci, m'dame. »

C'était pas assez, mais c'était tout ce que j'avais.

TREIZE

Fidel m'attendait toujours, et nous deux, on a descendu toute la High Street ventre à terre, étourdis dans le crépuscule. J'avais envie de faire la roue, et Fidel exécutait des pas de danse sautillants autour de mes chevilles pendant qu'on courait. On est arrivés trop tard pour la poste. Vu que les lumières, elles étaient encore allumées à l'intérieur, j'ai essayé de cogner à la porte, mais ce grincheux de préposé m'a regardé par-dessus ses lunettes en pointant la pancarte du doigt. Sa voix déformée a porté à travers la vitre.

« Je suis sûr que tu ne sauras pas lire ça, mais ça dit qu'on est *fermés*. »

Je lui ai tiré la langue, mais j'étais de trop bonne humeur pour faire ça méchamment. J'ai cogné sur la porte du plat de la main en lui criant à travers la paroi : « À demain, m'sieur ! »

Après, j'ai appuyé mes lèvres sur la vitre en gonflant les joues comme un poisson-globe, mais il s'est contenté de me regarder avec une tête d'enterrement. Y avait rien qui pouvait le faire rire.

« Peut-être qu'il a de l'arthrite, j'ai suggéré à Fidel. Ou une femme pas sympa. Ou qu'il boite. Ooh, un postier qui boite. Ça serait dur, ça, hein ? »

La sueur séchait sur ma nuque dans le vent d'hiver. Moi et Fidel, on a bondi le long de la Long Mile Road pour rentrer chez nous.

***

Tous les jours après l'école, je retournais à cette poste jusqu'à ce que je sois devenu aussi pénible qu'une hémorroïde au derrière de ce préposé déjà grincheux. Tous les jours, je lui demandais : « Quelque chose pour les Hurley, m'sieur ? » et tous les jours, il se débrouillait pour me répondre : « Non » de la façon la plus bougonne possible.

Le vendredi, le Blob a fait une annonce.

« Maintenant, les enfants, on a une gâterie prévue cet après-midi. Nous allons travailler sur un projet artistique. »

Sœur Philippa a marqué une longue pause pour nous laisser le temps de digérer cette information, et des chuchotements excités ont circulé parmi les mioches de huit ans. Quand le calme est revenu, elle a lancé avec enthousiasme : « On va tous fabriquer des cartes pour la fête des Mères ! »

Martin était déjà en train de lever la main, mais je lui ai donné un coup de pied si violent par-dessous notre bureau partagé qu'il l'a baissée. La fête des Mères ! Dieu du ciel, qu'est-ce que c'était encore que cette horreur ? Le Blob nous a un peu expliqué son histoire, comment c'était un genre de jour férié à l'ancienne y avait un siècle ou deux, surtout pour que les domestiques puissent prendre un week-end agréable sans travailler et aller voir leur vieille maman, mais qu'il avait presque disparu avant la guerre, jusqu'à ce que les Américains débarquent dans toute l'Europe et revisitent plus ou moins cette tradition. J'ai commenté tout bas : « Saloperie d'Américains ! »

Pourquoi fallait-il toujours qu'ils revisitent tout ? Martin m'a jeté un regard dégoûté, et je savais que c'était sans doute parce que pour lui, tout blasphème contre les Américains était plutôt un blasphème contre Elvis. Il m'a dévisagé en secouant lentement la tête.

Le Blob a annoncé d'un ton quasi extatique : « Alors, nous allons tous fabriquer de jolies cartes pour les mamans. Et elles seront ravies quand vous les rapporterez chez vous ! »

Elle a joint les mains devant elle en un geste d'immense satisfaction. Je sentais Martin qui m'observait de biais, et j'ai souhaité de toutes mes forces qu'il regarde ailleurs avant que je sois obligé de lui flanquer un gnon. J'ai respiré un grand coup en prenant rapidement ma décision : j'allais juste fabriquer cette stupide carte. C'était pas grand-chose. Je n'avais pas besoin de mère à qui donner une carte pour une quelconque fête américaine inventée de toutes pièces. Ça n'avait pas d'importance.

Sur le bureau du Blob, on pouvait choisir dans trois piles de papiers de couleurs différentes, et puis y avait des vrais pastels et des fusains qu'elle nous a encouragés à utiliser sans limites pour créer ce qu'on voulait. J'ai opté pour le papier violet, un choix stupide, puisque ma maman le verrait jamais de toute façon, morte comme elle était. Martin a été dispensé de carte parce que le Blob croyait à tort que c'était lui dont la mère était morte. À la place, il a dessiné un tracteur et quelques pommiers. J'ai jeté un coup d'œil autour de moi pour voir ce que les mioches de huit ans, ils fabriquaient pour préparer des cartes destinées à de vraies mamans qu'étaient moins mortes. Je m'en fichais. Je pourrais toujours balancer ce truc en rentrant au camp, ou le brûler ou quoi.

Mais quand l'heure a été terminée, j'ai baissé les yeux vers le papier violet et j'ai vu le cœur rouge que j'avais crayonné au pastel, avec m-a-m-a-n marqué en lettres charbonneuses au fusain, et j'ai compris que mon plan était en danger. À l'intérieur, c'que j'avais dessiné, c'était trois poissons, un chien (Fidel), Jack, et puis moi et la roulotte de Papa. J'ai écrit un message très bête à ma mère décédée (c'est un plus joli mot que morte) qui disait : « Pour Maman, de la part de ton fils, Christy. Tu me manques. » Et je le détestais, tellement il était bête. En même temps, pour une raison mystérieuse, je l'ai rangé avec soin entre la dernière page de *Gulliver* et la couverture, avec sa photo, pour le conserver.

Le père Francis m'a arrêté dans le hall.

« Christopher ! Le nouvel élève vedette de Saint-Malachy ! »

J'ai souri. Élève vedette, exactement comme prévu. J'avais même réussi à progresser pas mal en maths. Je me suis tenu un peu plus droit. Il a ajouté : « Tu veux bien nous excuser un moment, Martin ? »

Mon cœur a fait un bond et battu la chamade.

Martin a répondu : « Sûr. On s'voit chez nous, Christy. »

Et il est sorti comme une flèche. J'ai tenté de respirer par le nez, mais j'avais plutôt l'impression de respirer par le ventre. Le père Francis a repris la parole.

« C'est au sujet de ton certificat de baptême. »

Oh non. Les larmes me sont montées aux yeux.

« Je suis allé à la poste tous les jours, mon père. Je sais pas ce que je peux faire de plus, à part peut-être qu'on devrait écrire pour le redemander parce qu'il est pas encore arrivé, et… »

Il a interrompu mon accès de panique.

« Ton père l'a déposé ce matin. »

Oh ! J'ai serré les lèvres. Je n'étais pas au courant ; bien sûr que je n'étais pas au courant. J'avais peur de lever les yeux vers lui. Quelque chose clochait. Seigneur Jésus, s'il vous plaît, faites qu'y ait rien qui cloche.

« Tout a l'air en ordre. »

Je pouvais compter mes battements de cœur dans ma gorge. Pourquoi est-ce que je ne me sentais pas soulagé ?

« D'accord.

— D'accord ? » Le père Francis m'a souri. « Maintenant, tu peux arrêter de t'inquiéter. Tu vas faire ta première sainte communion avec le reste de tes camarades.

« Oh ! Dieu du ciel, j'ai soufflé. Merci ! »

J'étais tellement soulagé que j'ai été obligé de cligner de l'œil pour empêcher une larme de couler sur ma joue. Il m'a donné une tape dans le dos.

« Allez. Quand j'avais ton âge, j'étais moi-même un éternel inquiet. »

J'ai fini par lever le regard vers lui, son crâne chauve qui luisait dans la pâle lumière de la porte ouverte, son habit noir qui bruissait sous lui, même quand il restait immobile. J'ai pensé qu'il n'avait jamais eu mon âge.

« Il faut que tu apprennes à avoir *foi* en les choses. Et au bout du compte, tout s'arrangera. Tu vois ?

— Oui, mon père.

— Allez. » Il m'a pressé l'épaule. « Remercie ton père de l'avoir déposé. C'était inutile de nous le remettre en personne – il aurait pu te le confier.

— Je crois que c'est un peu un éternel inquiet, lui aussi », j'ai répondu, alors que je savais que c'était faux.

La vérité, c'était que j'ignorais pourquoi il l'avait apporté lui-même, pourquoi il me l'avait pas juste filé. Il n'avait même pas mentionné que le certificat était arrivé, alors qu'il savait bien que ça me rendait malade d'attendre. C'était bizarre – comme s'il essayait de me le cacher.

« On te voit demain, Christopher, a dit le prêtre avant de faire bruire son habit dans l'encadrement de la porte et de se retourner pour regagner son bureau.

— Mon père ? »

Il a marqué une pause, la main sur le chambranle.

« Est-ce qu'il y a des images dessus ?

— Sur le certificat de baptême ? »

J'ai opiné.

« Des photos, par exemple ?

— Non, mon fils. Juste des mots.

— Oh.

— Révise bien ce soir, mon fils. » Il s'apprêtait de nouveau à partir.

« J'l'ai jamais vu avant, c'est tout. »

Il s'est retourné encore une fois et m'a souri, bouche fermée. « Tu aimerais le voir ? C'est ce que tu me demandes ? »

Je n'avais pas eu l'intention de demander ça. Ou peut-être que si. « Oui, mon père.

— Dans ce cas, viens. »

Il a tendu la main vers moi, m'a conduit vers le seuil pour me faire traverser la petite pièce où sœur

Hérisson vivait, passer devant le bureau où elle m'avait sauvé. Elle n'était pas là. On a suivi le couloir – moi et le père Francis – pour franchir la deuxième porte en marchant sur l'épais tapis bizarre – bleu nuit, et aussi doux et profond que la rivière Shannon. Mes pieds se sont enfoncés dedans. Il m'a précédé, contournant la mappemonde sur son socle pour commencer à trier des papiers.

« Ah, nous y voilà ! » s'est-il exclamé en trouvant le bon.

Il l'a sorti de sa pile de paperasses familiales et me l'a tendu. Mon certificat de baptême. J'ai eu soudain l'idée saugrenue que je ne devais pas l'accepter. Qu'il allait me brûler, ou qu'il serait si lourd que je n'arriverais pas à le tenir, qu'il me casserait les deux bras tout net à cause de son poids. Tellement étrange. Un mince bout de papier fragile qu'il avait dans les mains. Je voyais la lumière qui brillait au travers, je voyais les silhouettes sévères des mots fantômes imprimés sur l'autre face. Le père Francis me le tendait. Je me suis assis sur la chaise en face de son bureau. J'en avais pas l'intention, mais je l'ai fait. Me suis affalé avec un bruit sourd sans même vérifier derrière moi d'abord s'y avait un siège pour me rattraper. Il m'a demandé : « Tout va bien, Christopher ? »

Sans le regarder, j'ai hoché la tête en baissant les yeux vers le précieux document dans mes mains tremblantes. Il y avait une croix en haut – tout à fait comme celle de l'image pieuse de Grand-Pa, avec les rayures qui en sortaient. Mais aussi une colombe, avec un rameau dans le bec, sous un des bras de la croix. Sous l'autre, une bougie, allumée. Je ne sais pas pourquoi, mais j'avais presque peur de regarder plus loin, d'éloigner mes yeux des dessins pour passer aux mots.

Ça disait CERTIFICAT DE BAPTÊME en haut, en grosses lettres. Et ensuite, dessous, une ligne, quelqu'un avait marqué *William Christopher Hurley* d'une écriture presque illisible. Mon estomac a plongé en piqué. William ? Qui c'était, William ? Ils n'avaient pas envoyé le bon. Non, attendez un peu. Encore plus bas, y avait d'autres mots et d'autres lignes, comme ça : Né le _ mai 1947, l'enfant de Christopher Hurley et de Nora Angela Cleary a été baptisé au nom du Père, et du Fils, et du Saint-Esprit par le révérend Jonas Stapleton à l'église catholique du Saint-Esprit de Rathnaveen dans le comté de Tiobraid Arann, Eire, ce 16 décembre 1947. Parrain et marraine, Fintan Hurley et Millicent Cleary.

Le père Jonas Stapleton avait signé son nom en bas. C'était le *bon* certificat de baptême. William, c'était *moi*.

« Nora », c'est ce que j'ai dit tout haut.

Le père Francis s'est assis sur son fauteuil en face de moi. Il a croisé les mains en silence devant lui, et ses lunettes ont scintillé dans la lumière tamisée. « Prends ton temps, Christy. »

Je ne crois pas qu'il m'avait déjà appelé Christy avant. Ça me rendait nerveux – ce manque de formalité, et la différence avec le nom sur le papier que j'avais sous le nez. Du coup, je me suis concentré sur celui de ma mère.

« Nora Angela Cleary », j'ai murmuré.

Un nom magnifique. Mes mains, elles tremblaient. Le père Francis a ouvert le tiroir de son bureau, en a tiré une boîte d'allumettes. Il a enlevé le verre de sa lampe et en a craqué une avant d'entourer la flamme de sa main et d'allumer la mèche à l'intérieur. Après, il a soufflé sur l'allumette pour l'éteindre et l'a jetée dans une corbeille à côté de lui, puis il a replacé le couvercle en verre sur la flamme. Je ne m'étais pas rendu compte à quel point il faisait noir jusqu'à ce qu'il mette la lampe.

Le nom de ma mère, j'l'avais jamais connu.

J'ai pris mon temps pour rentrer. J'avais besoin de trier tout ça dans ma tête, d'y réfléchir. Mon nom, William. C'était comme une langue étrangère hachée que je ne parlais pas. Comme *brogue*[1] en anglais – alors qu'en irlandais, le vrai mot, c'est *bróg*. C'était ce que les Anglais disaient de notre prononciation… que ça donnait l'impression qu'on avait une godasse dans la bouche, et subitement, c'est ce que je ressentais. Ce nom, William, me faisait l'effet d'avoir une botte cloutée sur la langue.

Et puis Nora Angela Cleary, le nom de ma mère, tout en grâce et en lumière. J'aurais cru qu'en apprenant son nom, elle deviendrait peut-être plus réelle pour moi, que ça me ferait peut-être quelque chose à ajouter à ces sept minutes qu'on avait partagées quand elle était en train de mourir, allongée. Ces minutes dont j'avais tenté de me souvenir encore et encore. Est-ce qu'elle m'avait tenu d'abord ? Est-ce que j'avais ouvert les yeux devant elle ? Est-ce que j'avais cherché à téter, et qu'alors, j'avais entendu, appuyé bien au chaud sur son sein, quand elle s'était vidée de son sang et que son cœur avait ralenti avant de cesser de battre ? Est-ce qu'elle avait eu le temps de m'aimer ?

1. « Chaussure ».

Nora Cleary. Elle me paraissait encore plus loin que jamais. J'avais encore jamais rencontré quelqu'un qui s'appelait Cleary. Peut-être qu'elle était originaire d'un endroit lointain, d'un clan éloigné du Nord. Peut-être qu'y venaient des îles, Inis Quelque chose. Peut-être que le sang qui coulait dans mes veines était aussi imprégné d'air marin salé et des rochers blancs des îles. Et je suppose que ma maman avait aussi une sœur, ou peut-être une cousine. Millicent. Tatie Millie. Comment ça se faisait que j'avais jamais entendu parler d'elle ? Et pendant que j'y pensais, et le reste de la famille de ma mère ? C'était comme s'ils n'avaient jamais existé. Comme si après sa mort à elle, ils étaient tous morts, et qu'y avait plus eu que moi et Papa.

Et puis mon parrain, Fintan Hurley. Papa avait dit qu'y voyageaient pas avec nous à cette époque-là, alors comment ça se faisait que Finty était mon parrain ? Et pourquoi est-ce qu'ils avaient attendu aussi horriblement longtemps pour me baptiser ? J'ai compté les mois sur mes doigts : mai, juin, juillet, août, septembre, octobre, novembre, décembre. Huit ! Huit mois entiers de danger mortel. Je me suis signé en disant une prière pour remercier Jésus de ne pas m'avoir laissé mourir avant l'âge de huit mois. J'aurais fini dans les limbes ! Comment ils avaient pu me faire ça ? J'avais jamais connu Papa aussi négligent – huit mois sans baptême, c'était bien pire que d'être en retard pour faire sa communion. C'était effrayant, choquant. Sauvage. Je manquais d'air.

Fallait que je respire. Profondément. Peut-être que madame Hanley avait déteint sur moi, parce que mes mains avaient mémorisé chaque mot sur cette page. Ils s'étaient infiltrés direct en moi comme de l'eau bénite, comme des empreintes digitales neuves. Maintenant, j'avais une vérité complètement nouvelle, un nouveau nom. Et ma mère aussi – elle avait un nom.

« Nora. » Je l'ai répété tout haut.

Et j'ai essayé de l'imaginer dans son nuage de boucles violettes, comme quand Grand-Pa me chuchotait ses histoires sur elle. Cette autre maman, cette maman qu'était plus réelle, d'avant la photo. J'ai tenté de revenir à la vision de ses longues mèches fouettées par le vent qui lui descendaient dans le dos jusqu'aux genoux. J'ai fermé les yeux, grimacé et murmuré, et finalement, elle est apparue là-haut – tout en cils agités par le vent et en membres longilignes. Doigts pâles. Joues chaudes. Je ne voyais pas son visage.

J'ai décidé que je ne pouvais pas interroger Papa à ce sujet. Y avait un truc avec cet endroit, ce moment, depuis l'incendie, la photo. Tout ça me donnait l'impression d'avancer dans un champ de mines. Si vous m'aviez posé la question à ce moment-là, je n'aurais pas su dire pourquoi. Mais maintenant, je crois que c'était Grand-Pa qui m'avertissait, qui essayait de me préparer au choc à venir. Il m'avait fait sentir qu'un fort danger tapi aux confins des choses m'attendait, et ce sentiment m'avait rendu vigilant, prudent. Un pas de travers, un mot murmuré pourraient semer le chaos dans tout mon jeune monde. Alors, même en apprenant que je m'appelais William, je marchais sur la pointe des pieds.

Cette nuit-là, j'ai eu la sensation oppressante que quelque chose me menaçait dans le noir, et je ne pouvais pas dormir. Je prenais chaque ombre de la lune qui traversait le rabat de la tente pour un loup-garou. Papa ronflait à côté de moi. J'ai chuchoté dans l'obscurité : « J'aimerais que Grand-Pa soit encore en vie. »

Toutes les trois nuits de ce week-end, j'ai rêvé la même chose : j'étais moitié Bing Crosby et moitié Elvis. Je portais un smoking et un nœud pap, et j'étais debout d'un air débonnaire à côté d'un piano en tapant du pied en rythme et en faisant tournoyer un liquide brun dans un verre classieux pendant que Finnuala Whippet jouait du Tchaïkovski comme si elle était le maître lui-même en personne. La musique était si belle et envoûtante que de la fumée violette s'échappait par-dessous les touches du piano et s'enroulait autour d'elle jusqu'à ce qu'elle soit enveloppée d'un épais nuage.

Quand j'ai soufflé dans le nuage, ma respiration était violette, elle aussi. J'ai soufflé plus fort, et une fois que la fumée s'est dissipée, c'était ma mère, et elle a continué à jouer sans me remarquer avant que je murmure : « Maman. » Et après, ses mains ont arrêté de jouer et plané un moment sur le clavier jusqu'à ce qu'elle se retourne pour les tendre vers moi. Elle m'a soulevé et enfoui sous ses cheveux tumultueux, serré contre elle comme si elle allait jamais me lâcher, et je sentais la douceur de ses cils sur mes joues et sa clavicule saillant dans toute sa longueur contre mon menton, et je me blottissais contre elle comme un bébé kangourou. Je me suis accroché à elle jusqu'à ce que mes doigts me fassent mal de tous ces efforts, et quand il a été temps d'arrêter de pioncer, j'ai lutté de toutes mes forces pour rester endormi.

Le lundi, c'était la pagaille dans la cour de l'école. Martin a commenté pendant qu'on se frayait un chemin dans la foule en délire : « On se croirait le jour du bétail à la foire de Puck. »

C'était le milieu de la journée, et on a pas tardé à tomber sur Beano, son habituel grand sourire plaqué sur le visage.

Il s'est exclamé en agitant un morceau de carton dans la main : « Amy donne une fête d'anniversaire ! »

Finnuala Whippet.

Donnait.

Une fête d'anniversaire.

J'ai repris ma respiration, louchant sur l'invitation, mais Beano l'a fourrée sans cérémonie dans sa poche et s'est frotté les mains avant d'ajouter : « *Tout le monde* y va. » J'en ai déduit qu'il voulait dire *presque* tout le monde.

Mon estomac s'est soulevé, roulé en boule, et je me suis retourné pour chercher Fidel, principalement pour occuper ma figure. En général, il nous retrouvait après l'école, mais aujourd'hui, l'endroit était rempli à craquer de gamins. D'habitude, la moitié des élèves rentraient chez eux au galop à l'heure du déjeuner pour que leurs mamans puissent les gaver avant les leçons de l'après-midi, mais ce jour-là, personne n'était rentré. Au lieu de ça, tout le monde s'était massé dans la cour, braillant d'excitation en espérant recevoir son invitation. Cette possibilité et la peur qui l'accompagnait me rendaient malade. J'avais envie de prendre mes jambes à mon cou comme Jack quand il avait la frousse.

Beano a précisé : « Elle a invité *toute l'école*. »

Je l'ai dévisagé. « C'est pas possible. Si ? Toute l'école ? »

Même ce branleur de Patrick ? Même moi ? Et maintenant que je regardais aux alentours, c'est vrai que je ne voyais aucune main sans invitation. Pas une. Enfin, bon. Y en avait deux : la mienne, et celle de Martin. Saloperie. Je lui ai demandé : « Comment elle saura si elle oublie personne ?

— Sa maman a demandé la liste des élèves au père Francis, et elle a invité tous ceux qui sont dessus », a expliqué Beano.

Merde. Sûr qu'on était pas inscrits sur une seule foutue liste d'élèves.

« Comment tu sais tout ça ?

— Nos mamans sont copines. La mienne leur donne des leçons de piano. »

Martin est intervenu. « Ta mère apprend le piano à Amy ? »

J'ai grimacé en me souvenant de son jeu.

« Elle leur apprend à toutes les deux. Amy et sa maman.

— Sa mère aussi ? »

Quelle mère pouvait bien prendre des leçons de piano ?

« Ouais, elle a dit qu'elle voulait apprendre. » Beano a haussé les épaules. « Mais Amy est bien meilleure qu'elle. »

Ma mâchoire s'est presque décrochée. Sa mère était *pire* ?

Beano a murmuré pas très discrètement : « La maman est pas douée pour la musique. »

La foule commençait à se raréfier, et ces salauds contents d'eux, ils partaient tous en sautillant avec leurs invitations. Je me détestais d'avoir même envie d'aller à sa stupide fête. Et puis, à travers la masse de plus en plus clairsemée des élèves, Kathleen est apparue, elle nous faisait signe sur la pointe des pieds. J'ai regardé Beano pour être certain que c'était pas lui qu'elle voulait. La foule s'est dispersée de plus belle.

Elle était bien là, Kathleen. Debout à côté de Finnuala Whippet qui tenait une boîte à chaussures en carton devant elle. Kathleen a lancé de sa voix rauque de garçon : « Martin, viens par ici ! »

Martin m'a donné une claque sur le bras avant de trotter vers elle. Je l'ai suivi, bien sûr. Qu'est-ce que je pouvais faire d'autre ?

Les nattes de Finnuala Whippet, elles pendaient dans la boîte à chaussures, masquant la vue. Mais elle a brusquement relevé la tête en manquant de me cogner le menton.

J'ai reculé en vitesse. Elle brandissait deux cartes blanches pliées, impeccables. Elle a étendu la main devant Martin pour me donner la mienne d'abord.

À ce moment-là, mon cœur s'est métamorphosé ; il avait la taille d'un poisson dans ma poitrine, un saumon, peut-être, ou au moins un hareng, tout aussi mou et mouillé, et tout aussi glissant. J'ai eu toutes les peines du monde à me retenir de prendre les joues pâles de Finnuala Whippet à deux mains par-dessus cette boîte à chaussures et de lui rouler une pelle.

Elle m'a souri. Je suis sûr qu'elle a tendu son invitation à Martin sans même le regarder.

« Ça y est, j'ai tout distribué. » Finnuala Whippet m'a adressé un autre sourire. « Et il *faut* que tu amènes Fidel. Rex et lui auront leur petite fête à eux. »

Elle s'est penchée pour donner une légère tape à mon chien, et j'ai eu affreusement envie de lécher la raie tout le long de son cuir chevelu entre ses deux nattes. Et ensuite, je me suis dit que c'était à coup sûr une envie dégoûtante et qu'il devait carrément me manquer une case.

Y avait presque plus personne dehors, vu que la pause était terminée. J'ai laissé Martin rentrer d'abord avec Kathleen et Beano, et je suis resté en arrière pour attendre Finnuala Whippet, qui semblait toujours avoir du mal à s'arracher à la compagnie de Fidel, même si elle allait être en retard en classe. Je voulais être à côté d'elle. Je savais pas du tout quoi dire, mais je voulais tenter le coup, et peut-être effleurer son avant-bras avec le mien par accident pendant qu'on marchait.

« C'est très gentil de ta part de nous inviter. »

Elle a pris un air perplexe avant de répondre simplement : « Sois pas bête, j'ai invité tout le monde. »

J'ai examiné le dessus de ma carte pliée. Il disait « Monsieur Hurley Jr » en script noir méticuleux, et j'arrivais à peine à croire que Monsieur Hurley Jr, c'était moi. J'allais attendre un peu pour l'ouvrir, un moment où je pourrais la savourer comme si c'était un jambon.

« Je sais. Mais c'est juste que, quand *tout le monde* est invité, ben, des fois, tu sais, Martin et moi… On est pas toujours *tout le monde.* »

Elle m'a regardé très vite, soudainement, avec le même mouvement de tête saccadé qui m'avait presque coûté mon menton quelques minutes plus tôt. Et là, ça été le moment le plus formidable de ma vie : Finnuala Whippet m'a pris la main et elle l'a serrée.

« Christy, tu n'as pas l'air bien, a dit Papa pendant le dîner. C'est quoi, ton problème ? »

Mon problème, c'était que je m'appelais William et que j'en avais pas grand-chose à faire, parce que Finnuala Whippet m'avait pressé la main, et que j'allais à sa fête d'anniversaire, et que ça m'avait encore plus tourneboulé qu'un nouveau nom. J'étais tellement excité que j'avais presque oublié de passer chez la p'tite dame cet après-midi-là pour vérifier si notre article du *Limerick Leader* était arrivé. Mes pensées, elles étaient tout emberlificotées autour d'elle, de Finnuala Whippet, et mon estomac me donnait en permanence des sensations bizarres, comme si même quand je pensais pas à elle, mes intestins, si.

« Comment ça ? j'ai demandé en mâchant.

— T'es pas du tout, du tout toi-même. On dirait que t'as les tremblements du délire ou quelque chose de ce genre.

— C'est quoi ?

— Les tremblements du délire ?

— Ouais.

— Oh, c'est ce qui arrive à ton oncle Michael chaque fois qu'il fait le serment d'arrêter de boire », a-t-il expliqué avant d'imiter oncle Michael qui prenait une tête épouvantable en se mettant à trembler comme une feuille.

Je lui ai ri au nez avant d'avaler une autre grosse bouchée.

Grand-Mère a posé le dos de sa main sur ma joue et m'a demandé :

« Tu couves peut-être quelque chose ? T'es tout rouge. »

Je me suis senti rougir encore plus, mes joues sont devenues brûlantes. Martin a regardé dans ma direction en levant les yeux au ciel. Il a fourré son index dans sa bouche ouverte comme s'il allait s'faire dégobiller. Il savait ce qui clochait chez moi : je pouvais pas m'empêcher de penser à Finnuala Whippet, à la sensation de ses doigts quand elle avait posé sa main douce et blanche sur la mienne. J'ai bégayé quelque chose.

Papa a confirmé. « Ouaip. C'est ça. »

Et il s'est remis à trembler, la langue pendant sur le côté, et cette fois, il l'a fait si fort qu'il est tombé cul par-dessus son seau, et heureusement qu'il avait déjà fini son dîner parce que sinon, y en aurait eu partout. Maintenant, il était par terre, le seau renversé à côté de lui et les bottes en l'air, tout frissonnant et tremblotant. Fidel s'est précipité sur lui comme une flèche pour le soigner à grands coups de langue ; ça a marché tout de suite, et Papa a émergé de sa crise en crachant et en s'essuyant le menton.

Il a grommelé : « Ah, sale cabot », a gratté Fidel derrière les oreilles avant de lâcher un glaviot.

« Je vais super bien, j'ai repris. C'est juste… »

Grand-Mère s'est penchée en avant, la pipe coincée entre les dents et les yeux rivés sur moi. Désormais, Papa était assis en tailleur et il s'époussetait après ses spasmes.

« Juste quoi, mon enfant ? Parle plus fort.

— C'est juste que je. Je… »

Grand-Mère m'observait en hochant impatiemment la tête. J'ai pensé à l'invitation parfaite de Finnuala Whippet, à mon nom écrit bien proprement dessus, et j'ai fini par avouer : « Je me plais ici. »

Et ces mots m'ont paru monumentaux, comme un barrage qui cède enfin pour laisser couler un flot tourmenté et irrésistible. Grand-Mère a approuvé.

« Ah, ouais. C'est une petite ville formidable. »

C'était une nuit nuageuse, et si sombre que dans la tente, le blanc de l'invitation de Finnuala Whippet ne diffusait même pas une vague lueur devant moi.

J'ai vérifié le rythme de la respiration de Papa, roulé pour me retrouver à quatre pattes, et je me suis dirigé à tâtons vers la sortie en m'appliquant à ne pas froisser la note au passage. À l'extérieur, je distinguais un faible carré de lumière quand je la brandissais sous mon nez.

Je me suis approché à l'aveuglette du squelette sombre du feu, et, au prix de quelques manipulations prudentes, je l'ai ramené à une demi-vie faible et rougeoyante. J'en ai sorti une bûche écorcée, je me suis allongé, puis j'ai appuyé ma tête sur la chaleur du bois. Dehors, il faisait bien froid, mais mon corps restait douillettement blotti au coin du feu. J'ai posé la carte d'invitation sur ma poitrine, là où je pouvais contempler les mots « Monsieur Hurley Jr » qui montaient et descendaient au rythme de ma respiration à la lueur croissante des flammes.

C'était bon d'être seul dans le noir, au calme, mes orteils nus pointés vers le ciel sans lune ni étoiles. J'ai songé que j'allais faire ça plus souvent. Voler ces moments de silence, où je pouvais être tout seul au monde, sans être confronté à la moindre pensée baladeuse des autres à mon sujet, rien qu'aux miennes. Ici, au coin de ce feu, cette nuit-là, j'étais pas un tinker, ni le nouvel élève qui s'était cassé la figure le deuxième jour de classe, ni le demi-enfant d'une mystérieuse maman de papier journal en robe à pois disparue depuis longtemps. J'étais pas torturé de questions, tiraillé par l'angoisse. Ici, j'étais même à peine Christy Hurley. Ou encore moins William Christopher Hurley, peu importe qui c'était. Ici, je pouvais être sans nom, invisible.

À l'extérieur de ma bulle de lumière, le monde était plongé dans un goudron d'un noir profond, et cette obscurité assourdissait même les sons discrets du sommeil. La respiration, les rêves, les pets et les mouvements désordonnés, les coups de pied donnés à une couverture récalcitrante enroulée autour d'une cheville – tout ça était amorti par l'épaisseur des ténèbres. Dans un champ pas trop éloigné, le seul bruit de la nuit m'est parvenu, porté par la brise : le minuscule tintement de la petite cloche de Jack. Maintenant, il avait fini de manger et il devait être endormi, debout, près de la barrière où je l'avais poussé avant d'aller me coucher. J'ai souri en pensant à lui, qui m'attendait, ses grands yeux qui roulaient sous ses paupières, rêvant ses rêves de cheval. Peut-être que Jack rêvait d'humains violets. À ce moment-là, moi aussi, j'ai fermé les paupières, et avec la brise, j'ai eu l'impression que si je levais les bras et que je me laissais emporter, je m'envolerais.

Et puis, doucement, très doucement, en la manipulant juste par les coins pour ne pas la salir avec mes doigts humides et nerveux, j'ai soulevé la carte posée sur ma poitrine et je l'ai ouverte. J'ai autorisé mes yeux à baver sur chaque mot. J'ai laissé les pleins et les déliés noirs se mélanger dans mon cerveau à m'en donner le tournis.

Monsieur Hurley Jr,
Nous vous demandons de nous faire
l'honneur de votre présence
samedi quatorze mars
mille neuf cent cinquante-neuf
à treize heures pour une fête !
Afin de célébrer le onzième anniversaire de
Miss Amy Margaret Whitherspoon.

J'ai senti la chaleur de l'excitation m'envahir, et l'espace d'un instant, j'ai été tellement heureux que mon zizi a failli lâcher un peu de pisse de printemps – le genre de fuite qu'on a par pur contentement. Fallait que je la relise. C'était un vrai délire du style Cendrillon-va-au-bal. Du coup, je me suis tout de suite trouvé un peu gogol de me prendre pour Cendrillon. Je me suis mordu la lèvre en m'enfonçant dans le crâne que je ne devais jamais, au grand jamais laisser cette Cendrillon s'exprimer tout haut. Sous aucun prétexte, et surtout jamais d'vant Martin. Après quoi, j'ai relu l'invitation encore et encore. À peu près cinquante fois.

Cette nuit-là, j'ai fait un autre rêve avec Finnuala Whippet et ma maman, sauf qu'y avait pas juste la fumée qu'était violette. Tout – le piano, le parquet, les piles de livres reliés de cuir, le costume style Elvis-et-Bing que je portais, la boisson chic que je buvais –, tout ça prenait différentes nuances de violet. Les yeux de Finnuala Whippet étaient même lilas derrière ses lunettes couleur prune.

QUATORZE

Quand je m'suis réveillé, l'aube atteignait presque les bords du ciel, mais c'était encore le silence dans le camp. J'ai entendu la cloche de Jack, et j'ai su que je devais aller le sortir de ce champ avant que le jour se soit complètement levé et qu'il le révèle au fermier furieux et gesticulant dont il broutait les récoltes. Mais ensuite, je me suis souvenu où on était, qu'on était les bienvenus. Que Jack était en sécurité ici. Un sentiment si peu familier que j'ai dû l'essayer, comme un chapeau, et me forcer à m'y habituer. Le battement-de-cœur-de-poisson à l'intérieur de moi a accéléré quand je me suis redressé en position assise, et je me suis senti totalement éveillé au monde d'une façon différente de la veille. Les coins, les couleurs et les contours des choses avaient une netteté nouvelle, un éclat nouveau, même dans la brume d'avant l'aube. Je crois que ce sentiment, c'était de la joie.

Je me suis glissé dans la tente et j'y ai caché mon invitation, puis j'ai pris mon temps pour aller chercher Jack en longeant la route, guidé par le son tintinnabulant de sa cloche. Quand je l'ai trouvé, j'ai posé un, puis deux pieds nus sur le mur froid, détrempé par la mousse. Jack m'a laissé grimper sur son dos, et je lui ai murmuré à l'oreille : « Je suis pas Cendrillon. »

On a sauté par-dessus la clôture et trotté vers le camp, sans selle. Personne aurait pu m'effacer mon sourire même avec un marteau.

Dès que Grand-Mère a appris pour la fête, elle s'est débrouillée pour nous dégotter tant bien que mal de nouveaux vêtements en ville. J'étais un peu inquiet quand elle est arrivée au camp en souriant de son sourire édenté et en brandissant vers nous ses trouvailles dans leurs sacs en papier, mais je devais reconnaître que question fringues, elle avait vraiment assuré : deux chemises de cow-boy flambant neuves pour moi et Martin, et bon sang, mec, qu'est-ce qu'elles étaient bien. Elles étaient même pas de la même couleur : celle de Martin, bleue avec du tissu écossais sur les épaules, et la mienne, rouge avec un galon blanc sur les coutures et des fioritures dans le dos (qui ressemblaient beaucoup à celles des *Voyages de Gulliver*). Les deux fermées devant et aux poignets par des boutons-pression perlés. C'était la première chemise neuve que je me rappelais avoir jamais eue, genre non seulement elle était pas-nouvelle-pour-moi, mais elle avait jamais appartenu à personne non plus. Je ne l'ai même pas essayée, au cas où je l'abîmerais.

J'étais sûr que samedi n'arriverait jamais. Qu'il se passerait quelque chose. Que je serais renversé par un train hors de contrôle ou une génisse fugitive avant. Ou que j'attraperais la tuberculose et que je mourrais jeudi. Ou peut-être que je survivrais assez longtemps pour entendre Martin sur mon lit de mort tout me raconter à propos de la fête à son retour avant que je crache ma dernière tumeur sanguinolente et que j'expire.

Alors, quand ce matin-là a fini par arriver, en devenant plus froid à la lumière du jour au lieu de se réchauffer, j'ai d'abord donné un bain à Fidel, passé de force le peigne de Martin sur lui presque partout (en cassant sept de ses dents sur dix par la même occasion – s'il fallait expliquer celle-là à tatie Brigid, non merci). Ensuite, je me suis lavé deux fois à l'eau glacée de la pompe, des oreilles aux burnes et vice versa. Je me suis battu avec mes cheveux pendant une bonne demi-heure jusqu'à réussir à me faire une banane décente. Et après, j'ai fermé les boutons-pression perlés en tremblant tellement qu'on aurait pu croire que c'était des fichues bombes en coquille d'œuf. J'ai mis un pied devant l'autre comme si la terre était des sables mouvants qui m'avaleraient au premier faux pas. J'ai tiré sur mes manches, rentré les pans de ma chemise, et c'était parfait, elle m'allait super bien. Du plus profond de mes entrailles jusqu'au bout de mes cheveux scrupuleusement ramenés en arrière, je frémissais comme une corde sur le violon de Grand-Pa.

J'ai fredonné toute la matinée et tenté de me distraire en lisant l'histoire de Gulliver, qui avait réussi à se fourrer dans un sacré pétrin avec des hommes minuscules de Lilliput, mais même ça n'a pas suffi à m'occuper longtemps. Je restais assis raide comme la justice dans ma chemise de cow-boy que j'avais peur de froisser ou de tacher. Et quand l'heure a finalement tourné et qu'il a été midi, j'ai dit à Martin que peut-être on devrait y aller.

« Papa, quelle heure il est ? » a-t-il demandé à Finty, qui a arrêté de donner des coups de marteau pour tirer de sa poche sa montre à l'ancienne par le morceau de ficelle attaché au bout.

Martin détestait être en avance pour un truc. Il n'aimait pas attendre. Finty a répondu : « Juste midi passé. »

Martin s'est retourné pour me regarder, et il n'a pas pu cacher son air appréciateur. Il a émis un sifflement bas, ce qui a provoqué un peu d'excitation chez Fidel.

« Très chic, a-t-il admis. Je vais mettre la mienne. »

Sur ce, il a déguerpi pour me laisser quelques minutes de bichonnage supplémentaires. Quand elle nous a vus tout endimanchés, Grand-Mère a joint les mains et s'est balancée d'avant en arrière. John Paul accroché à son genou, elle s'est exclamée en nous montrant du doigt : « On dirait deux stars de cinéma ! » avant d'appeler tatie Brigid. « Vise un peu les deux stars de cinéma ! »

On a débattu si on devait emmener Jack ou pas, histoire de faire une entrée digne de c'nom, mais la discussion a tourné court parce qu'on a dû admettre que Jack n'était pas exactement en état de nous aider à soigner notre effet. Même après tout ça, on était quand même un peu en avance, alors on a dû faire deux fois le tour de la ville, et j'ai pas été foutu de dire une seule phrase à Martin pendant tout ce temps, ce qui n'était pas plus mal, vu qu'il déblatérait à toute vitesse comme un commissaire-priseur, et que, quand il s'est aperçu que je ne répondais pas, il s'est simplement tourné vers Fidel pour s'adresser à lui à la place.

Je m'inquiétais de ce que les autres garçons allaient porter, surtout ce salaud de Patrick. Mais quand on s'est arrêtés devant la librairie pour s'examiner dans la vitrine, j'ai pensé qu'on pouvait pas faire beaucoup mieux. On a enlevé nos vestes pour voir, et j'ai regretté de ne pas avoir de jean pour aller avec ma nouvelle chemise de cow-boy au lieu de ce vieux pantalon en flanelle grise, mais après tout, on s'était plutôt mieux débrouillés que prévu. J'ai maté le reflet de Martin à côté de moi, plus grand d'à peu près trois centimètres, un peu plus large d'épaules, mais y avait pas photo, mes cheveux étaient beaucoup plus réussis. Il avait pas ma patience.

Y a eu un bruit rapide genre bong-bong-bong, la vitre où on se regardait a vibré, et qui était derrière, sinon madame Hanley, tenant sa tasse de café d'une main et agitant l'autre comme un drapeau un jour de tempête. Son sourire découvrait toutes ses dents et ses gencives. Je lui ai fait signe en retour. Martin s'est écarté. La p'tite dame s'est approchée de la porte, qu'elle a entrouverte pour éviter de laisser passer trop d'air froid. J'étais en train de remettre péniblement ma veste.

« Eh bien, comme on est *beaux*, les garçons ! »

Je lui ai rendu son sourire en me demandant si mes gencives à moi se voyaient autant. J'ai vérifié en vitesse sur la vitre avant de refermer la bouche.

« Merci, m'dame.

— Ah ça ! Les filles vont passer un sale quart d'heure ! »

Elle a replié un bras sous l'autre et avalé une gorgée de son café. Martin prenait son temps avec les boutons de son manteau.

« On est en route pour une fête, alors ? Les deux cow-boys ?

— Oui, m'dame, j'ai dit en désignant le bout de la ville, au sommet de la colline. Là-haut chez Finnua…

Enfin, chez les Whitherspoon. C'est l'anniversaire d'Amy. »

C'était la première fois que je l'appelais Amy, et j'ai eu l'impression que je parlais de quelqu'un d'autre.

« Oh, comme c'est excitant ! Et une belle journée pour ça aussi. »

Je voyais ma respiration qui fumait dans l'air, il faisait un froid à vous glacer le sang, mais malgré tout, je ne pouvais pas la contredire.

« Alors, amusez-vous bien, les garçons, et ne brisez pas trop de cœurs !

— Merci, m'dame », j'ai lancé, constatant avec plaisir que Martin répétait après moi.

Elle a refermé la porte et on est partis, mais avant qu'on ait eu le temps d'aller trop loin, j'ai entendu la cloche se remettre à tinter, et je me suis retourné pour la voir se rouvrir et madame Hanley passer la tête.

« J'ai failli oublier ! Christopher, j'ai quelque chose pour toi, que tu dois rapporter à ton père. »

Elle agitait une enveloppe dans sa main. Martin est resté sur place pendant que je courais la retrouver. Elle a baissé la voix en me tendant la lettre.

« Pour monsieur Christopher Hurley, de la part du *Limerick Leader*. Oh, en fait, je suppose que ça pourrait être pour toi – et pas pour ton père, finalement. » Elle m'a gratifié d'un clin d'œil. « Je me suis trompée. »

Je lui ai adressé un grand sourire. « Vous l'avez lue ?

— Mais non. Elle est tout à toi, quand tu seras prêt, a-t-elle annoncé solennellement.

— Merci, m'dame. »

Elle a reculé d'un pas dans l'embrasure de la porte, mais j'ai attrapé sa main libre.

« M'dame ?

— Oui, Christopher ? »

J'ai jeté un coup d'œil en arrière pour m'assurer que Martin ne regardait pas avant de répéter : « Vraiment. Merci. »

Cette enveloppe contenait peut-être les réponses à toutes mes questions. Elle allait sûrement me dire qui était ma mère – ou au moins m'en apprendre un petit peu sur elle et les autres personnes de la photo, dans sa vie. Moi et Martin, on avait saboté nos adieux à Grand-Pa, mais son dernier souhait me concernant était là, exaucé. Même en partant, il m'avait offert un cadeau. Il avait voulu que je sache pour ma mère. Je me suis penché pour enlacer très vite la p'tite dame par la taille. Elle m'a tapoté les cheveux, m'a embrassé le haut du crâne.

« Ah, tu es un si gentil gamin, a-t-elle dit avant de me chasser. Tu vas être en retard à ta fête. »

Je l'ai lâchée. « À plus, m'dame.

— Reviens me rendre visite dès que tu peux. Je suis impatiente de savoir comment se termine le mystère ! »

J'ai essayé de ne pas sautiller parce que Martin disait toujours que sautiller, c'était pour les filles, mais j'en avais envie. Alors, j'ai trotté. Comme Jack. Une démarche de cheval chez un homme. Martin et Fidel, ils rêvassaient devant la vitrine de la boulangerie. J'ai glissé l'enveloppe dans la poche intérieure de ma veste, où je la sentais presque craquer et grogner, luttant contre le rythme régulier de mes battements de cœur.

« C'était quoi, cette histoire ? » a demandé Martin, et j'ai répondu en reniflant : « Sais pas… un truc pour Papa. Il est en affaires avec monsieur Hanley, tu vois. »

Martin a hoché la tête, et j'ai espéré qu'il n'avait pas noté mon reniflement. Une fois, il m'avait souligné que j'avais toujours ce tic quand je mentais. J'ai reniflé encore un peu pour faire bonne mesure, au cas où il aurait remarqué le premier et cru que c'était un reniflement menteur. Si je recommençais, peut-être qu'il penserait que c'était juste le froid ou quoi. J'ai reniflé une dernière fois. Martin m'a regardé de travers, mais il a pas moufté. On voyait la maison de Finnuala Whippet, là-bas au bout de la ville, en équilibre sur sa colline, toute seule, ses pelouses étalées autour d'elle comme des jupes. Y avait déjà quelqu'un, de la taille d'une araignée, qui remontait l'allée. J'ai bondi. Martin marchait sur la pointe des pieds ; il était aussi excité que moi, mais il le cachait mieux.

On avait déjà emprunté ce chemin avant, juste quelques semaines plus tôt. On avait escaladé le mur et approché la maison de côté, furtivement. On avait gravi la colline à toute berzingue pour foncer dans les haies sans être vus, comme une paire de lutins. Les choses avaient tellement changé depuis ce premier jour.

Cette fois-ci, Martin a ouvert hardiment la grille d'entrée. Fidel est passé le premier et je l'ai suivi, le cœur battant à cent à l'heure et bondissant dans ma poitrine. C'était fini. J'allais avoir une crise cardiaque au pied de la colline – ça m'apprendrait.

La grille a eu un grincement métallique quand on l'a refermée derrière nous ; je me suis raidi d'instinct, au cas où quelqu'un descendrait au galop pour nous flanquer dehors. Au cas où y avait eu une erreur et qu'on était pas invités, bien sûr qu'on était pas invités, et pour qui on se prenait, et est-ce qu'on pourrait avoir l'amabilité de décamper avant d'offenser notre petite hôtesse et ses amis, et plus vite que ça.

J'ai retenu ma respiration tandis que Martin passait devant, et j'ai examiné la baraque au sommet de la colline à la recherche de signes montrant qu'on n'était pas les bienvenus. Y en a eu aucun.

Même si j'avais déjà regardé à travers ces fenêtres, même si je l'avais mémorisée, imaginée et que j'en avais rêvé un millier de fois, tout dans la maison m'a surpris, à commencer par la mère de Finnuala Whippet.

Elle a ouvert la porte elle-même, vêtue d'un pantalon en tweed et d'une chemise boutonnée comme si elle était un petit homme qui sentait super bon. En dépit de ses habits masculins, elle se débrouillait pour être plus féminine que toutes les femmes que j'avais jamais eues sous les yeux. Sa bouche était très brillante, elle ressemblait à un cœur d'amour rouge parfait, et toutes les différentes parties de son corps, elles semblaient pointer vers le haut. Ses sourcils, ses fossettes, son nez. Et tout le reste aussi. Ses cheveux étaient sombres, comme ceux de Finnuala Whippet, bouclant à la perfection autour de sa tête, sans effort. On aurait dit une dame dans un magazine, sauf qu'elle était debout devant nous en 3D, sans même une grosse bonne pour la protéger.

Elle a dit d'un ton chantant : « Bonjour, les garçons » en ouvrant la porte en grand, et c'était la voix qu'on avait déjà entendue à travers la vitre, d'une politesse impeccable et malgré tout amicale. « Allons, entrez ! »

J'ai ordonné à Fidel de s'asseoir et il a grogné, mais il s'est laissé tomber par terre sur le seuil.

« Oh non ! Fais-le entrer ! Tout le monde est le bienvenu !

— À l'intérieur de la maison, m'dame ?

— Bien sûr ! Ce doit être Fidel. Amy a mentionné que Rex aurait de la compagnie, lui aussi. »

À ces mots, elle a adressé un clin d'œil à Martin, qui a rougi jusqu'aux oreilles, alors je suis entré derrière lui pour le ramasser au cas où il se casserait la figure.

« Ces deux loustics feront leur fête à eux dans la cuisine », a-t-elle expliqué, après quoi elle a demandé à la bonne jusque-là invisible d'y escorter Fidel.

J'ai pris un petit moment pour remercier Dieu que ce soit pas nous, les deux loustics qui allaient faire leur fête à eux dans la cuisine.

« Je m'appelle Maxine. » La maman de Finnuala Whippet a donné un robuste coup de cul à la porte d'entrée avant de la claquer contre son cadre massif.

Maxine. Tellement exotique. Tellement américain. J'avais jamais rencontré quelqu'un avec un *x* dans son nom avant. Dos au battant, elle a tendu sa main menue et j'ai remarqué ses ongles, vernis en rouge brillant. C'est donc de là que Finnuala Whippet tenait ses habitudes bizarres en matière de salutations.

« Alors, lequel de vous deux est Christy ? » Elle a souri en arquant ses sourcils mobiles dans ma direction.

Je me suis de nouveau senti nu, comme le jour où sa fille m'avait taquiné, et ma nuque s'est mise à chauffer. Comment connaissait-elle mon nom ?

« C'est moi. Christy. » J'ai pris sa main dans la mienne, qui transpirait atrocement.

« Ravie de te rencontrer enfin. » Elle a posé sa main libre sur mes jointures, et du coup, ses deux mains, elles serraient la mienne.

Ravie de me rencontrer *enfin* ? Une boule bien distincte s'était formée dans ma gorge, et j'ai prié pour que Maxine dirige son attention sur Martin parce que j'allais sûrement mourir si j'étais obligé de lui dire un mot de plus. Il m'observait, bouche bée, apparemment aussi stupéfait que moi. À ce moment-là, elle s'est tournée vers lui, et j'ai respiré pour ce qui était peut-être la première fois depuis qu'on avait posé un pied à l'intérieur.

« Tu dois donc être Martin, alors.

— Oui, m'dame.

— S'il te plaît, il n'y a pas de *m'dame* ici, a annoncé Maxine en secouant sa magnifique tête. Madame Whitherspoon, c'est ma belle-mère, pas moi. » Elle a souri à sa propre plaisanterie, mais elle était trop bien élevée pour en rire. « Il faut que tu m'appelles Maxine.

— Bon, d'accord », a répondu Martin, mais il n'arrivait pas à se forcer à ajouter *Maxine*.

Vu qu'elle s'était mise à marcher, Martin et moi, on l'a suivie en sentant l'épaisse moquette s'écraser sous nos pas. Elle nous a lancé par-dessus son épaule : « Amy termine juste de se préparer dans son boudoir, en haut. Vous pouvez attendre dans le salon avec les autres invités, les garçons. Faites comme chez vous. »

Elle a tiré une porte à panneaux en bois escamotable, révélant la pièce même qu'on avait espionnée de l'extérieur, le premier jour qu'on avait vu Finnuala Whippet. Je n'adorais pas l'idée de passer cette porte intérieure, que Maxine nous enferme si hermétiquement dans la maison, à un endroit où on verrait même pas l'entrée. Et je savais qu'à l'étage, y avait un autre niveau entier, des tas et des tas de pièces pleines de meubles là-haut, planant au-dessus de nos têtes. Qu'est-ce qui empêchait tout ça de s'effondrer sur nous ? J'ai senti les murs peiner sous leur poids.

Maxine a annoncé : « Je vais simplement prendre vos manteaux. »

Et c'était tout. J'allais devoir entrer ou partir. Mes choix, c'était ça. Alors je me suis assuré que mon enveloppe était bien enfoncée dans ma poche et j'ai enlevé ma veste. J'ai tiré mes manches sur les os de mes poignets, tâté ma banane pour vérifier que tout était en place avant d'appuyer mes mains sur mon ventre pour chercher à calmer l'orage qui se déchaînait là-dedans. Puis j'ai rempli mes poumons de mon mieux, et je suis entré.

Quand Martin a franchi le seuil derrière moi, je l'ai entendu prendre une grande inspiration. La pièce sentait le feu de bois, pas la tourbe, et en effet, y avait de vraies bûches qui crépitaient avec une lueur orange incandescente dans les flammes. De près, le parquet était encore plus brillant : je distinguais juste mon reflet cramoisi et biscornu par terre. La demi-douzaine de fenêtres immenses qui s'étendait du sol au plafond laissait pénétrer à flots la lumière froide du soleil au travers. Vous auriez pu facilement sauter par une de ces fenêtres en cas de besoin – sans même vous baisser.

Beano trônait déjà dans un des fauteuils près de la cheminée, et Martin a foncé vers lui. Il arborait un pantalon court et des bottes en caoutchouc, une tenue ridicule par ce froid, mais avec une chemise rayée habillée sous un blazer en flanelle, qui lui allaient bien tous les deux et le faisaient paraître un peu plus mince que d'habitude.

Y avait déjà quatre autres gamins : une fille d'une des classes de bébés en robe de fête à froufrous, assise dans son coin, l'air nerveux, et trois frangins à taches de rousseur, que j'ai reconnus. Celui du milieu était dans notre classe : un mioche de huit ans. Y portaient tous des casquettes en peau de raton laveur que j'avais jamais vues qu'en dessin, même si je savais qu'elles étaient censées faire fureur partout en Amérique et en Angleterre. Le plus jeune semblait carrément mal à l'aise avec la sienne, et n'arrêtait pas de la repousser sur le côté pour pouvoir bien se gratter dessous. Mais les deux autres avaient l'air classe, comme de vrais pèlerins courageux, et j'ai songé à demander à l'un d'eux si je pouvais l'essayer, sauf que j'avais peur qu'ils refusent, et de toute manière, j'voulais pas abîmer ma banane.

J'ai pris mon temps pour passer en revue le reste de la pièce et noté les tables couvertes de nappes, qui n'étaient pas là à notre dernière visite. Derrière ces tables, impeccablement rangés sur leurs étagères, y avait les armées de livres, pareils à toute une compagnie de petits soldats. Dressés, fiers et rigides avec leurs boucliers en cuir sombre pressés devant eux en guise de protection jusqu'à ce que quelqu'un vienne en sortir un pour se battre. Leurs dos, ils étaient tous en cuir sombre – verts et bruns et rouges et noirs, et presque tous avaient des lettres dorées dessus qui les faisaient briller d'un éclat prometteur. Bizarrement, ils avaient l'air plus riches que presque tous les trésors vendus, échangés ou prêtés par madame Hanley dans les deux pièces de sa petite boutique. J'ai dû m'arracher à leur contemplation.

On avait refermé le piano et couvert ses touches, drapant un plaid à l'arrière, et comme ça, il ressemblait presque à une vieille *Pavee* – une grand-mère, voûtée et emmitouflée pour avoir chaud. Y avait trois trucs empilés dessus, enveloppés de papiers bariolés avec des rubans qui s'en échappaient. J'ai regardé fixement ces fichus rubans ondulés pendants aux couleurs festives. On aurait dit des nœuds coulants.

Sauf que je savais c'que c'était : des cadeaux d'anniversaire. Bien sûr, les gens avaient apporté des cadeaux à Finnuala Whippet. J'ai senti mes épaules de cow-boy s'affaisser, mon nez se remplir de morve. Je me suis mordu la lèvre en retenant mon souffle.

Comme presque tous les *Pavees*, moi et Martin, on savait à peu près quand on était nés – l'année, ou même le mois. Mais les travellers n'avaient pas d'*anniversaires* comme les sédentaires. Aucun de nous n'avait jamais reçu ni offert un satané cadeau d'anniversaire de sa vie. Pourtant, quand je me suis retrouvé là à les admirer dans toute leur splendeur sur le piano, ils m'ont semblé être une vérité que je connaissais depuis la naissance. La sueur qui était jusqu'à présent restée sur mes paumes s'est propagée brutalement sur mon front, mes aisselles, mes doigts de pieds, mes roubignoles. Je me suis précipité vers mon cousin, assis sur le divan.

« Martin », j'ai dit d'un ton urgent pendant que le plus petit des frangins à taches de rousseur se penchait derrière le fauteuil de Beano et commençait à lui agiter la queue de sa casquette devant la figure pour l'embêter.

Martin guettait les réactions de Beano, plus impassible que jamais avec son large sourire stoïque. Il s'est soulevé sur une fesse avant de lâcher un avertissement silencieux et malodorant en direction du gamin. Mon cousin a ricané. Je lui ai donné un coup de coude pour attirer son attention en répétant d'une voix sifflante : « Martin !

— Hein ? » Il a fini par lever les yeux vers moi, agacé.

J'ai porté ma main à ma bouche, la couvrant pour que personne d'autre n'entende.

« C'est des *cadeaux* », j'ai chuchoté en indiquant le piano de la tête.

Le regard de Martin a suivi la direction de mon geste, et son visage a pris une expression hésitante. « Pour nous ? »

J'ai dû inspirer profondément avant d'exploser. « Non, pas pour nous, espèce de tête de nœud. Pour *Finnuala Whippet*.

— Et ? » Il a haussé les épaules.

« Et on en a pas », j'ai lâché, de plus en plus désespéré.

Il s'est fendu d'un sourire. « Qu'est-ce que ça peut te faire, Roméo ? »

Je l'ai fusillé du regard.

Il a imité Maxine, puis s'est léché les lèvres et les a pincées en me narguant. « Je suis si ravie de te rencontrer *enfin* ! »

En fait, il s'en fichait complètement. À ce moment-là, j'aurais pu le tuer. En serrant sa gorge à deux mains et sans une pensée pour la damnation éternelle de mon âme ni le chagrin bruyant de tatie Brigid, j'aurais pu le défoncer et l'étrangler à mort sans aucun problème. Il a commenté d'un ton moqueur : « Quelqu'un a parlé de toiiiii… »

J'ai failli le prévenir que j'étais à deux doigts de mutiler son corps de façon permanente, mais à ce moment-là, j'ai jeté un coup d'œil à Beano qui nous souriait de sa place. Il avait entendu la fin.

« C'est vrai. Tu lui plais pour de bon. » Il a approuvé d'un hochement de tête en souriant toujours.

C'était trop pour moi.

« Martin, tu vas la fermer deux secondes et écouter ce que je suis en train de te dire ? » j'ai craché, plus fort que prévu.

Mes paroles ont effacé le sourire bon enfant du visage pâle de Beano. J'aurais voulu avoir le même effet sur Martin, mais c'était comme vouloir qu'un poisson saute directement de la mer à votre assiette, déjà cuit et noyé dans le beurre.

Martin a riposté. « Tu vas te reprendre, un peu ? Arrête de faire le bébé. Elle remarquera même pas. »

Beano me fixait avec une inquiétude bien réelle, hésitant visiblement à intervenir. Il s'est penché en avant, a essayé de baisser la voix comme moi. « Qu'est-ce qu'y a ? a-t-il murmuré, trop fort. Qu'est-ce qui se passe ? »

Je me suis penché à mon tour pour me rapprocher de lui, confessant aussi discrètement que possible : « On savait pas pour les cadeaux. »

Il m'a contemplé d'un air absent, confus. « Saviez pas ? Comment ça ? »

J'ai senti la colère remonter en moi, mais rien qu'un instant. Beano était quelqu'un de simple. Il voulait pas me charrier. C'est juste qu'il comprenait pas. J'ai vérifié les alentours pour m'assurer que personne ne faisait attention à nous, et j'ai chuchoté : « On est jamais allés à une fête d'anniversaire avant. On savait pas qu'y fallait apporter des cadeaux. »

Avec une lenteur pénible, Beano a pigé, avant de hocher la tête et de se rencogner dans son fauteuil. Il a continué à hocher la tête en nous regardant intensément. « Vraiment ? »

J'ai serré et desserré la mâchoire. « Vraiment. »

Il a hoché la tête de plus belle et fini par lâcher d'un ton stupéfait : « Mais comment vous avez réussi à pas savoir, genre ? » Martin a expliqué : « C'est comme y t'a dit. On a encore jamais été à une fête d'anniversaire. »

Beano hochait toujours la tête. « Mais et vos cadeaux à vous, alors ? »

Fallait rendre justice à Beano. Au moins, il prenait le temps de réfléchir pour de vrai à ses questions avant de les poser. Il était super énervant, mais au moins, il était attentif – et il n'abandonnait jamais quand il cherchait à comprendre les choses. Je n'aurais pas aimé vivre dans son cerveau, même une journée.

« On a jamais eu de cadeaux à nous.

— Vous avez jamais eu de fêtes d'anniversaire ? a-t-il demandé bruyamment.

— Non. »

Il était carrément perplexe. La seule vue de la gueule qu'il tirait en luttant pour se concentrer aurait suffi à me constiper. « Alors vous faites quoi pour les anniversaires ? Enfin, j'ai eu une vraie fête juste une fois quand j'avais six ans et que tatie Claire est venue nous rendre visite de Dublin, mais à part ça, Maman a au moins toujours un truc ou deux pour nous ces jours-là, et elle prépare un dîner spécial. Vous étiez pas au courant des cadeaux de vos propres mamans ? Ou alors vous pensiez peut-être que c'était juste elles qui devaient en acheter ? » Ses hochements de tête devenaient de plus en plus frénétiques à mesure qu'il croyait commencer à comprendre.

« Non, Beano, a expliqué Martin. On a pas d'anniversaires. »

Les hochements de tête ont cessé d'un coup, et j'ai cru que Beano allait simplement s'effondrer et tomber raide mort de tous les efforts qu'il faisait pour piger. Par contre, il était franchement héroïque de ne pas abandonner, et Martin aussi, qui avait eu la patience de tout expliquer. J'avais juste envie d'en finir fissa pour pouvoir en revenir au point crucial : on avait pas de foutu cadeau.

« Pas d'anniversaires… » Beano paraissait ravagé par cette révélation. Martin a poursuivi.

« Ce que je veux dire, c'est que les travellers savent pas toujours quand *c'est*, leur anniversaire. Parce qu'on est pas toujours nés à l'hôpital et qu'on a pas toujours d'acte de naissance ou quoi. Et on surveille pas le calendrier et les dates comme vous vous faites en classe. Et du coup, on célèbre pas les anniversaires, genre avec des fêtes et des cadeaux. »

Beano s'est remis à hocher la tête, plus prudemment cette fois, et Martin a ajouté : « En plus, tu sais, c'est tous les jours la fête quand on est un traveller. »

Le sourire de Beano est revenu à ce moment-là, ça c'est sûr.

« Partis sur le *tober*, dormant à la belle étoile, toujours un peu de musique au camp et la liberté de la route devant toi. Qui a besoin de traîner des cadeaux avec soi quand le monde entier est comme un présent qui attend juste d'être déballé ? »

J'ai levé les yeux au ciel. Martin avait d'énormes dispositions pour ce genre de blabla merdique, et parfois, je l'appréciais, mais là, c'était vraiment pas le moment. Je l'ai interrompu.

« J'vais te dire qui. Finnuala Whippet, voilà ! »

Martin et Beano ont tous les deux regardé vers moi comme s'ils avaient oublié que j'étais là. Beano a demandé : « Qui ça ? » Martin a répondu : « Amy », et j'ai enchaîné, paniqué : « On est arrivés ici les mains vides comme deux clochards pour son anniversaire. Et c'est bien joli que tous les jours soient une fête au pays de Martin, mais faut qu'on trouve un foutu cadeau, et que ça saute !

— Bon Dieu, tu vas te détendre, oui ? T'es un vrai crétin. Y aura tellement de gens et de paquets ici qu'elle le remarquera même pas. »

En entendant ça, Beano a hoché la tête encore une fois, et on est tous restés silencieux une minute. Je n'étais juste pas convaincu.

« Bon, d'un autre côté, a-t-il tempéré en se repenchant vers moi, si Christy lui plaît pour de bon comme ça en a tout l'air, elle va spécialement chercher son cadeau à lui. » Il s'est tassé dans son fauteuil, content de son argument.

Je me suis tenu le ventre en essayant de réfléchir à ce que je devais faire. Je n'aurais pas dû être ici. J'étais entré dans cette maison, dans cette fête, sur un coup de chance. J'avais peut-être même la cote avec Finnuala Whippet. C'était trop beau pour être vrai, et au moment où ça avait commencé, tout était déjà sur le point de s'effondrer comme si les meubles de l'étage me tombaient sur la tête.

Et c'est là que Patrick est arrivé, poussant devant lui un si gros paquet qu'il disparaissait presque derrière.

« Putain », j'ai lâché.

Même si, par un quelconque miracle, le fait qu'on soit venus les mains vides échappait à l'attention de Finnuala Whippet, Patrick le remarquerait et nous dénoncerait : pas de cadeau de la part du camp crasseux des tinkers. Il a jeté un coup d'œil vers nous avec son habituel air méprisant, puis s'est rapproché maladroitement du piano pour poser son énorme paquet par terre, vu qu'il était trop énorme pour tenir au-dessus des autres. Maxine le remerciait déjà, lui disant qu'il n'aurait vraiment pas dû, et il lui souriait. Ensuite, il s'est levé, s'est redressé ; il avait beau n'avoir peut-être qu'un an de plus que nous, il dépassait déjà Maxine en taille. Il a passé sa main dans ses cheveux sombres et ondulés.

Mon cœur-de-poisson était redescendu dans mon estomac, et mon estomac dans mes talons. J'ai avisé les fenêtres, mais je ne voyais pas vraiment comment sortir de là. On aurait peut-être juste dû reprendre le chemin de la porte d'entrée maintenant avant que la fête commence pour de bon. J'aurais peut-être dû simuler une attaque. Les tremblements du délire.

Après tout, j'étais un imposteur. Je n'avais pas ma place ici, dans cette chemise, sur ce divan, avec ma banane impeccable et mes boutons-pression perlés. Ma place était avec Papa et Martin et Grand-Mère et Jack, sur le *tober*, ce qui valait mieux de toute manière que cette vieille pièce aux odeurs de bois. Peu importe la hauteur du plafond, ce n'était pas le ciel. J'avais juste ma place ici le temps de mendier, de faire du troc ou de réparer une bouilloire. Le temps de leur ramoner la cheminée, de gagner quelques sous. Je me suis demandé comment ma chemise de cow-boy résisterait à la suie du ramonage. Il était temps de s'échapper. Fallait que je prépare notre retraite.

Maxine est repartie comme une flèche ouvrir la porte avant de revenir avec une demi-douzaine de gamins supplémentaires, serrant dans leurs bras des formes bien emballées dans du papier brillant, des rubans débordant sur leurs doigts. Ils ont défilé consciencieusement jusqu'au piano pour poser leurs cadeaux.

Après s'être avachi sur le divan face à nous, Patrick a repris sa voix d'oiseau. « *Pa-vees !* » Un de ses potes était déjà là, et quand ils ont ri, je me suis imaginé en train d'écraser sa tronche dans le piano – d'ouvrir le couvercle et d'y fourrer sa tête avant d'arracher la béquille cure-dent jusqu'à ce qu'il tombe et lui fracasse le crâne comme une noix. J'aurais parié que ça ferait un raffut du tonnerre, de fracasser le crâne de quelqu'un dans un piano. Un vrai bruit de gong bien discordant.

Peut-être que je pourrais voler le cadeau de quelqu'un. Barrer son nom et prétendre qu'il venait de moi. Mais ils étaient tous emballés, alors qu'est-ce qui se passerait si j'en choisissais un carrément horrible et chichiteux, comme un baigneur ou une robe rose à froufrous, ou quoi ? Et le gamin qui avait acheté ce cadeau pour de vrai ? Il couinerait pas ? J'ai scruté le piano en tentant de réfléchir, mais j'avais un sacré mal de crâne. Merde. La voix de Martin me parlait discrètement à l'oreille. « Tu vas te reprendre, à la fin ? T'as marmonné merde au moins dix fois. »

C'était une surprise authentique. Je ne m'étais pas aperçu que je le disais tout haut.

« Tu fais peur aux gens du coin. »

Patrick nous a gratifiés d'un sourire méprisant.

Merde.

Et puis j'ai entendu la voix de Beano qui traversait le nuage de mon angoisse pour venir s'immiscer dans mes pensées.

« Christy. »

Encore ce chuchotement bruyant.

« Christy ! »

Je suis sûr que je lui ai tiré une gueule d'enfer.

J'essayais de réfléchir. J'ai répondu d'un ton irritable : « Quoi ?

— Tu peux prendre le mien.

— Ton quoi ?

— Mon cadeau. »

Boum-boum. J'ai fixé Beano, qui m'a fixé en retour. Face à lui, Martin a croisé les bras sur sa poitrine.

« Qu'est-ce que tu lui as acheté ? » j'ai demandé.

Beano s'est déformé le visage comme s'il cherchait à s'en souvenir avant de répondre triomphalement : « Un livre. »

J'ai opiné en réfléchissant. Un livre. C'était bien. Très bien. « Quel livre ? »

Beano a grimacé, penché en arrière pour étudier le plafond. « Oh. Quel livre, quel livre ? » Il a frotté ses doigts contre ses dents. « Oh ! Je me rappelle ! »

Je me suis incliné vers l'avant.

« Hands Christanderson. »

Jamais entendu parler. « D'accord. D'accord. »

Martin m'a flanqué un grand coup sur la poitrine et s'est exclamé : « Christy ! » avant de lancer : « T'es sûr que ça te dérange pas, Beano ? »

Depuis quand Martin avait-il appris les bonnes manières ?

« Sûr que je m'en fiche. Ma sœur a apporté un cadeau aussi. On partagera juste le sien. On bidouillera les cartes. »

Martin l'a remercié. « C'est vachement sympa de ta part, Beano. »

J'ai respiré, et mon cousin m'a fusillé du regard.

« Merci, Beano », j'ai répété en respirant encore un peu pour me calmer.

Patrick nous observait, les yeux rétrécis, comme s'il attendait, qu'il attendait simplement. Pareil à un faucon dans un poulailler – prêt à saisir n'importe quel prétexte pour fondre sur sa proie.

« Vraiment, j'ai alors repris en laissant enfin ce doux sentiment de soulagement m'envahir. Bon Dieu, Beano, tu nous sauves la vie. Merci. »

Il a souri de son grand sourire béat.

QUINZE

À ce moment-là, une succession de mecs en livrée est entrée en paradant, chargés de plateaux, de seaux et de bols de nourriture et de boisson. Je me suis rendu compte que ces extras portaient le costume de mes rêves. Ils sont partis en file indienne vers les tables vides, qu'ils ont couvertes de montagnes de jambon et de poulet, de tout un tas de salades à l'aspect crémeux et de pains brillants. Y avait des assiettes entières avec rien d'autre que des biscuits et du chocolat, et un monceau d'autres remplies de chips Tayto formant des pyramides scintillantes de papier alu. Et sur une des tables, y avait juste des rangées et des rangées entières d'eaux minérales dans des petites bouteilles en verre multicolores.

Oh, doux Jésus, cette odeur. C'était comme si je goûtais déjà tout ça. Que je l'absorbais, rien que grâce à tous ces arômes. Le jambon. Le pain. Le beurre. Le sel. Le fromage. Les mecs en costume tournoyaient dans la pièce selon une chorégraphie millimétrée et posaient les choses sur les tables avant de repartir en tournoyant de plus belle. Tout était orchestré et dirigé par Maxine, qui surveillait gaiement la scène pendant que le dernier plateau de saucisses trouvait sa place.

Mon estomac s'est mis à gargouiller à grand bruit, et ma bouche à se remplir d'eau comme une pompe. J'avais jamais vu autant de bouffe de ma vie. C'était comme si j'étais dans un hôtel-restaurant et que je commandais *la totale*. Et puis Maxine a eu l'air de se souvenir de quelque chose et s'est secouée un peu pour sortir de la pièce à toute vitesse et réapparaître un moment plus tard avec un bol fumant.

« Pour toi, Fergal », a-t-elle chantonné en faisant signe à Beano.

Fergal ? Il a levé le pouce dans sa direction, et son inimitable sourire s'est élargi. « Ah, merci, Maxine. Vous êtes très gentille. » Il s'est retourné pour nous fournir des explications.

« Des haricots. Elle les fait toujours préparer spécialement pour moi. » Comme s'il déjeunait ici tous les samedis après son match de polo. Il a claqué des lèvres.

J'étais encore en train de le fixer quand la pièce désormais pleine est devenue silencieuse et que tout le monde s'est tourné vers la porte. Maxine s'est exclamée : « *Amy !* Tu es *magnifique* ! »

Je me suis préparé mentalement à cette vision avant de faire volte-face pour la contempler. Quand Finnuala Whippet a posé un pied à chaussure basse bicolore sur le parquet, je crois bien que j'ai étouffé un soupir. Dieu merci, ce son-là s'est perdu dans le brouhaha général. Martin a commenté : « Ta petite copine présente bien », et j'ai grommelé en retour : « C'est pas ma petite copine. »

Finnuala Whippet portait une jupe bleu pâle avec un caniche cousu dessus et des chaussettes blanches roulées qui tombaient sur ses chevilles maigres. Elle avait un haut blanc boutonné à manches courtes, comme celui de Maxine, bien rentré au niveau de la taille. Ses cheveux sombres n'étaient pas coiffés en leurs habituelles nattes si caractéristiques, mais tirés en arrière par une queue-de-cheval de style américain qui dégageait son visage. Elle avait un ruban bleu de satin brillant noué en bandeau autour de la tête, et sa peau n'avait pas l'air aussi translucide que d'habitude. Elle a remonté ses lunettes sur son petit nez. On aurait dit une fille qui aurait pu plaire à Elvis. Bon d'accord, peut-être plutôt une fille à qui Elvis plairait. Une Américaine, en tout cas, presque une *ado*. On aurait dit *Amy Whitherspoon*.

Maxine était devant le gramophone maintenant, dont le volume était au minimum, mais elle l'a monté et quelqu'un s'est mis à chanter du rock-and-roll. Un essaim de filles entourait désormais Finnuala Whippet ; elle a disparu dans la foule, mais j'ai gardé mes yeux scotchés sur le morceau de ruban bleu que je voyais encore, pour ne pas la perdre. Tous les autres garçons, ils étaient figés sur place, mais les filles, elles passaient à l'action. La pièce palpitait tout en restant immobile – un mélange de pagaille et de nature morte. Cette agitation me donnait de l'espoir.

Pendant un moment, ça a été la folie, puis une folie plus organisée, tandis que Maxine nous ordonnait : « Mangez, mangez ! Que tout le monde mange ! » et ensuite, le chaos absolu. Avec Martin et Beano, j'ai fait la queue le long d'une des tables surchargées. Quelqu'un m'a tendu une assiette. Mon plan, c'était de surveiller celles des autres, devant et derrière moi, pour que la mienne ne paraisse pas trop dépasser les bornes. Mais une fois que je me suis retrouvé là-dedans, j'ai été incapable de me retenir.

Les morceaux de beurre étaient arrangés pour ressembler à de minuscules roses, et j'en ai pris huit, même si je n'avais qu'un petit pain parce que je ne voulais pas gaspiller trop de place avec. J'ai commencé par empiler le rosbif et le jambon, puis les fromages (à peu près de cinq couleurs différentes), les salades, jusqu'à ce que l'assiette menace de déborder pour de bon. Y avait presque plus de place pour les saucisses, mais j'ai réussi à en percher deux par-dessus les salades. Martin (et quelques autres que j'avais remarqués) m'ont imité.

L'assiette de Beano était entièrement couverte d'une fine couche de haricots – juste une – qui faisait comme une pellicule grumeleuse. En fait, c'était un peu choquant, et je me demandais s'il allait se servir six ou huit fois, et sinon, comment il faisait pour avoir ce gabarit-là, s'il ne mangeait que ça. J'étais tellement absorbé par le buffet que j'ai perdu de vue le ruban de satin bleu, alors d'abord, je ne me suis pas retourné quand on a tapé sur mon épaule de cow-boy. Mais là, j'ai entendu sa voix : « Christy ! » et pivoté si vite qu'une des saucisses a voltigé.

Elle a dû reculer ses chaussures bicolores d'un bond pour éviter le missile. J'ai fait la moue, mais elle a juste ri. J'ai tendu la main pour ramasser la saucisse. Malgré mon envie de la remettre sur mon assiette, j'ai plus ou moins deviné que ça ne se faisait peut-être pas. Alors j'ai gardé la saucisse à la main, et elle l'a désignée en riant : « Tu vas la manger ? »

J'ai contemplé le bout de charcuterie sans savoir quoi dire. J'étais bigrement sûr d'en avoir envie. Je la tenais dans mon poing. À la place, j'ai lancé : « Joyeux anniversaire », parce que j'avais entendu d'autres le dire.

« Merci. » Elle m'a pris la saucisse délicatement entre le pouce et l'index pour la cacher derrière un bol sur la table.

J'ai regardé mon butin disparaître. Tristement. Elle a emprunté ma serviette, essuyé ses deux doigts avec avant de me la rendre. Je me demandais comment j'allais me débrouiller pour en avoir une autre quand elle a tendu le bras vers moi pour aplatir mon col. Le dos de sa main a effleuré ma mâchoire et je l'ai respirée, à travers toutes ces brumes de viande et de beurre, je la respirais, elle marquait le rythme du menton, et ses chevilles maigres, elles bougeaient. Elle dansait sans s'en rendre compte et, mon Dieu, j'aurais juré qu'elle était sur le point de m'embarquer à l'arrière de sa Cadillac pour m'emmener voir un film au drive-in du coin. Je me sentais à peu près à neuf millions de kilomètres des roulottes et des tentes, des bottes en caoutchouc et des feux de camp. Elle embaumait les oranges fraîches, et à ce moment-là j'étais sûr de ne jamais devoir y retourner. Sûr que je finirais par être à l'aise dans cette Grande Demeure. Que cette fête durerait toujours, et qu'on deviendrait tous des ados américains ici, qui mangeaient des saucisses à gogo, des blonds à la peau lisse et aux dents blanches avec le rythme dans le sang. Elle m'a complimenté en reculant : « Super fringues. »

Tout ce que je voulais, c'était qu'elle remette ses mains sur mon col, qu'elle m'effleure encore une fois la mâchoire. Elle chantait en même temps que la musique rock-and-roll, et j'ai regretté de ne pas pouvoir hasarder un commentaire, mais mon savoir en matière de rock-and-roll était limité à ce que Martin et moi on avait vu dans les magazines qu'on dévorait jusqu'à ce que les marchands de journaux nous fichent dehors, ou chaque fois qu'on était dans une grande ville avec un cinéma et qu'on s'arrangeait pour s'y faufiler en douce. Pour moi, tous les Américains semblaient être de pâles versions d'Elvis – élégants, étrangers et plus grands que nature. Mais bien sûr, avec sa mère nommée *Maxine* qui mettait des pantalons et qui possédait sans doute une télévision, Finnuala Whippet serait forcément une experte de tout ce qui était américain. Elle portait sa jupe à caniche comme une pro. Elle était en train de rentrer les bords de son ruban en satin derrière les manchons de ses lunettes.

« Ces trucs arrêtent pas de s'en aller.

— Tu es… j'ai commencé à dire, mais je ne savais pas comment finir. Tu es bien habillée. »

Super, Christy. De quoi lui tourner la tête. Toutes les filles veulent être « bien habillées ».

Elle m'a souri. C'est sûr qu'elle était bien habillée. *Vraiment* bien.

« Tu veux voir où Rex et Fidel font leur fête à eux ? »

J'ai regardé mon assiette, puis je l'ai regardée elle, et en vrai y avait pas photo. J'étais juste malade à l'idée d'abandonner cette bouffe, et je savais que si je la quittais des yeux, elle aurait disparu à mon retour. Est-ce que je pourrais l'emporter sans la renverser ? Peut-être que je pourrais la manger en route. Je n'avais pas encore de fourchette. Finnuala Whippet a pris ma main libre en disant : « Viens », et elle m'entraînait déjà vers la porte.

Moi, elle, et mon assiette pleine, on allait rester seuls à seule.

Dans la cuisine, Finnuala Whippet me l'a enlevée des mains et l'a laissée sur un comptoir en hauteur entouré de trois tabourets. Elle en a tiré un pour grimper dessus, une jambe d'un côté, une jambe de l'autre. Elle a été obligée d'aplatir sa jupe entre les deux une fois installée.

Le caniche m'observait de son unique œil en bouton de bottine. Je me suis hissé sur le tabouret d'à côté parce que je me suis dit que c'est ce que j'étais censé faire. La cuisine avait une porte donnant sur le jardin, et une des bonnes l'a entrouverte pour laisser sortir un peu de la chaleur du four. J'étais tellement soulagé de voir ce grand pan de lumière du jour, comme si Dieu l'avait mis là pour m'accorder une faveur, et que du coup, je sois capable de penser et de respirer. J'ai contemplé mon assiette surchargée en m'interrogeant : est-ce que ce serait trop de demander aussi à Dieu une fourchette ?

J'espérais qu'on serait seuls dans la cuisine, mais la grosse bonne du début était là, avec deux plus jeunes, aux joues rose foncé toutes les deux. La grosse bonne donnait des ordres aux plus menues aux joues roses, qui obéissaient au doigt et à l'œil. L'une d'elles nous a apporté deux fourchettes, avant de les laisser sur le comptoir. Alléluia !

Les mecs en costume de rêve, ils étaient là aussi, debout en attendant les instructions. Je me suis rendu compte qu'y en avait que deux, et je me suis demandé pourquoi ils donnaient l'impression d'être dix en tournoyant à travers la pièce de la fête avec leurs plateaux, leurs seaux et leurs bols. La grande table robuste était encombrée des restes des préparatifs – éclaboussée de farine et parsemée de croûtes et d'emballages, d'un rouleau à pâtisserie et de toutes sortes d'outils et de gadgets impossibles à reconnaître. Y avait huit chaises autour.

« T'as pas de frères et sœurs ? »

J'ai posé cette question à Finnuala Whippet parce que je venais de m'apercevoir que j'en avais vu aucun.

« Non. Seulement moi. Mon père voulait tout une armée d'enfants, mais Maman n'a pas pu en avoir d'autres après moi, et elle prétend que ça lui va très bien. »

Alors, Finnuala Whippet avait un papa. Bien sûr qu'elle en avait un. Je ne sais pas pourquoi ça m'étonnait. Je n'y avais juste jamais réfléchi avant, et maintenant que j'y pensais, il était nulle part, même pas aujourd'hui, le jour des onze ans de sa fille.

Elle a repris : « Je ne suis pas un garçon », et j'ai failli rire, mais j'ai surpris son expression à temps, et j'ai remarqué comme elle avait l'air triste en le disant – à quel point les coins de sa bouche s'abaissaient.

« Non », j'ai confirmé, pas certain de savoir quoi ajouter.

Sûr qu'elle n'était pas un garçon.

« Papa voulait un garçon, a-t-elle expliqué. En fait, il en voulait tout un tas. Mais au minimum un fils. » Elle s'est très vite forcée à sourire. « Par contre, j'ai porté du bleu ! À défaut d'autre chose. » Elle a lissé sa jolie jupe bleue avec ses mains.

Je n'en revenais pas qu'elle parle si facilement de sa tristesse. C'était pas juste la queue-de-cheval et les chaussures : elle *ressemblait* vraiment à une Américaine. On ne pouvait pas dire que j'aie déjà rencontré d'Américaine, mais au cinéma, elles racontaient toujours des choses que les gens normaux ne disaient jamais tout haut. J'imaginais que Finnuala Whippet dormait les rideaux grands ouverts parce que ça la gênerait pas qu'on la regarde, ronflant en chemise de nuit et bavant sur son oreiller.

« Moi non plus, j'en ai pas, j'ai lâché pour tenter de la consoler. De frères et sœurs. »

Elle m'a tendu une des fourchettes et elle a pris l'autre. J'espérais qu'elle n'allait pas vouloir que je partage ma bouffe avec elle. Après tout, elle en avait plein. Et ensuite, je me suis souvenu qu'en fait, tout ça, ça lui appartenait, et que je devais vraiment faire un effort pour être plus aimable. Elle a grignoté un peu d'une des salades de son côté de l'assiette. Je l'ai fixée. Au moins, c'était que de la salade.

« Ta maman pouvait pas en avoir d'autres non plus ? »

J'ai pris ma première bouchée, et j'ai senti que mon palais était brusquement envahi de toutes ces saveurs. Piquantes et acidulées. Oh !

« Non. » J'ai secoué la tête. Et puis, pour une raison que je suis incapable d'imaginer, j'ai déclaré : « J'ai pas de maman. »

Elle a demandé : « Comment ça ? », sans avoir l'air spécialement perturbée. Elle se préparait à attaquer une nouvelle bouchée de salade.

J'ai décidé de me remplir le gosier de rosbif pour ne pas pouvoir lui répondre, et aussi pour qu'elle n'y arrive pas la première et ne me l'enlève pas du bec. J'en ai fourré tellement là-dedans que je pouvais à peine mâcher. Elle a argumenté : « Tout le monde a une maman. On peut pas naître sans maman. Elle s'est enfuie avec une star de cinéma ou quoi ? »

J'ai fait signe que non.

« C'est ça, hein ? s'est-elle exclamée en me donnant un coup de coude dans les côtes. Elle est partie à Hollywood, et maintenant, c'est Maureen O'Hara, hein ? »

J'ai senti mes joues se mettre à chauffer. Elle se fichait de ma poire. J'étais là, sur mon trente et un, tout plein d'espoir, et elle se moquait de moi. J'ai baissé les yeux sur les manches de ma chemise de cow-boy et j'ai eu l'impression d'être un *amadán*[1]. Elle croyait probablement que ma mère était une pocharde débraillée et sale échouée dans un caniveau quelque part. Maureen O'Hara. J'ai empalé ma fourchette dans la saucisse rescapée.

« Non, c'est pas cette saloperie de Maureen O'Hara. Elle est morte, si tu veux savoir. Et c'est moi qui l'ai tuée. »

J'étais un peu choqué par ma sortie, mais je n'avais pas pu m'en empêcher. Je n'allais pas rester assis là dans sa stupide grande baraque et la laisser me traîner dans la boue. Je me suis appliqué à mâcher d'un air détaché. Bon, je m'étais trompé sur son compte. Et alors ? Ça m'était égal. J'ai regardé sa bouche grande ouverte. J'ai pris un autre morceau de ma saucisse empalée.

« Je… je ne voulais pas dire… »

J'ai terminé sa phrase pour elle. « Que ça serait ridicule que Maureen O'Hara ait un fils tinker ?

— Christy, non. Je te promets que je ne voulais pas dire ça. Je voulais juste rigoler. »

Ses yeux, ils s'étaient remplis de larmes, et je me suis dit que si elle en laissait couler une, je lui flanquerais une baffe et que je partirais en claquant la porte. J'ai reposé ma fourchette.

« Je suis désolée, Christy. »

Putain, c'était quoi mon problème, à la fin ? J'ai de nouveau regardé son visage – y avait aucune méchanceté dedans. Purée, j'avais intérêt à me détendre ou j'allais tout bousiller. Je me suis raclé la gorge.

1. « Idiot ».

« Je sais. Je sais, moi aussi, je suis désolé. »

Elle avait le chic pour me donner l'impression qu'y avait pas de bonnes et de mecs en costume debout tout autour de nous. Elle m'a serré le genou en me chatouillant à moitié, comme faisait Papa des fois, sauf que vu qu'elle n'était pas aussi costaude que lui, c'était pas pareil. Je me suis tortillé sur mon tabouret et j'ai senti la chaleur me remonter jusque dans la nuque. Je respirais une fois de plus l'odeur des oranges.

« Je ne me moquais pas de toi, a-t-elle répété. Je promets que c'était pas mon intention. Je suis désolée pour ta maman. »

Elle se mordait la lèvre. Impatiemment. Je voyais que c'était important pour elle que je la croie.

J'ai hoché la tête en répétant : « Je sais. Elle est morte à ma naissance, sept minutes après ma naissance. »

Je sentais mes épaules se redresser, ma poitrine se dilater. Ma respiration portait ces mots hors de ma bouche et les libérait, je sentais leur poids en les expulsant. Ils m'avaient accompagné depuis tellement d'années que je m'étais jamais rendu compte qu'y pesaient des tonnes. Je les avais jamais dits à personne avant – pas spontanément, en douceur. Pas juste parce que j'en avais envie. Est-ce que c'était ça que ressentait Jack chaque fois qu'on lui enlevait l'attelage ? Je me suis redressé sur mon tabouret et j'ai respiré. Peut-être que je pouvais lui montrer la photo de ma mère, lui montrer comme elle était belle. À côté, Maureen O'Hara, c'était rien.

Un chien crasseux est alors entré dans la cuisine d'un pas nonchalant, frappant le bord de la jupe de Finnuala Whippet avec sa queue. Ça pouvait pas être Rex – c'était simplement impossible. Rex le chasseur serait bichonné à mort. Il aurait un pelage brillant, des ongles bien coupés, une langue humide et rose de toutou en bonne santé, le regard clair, et un léger parfum d'eau de Cologne.

« Voilà Rex ! » Finnuala Whippet a dit ça d'un ton terriblement affectueux, et elle s'est penchée de son tabouret pour le gratter derrière les oreilles.

Bonté divine, mais que Rex avait l'air pas net. Il était hirsute, avec une fourrure clairsemée et quelques taches de peau nue d'où coulait un truc rosâtre et grumeleux. Il avançait avec prudence, lentement, comme s'il avait plein d'arthrite, et que chaque pas était un combat. Ses yeux étaient recouverts d'une pellicule bizarre, et sa langue pendait de travers au coin de sa bouche. Il haletait fort, son haleine sentait la naphtaline. En comparaison, Fidel ressemblait à l'Elvis du monde des chiens.

Rex a léché la figure de Finnuala Whippet et, quand elle s'est rassise, elle avait une trace de salive sur un des verres de ses lunettes embuées. Fidel s'est aventuré derrière lui, mais il a gardé ses distances, et s'est posé en observant la scène avec un dédain indéniable. S'il avait pu parler à ce moment-là, il m'aurait dit qu'il ne me pardonnerait jamais pour tout ça.

« Elle te manque pas ? » a voulu savoir Finnuala Whippet, et pendant un instant, je me suis senti paumé.

Finnuala Whippet a retiré ses lunettes pour les essuyer sur sa jupe à caniche. Elles lui faisaient des petites marques rouges de chaque côté du nez, et sans leur aide, ses yeux avaient du mal.

« Ma maman ?

— Ouais.

— Un peu. » J'ai haussé les épaules. « Je l'ai jamais connue. »

Ensuite, on a mangé un moment en silence côte à côte, et j'ai été étonné que ce soit si calme, vu le nombre de gens dans la pièce. Je m'entendais mâcher. Exactement comme dans la salle de la fête, où les filles étaient en pleine effervescence autour de nous, alors que les gars étaient aussi pétrifiés que des statues. La grosse bonne donnait ses ordres sans même ouvrir la bouche. Les deux autres voltigeaient autour d'elle, déchiffrant les signaux envoyés par ses mains et son visage.

Finnuala Whippet a repris : « Ma famille bouge beaucoup aussi. Il n'y a qu'un an qu'on habite ici. »

L'assiette commençait à avoir l'air vide. J'aurais pu manger encore beaucoup plus.

Finnuala Whippet a agité sa fourchette, et Rex s'est hissé vers elle pour gober avec enthousiasme ce qui était piqué dessus. Quand il a eu terminé, elle l'a léchée elle-même une dernière fois, et je ne savais pas si je devais être impressionné ou dégoûté. Fidel a observé cet échange en roulant quasiment des yeux avant de se jeter par terre avec un bâillement.

« Alors je crois qu'on a beaucoup de choses en commun. Avec tous ces changements d'endroits et le fait qu'on soit enfants uniques, et tout. »

Pendant une seconde, j'ai cru qu'elle recommençait à se ficher de moi. J'ai vérifié son expression, et elle a encore repoussé ses lunettes sur le haut de son nez. Ma réponse a été sceptique.

« Sans doute. T'as la télévision ? »

Elle m'a étudié d'un air bizarre en secouant la tête. « Qu'est-ce qu'on ferait avec une télévision ?

— La regarder ? » J'ai haussé les épaules.

Elle s'est remise à secouer la tête. « On écoute la radio. Maxine adore Radio Luxembourg.

— Tu l'appelles toujours Maxine ?

— Jamais de la vie, a-t-elle dit en riant. Les autres l'appellent Maxine. Moi, je l'appelle Maman.

— Elle ressemble pas des masses à une *maman*, si ?

— Mais si. » Finnuala Whippet a reniflé, sur la défensive.

« Ce que je voulais juste dire, tu sais, c'est qu'elle est ni grosse ni fatiguée. Qu'elle a pas un poil de rides sur la figure. Et qu'elle met des *pantalons*.

— Ben oui. Je suppose qu'elle est plutôt *glamour*, non ? »

Finnuala Whippet a avalé ses joues, m'a regardé en battant des cils. J'ai ri. Elle balançait ses jambes maigres du haut de son tabouret, et Rex la surveillait de près, espérant pouvoir lécher encore un peu de sa bouffe.

Elle a dit subitement : « Merci, Mary », et je me suis rendu compte qu'elle parlait à la grosse bonne, qui s'est contentée de répondre par un hochement de tête.

Finnuala Whippet était en train de faire glisser son derrière sur le bord du siège, elle se laissait descendre pour se remettre debout. Il ne restait plus rien sur l'assiette à part quatre des petites roses de beurre. J'avais envie de les emporter.

« On y retourne ? »

Et même si je ne voulais pas, j'ai dit : « Bien sûr », parce que c'était sa fête d'anniversaire et que j'ai pensé qu'elle allait finir par manquer à ses invités, alors j'ai sauté de mon tabouret pour la rejoindre.

« Finnuala », j'ai repris, et elle m'a regardé comme si j'étais dingue. J'ai fait une nouvelle tentative en l'appelant « Amy », mais elle m'a interrompu.

« Qui c'est, Finnuala ?

— Hum. C'est toi. »

Ses sourcils se sont arqués au-dessus de ses lunettes. « Enfin, c'est comme ça qu'on t'appelait, Martin et moi, avant de savoir ton nom. Finnuala Whippet. »

Dieu du ciel, y avait donc rien de sacré ? Y avait donc rien que je dirais pas à cette fille ? Elle a ri tout haut en battant des mains.

« Finnuala Whippet, a-t-elle braillé. C'est la meilleure de l'année ! » Elle riait tellement fort qu'elle était pliée en deux sur sa grosse jupe bleue. « T'entends ça, Rex ? Tu peux m'appeler Finnuala Whippet à partir de maintenant. »

Et voilà qu'elle passait ses doigts derrière ses lunettes pour essuyer les larmes massées au coin de ses yeux. Moi aussi, je riais – je ne pouvais pas m'en empêcher. Finnuala Whippet a marché théâtralement vers la porte de la cuisine pour l'ouvrir d'un coup. Elle riait encore, mais elle s'est débrouillée pour se contenir. Je l'ai suivie à travers la porte battante, et le couloir derrière était sombre et silencieux, comme une grotte. Le battant s'est refermé derrière nous. On était seuls. J'ai regardé ses chaussettes blanches qui bâillaient et ses chaussures bicolores sur la luxueuse moquette devant moi. Elle allait vite. J'ai plongé vers sa main dans cette atmosphère obscure et calme, attrapé ses doigts dans les miens. Elle a tourné sur elle-même pour se retrouver face à moi.

« Amy », j'ai dit, et on était plus près l'un de l'autre que je l'avais jamais été de personne.

Je ne rêvais pas. Elle n'était pas violette. J'avais mes yeux ouverts, et je tenais sa main dans la mienne. L'odeur d'oranges était si forte que j'ai cru que j'allais m'évanouir. J'ai continué à voix basse : « Amy, j'ai jamais parlé à personne de ma maman avant. Enfin, pas comme ça. »

J'entendais un tic-pffuit, tic-pffuit, et j'étais incapable de dire ce que c'était comme bruit. Je ne pense pas que c'était mon cœur. J'avais quelques de centimètres de plus qu'elle, et elle avait le visage rejeté en arrière, levé vers moi. Elle rayonnait presque.

« J'en parlerai à personne », a-t-elle chuchoté, si proche qu'à ce moment-là je sentais son haleine sur ma figure.

Je la croyais. Et puis on n'a plus respiré ni l'un ni l'autre. On ne bougeait pas. On était suspendus. Et là, on a entendu un dong sonore, si près de mon oreille que j'ai presque bondi. Une horloge de grand-père, le tic-pffuit. Je me tenais la poitrine tellement j'avais la trouille. Finnuala Whippet a gloussé en voyant ma tête, et la pendule a sonné une deuxième fois.

« Il est déjà 2 heures ! Tu rates toute la fête ! » Après quoi elle a pivoté sur ses talons en commençant à m'entraîner dans le couloir.

« Amy, j'ai répété, et cette fois, elle s'est retournée pour me dévisager avec impatience. Maxine va croire qu'on s'est enfuis tous les deux ! » Elle a remué les sourcils comme sa mère un peu plus tôt.

J'ai rougi. « Juste une dernière chose. »

Elle a opiné, et j'ai respiré un grand coup en fermant les yeux très fort.

« J'ai pas apporté de cadeau », j'ai lâché, les yeux toujours fermés. Je ne voulais pas la regarder. Je ne voulais pas voir sa déception. « Je savais pas. J'ai jamais été à une fête comme celle-là avant, et Beano a été vachement sympa, et il a dit qu'on pourrait t'offrir le sien, pour que Patrick nous bouffe pas tout crus, mais en vrai il vient pas de nous, et je l'ai même pas choisi ou quoi, mais je le ferai – je t'achèterai quelque chose, et… »

Elle m'a interrompu. « Oh ! Ça m'est complètement égal. »

Et j'ai rouvert les yeux juste à temps pour la voir qui s'avançait vers moi.

Lentement, lentement. Lentement.

Picotements.

Articulations mollassonnes. Humidité et mouvement. Douceur. Raideur. Ses lèvres. Elles m'ont à peine touché, m'ont effleuré. Lentement. Et puis : ça tourne. La chair de poule. De la musique : je jure que j'ai entendu un orgue. Oh. Des étoiles indistinctes en plein jour. Des étoiles ! Et cette odeur folle, exaltante, étourdissante d'oranges qu'on pèle. Nues sans leurs peaux.

***

Après ça, y a eu le plus gros gâteau que j'avais jamais vu (et le seul que j'avais jamais goûté) nappé de rose, et deux parfums différents de glace (j'ai pris les deux). Suivi d'un concours de danse, qui a fait un flop parce que aucun garçon ne voulait inviter aucune fille.

Finnuala Whippet a accroché mon regard quand tout le monde restait planté là d'un air gêné en attendant que ce soit fini, et j'ai prié avec une ferveur spéciale pour qu'elle ne me demande pas de danser. J'avais l'impression qu'une fille qui serrait impunément la main des garçons avant de les embrasser à sa fête d'anniversaire ne réfléchirait pas à deux fois à proposer à un mec de danser, mais elle m'a juste fait un clin d'œil, puis elle a détourné les yeux, ce qui m'a énormément soulagé. Bien en sécurité sur ma chaise à côté de Beano, j'ai pu me repasser notre baiser en privé dans ma tête, sans que personne le remarque.

Encore et encore. Beano ne voulait pas de gâteau, mais Martin l'a obligé à en demander une tranche quand même, alors on en a pris une moitié chacun. C'était le truc le plus formidable que j'aie bouffé de ma vie, et si j'avais pas dû le partager avec Martin, je l'aurais fait durer des heures.

Ensuite, y a eu le jeu de l'âne, les chaises musicales, quelque chose qui s'appelait la « patate chaude », et pour finir, Maxine a traîné le tabouret de piano au centre de la pièce, et sa fille s'est assise dessus avec obéissance. Elle a replié sous elle ses deux jambes, qui ont disparu sous sa jupe. L'interminable défilé des cadeaux a commencé : Maxine les soulevait de sur le piano et les admirait avant de les passer à Finnuala Whippet.

Y a eu deux hula-hoops, une corde à sauter aux poignées jaunes, un disque de Cliff Richard, des tas de poupées et un ou deux pulls, un autographe d'Elvis que Kathleen avait demandé par courrier (et qui a vachement impressionné tout le monde), une boîte de crayons de couleur, un kaléidoscope en bois, un puzzle de cent pièces du palais de Buckingham et une paire de patins à roulettes rouge et blanc scintillants – ceux-là, Maxine a insisté en répétant qu'ils étaient « de la part de ton père ». On aurait dit qu'une foutue usine de jouets avait été dévalisée et le butin livré en masse à la résidence Whippet. Le livre qui était notre cadeau d'emprunt est passé presque inaperçu.

Le présent géant de Patrick est arrivé en dernier. C'était une maison de poupée richement décorée avec des volets aux fenêtres et des personnages minuscules à l'intérieur qui faisaient différentes choses. Une minuscule fille était assise devant un minuscule piano. Son minuscule papa fumait une minuscule pipe et lisait un minuscule journal. Maxine s'est extasiée.

« Voyez-vous ça ! »

J'ai essayé de ne pas remarquer à quel point Finnuala Whippet l'a adorée.

« Qu'est-ce que dit le journal ? » a demandé Maxine, et sa fille a ramassé le petit papa et son canard.

Il restait assis, une jambe croisée par-dessus l'autre au niveau du genou, même une fois qu'on l'avait pris par la tête.

« Il dit que la guerre est finie ! »

Tout le monde s'est mis à rire avant d'applaudir le cadeau de Patrick. Maxine lui a lancé : « Oh, Patrick – tu es trop gentil, il faut que tu remercies ta mère pour nous. »

J'avais mal au cœur. Mais Finnuala Whippet me regardait, et ça m'a réconforté.

« Dis merci à Patrick », lui a ordonné Maxine, et pour la première fois j'ai détecté quelque chose dans cette voix cultivée qui n'était pas recouvert d'une couche de vernis, quelque chose de brut.

Ses yeux sont passés de sa fille à Patrick, suffisant et luisant avec ses cheveux sombres qui lui tombaient sur le front. Pourquoi ne pouvait-il pas au moins être moche, ce salaud ?

Finnuala Whippet a fini par dire : « Merci, Patrick. » Mais pas comme si elle le pensait vraiment.

Ce soir-là, Papa et Finty ont fait un grand feu de camp, après quoi Martin a bassiné tout le monde avec les histoires de la fête. La bouffe, la musique. Par contre, il a sauté les meilleurs moments – ne leur a jamais parlé des livres ni des chaussures bicolores de Finnuala Whippet. J'ai gardé mes propres histoires pour moi, et ensuite, pendant que Papa et Finty jouaient de leurs instruments et que Grand-Mère et tatie Brigid chantaient, je me suis isolé dans ma tête pour me remettre à rêver encore une fois.

Avec toute cette excitation, les habitants du camp sont allés se coucher en retard, mais moi, j'étais toujours éveillé comme en plein jour. Peut-être que je ne dormirais plus jamais. Comment dormir quand on a un baiser de ce genre à ruminer ? J'ai essayé de passer mes doigts sur mes lèvres dans le noir – de la même manière que celles de Finnuala Whippet – mais y a pas eu d'étincelles. J'ai pas senti d'oranges. J'ai laissé tomber et j'ai roulé sur moi-même, poussant Papa un bon coup et tentant de le secouer pour qu'il arrête de ronfler, mais il a juste ronflé plus fort.

Et puis je m'en suis souvenu avec un sursaut : l'enveloppe rangée dans la poche de ma veste. Seigneur Jésus, comment j'avais pu oublier un truc pareil ? Je me suis remis sur pied sans même m'en apercevoir, et là, je me suis figé en écoutant bien prudemment pour m'assurer que tout le camp était aussi endormi que Papa. Silence.

J'ai pris la lanterne avec moi. Papa a remué quand la poignée a fait un petit cling au moment où je la soulevais, mais ensuite, il a marmonné, recommencé à ronfler. Je me suis glissé à travers le rabat de la tente avant de le remettre en place pour qu'il ne soit pas réveillé par un courant d'air.

J'ai rampé jusqu'à la roulotte. Quand Fidel m'a vu, il a levé le nez. Soit il était trop fatigué par la fête, soit il était encore vexé. Il a laissé retomber sa tête devant ses pattes en fermant les yeux. J'ai sauté dans la roulotte et foncé vers le placard, soulevé le loquet pour ouvrir la porte sur sa charnière rouillée. Ma veste était pendue à l'intérieur. J'ai tendu la main, cherché à tâtons le papier fourré dans la poche, et je l'ai sorti.

Après avoir enfilé la veste, j'ai suivi le son de la cloche de Jack en longeant la route, trouvé notre petit coin au bas du mur, installé la lanterne sourde à côté de moi. C'était un moment trop important pour être vécu seul, et Jack avait ma confiance. Il pourrait partager mon secret. J'ai allumé la mèche, et là, j'ai pu le voir – à quelques mètres à peine dans la lumière. Il m'a regardé en clignant des yeux, s'est avancé vers moi.

J'ai soulevé l'enveloppe dans mes mains tremblantes. La tête rose de monsieur Guinness était sur le timbre dans le coin, et le cachet de la poste disait « Luimneach ». Mon nom était dactylographié dessus pour de bon. Il avait l'air vraiment officiel.

Et à ce moment-là, il était encore temps de faire machine arrière, de changer tout ce qui allait se passer. Il était encore temps. J'aurais pu donner l'enveloppe cachetée à Jack pour qu'il la mange. J'aurais pu me mettre debout sur le mur et laisser le vent me l'arracher et l'emporter à travers les champs dans la nuit. J'aurais pu prier pour recevoir des instructions. Au lieu de ça, j'ai pris une grande inspiration et déchiré l'enveloppe sur un côté.

« Ben, Grand-Pa. On y va. On y va, Jack. »

Les réponses que j'attendais. Le mystère de ma maman, résolu. Le papier a glissé hors de l'enveloppe que je tenais. Ma mère et sa main gracieuse qui la protégeait de la lumière du soleil. Par contre, j'ai immédiatement remarqué des choses que je n'avais pas vues avant. L'homme sévère derrière elle, souriant, essayant de sourire, son poing serré comme un verrou sur son épaule mince. Ce bébé rond et jovial sur sa hanche. Sur ce nouvel exemplaire de la photo, ils étaient tous plus propres, plus nets. Mon titre était aussi clair que celui du journal de la minuscule maison de poupée :

« KIDNAPPÉ ! Disparition d'un garçon des environs : les itinérants sont suspectés. »

Itinérants était le nom que donnaient les reporters aux travellers parce que c'était censé être plus sympa que de nous appeler les tinkers, mais selon Papa, c'était pire. Ça nous présentait comme des clochards, ce qui ne me gênait pas vraiment, parce qu'un clochard ressemblait plus ou moins à un clown, mais Papa prétendait que c'était bel et bien un terme péjoratif. J'ai continué à lire.

Sous la photo, la légende annonçait : « Monsieur et madame William et Nora Keaton de Ballycinneide. Leur fils William a disparu depuis mardi soir. »

William.

William.

Nora.

Je l'ai relue. J'ai tenté de respirer. Jack s'est approché de moi comme pour me rattraper.

Et puis,

William Keaton, âgé de huit mois et demi, a disparu de sa maison à Ballycinneide mardi soir. Les *gardaí* locaux s'efforcent de percer le mystère de ce qui est arrivé, après avoir entendu des récits contradictoires des parents du petit.

William. Âgé de huit mois et demi.

D'après le *garda* Finnerty, c'est monsieur William Keaton, le père du garçon, qui a signalé le premier sa disparition à environ 4 heures du matin, mercredi. Mais quand les policiers ont interrogé la mère au sujet de l'enlèvement, madame Nora Keaton a prétendu que l'enfant était en visite chez sa sœur dans un village voisin. On pense désormais que ces déclarations sont dues à la confusion de madame Keaton après cette épreuve. La sœur de madame Keaton, mademoiselle Millicent Cleary, maîtresse d'école à Rathnaveen, a confirmé qu'elle n'avait pas le petit sous sa garde.

Millicent Cleary. Sur mon acte de naissance – ma marraine.

« S'il plaît à Dieu, nous localiserons le jeune William sain et sauf, et on le ramènera à la maison pour qu'il retrouve sa mère, là où est sa place », a ajouté mademoiselle Cleary.

Après enquête, il semble que les policiers concentrent leurs efforts sur un groupe d'itinérants ayant récemment stationné dans le secteur. Il existerait des preuves que le ravisseur faisait partie des itinérants, et qu'il était de plus personnellement connu de la famille Keaton. La police a refusé de commenter davantage cette affaire à ce stade de l'enquête.

« Notre priorité est de ramener le petit William chez lui sain et sauf, a déclaré le *garda* Finnerty. Nous pourrons nous inquiéter de distribuer les torts ensuite. »

Je me suis appuyé sur Jack. J'ai appuyé tout mon poids sur lui comme s'il était une louche et moi, la soupe. J'avais l'impression d'être de la soupe.

« C'est moi, j'ai chuchoté. Oh, mon Dieu, Jack. »

Et après ça, ma bouche s'est ouverte et j'ai été incapable d'émettre un son de plus, pas même un souffle.

Jack m'a remonté le moral du mieux qu'il a pu, pour que je ne tombe pas raide mort sur la route. Son cœur battait pour moi, ses poumons respiraient pour moi, et la chaleur de son cou et de son nez ont plus ou moins empêché le choc de me glacer complètement et de me tuer tout net sur place.

Au bout d'un moment, quand j'ai réussi à en trouver le courage, j'ai de nouveau regardé la photo. Vu qu'elle aussi, elle tremblait, j'ai été obligé de la coincer contre le mur avec mon doigt. J'ai respiré de ma respiration liquide en essayant de la faire sortir de ma bouche, mais elle a refusé. À la place, enfin, les larmes.

Ma maman me souriait sur la page. Elle se protégeait du soleil, et c'était *moi* sur sa hanche. J'étais ce bébé, qui tendait la main vers elle. Toute ma vie, j'avais tendu la main vers elle.

SEIZE

Je ne me rappelle pas de comment je suis arrivé là, mais j'y étais, fendant l'air à la manière d'une grue pour aller m'effondrer de tout mon poids sur Papa avec une brutalité affreuse en me faisant aussi lourd que possible. Je voulais être pareil à un rocher et l'écraser. Mais au lieu de ça, je me suis retrouvé à califourchon sur lui comme si c'était un cheval, et mes mains, elles étaient sur sa gorge, et ses yeux, ils étaient ouverts, et il a haleté, et même si c'était pas un combat à la loyale, il a gagné.

Et il a arraché mes doigts plus petits que les siens de son cou et m'a attrapé par les poignets, si bien que maintenant je m'agitais en me tortillant au-dessus de lui, mais sans succès. Je ne pouvais pas bouger. Je me suis débattu, et il m'a envoyé valser, m'a cloué au matelas d'un seul bras. Il m'a donné une bonne baffe, et je pleurais, mais pas à cause de la baffe.

« À quoi tu joues, putain ? a-t-il hurlé, la main en l'air, et j'avais beau savoir qu'il allait se remettre à me frapper, je m'en fichais.

— *T'es pas mon père !* » j'ai crié avant de lui cracher à la figure.

Je lui avais craché à la figure pour de bon. Et j'ai pensé que ça allait provoquer une pluie de baffes, et quelques coups de poing en prime, mais Papa a juste soupiré en laissant sa tête partir en arrière. Il était assez malin pour ne pas me permettre de me relever. Pendant que je me contorsionnais sous son bras, il a frotté son visage encore mal réveillé de sa main libre. Ensuite, il a essuyé mon crachat et demandé d'une voix fatiguée : « De quoi tu parles, Christy ?

— De ça. » Je lui ai agité le journal sous le nez.

Papa y a jeté un coup d'œil dans le noir en secouant la tête. « Encore ce truc ? » Ses traits étaient tout confus, comme s'il avait vu un fantôme. Il a commenté en plissant les paupières : « Je croyais que tu l'avais brûlé, avant de rouler sur le dos et de lever le bras pour me libérer.

— Ben non. »

Et peut-être que c'était mon ton rebelle qui l'a fait réfléchir et l'a inquiété au lieu de le mettre en rogne.

« Je vois ça, a-t-il dit lentement. Mais qu'est-ce qu'il y a dans cette foutue photo qui t'a énervé à ce point ? »

Je me suis redressé pour lui approcher la page de journal de la figure. « C'est pas la même qu'avant. C'est une nouvelle, avec l'histoire en plus. J'ai écrit pour qu'on me l'envoie. Lis-la. »

Après me l'avoir prise à contrecœur, il l'a tenue entre ses doigts. « Où est la lampe ? » Il l'a cherchée à tâtons à l'endroit où il l'avait laissée avant de se coucher.

« Elle est là. » J'ai rampé vers l'ouverture pour la récupérer.

La tente s'est éclairée quand j'ai allumé la mèche. Papa a cligné ses yeux encore ensommeillés pour s'habituer à sa lumière. Il s'est rassis à son tour en examinant la page. Sa main tremblait aussi dans le silence. Il l'a laissée retomber par terre entre nous.

« Et alors ? C'est rien. Un malentendu…

— *Arrête !* j'ai hurlé. *Arrête juste. Je sais tout !*

— Tu vas la mettre en sourdine, hein, sinon tu vas réveiller tout le camp.

— Ça m'est égal de réveiller tout le foutu pays, j'ai ajouté en martelant le matelas avec mes poings. Ça suffit ! Tu peux me dire la vérité !

— Quelle vérité ? a répondu Papa, exaspéré.

— *Ma vérité !* »

Mes poings étaient serrés, et j'avais peur de me jeter sur lui encore une fois.

« Où est ma mère ? » J'ai de nouveau ramassé la page en pointant violemment du doigt son visage sur la photo. « Où elle est ? »

Papa a fait un signe de dénégation. « Elle est partie, fiston, et je sais que ça doit être dur pour toi de grandir sans elle. Mais j'ai pas fait ce qu'il fallait pour nous deux ? Je suffis donc pas ? »

Je l'ai fixé, mais il refusait de croiser mon regard.

« Tu m'as laissé croire que je l'avais tuée. »

Je me sentais sacrément violent avec toute cette nouvelle vérité qui montait en moi. Papa a soupiré.

« Comment t'as pu me faire ça ? Sept minutes – toute ma vie, c'est ce que j'ai cru. Que j'avais eu que sept minutes de l'amour de ma mère. Qu'elle était *morte* pour que je naisse. »

Il était incapable de me regarder. « Je ne sais pas ce que tu attends de ma part, Christy. »

J'ai replié mes genoux devant moi, appuyé mes coudes dessus, et laissé tomber ma tête entre mes mains. Dans la tente, ma voix n'était qu'un couinement creux. Un cri de souris. J'ai repris tout bas : « J'ai vu mon certif de baptême. »

Papa a inspiré brusquement, et ça a fait comme le bruit d'un poignard qu'on dégaine.

« J'l'ai vu. Le père Francis me l'a montré. Je m'appelle William. Finty est mon parrain. Ma marraine, c'est Millicent Cleary, la sœur de ma mère. »

J'ai parcouru l'article à la recherche de la partie avec son nom. Je l'ai lue à haute voix.

« La sœur de madame Keaton, mademoiselle Millicent Cleary, maîtresse d'école à Rathnaveen. C'est elle. Millicent Cleary, ma marraine. Et ça… » J'ai retourné la photo pour qu'elle soit face à lui en désignant le petit bébé joyeux. « William Christopher *Keaton*. C'est moi, avec ma *mère*, soi-disant morte le jour de ma naissance. Et là, elle me tient dans ses bras, et j'ai huit mois. »

Papa s'est couvert le visage de ses mains.

« Tu peux plus faire semblant. »

Il a frissonné. « Oh, Christy. » Ses épaules ont tremblé, et il s'est caché les yeux derrière ses paumes. « Je suis tellement désolé. » Sa voix dégoulinait de culpabilité. « Oh ! Seigneur, fiston.

— M'appelle pas comme ça. Je suis pas ton fils. » J'ai senti mes lèvres se changer en pierre, tout mon visage durcir. « Faut que tu me dises la vérité, maintenant. Faut que tu me dises tout. »

Et là, ça a été le silence pendant quelques minutes. Ou un presque silence, avec juste le bruit des respirations et des larmes et des terreurs, et des vérités longtemps cachées qui finissent par céder en ne laissant qu'un résidu crayeux et fantomatique derrière elles. À ce moment-là, j'étais complètement laminé ; j'étais de la poussière qui tombe dans l'océan.

« Dis-moi », j'ai répété.

Papa s'est rassis, s'est secoué, puis il a baissé la lanterne. J'ai replié mes jambes sous moi en posant la page du journal sur mon genou. Comme il me faisait face, nos genoux, ils se touchaient. Il a tendu la main et pris les miennes dans ses grosses paluches calleuses, mais je les ai retirées. Alors il a respiré un grand coup pour se préparer, et j'ai cru qu'il allait expulser la vérité de toute ma vie en une seule expiration interminable.

« D'accord. D'accord. »

Et il m'a enfin regardé, et ses yeux ont scruté mon visage, fouillé au fond des miens, mais je ne sais pas ce qu'il y cherchait. Peut-être qu'il partait à la chasse des graines du pardon, pour voir si ce serait possible après tout ça.

« Ta mère. Elle… Je… je l'aimais, énormément. Énormément. »

Il me mentait depuis si longtemps que je voyais bien qu'il ne savait pas par où commencer, comment raconter cette vérité-là.

« Dis-moi juste si c'est vrai, ce que l'article raconte. Est-ce que tu m'as enlevé à elle ? Est-ce que tu m'as volé ? »

Les yeux de Papa, ils étaient mouillés, il respirait la bouche ouverte. Il a répondu tout bas : « Pas comme ça, fiston. Pas comme ils l'ont dit. Sûr que t'étais déjà à moi. T'étais à *moi*.

— Mais j'étais à elle. » J'ai pointé ma mère du doigt.

Papa a acquiescé, et ses lèvres ont tremblé. « T'étais à elle. C'est vrai. Mais je ne pouvais simplement pas te laisser là-bas. Je ne pouvais pas survivre sans toi. Je ne pouvais pas respirer sans toi. Seigneur, Christy, t'étais cette petite chose sans défense. Tellement beau. Mon garçon. »

Il m'a caressé la joue, et sa tendresse m'a choqué. C'était si perturbant de le voir comme ça. Mon père bourru et sans peur, réduit à supplier.

J'ai eu un accès de joie mauvaise. « Mais peut-être que moi, je peux pas respirer sans elle. »

Il a grimacé.

« Peut-être que c'est ça qui cloche chez moi, cette façon que j'ai d'être tétanisé quand je rentre dans une maison, mais sans jamais pouvoir arrêter de me dire que j'en ai besoin. T'as jamais pensé à ça ? Que ça pourrait me foutre en l'air d'imaginer que je l'avais tuée ? »

Papa a secoué la tête. « Je suis désolé. »

Et pour la première fois de ma vie, j'ai compris à quel point c'était un truc stupide et futile à dire. « Ouais », j'ai lâché en glissant la page dans ma poche.

Je me suis accroupi pour gagner l'ouverture.

« Moi aussi. »

L'air froid m'a fait du bien. Il a lavé mes poumons de ce chagrin nouveau, et c'était ce dont j'avais besoin. J'avais besoin d'un peu de temps avant de pouvoir affronter Papa, avant de pouvoir entendre ce qu'il avait sans doute à dire pour sa défense. J'avais l'impression que toute ma vie, j'avais été assis sur une étagère en hauteur, et que soudain, cette étagère s'était détachée du mur. Quand elle s'était écrasée par terre, ma vie en avait glissé, sens dessus dessous. C'était un sacré foutoir, et je ne savais même pas par où commencer pour tout remettre en ordre.

Après m'être hissé dans l'arbre, j'ai roulé sur moi-même pour embrasser la branche. J'ai appuyé ma figure sur l'écorce rêche en me souvenant du contact des doigts calleux de Papa sur mon visage. Je l'entendais pleurer dans la tente, cet enfoiré d'égoïste. Des sanglots étouffés. Des soubresauts, des accès frissonnants de larmes étranges. Je me demandais si ma maman avait pleuré comme ça en découvrant ma disparition. Quand elle avait regardé dans mon berceau et trouvé ces couvertures chiffonnées, cette absence feutrée. Un bébé fantôme. J'ai pressé plus fort ma figure dans les fentes râpeuses du bois vieillissant. Elle était peut-être là-bas, quelque part.

« Grand-Pa », j'ai chuchoté, parce que maintenant, j'avais besoin d'un peu de conseils supplémentaires, et que personne d'autre me semblait plus réel à part lui.

J'ai fourré la main dans ma poche et tâté la nouvelle page de journal, mais elle était froide, vide. Sans le moindre fantôme.

« Pourquoi ? » j'ai demandé tout haut, du fond de la gorge.

Mais ça ne servait presque jamais à rien de poser cette question.

Au bout d'un moment, Papa est sorti, s'est radiné près du feu et l'a ranimé. Il avait un de nos édredons drapé autour des épaules, et à la lueur naissante des flammes, je voyais que sa figure était gonflée, que ses paupières à vif, elles étaient fatiguées de pleurer. Il ne ressemblait presque pas à Papa. Comme il ne m'avait pas repéré dans l'arbre, j'ai gardé le silence là-haut, et je l'ai observé. Il a rempli d'eau la bouilloire avec un seau qu'on avait laissé là et ensuite, il a pris la crémaillère posée par terre et l'a mise sur le feu pour s'faire une tasse de thé. Il est resté assis sur un des transats jusqu'à ce que son thé soit prêt, et après, il en a bu deux gorgées avant de recommencer à s'effondrer en larmes. Il a lâché la tasse sur le sol entre ses pieds et s'est servi de ses deux mains pour se couvrir la figure. On aurait dit une masse tremblotante.

Je me suis laissé tomber de l'arbre et je me suis approché du feu. Je me suis assis dans le transat vide à côté de lui, j'ai attendu, mais il est resté prostré. Au bout de quelques minutes, j'ai dit : « Arrête de pleurer. Pourquoi tu pleures ? »

J'étais en colère que ce soit lui qui pleure, et pas moi. J'étais jaloux de ces fichues larmes. J'l'avais même jamais vu pleurer quand Grand-Pa était mort, et maintenant, il s'effondrait juste au moment où j'avais le plus besoin de lui. Mais quand il m'a entendu parler, ses épaules se sont immobilisées, et j'ai noté qu'il s'essuyait les yeux sous l'édredon.

Après quoi, il s'est redressé avant de se tourner vers moi en murmurant : « Je ne veux pas te perdre. »

J'aurais aimé avoir un grand geste rebelle, mais j'ai réussi à penser à rien qui lui ferait autant de peine que je voulais. Il avait pas envie de me perdre ? Après tout ce qu'il m'avait volé ? Ma maman. Comment pouvait-il dire un truc pareil ?

« On s'en fiche. C'est mon tour. Je veux tout savoir. Faut que tu me racontes. »

Papa a remarqué sa tasse à thé renversée près de ses chevilles, et ça a plus ou moins eu l'air de le gêner. Il s'est baissé pour la ramasser, l'a remplie à la bouilloire et me l'a tendue. Pendant que j'avalais bruyamment, il s'est raclé la gorge. Il a étendu ses pieds vers le feu en fixant les flammes.

« Ta mère était la femme la plus magnifique que j'aie jamais vue. » Il avait la voix enrouée, son corps semblait réticent à partager cette histoire, mais son visage affaissé exprimait la détermination. Il savait qu'il n'avait pas le choix.

Il m'a jeté un coup d'œil, puis s'est remis à contempler le feu. « Au moment où j'ai posé les yeux sur elle, j'ai su que nos destins, ils seraient liés. »

Et là, il a plongé son regard dans le mien avec toute l'assurance du monde, et je l'ai enfin reconnu, cet homme dur que j'avais connu ma vie entière. Ses yeux pouvaient ressembler à des ancres quand il disait la vérité. Les miens se sont remplis de larmes, mais il a poursuivi.

« Ton Grand-Pa, quelques-uns de tes oncles et nous, on s'était arrêtés près de la maison de sa famille, tu comprends. » Sa voix gagnait de la puissance.

« Une maison, j'ai noté. Alors c'était pas du tout une *Pavee* ? » Je me suis renfoncé dans mon transat en essayant de me laisser enfin pénétrer en entier par cette vérité.

« Non, fiston, c'était pas une *Pavee*. »

En vrai, je crois que je le savais depuis la première fois que j'avais vu la photo, mais entendre mon père le dire tout haut, ben, c'était autre chose. J'ai frissonné, et Papa s'est penché en avant sur son siège pour enlever la couverture de ses épaules, la déplier comme une aile et me la passer autour de la tête.

« C'était une sédentaire. »

Y avait des criquets et des bruits nocturnes dans les champs.

« Je suis un sédentaire, j'ai murmuré, et mes mots coulaient comme de l'eau.

— Mais non. » Les yeux de Papa ont lancé des éclairs dans la lumière du feu qui s'animait. « Et de toute manière, c'était pas une sédentaire normale. Elle était différente. Tu veux que je te parle d'elle ? »

J'ai opiné.

« Son père était un riche propriétaire terrien. Et il nous avait donné un peu de travail à tous, l'arrachage des betteraves. Moi et Finty, et ton Grand-Pa, et ton oncle Michael – c'était avant qu'il parte en Angleterre. Et y avait aussi quelques autres *Pavees* – il possédait tellement de terres qu'il était obligé d'engager une armée de gars pour tenir le coup, et il nous avait promis de nous employer pendant toute la saison de la cueillette, si on était d'accord pour s'arrêter aussi longtemps. Après les betteraves, on arracherait les poireaux et les radis, les choux et les carottes, et ensuite, il nous garderait même pour les nettoyer, les trier et les empaqueter, préparer la récolte de cet automne-là pour l'envoyer en Angleterre. C'était presque deux mois de boulot si on acceptait, et il proposait un salaire carrément décent. »

Il m'observait en parlant, observait la façon dont les mots se répercutaient sur mon visage, comme Hansel qui laisse ses fichues miettes de pain dans la forêt.

« On était pas habitués à s'arrêter si longtemps au même endroit, Christy, mais sûr que c'était un joli petit bled, et le travail était super, alors on est restés. Les betteraves, elles sortaient toutes seules de terre cette saison-là pour atterrir dans nos sacs », a-t-il expliqué, avec un sourire en prime.

Après tout, Papa était un *seanchaí*, un superbe conteur des anciennes traditions, et il n'allait pas gâcher l'histoire la plus importante de ma vie sous prétexte qu'il avait le cœur brisé. Il mettrait le paquet.

« Sûr que j'avais qu'à marcher le long des sillons avec mon sac grand ouvert, et ces fichues betteraves, elles sautaient dedans – aussi grosses que des têtes. Et pas n'importe lesquelles, s'il te plaît. Non, des grosses têtes comme celle de ton oncle Finty, qui reposait sur ses deux épaules déficientes. La plus grande et la plus rouge des récoltes de betteraves agitées que j'aie jamais vues, Christy, et moi qui courais pratiquement le long des rangées dans le champ pour suivre le mouvement alors qu'elles bondissaient hors de la terre. »

Je ne pouvais pas m'empêcher de m'installer dans cette histoire, d'y plonger, de m'y abandonner. La colère était toujours là, avec quelque chose de pire, un sentiment nouveau et permanent de trahison. Mais pendant ces quelques instants, si je les laissais faire, les paroles de mon père pourraient me purifier de tout ça. J'avais envie de la fraîcheur de ces fichus mots. Mon histoire.

« Alors, j'avais accepté de travailler dans le champ du haut – le plus proche de la maison – et j'arrivais à la fin de la rangée. Bien que ce soit une journée plutôt frisquette, j'étais couvert de sueur à cause du boulot quand ta mère est sortie en tapant du pied de cette grande maison, et qu'elle a claqué la porte d'entrée avec une autorité telle que les linteaux en ont tremblé. Le sol lui-même tremblait du fait de sa colère, qui palpitait jusque dans le champ où je m'tenais. Les têtes des betteraves, elles étaient nerveuses et se bousculaient dans le sac, mais ta maman, elle a rien remarqué de tout ça. J'étais comme deux ronds de flan. Et sa colère continuait à envahir le champ en une symphonie de vagues. »

J'ai sorti la page de ma poche, je l'ai fixée encore une fois.

« Qu'est-ce qu'elle portait ? Elle ressemblait à ça, à l'époque ? »

J'étais avide d'avoir une autre image d'elle pour remplacer celle toute cassée de mon imagination où elle avait les cheveux violets, et la seconde, plate et grise, sur la feuille. Je voulais en voir plus d'elle à présent, avoir du concret, avec des couleurs et des ombres différentes.

« Elle portait un chemisier en coton fin à col montant, orné de minuscules petits boutons qui descendaient partout sur le devant. Ces fichus boutons, ils étaient si délicats que je me demandais comment ils pouvaient la contenir, tellement elle était puissante. Et une jupe en laine enveloppée autour de ses jambes comme un paquet-cadeau. D'une beauté renversante, fiston. »

J'ai fermé les yeux en tentant de l'habiller avec les vêtements décrits par mon père.

« Elle m'a pétrifié sur place, Christy, quand j'l'ai vue là, dans ce champ. Ses bras croisés devant elle, elle a tapé du pied en laissant échapper un juron – un mot que j'avais encore jamais entendu dans la bouche d'une dame, et jamais plus ensuite. Il est sorti d'elle en tonnant comme un coup de canon meurtrier.

— Quel mot c'était ?

— Peu importe.

— Mais au moins, c'était genre un vrai juron ? Enfin, comme *merde* ou *putain* ou un de ceux-là ? Ou bien c'était un d'ceux que tatie Brigid prétend être des gros mots, mais qu'en sont pas, comme quand on met *sacré* devant un truc ordinaire ? »

Papa m'a regardé sévèrement. « C'était loin d'être une dépravée, Christy. Et en plus, tu ne te focalises pas sur le détail important. En fin de compte, son visage était encore plus furieux que ses paroles, tu vois. *C'est ça* l'article, Christy – c'est là que je veux en venir : elle avait le feu en elle. J'avais presque peur que ses fichus longs cils s'embrasent directement pour peu qu'on voie ce qui flambait là-dedans.

— Oh. Elle avait des longs cils ? » Un détail comme ça, c'était difficile à repérer sur la photo.

« Les plus longs de toute l'Irlande. À se prendre les pieds dedans. »

Exactement comme avait raconté Grand-Pa. Il avait toujours essayé de me dire la vérité, et maintenant, il avait enfin réussi. Il s'en était assuré.

« Il lui a fallu du temps, mais elle s'est débrouillée pour retrouver ses esprits avant de retourner à l'intérieur. Les vagues de sa fureur se sont apaisées. Elle a étouffé la flamme sur ses joues et dans ses yeux. Les betteraves ont fini par se calmer et par ramollir dans mon sac. Et ce qui restait de sa colère, elle l'a simplement comprimé en un bloc qui tenait dans le poing, l'a soufflé dans la brise de l'après-midi. Il s'est éparpillé dans le vent pour aller vivre au milieu des cultures, inoffensif ou malin.

« C'est au moment où elle s'est retournée vers la maison pour s'en aller que je m'en suis aperçu : j'étais cuit. En ces quelques instants à peine, j'étais perdu. Elle a disparu à l'intérieur, et je me suis écroulé à genoux dans le champ là où j'étais, et j'ai dit au bon Dieu qu'elle était la seule chose que j'avais voulue de toute ma vie. Parce que j'ai pas mis longtemps à comprendre qu'elle était différente de ceux de son espèce. Elle était comme nous – tes oncles et tes taties et moi, elle était comme *nos* femmes, comme les *nôtres*. Elle avait le cœur et l'âme libres, et par Dieu, elle était prisonnière dans cette maison. La porte d'entrée ressemblait à une bouche qui se léchait les lèvres et l'avalait quand elle pénétrait là-dedans. Je m'attendais à moitié à ce que la porte rote et qu'elle soupire après coup ;

tu vois à quel point j'avais l'impression de ne jamais pouvoir la récupérer. Et pourtant, j'étais déterminé à la libérer de cette pile de briques suffocante.

« Je n'ai parlé de mes sentiments à personne, pas même à ton oncle Finty, parce que je savais ce qu'ils diraient. "Laisse-la tranquille, Christopher", ils m'auraient dit. "Les gens comme elle ont rien à voir avec nous", a-t-il ajouté d'une voix raisonnable censée représenter celle de toute la smala.

« C'était une situation vraiment terrible, Christy. Je savais que si tes grands-parents l'apprenaient, je causerais un choc et une honte affreux à la famille. Après tout, ce que les siens pensaient de nous n'avait rien de secret. C'étaient des gens décents, gentils. Et son père, un homme bien. Mais c'étaient des sédentaires, tu vois, et des sédentaires très, très riches, en plus. Et le pire… »

Il a marqué une pause théâtrale.

« … c'est que c'étaient des protestants. »

J'aurais pu être choqué si j'avais appris ça séparément, bien sûr. Mais comparé à l'ensemble des révélations de ce soir-là, ça ne semblait presque rien. Comme une verrue ou un hoquet – pas vraiment de quoi provoquer la stupéfaction. Papa a repris : « Bizarrement, je *savais* que ta mère n'aurait pas les mêmes sentiments que les autres sédentaires. Je savais qu'elle rejetterait les idées que d'autres avaient sur nous si je pouvais juste lui en laisser la chance. Et puis est arrivé le jour où cette chance a fini par se présenter. Et là, c'était à moi de lui montrer quel genre de gens on était vraiment.

« Ce jour-là, j'ai vu ta maman au bord de la route. Sa sœur aînée et elle avaient envoyé leur automobile dans le fossé avec un pneu à plat. Un truc comme j'en avais encore jamais réparé, bien sûr, mais je crevais d'envie d'impressionner mon monde. Alors je me suis approché, avant même de pouvoir songer à m'en empêcher, et je leur ai demandé si elles avaient besoin d'un coup de main. “Eh bien, évidemment, espèce de nigaud, m'a dit la sœur qui roulait des yeux à qui mieux mieux. Nous ne restons pas plantées là pour admirer la vue.”»

Sa voix était un sacré *craic* : un miaulement à travers ses dents pourries.

« C'était Millicent ?

— C'était bien elle. Et ta maman était dégoûtée par son comportement, mais elle n'allait pas la contredire devant moi. À la place, elle lui a intimé le silence d'un seul regard furieux, et la sœur s'est recroquevillée comme une limace bombardée de sel. Sur ce, ta mère s'est adressée à moi avec toute la douceur dont elle était capable en disant : “Oh, merci, Christopher, si vous pouviez avoir cette gentillesse, nous vous en serions très reconnaissantes.”

« Ma mâchoire avait dû se décrocher. Elle connaissait mon nom ! J'aurais trouvé un moyen de changer ma propre *tête* si elle me l'avait demandé. Je me débrouillerais avec cette roue même si je devais me casser les deux bras. Alors c'était pas joli-joli, avec ces deux-là qui m'observaient délicatement pendant que je grattais, que je transpirais, que je calculais et que je soulevais. Mais j'étais à peu près certain que de toute façon, elles ne voyaient pas la différence entre une réelle compétence et un bon jeu d'acteur. Pour finir, je n'étais pas totalement sûr que la roue resterait fixée à la voiture, mais j'ai oublié mon anxiété quand ta mère a posé sa main sur mon coude. »

Il a rejeté la tête en arrière pour admirer le ciel nocturne.

« Je ne pouvais penser à rien d'autre à part le contact de ses doigts sur ma peau. Ils m'ont marqué au fer rouge, Christy. À cause d'eux, j'étais à *elle.* »

À ce moment-là, je me suis rappelé qui j'étais. Le vrai moi, Christy Hurley. Ou Machin Truc – mais le nom comptait même pas, parce que j'étais toujours le même garçon, celui que Finnuala Whippet avait embrassé. Elle aussi, elle m'avait marqué au fer rouge. Y avait quelques heures à peine, j'avais saisi ses doigts dans les miens, et mes entrailles avaient fait des montagnes russes. Alors, peut-être que je pouvais commencer à comprendre ce qui était arrivé à Papa. Comment il avait laissé tout ça arriver.

« Ta mère m'a demandé : "Vous allez où, au fait ?" et je lui ai répondu que j'allais en ville chercher notre déjeuner.

« "C'est absurde. Vous allez déjeuner à la maison avec nous." Et ensuite, elle s'est corrigée pour formuler son invitation moins brusquement. "Enfin, si vous aviez l'amabilité de vous joindre à nous."»

La voix qu'il donnait à ma mère avait une sorte de charmante tonalité mélodieuse.

« Et tu sais quoi, Christy, quand j'ai regardé ta maman dans les yeux ce jour-là sur le bord de la route, le cric encore sale en main, avec sa sœur debout à moins d'un mètre de nous... tu sais c'que j'ai vu derrière ces cils incroyables qu'elle avait ?

— Quoi ?

— Je t'ai vu, mon grand. Clair comme de l'eau de roche, sur le visage de ta mère. Elle était aussi perdue que moi. »

Elle était là : mon étincelle. Mon commencement.

« Après ça, ta mère et moi, on s'est vus dès qu'on en avait l'occasion. On se cachait ensemble, on fuyait le monde.

— Où est-ce que vous vous enfuyiez ?

— On partait marcher, sur les terres. Elle en connaissait chaque pli et repli, chaque brin d'herbe, chaque trou où on pouvait se fouler la cheville. Comme sa famille était là depuis toujours, elle avait le sentiment d'être née avec une carte des environs imprimée à l'intérieur des paupières. Elle connaissait chaque rocher et chaque arbuste, chaque feuille qui tombait. Elle connaissait même les vents.

— Mais les gens parlaient pas d'vous quand vous partiez vous balader comme ça ? Et sa famille, qu'est-ce qu'elle disait ?

— On pouvait laisser personne nous voir. Pendant un temps, on s'est retrouvés dans une clairière, dans le bois, et de là, on marchait jusqu'à une cachette à nous. Elle connaissait tous les endroits secrets. Mais elle avait aussi une petite serre à elle, et personne n'entrait jamais là-dedans – elle le leur interdisait. Elle m'avait invité, alors j'y allais et je m'y asseyais pour l'attendre. Y avait des plantes grimpantes et de la verdure qui remontaient partout en se tortillant sur les murs en verre de ce petit hangar, et du coup, c'était comme son jardin secret. Un nid chaud, rayonnant et ensoleillé.

— Il servait à quoi ?

— À cultiver des orchidées, des lys et des épices. Des choses qui ne pousseraient pas normalement en Irlande, avec l'humidité.

— Des épices ?

— Ouaip. Clous de girofle, chicorée, gingembre, et plein d'autres.

— Alors tu l'aidais à faire pousser ses épices ?

— Pas vraiment. » Papa a eu un large sourire. « En gros, je la regardais surtout faire, comment elle s'en occupait, comment ils surgissaient au bout de ses doigts. Elle n'avait qu'à souffler sur ces plantes, et elles sortaient leurs têtes, ouvraient leurs feuilles et s'étiraient vers le soleil. On les entendait grandir, tellement c'était calme à l'intérieur. On les entendait absorber toute l'eau, se déplier à la chaleur.

— Et c'est tout c'que tu faisais là-dedans ? La regarder cultiver des lys et des clous de girofle ? »

Papa a froncé le nez. « Ben, a-t-il admis. C'était pas *tout*.

— Quoi d'autre ? »

Il a rempli ses poumons avec l'air frais de la nuit. « Elle m'a appris à lire. »

Je suis resté bouche bée. « C'est *elle* qui t'a appris ? »

Papa a hoché la tête.

« Ma mère ?

— Ouaip. »

J'ai refermé la bouche.

« J'ai toujours cru que t'avais appris à l'école. Quand t'étais petit.

— Ben non. C'était elle. C'était elle depuis le début. Enfin, j'ai grappillé ce que j'ai pu dans cette école, mais c'était super basique. Ces fichus prêtres, ça les intéressait pas d'm'aider. Mais ta mère, elle savait que j'étais futé, c'est ce qu'elle disait. Elle savait que je prendrais vite le coup, et c'était vrai. J'étais rapide. Elle me prêtait des livres.

— Quels livres ?

— De la poésie, surtout, au début. Yeats, Tennyson, ce genre de chose.

— Mais comment ça a commencé ? Qu'elle t'apprenne tout ça ?

— C'était simple. Un jour, je suis entré dans la serre, et elle était là, assise sur une caisse renversée, le nez dans les pages. Je lui ai demandé ce qu'elle lisait, et elle s'est juste mise à parler, à lire tout haut jusqu'à ce qu'elle m'ait raconté l'histoire jusqu'au bout.

— Quelle histoire ?

— *La Fille de Rappaccini.*

— Je la connais, celle-là ? »

Papa s'est gratté le menton. « Probablement pas. Ou du moins, je te l'ai jamais lue.

— Il se passe quoi ?

— Ben, tu vas pas le croire, ça parle d'un jeune gars qui tombe amoureux d'une fille superbe dans un jardin secret.

— Exactement comme elle et toi.

— Plus ou moins. Sauf que dans cette histoire-là, la jeune fille, elle a grandi dans cet affreux jardin avec ces fleurs mortelles qui soufflent toutes leurs vapeurs fatales dans sa petite bouche et son petit nez depuis qu'elle est bébé. Alors, en grandissant, elle devient elle-même presque comme une de ces fichues fleurs, une floraison exquise et traître. Y sont ensorcelés l'un par l'autre tous les deux, et tombent amoureux, sans se soucier que son haleine à elle soit un venin mortel. Sans se soucier qu'il soit infecté, petit à petit, chaque fois qu'ils se retrouvent.

— Qu'est-ce qui lui arrive ? Il tombe malade ?

— Pire. Il commence à devenir toxique comme elle.

— Mais pourquoi ils partent pas tout simplement, alors ?

— Parce qu'elle ne peut pas survivre en dehors du jardin. Elle a besoin du terrible parfum des fleurs pour demeurer en vie.

— Et donc, y a pas d'endroit où ils puissent être ensemble ?

— Non. » Papa a confirmé d'un signe de tête, et on est tous les deux restés complètement silencieux pendant un moment avant que je finisse par demander : « Et comment ça se termine ? »

Papa a pris une grande inspiration. « Ben, il essaie de lui fabriquer une potion pour qu'ils puissent quitter le jardin et être ensemble, mais ça ne marche pas.

— Elle est toujours mortelle après ça ?

— Non, fiston. Il n'y a pas d'après. Quand elle la boit, elle meurt.

— Merde, Papa, elle est horrible, cette histoire. »

Il a approuvé en riant. « C'est vrai. Mais sûr qu'elle avait l'air paradisiaque quand ta mère la lisait.

— Et ensuite ?

— Ensuite, on a commencé à lire ensemble presque tous les jours, et elle disait qu'elle n'arrivait pas à croire à quel point je rattrapais rapidement mon retard. » Papa a souri. « Bientôt, c'était moi qui lui faisais la lecture. Le premier livre, ça a été Christina Rossetti – *Marché gobelin*.

— Oh, il est génial, celui-là.

— Ta mère l'adorait aussi. Ses yeux, ils étaient si brillants quand je le lisais que j'arrivais à peine à me concentrer sur la page. Son visage me distrayait terriblement. Après, elle s'est levée pour applaudir, folle de joie. Elle a sauté sur mes genoux. »

Papa a rougi. Il a dû faire un effort pour s'arracher à ce souvenir. Ma mère, sur ses genoux, ses boucles rousses étalées partout sur son épaule, ses bras doux et blancs autour de son cou. Son parfum, puissant et envoûtant dans l'immobilité chaude de cette serre.

Pareille à une fleur dangereuse elle-même, avec toutes ses couleurs éclatantes.

« Ce n'était pas seulement sa beauté qui était rare, a-t-il commenté, mais maintenant, il parlait tout seul. Son esprit aussi était extraordinaire. Elle aurait adoré être une traveller, parcourir ce vaste monde et vivre des aventures – c'est ce qu'elle disait. Mais elle reconnaissait que ces épices et ces fleurs faisaient presque aussi bien l'affaire – une façon d'amener le monde exotique chez elle. Elle disait qu'elle pouvait se pencher au-dessus de son orchidée lune et fermer les yeux, et que sa seule odeur l'envoyait valser de l'autre côté de l'océan jusqu'à une quelconque île tropicale, une quelconque jungle cachée. Et elle pouvait rester là, entourée de feuilles de palmier géantes battant l'air, au milieu des cris-chants d'énormes oiseaux aux couleurs éclatantes qui lui résonnaient aux oreilles, de la douceur débordante de fruits qu'elle n'avait jamais goûtés et qui lui mûrissaient sur la langue. »

J'ai dévisagé Papa, mais il était parti, lui aussi – dans cette épaisse jungle dégoulinante avec ma maman.

« Alors, elle voulait être une traveller ? j'ai demandé pour le ramener à la conversation.

— Oui. D'une certaine façon. Et c'est peut-être pour ça qu'elle me prenait au sérieux. Elle nous respectait, nous et notre manière de vivre. J'ai jamais rencontré un autre sédentaire comme elle, jamais rencontré personne comme elle. »

Il a secoué la tête. « Elle était en avance sur son temps.

— Et moi, alors ? Quand est-ce que je suis arrivé ? »

Papa a grimacé avant de hausser les épaules. « Pile entre l'estragon et le jasmin.

— Papa ! »

Il s'est mis à rire, sa langue dépassait au coin de sa bouche. Il était très content d'lui, coupable de tous ces souvenirs, à la manière de quelqu'un qui est enchanté de la bêtise qu'il vient de faire – aussi excité que gêné. C'était fou de le voir comme ça.

« Beurk, j'ai lâché pendant qu'il essayait de se reprendre.

— En réalité, je ne savais pas. » Il a ajouté en secouant de nouveau la tête : « Je ne savais pas pour toi. Je voyais pas de changement en elle. Mais elle devait être au courant. Et je suppose que son goût de l'aventure s'est évanoui avec les nausées matinales. »

Papa s'est levé pour s'approcher de la tente, a fourragé derrière la boîte à pain pour en sortir une bouteille cachée. Il a enlevé le bouchon pour prendre une petite gorgée, grimaçant en l'avalant. De la *poitín*. Il l'a rapportée et l'a posée sous son transat.

« Ta maman, elle n'avait pas froid aux yeux, a-t-il expliqué en se rasseyant à côté de moi. J'ai vraiment cru qu'il y avait une chance pour qu'elle s'enfuie. Qu'elle saute par-dessus le haut mur de cette grande maison comme un agneau de printemps, ses cheveux roux volant derrière elle dans les champs verdoyants. Qu'elle prenne le *tober* avec ton vieux père. Dieu sait combien j'en avais envie. »

Ses yeux se sont vidés une fois de plus ; cet air de joie rêveuse a disparu jusqu'à ce qu'y soient creux, deux trous sans fond dans sa tête.

« Je n'ai pas honte de te dire que j'ai pleuré toutes les larmes de mon corps quand je l'ai quittée, Christy. J'ai attendu devant sa maison pendant quatre heures le matin où on a levé le camp. Les autres sont partis, et je leur ai dit que je les suivais avant de m'asseoir et d'attendre, en espérant. Pendant quatre satanées heures. »

Il a branlé du chef, bu une nouvelle gorgée à la bouteille.

« Mes mains, elles étaient mouillées de mes propres larmes quand j'ai fini par agiter les rênes et partir. Je me suis tourné vers la route, là où était ma place, et pour la première fois de toute ma vie, j'ai vraiment détesté être un traveller, détesté l'existence dans laquelle j'étais né. J'ai maudit ton Grand-Pa, et tous les Grand-Pa avant lui, surtout le premier qui avait pris la route et m'avait privé de mon seul véritable amour. J'ai souhaité avoir le pouvoir de donner à ta maman une vie acceptable, d'en faire ma femme. Par Dieu, ça a été une année froide et solitaire, Christy – tu n'as pas idée. Même l'été était poisseux de malheur et de tristesse. Mais toutes les saisons de cette année ont passé, j'ai semé, fertilisé et arrosé ma détresse jusqu'à ce que, le printemps suivant, une brillante pousse verte d'espoir pointe son nez. »

J'ai fermé les yeux en tentant de me représenter Papa avec dix ans de moins, le visage tout déformé d'un amour comme je n'en avais encore jamais vu. Pas le genre d'amour domestique arrangé où on récure les casseroles, où on partage la nourriture et où on élève les enfants, celui que Finty avait peut-être ressenti pour Brigid à une époque. Mais une passion étrange et sauvage, comme dans les histoires, les livres, qui pouvait pousser une femme à relever ses jupes pour escalader des murs en pierre grise en abandonnant derrière elle ses matelas bourrés de billets. Je n'arrivais pas à l'imaginer, mais quelque chose chez mon père me laissait croire que c'était possible. J'étais l'enfant de cette possibilité.

« J'avais décidé de retourner la chercher. Et cette fois-ci, j'étais déterminé à ne pas lâcher l'affaire.

— Alors t'es vraiment mon père », j'ai dit à voix basse.

Papa a pris une autre goulée de *poitín* et m'a adressé un genre de bizarre demi-sourire triste.

« Mais oui, bien sûr. »

DIX-SEPT

J'avais envie d'une goulée de *poitín*. Alors j'en ai pris une, et Papa ne m'en a pas empêché. Il m'a regardé lutter silencieusement : Bilbo qui combattait le dragon. À un moment, y avait eu un grand amour, qui avait traversé les vies et des frontières, défié toutes les règles et les attentes habituelles, et mon père y avait pris part. Un grand amour. Et j'étais le résultat, le score : un – zéro. Ma mère n'était pas une *Pavee*, et elle n'était peut-être même pas morte. Elle vivait peut-être quelque part dans une vieille maison comme celle de Finnuala Whippet, avec ses cheveux d'un roux féroce et ses cils aussi épais que des cordes. Alors que moi, je vivais ici, dans cette tente. Sans elle.

« Il fallait que je te sauve », a annoncé doucement Papa.

Sauver. Un bien meilleur mot que kidnapper. Il m'a demandé : « Est-ce que ça va ? »

J'ai repris une gorgée de *poitín* en guise de réponse.

« Je continue ? »

J'ai acquiescé.

« Ton Grand-Pa cherchait à me trouver une femme. J'étais affreusement en retard pour ça – j'avais déjà presque vingt ans, mais je me suis arrangé pour gagner du temps jusqu'à ce qu'on revienne là où habitait ta mère. »

J'ai inspiré pour calmer la brûlure dans ma gorge.

« On s'est arrêtés au même camp, on a pompé de l'eau douce à la même pompe rouillée, lâché nos chevaux dans le même champ. Et quel retour aux sources c'était, Christy – l'air lui-même semblait frémir de joie. J'étais tellement déterminé que je n'avais jamais eu autant d'énergie dans les bras et les jambes.

« La poussière était à peine retombée que je me suis présenté chez elle sous prétexte de chercher du travail. Pardi, mon cœur cognait sacrément quand j'ai remonté ce chemin ! L'herbe était haute de chaque côté, et elle paraissait s'agiter alors que je passais devant, comme pour m'attirer à elle. Quelques-uns des chevaux étaient en train de paître, et un gars que je n'avais encore jamais vu m'a fait signe d'approcher des écuries.

« "C'est du travail que vous cherchez, l'ami ?

« — Oui, si z'en avez à proposer."

« J'avais l'intention d'essayer d'rester calme, disons, ou au moins d'avoir l'air calme. Mais j'entendais mon pouls me battre dans les oreilles, et ça ressemblait au *bodhrán* du diable, Christy. Je ne savais pas qui était ce mec-là, tu vois, et j'avais la pétoche. Il brossait un beau cheval de grande taille qui a gonflé ses naseaux quand je me suis penché pour le caresser. Le mec s'est interrompu dans son travail, a jeté un bref regard à la maison par-dessus son épaule avant de reprendre la parole.

« "Faudra voir avec la patronne." Il a baissé la voix. "La vérité, c'est qu'on a sacrément besoin d'un coup de main, mais le nouvel homme de la maison est têtu ; il a congédié presque tous les employés. Moi-même, je suis là que depuis quelques semaines."

« Mon cœur s'est arrêté, Christy. Y avait un nouveau maître de maison. Et sa bourgeoise. Ils avaient tout vendu, je le savais. En tout cas, mon visage a dû encaisser ces informations encore plus durement que mon cœur, parce que le mec a posé sa brosse et contourné l'animal pour m'approcher.

« "Ça va ? Vous êtes blanc comme un linge."

« J'ai secoué la tête, incapable de lui répondre. C'était un type sympa, et il a mis une main sur mon épaule pour me réconforter. Je lui en étais reconnaissant. C'était pas un traveller, mais il était gentil.

« "Allez voir à la maison. Passez par la porte sur le côté et Kitty vous donnera une goutte de thé et tout. Vous avez pas l'air bien du tout du tout."

« Alors j'ai opiné, et il m'a fait pivoter vers la maison, m'a incliné l'épaule dans la bonne direction en me poussant doucement. La porte de la cuisine était restée ouverte sur le jardin ensoleillé, et j'ai passé le seuil comme un zombie, sans y être invité. Sur le pas de la porte, je me suis arrêté, et mes yeux se sont écarquillés de soulagement. Assise dos à moi, face à la cheminée, c'était ta mère. Avant même qu'elle ait tourné la tête, je l'ai reconnue. À la gracieuse inclinaison de son cou et à sa masse de boucles désordonnées. Je l'ai su à la brise que soulevaient ses cils dans la pièce aérée, et ma bouche s'est ouverte en grand pour pouvoir la respirer. Elle a entendu mes pas sur le seuil, mais en croyant que j'étais la gouvernante. Sans se retourner, elle a demandé : "Ils avaient de bonnes côtelettes pour le souper, Kitty ?"

« Et je ne savais pas comment lui répondre. J'ai fermé la bouche, mais elle s'est rouverte en grand. Ta mère s'est penchée en avant en claquant de la langue et en gazouillant, ses cheveux se sont répandus sur son épaule, et c'est là que j'ai vu un minuscule petit poing qui se tendait pour s'emmêler dans cette masse de boucles. »

Moi, au centre de la scène. Un bébé garçon à l'œil vif, mes petits doigts emmêlés dans les cheveux de ma maman. J'ai fixé mes jointures à la lumière des flammes en tentant d'imaginer les boucles rousses de ma mère entortillées autour.

« L'instinct animal qui m'a saisi quand j't'ai vu là ne ressemblait à rien de ce que j'avais jamais connu, a dit Papa, qui attendait que je lève les yeux vers lui. J'étais complètement submergé par la certitude nouvelle que t'étais mon petit mec *à moi*. Je le sentais au plus profond de mon être, Christy. Tout m'est venu en un instant, comme s'il s'était produit un déclic dans l'univers, et après, plus rien n'a été pareil. Ma stupéfaction était trop énorme pour que je puisse la gérer, trop énorme pour que je m'en rende même compte. Sauf que c'était simple comme bonjour. Tu étais là. »

Et maintenant, je pleurais enfin à côté de Papa, de petites rivières de larmes silencieuses qui dégoulinaient juste sur ma figure comme si elles avaient toujours été là, et qu'elles seraient toujours là à partir de maintenant. Papa pleurait aussi un peu, mais pas comme avant. Il m'avait laissé presque toutes les larmes.

« Quand ta maman a posé ses yeux sur moi, son visage était encore plus stupéfait que le mien. On ne s'est rien dit pendant une minute complète, ou peut-être une heure. On est juste restés à se contempler, bouche ouverte, à se dévorer du regard. Il y avait quelque chose d'étrange chez elle, quelque chose qui clochait vaguement – une grisaille que je ne reconnaissais pas. Du chagrin derrière les yeux. Et pourtant, je n'ai pas compris, quand j'ai fini par me précipiter vers elle à travers la pièce pour la prendre dans mes bras, pourquoi elle refusait mon étreinte. Elle m'a repoussé. A appuyé durement ses deux paumes sur ma poitrine pour m'éloigner. J'étais dévasté, Christy. J'ai de nouveau tenté de l'enlacer, et elle s'est raidie.

« Elle a déclaré en ramenant ses manches plus près de ses mains maternelles : "Je suis une femme mariée, maintenant, Christopher."»

À ce moment-là, Papa a pris une grosse lampée à la bouteille, et il a examiné ses mains à lui. « *Une femme mariée, maintenant* », a-t-il répété comme s'il était coincé sur cette formule et qu'il ignorait comment la dépasser, même après toutes ces années.

Ces mots, ils ressemblaient à des fantômes d'eux-mêmes.

« J'ai fini par lui demander : "Et le bébé ?" Mes mâchoires, elles étaient tellement serrées que je pouvais à peine parler, Christy. J'avais terriblement froid, tout d'un coup, et je tremblais, je claquais des dents. J'entendais mes os s'entrechoquer sous ma peau. J'ai cru que j'allais vomir. Elle a répliqué : "Mon fils."

« Une réponse solitaire. Un possessif au singulier. Maintenant que j'étais si près d'elle, je le voyais plus clairement : tous ces mois de catastrophe inscrits sur les rides de son visage, à la manière d'une pellicule de dévastation. À ce moment-là, je me suis penché sur ton berceau, et j'ai r'connu mes traits à moi sur ta minuscule frimousse plissée de bébé. Mon Dieu, comme je t'ai aimé à cet instant. C'était un vrai coup de foudre.

« "Il s'appelle Christopher, a dit ta mère, William Christopher", et je n'avais pas besoin d'autre confirmation. T'as été nommé d'après moi, tu vois, dans son dernier moment d'audace avant que son courage faiblisse.

« Mais là, on a entendu un bruit de pas, le claquement d'une chaussure cirée qui résonnait sur un sol ciré, approchant à un rythme brusque et désagréable. Un homme mince aux cheveux gominés avançait le long du couloir en direction de la cuisine. Il rappelait une ligne diagonale, s'éloignant de moi alors même qu'il approchait – ses épaules et sa tête suivant à contrecœur ses hanches précises qui montraient le chemin. Ses chaussures sont apparues dans l'encadrement de la porte avant le reste de son corps. Son regard s'est rivé sur moi immédiatement, sans même s'arrêter sur ta mère. À sa vue, elle a paru rentrer en elle-même. Un sourire acerbe était figé sur le visage de l'homme, et j'ai remarqué que ses dents étaient trop longues pour sa bouche – on aurait dit des crocs. »

Dans ma tête, je me représentais cet homme aussi parfaitement que dans la description de mon père. Il s'était concrétisé – immobile et méprisant, je pouvais même le sentir, empestant un truc douceâtre qui a tourné, comme une poire creuse trempée dans de l'huile de lin.

« Qu'est-ce que je faisais, Papa ? Pendant qu'il se passait tout ça ?

— Tu dormais toujours dans ton berceau. Tu faisais pas un bruit. Ta respiration était aussi régulière que la marée. Et que Dieu la garde, le cortège d'émotions sur le visage de ta mère, il était si rapide que je croyais presque les imaginer. D'abord la panique, puis la défiance, la haine, et finalement, la résignation. Elle est passée de l'une à l'autre comme on feuillette les pages d'un livre avant de se changer peu à peu en pierre sous mes yeux. Elle s'est débrouillée pour faire tout ça avant que le gars ait même ouvert ses crocs pour parler.

« “Ah, on n’a pas de travail pour vous, là, a lâché Papa en imitant la voix de l’homme aux cheveux gominés. Pas de travail du tout, j’en ai peur.”»

Je détestais la voix de ce type, la façon dont Papa reproduisait en chuchotant sa méchanceté absolue, la façon qu’elle avait de s’échapper de l’histoire pour rester suspendue en l’air, planant au-dessus de nous comme une lame affûtée. J’aurais juré que je m’en souvenais encore – de cette voix –, que j’avais gardé son écho dans les oreilles pendant tout ce temps. Elle avait une sorte d’aura malsaine, et du coup, même dans le récit que murmurait Papa, elle dégoulinait de la bouche du type à la manière d’une plaie béante. Papa a poursuivi : « Ses yeux se sont attardés sur moi tandis qu’il se penchait en arrière pour me toiser d’un air désapprobateur. Je suis resté là à le regarder, trop abasourdi pour répondre, bouche bée. J’aurais aussi bien pu être un vendeur d’amygdales. » Papa a eu un petit rire, mais sa blague n’était pas suffisamment drôle. Pas ce soir.

« C’était juste trop à encaisser à la fois. J’étais là, je venais de découvrir que j’avais un fils, que je t’avais *toi*. De découvrir que ta mère, elle avait été coincée, et mariée de force à un horrible rustre gominé aux dents comme des crocs et qu’il essayait de se débarrasser de moi, et ce en l’espace de trois minutes. J’avais envie de lui en coller une, mais tout ça n’était qu’un chaos trouble. J’arrivais à peine à rester debout, à empêcher mes genoux de se dérober sous moi.

« “Bon, si c’était tout ce que vous vouliez… ?” a dit l’homme, qui a haussé ses stupides sourcils obliques vers le haut de son front en attendant que je parte.

« J’ai commencé à paniquer. Je ne pouvais pas juste partir, me retourner et reprendre ce chemin en sifflotant, alors que toute ma vie était coincée dans cette cuisine suffocante. J'ai senti un abîme de terreur monter en moi, mais j'avais pas de mots pour cet homme. Je pouvais pas dire un seul truc qui aurait le moindre sens. En désespoir de cause, je me suis tourné vers ta mère, la suppliant en silence d'intercéder. Je savais simplement qu'elle le ferait. Qu'elle trouverait quelque chose, n'importe quoi – pour nous permettre d'avoir quelques instants seuls tous les deux. Je savais qu'elle voudrait au moins passer un moment avec moi, pour s'expliquer. Mais son visage restait immobile et vide, et mon temps d'arrêt s'est prolongé jusqu'à devenir un nuage boursouflé qui planait sur tout le village et projetait des ombres sur l'intérieur des bars, les boutiques et les troupeaux de bétail dans leurs pâturages. Pourtant, j'étais toujours incapable de partir ; je prenais racine. Racine ! Pas mal pour un traveller, hein ? J'étais incapable de bouger. Ta mère s'est réfugiée dans son fauteuil à côté de toi. »

Je me représentais le fauteuil. Je me représentais les mains de ma mère, qui s'agitaient dans l'ombre du silence de Papa.

« Je n'aurais pas su dire si c'était l'épuisement ou l'obstination qui l'ont fait asseoir dans ce fauteuil, mais elle était assise, immobile. J'ai proposé : "Enfuis-toi avec moi."

« Tu le crois, fiston ? Simple et efficace, là, en plein jour, j'ai dit ça, devant ce mec-là. C'était la requête la plus basique que j'étais capable de formuler, mais pour moi, c'était plus important que tout, et ta mère le savait. J'avais mis mon âme à nu entre nous deux. Pendant quelques instants, ses mouvements se sont accélérés. Elle a brusquement levé la tête, et son visage a repris vie, ce visage que j'avais mémorisé et adoré.

Un éclair de quelque chose de terrifié, de courageux et vrai a traversé son regard. J'ai fait un pas vers elle, mais l'homme s'est placé en travers de ma route. Il m'a attrapé par le poignet, et tout à coup, il a été vertical comme il ne l'avait pas été avant. Son pelvis s'est décalé, sa tête s'est avancée, et il mesurait dix centimètres de plus qu'il en avait eu l'air. Son front luisait, je voyais les veines bleues sous sa peau. J'étais conscient de sa main osseuse sur mon bras, mais la menace la plus grande venait de ses yeux. Ils étaient habités d'une haine d'un genre peu commun.

« Il a sifflé : "Vous êtes fou ? Elle n'ira nulle part avec vous, espèce de sale tinker."

« Y avait des paquets de salive blanche au coin de sa bouche, et ils se sont déportés sur mon visage.

« "Vous n'avez plus rien à faire ici maintenant. Je connais les gens de votre acabit, et je sais que vous avez été bien accueillis ici un jour. Mais c'est fini ! Ça n'arrivera plus tant que je serai l'homme de cette maison. Vous feriez bien de nous laisser en paix, mon *épouse* et moi."

« Au mot "épouse", il a reculé d'un pas et changé sa main de place pour la poser sur l'épaule voûtée de ta mère. Il tentait de la posséder avec. Il était redevenu diagonal, et sa ceinture me souriait.

« "Retournez à vos chevaux, à vos chiens et à vos *propres* femmes. Retournez à votre *tint*", il a fait en exagérant le mot *tente* pour le prononcer comme nous, Christy. Il se moquait de moi. Mais sa voix était pleine de grondements et de sifflements ; il était plus animal qu'humain, et il ne m'inspirait que de la tristesse.

« Je n'ai pas bougé. Mon esprit fonctionnait lentement, méthodiquement, comme une bombe à retardement. Je me suis rendu compte que je n'avais plus rien à perdre. J'ai demandé à ta maman : "Il est au courant ?"

« Comme elle n'arrivait pas à me regarder, je me suis tourné vers lui. Au moins, il était capable d'être en colère, de communiquer.

« "Vous êtes au courant ?"

« Ses lèvres se sont recourbées en une grimace.

« "Vous êtes au courant pour moi ? Vous savez qui je suis ?" À présent, je criais, haussant le ton pour couvrir le sang qui bourdonnait dans mes oreilles.

« "Mon cher garçon, qu'est-ce que vous racontez ?" L'homme s'est mis à rire, et je voyais bien ce qu'il était en train de faire. "Vous êtes vraiment un fou furieux. N'est-ce pas, chérie, qu'il est fou ?" Il a baissé le regard vers ta mère, pressé son épaule inerte. Elle a remué sur son siège et enfin levé les yeux vers moi. J'y ai lu un peu de honte, et beaucoup de peine. Elle a juste répondu : "Tu vas réveiller l'enfant.

« — Mon enfant ! j'ai hurlé. Je vais réveiller mon enfant !" Je m'en fichais. Je voulais t'réveiller, je voulais voir la couleur de tes petites mirettes brillantes. L'homme diagonal a eu un rire forcé qui sonnait comme un croassement, mais ça ne m'a pas atteint. C'était un son grossier et délibéré, pathétique.

« Il a demandé en te désignant : "Vous trouvez qu'il ressemble à un enfant de tinker ?"

« Ensuite, il s'est penché pour te soulever sans ménagements, pinçant les élégants replis de ta robe en soie entre ses doigts. Ses ongles aussi étaient trop longs, comme ses dents, et il te tenait brusquement d'une main sous les bras, te secouait en cadence en me montrant le bas de ton vêtement. Il l'a balancé vers moi, mais le tissu est juste retombé en voltigeant avant de venir s'étaler autour de toi, léger comme des plumes et des ailes. La robe ne partageait pas sa fureur, mais ça n'a fait que l'exciter encore plus.

« "Des soieries, il a craché. Le tinker soyeux ! On va écrire des chansons sur lui. Il deviendra célèbre. Ha ! Et le berceau ?" Sa voix était redescendue, maintenant, animée d'un nouvel intérêt étrange et pervers, et il a expliqué en te reposant dedans brusquement : "Eh bien, son berceau est une antiquité." »

« *Plop !* » Papa a légèrement cogné l'arrière de sa tête contre le transat pour illustrer avec quelle imprudence l'homme m'y avait lâché.

« La rage qui m'habitait à ce moment-là était une force physique que je ne savais pas comment gérer, Christy. Je n'étais pas sûr de pouvoir la contrôler si elle s'échappait de moi ; j'avais peur de le tuer. Mes mains étaient en train de se transformer en parpaings au bout de mes bras. »

Je ne pensais pas que Papa serait capable de tuer un homme par rage pure, mais en vrai, j'étais plus certain de rien.

« Ce n'étaient pas ses paroles qui m'ont mis hors de moi, Christy. Bien sûr, c'étaient juste des petites choses vaines et piquantes. Mais sa manière de te manipuler, ça dépassait les bornes. Il te remarquait même pas *toi*, dans ces fichues soieries. Il se moquait même pas mal de la façon dont ta petite tête ballottait quand il t'a fourré dans ce berceau, et dont tes yeux se sont ouverts d'un coup pour me regarder. On s'est dévisagés, toi et moi.

« Bleus, Papa m'a dit en souriant. T'avais les yeux bleus. J'ai jamais été un expert en océans, Christy, mais je pensais qu'il y avait peut-être une certaine ressemblance. »

Il s'est penché en avant sur son siège et a tendu la main vers moi, l'a placée sous mon menton pour mieux voir mes yeux.

« Ouaip. Définitivement couleur océan. »

Je n'étais pas prêt à lui pardonner, même un petit peu. Alors j'ai détourné le menton, mais sans pouvoir m'empêcher d'imaginer toute cette étendue de mer qui tournoyait dans ma tête et qui se dévoilait dans mes globes oculaires.

« Mais cet homme ne te remarquait même pas, Christy, a-t-il enchaîné en reposant la main sur la bouteille. Il avait vécu avec toi pendant tous ces fichus mois – huit mois entiers – et ma foi, il ne savait même pas que tu avais bien des yeux qui s'ouvraient et regardaient autour de toi et qui voyaient des trucs. Ton berceau se balançait sur son bras pivotant et t'étais ballotté de droite à gauche, encore et encore. Y m'a vu t'observer et cru que je lorgnais le couffin. Un genre d'antiquité hors de prix.

« “Nous avons hérité ce meuble de mon cher défunt beau-père”, a-t-il déclaré en se remettant sur sa diagonale.

« Il n'a pas marqué de pause aux mots “cher défunt”. Il les a prononcés d'une seule traite.

« “Tout comme le reste de notre belle demeure. Bien sûr, je l'ai remplie de trésors hérités de ma propre famille, et à nous deux, nous avons construit un sacré foyer.” Il a fait un geste ample, pour indiquer une fortune si grande qu'elle débordait pratiquement de chaque armoire et chaque tiroir de cet endroit. “Le foyer dans lequel nous élèverons *notre* fils.”

« Je l'ai dévisagé en me demandant ce qui se passait dans sa caboche. Faisait-il appel à mon bon sens ? En me proposant de t'abandonner parce qu'il y avait de l'argent à la clé ? Où est-ce qu'il essayait seulement de me rabaisser ? Je ne comprenais pas comment son esprit fonctionnait. Je n'avais aucune idée de ce que qu'il pouvait bien penser, et de toute façon, ça n'avait pas d'importance. Quoi qu'il ait été en train de comploter, ça m'échappait. J'ai regardé ta mère alors, et j'ai vu l'immensité de la douleur qui commençait à apparaître pour de bon sur ses traits. Son désarroi était total. En plus de tout le reste, je me suis aperçu qu'elle avait dû perdre son père.

« Mais l'homme aux cheveux gominés a continué : “Mon fils. Un tinker.” Il a secoué la tête en riant. “Qu'est-ce qu'il ne faut pas entendre !” Et c'est là que ta mère a explosé. Elle l'a bravé – pour toi et pour moi, elle a bravé celui à qui elle était mariée. Elle a agité fébrilement les bras en l'air en criant : “Ça suffit !” Elle paraissait un peu branlante, debout comme ça, mais sa voix était posée, solide. “Christopher a toujours été un ami de cette famille.”»

J'ai interrompu Papa pour crier : « Allez, Maman ! »

Et à ce moment-là, assis à côté du feu avec lui, j'ai eu cet immense élan d'espoir illogique : qu'elle allait envoyer balader l'homme aux cheveux gominés, qu'elle le giflerait peut-être même, et qu'ensuite, elle s'enfuirait avec moi et Papa. Je savais que ce n'était pas comme ça que l'histoire se terminait, mais bizarrement, c'est ce que j'espérais.

« Allez, Maman, a renchéri Papa. Sa voix avait un volume qui n'invitait pas au débat, a-t-il repris avant d'adopter les intonations suaves de ma mère, de plus en plus fort : “Cet homme travaillait pour mon père, paix à son âme. Mon père, qui m'a posée dans ce couffin quand j'étais bébé. S'il te plaît, a-t-elle dit au type en baissant désormais le ton. Laisse-nous simplement un moment. Tout ça n'est qu'un terrible malentendu."

« Il a rétréci les yeux et m'a adressé un dernier regard malveillant, mais il n'avait aucun désir de se disputer avec ta maman. Il a fait demi-tour sur ses chaussures bien cirées, et murmuré "Dégoûtant" à l'intention de nous trois, alors que ses hanches l'emportaient de nouveau bruyamment le long du couloir, plus loin dans la maison. »

J'ai imaginé mon père, seul dans cette pièce avec cette femme magnifique. Ma mère. Je les ai imaginés tous les deux baissant les yeux vers moi, qui leur répondais par un sourire édenté. J'ai imaginé ce que j'avais dû ressentir, à l'époque, de lui appartenir autant. D'être autant à ma place. Et j'ai regretté de ne pas avoir réussi à emporter avec moi *ce sentiment-là* pendant toutes ces années, au lieu de la voix maladive de cet homme et de toutes mes peurs cafouilleuses. J'ai fait de mon mieux pour me replonger dans ce souvenir, ce sentiment d'appartenance.

« Ta mère a gardé le silence pendant qu'on écoutait ce bruit de pas s'enfoncer furtivement dans la maison. J'ai fouillé son visage à la recherche d'un peu de familiarité, mais la confusion était trop grande. Je me suis borné à lui demander : "Comment tu as pu ?"

« Je savais que la question n'était pas juste. Elle pleurait son père, elle me pleurait, moi. Pleurait tout ce qu'elle avait perdu. Et pourtant, elle était encore debout. Elle a refusé de laisser passer ça.

« "Comment j'ai pu ? *Comment j'ai pu ?* Comment pouvais-je faire *autrement* ? Quel choix avais-je, Christopher ? Qu'aurais-tu voulu que je fasse ? Que je prenne mon fils et que je parte vagabonder et l'élever au bord de la route quelque part, dans un fossé ? J'ai des moutons qui vivent mieux que ça !" »

J'ai haleté. Papa a rentré ses lèvres dans sa bouche pendant un moment. Il a plissé les yeux pour chasser ses larmes.

« Cette fois-ci, j'avais l'impression qu'elle m'avait flanqué un coup en pleine figure, Christy. Toutes ces heures, ces jours, ces semaines et ces mois où je l'avais aimée. Mais à ce moment-là, je l'ai compris. Au bout du compte, ce qu'elle pensait vraiment de moi – ce qu'elle pensait de nous. C'est là que tu t'es mis à pleurer – en faisant un barouf de tous les diables, et ta frimousse est devenue toute rouge. Je me suis éloigné d'elle d'un pas en croisant les bras, je me suis touché le visage pour me rappeler à moi-même que tout ça était bien réel, que ce n'était pas un mauvais rêve. J'avais l'impression qu'elle m'avait frappé pour de bon.

« "Tu ne peux pas le changer, j'ai dit en te montrant du doigt dans ton berceau. Tu ne peux pas changer qui il est.

« — Je peux essayer de lui donner une vie meilleure.

« — Ça ? j'ai lâché en gesticulant pour désigner les alentours. C'est une meilleure vie, ça ? Pourquoi ? À cause des soieries et des berceaux anciens ? Et ce… ce… cet homme qui va prétendre jouer le rôle du père ? Seigneur, tu as vu comment il l'a soulevé, comme si c'était un sac de patates ?"

« J'ai été horrifié de m'apercevoir qu'y avait de vraies larmes sur mes joues à ce moment-là. Je me demandais si ta mère les avait vues, mais elle était trop occupée à tenter de te calmer. Je les ai essuyées en vitesse.

« “Viens me voir”, j’ai fait en te sortant de ce berceau balancelle, t’arrachant quasiment de ses mains.

« T’étais plus lourd que je m’y attendais, et te tenir dans mes bras a été plus puissant que prévu à tous les niveaux. Tu as arrêté de gigoter quand je t’ai pris, et tu m’as fixé avec une telle intensité que j’ai presque cru que tu allais ouvrir la bouche et m’expliquer ce que tu avais en tête. Tes yeux, ils étaient si grands ! Tu as examiné mon visage avec tes doigts. Tu battais des cils et tu as lâché un soupir convaincu. Et puis t’es resté tranquille, et j’ai senti ton cœur cogner contre mon bras.

« J’ai demandé à ta maman : “C’est censé aller aussi vite ?” Je trouvais ça un peu alarmant.

« “Qu’est-ce qui est censé aller aussi vite ?

« — Ses battements de cœur.”

« Elle m’a souri. N’a pas pu s’en empêcher. Et à cet instant, elle est redevenue la femme que j’aimais.

« “Oui, c’est censé aller vite. Il est encore petit, alors il faut que ça aille à cette vitesse-là pour qu’il tienne le coup.

« — D’accord.” J’ai hoché la tête, satisfait.

« Et ensuite, il y a eu un joli moment de silence entre nous. On était une petite famille, là, dans la cuisine, avec tous ces cils, ces joues chaudes et ces battements de cœur. Elle a tendu la main vers toi dans mes bras pour écarter doucement ton col à volants de ta frimousse.

« Elle a juste répété : “Je n’avais pas le choix”, et j’ai compris que c’était probablement vrai. Elle nous a regardés tous les deux, ensemble, puis elle m’a longuement contemplé avant de me presser le coude et de retourner sur sa chaise. Le contact de ses doigts laissait encore une perturbante sensation de chaleur sur ma peau. Elle est restée assise là un moment, et ses yeux se sont remplis de larmes, et ses épaules ont tremblé, le monde a tremblé. Elle a enfoui son si beau visage dans ses mains, Christy. C'était horrible à voir. J'étais tellement impuissant. Mais alors, dans un effort monumental, elle a arrêté net cet effondrement – exactement comme le premier jour où je l'avais aperçue. Elle s'est obligée à se reprendre par la seule force de sa volonté ; elle a rafistolé ses fissures et ses fêlures de la même façon qu'on rafistole les trous dans les casseroles en fer-blanc, Christy, ou les fêlures dans les assiettes en porcelaine. Tout ça a disparu devant moi, et l'instant d'après, c'était comme si cette scène avait été le fruit de mon imagination.

« Elle a repris en nous ramenant douloureusement au temps présent : “Je n'ai pas le choix”, avant d'ajouter : “C'est quelqu'un de bien, Christopher”, et elle s'est débrouillée pour me regarder dans les yeux en me le disant. “Et il m'aime.” Comme s'il était capable d'amour. Tout ce que j'ai réussi à faire, c'était de secouer la tête.

« Ensuite, elle t'a enlevé de mes bras d'un seul geste précis. J'ai baissé les yeux sur mes paumes vides, et mes épaules m'ont paru légères jusqu'aux cavités de mes omoplates. J'ai cru que mes bras allaient se mettre à flotter loin de moi sans ton poids dedans. Tu as étendu tes mains minuscules vers moi, et nos bras se sont cherchés tandis que ta mère t'emportait. »

Les mains de Papa, elles étaient devant lui maintenant, entre nous deux, dans la lumière faiblissante du feu, et j'ai tendu la mienne pour toucher doucement un de ses doigts du bout des miens. Et là, je me suis dit que peut-être Papa l'avait espérée toutes ces années lui aussi. Exactement comme moi. Peut-être que lui aussi, il se sentait à moitié coupé en deux.

« J'sais pas comment m'est venue l'idée d'aller te sauver. Je ne me souviens pas d'un éclair soudain, ni d'une décision mûrement réfléchie ; ça ressemblait plutôt à quelque chose d'inévitable : tu ne pouvais pas rester dans cet endroit. Alors j'ai attendu qu'il fasse bien sombre, c'est-à-dire pas trop tard, étant donné comme cette journée avait été noire et humide. J'ai laissé mon poney et ma roulotte derrière la maison, abrités sous quelques arbres touffus, pour qu'ils soient prêts et au sec. Ensuite, je me suis approché en douce, et j'ai patienté jusqu'à ce que les lumières s'éteignent. C'est ce qu'elles ont fait, une par une, et puis le calme est venu, et tous les autres sons ont été noyés par les torrents de pluie qui s'abattaient sur les avant-toits et les vitres de cette maison silencieuse. À travers les trombes d'eau, j'ai tendu l'oreille, à l'affût de signes de vie à l'intérieur. J'entendais pas de disputes entre le mari et la femme. J'entendais que dalle.

« Une fois que la dernière lumière s'est éteinte, je me suis dirigé vers l'arrière, aussi furtif qu'un chat de la jungle, et je suis entré par la porte de la cuisine en la refermant sans bruit pour faire taire le cri du vent. Je dégoulinais sur le sol chaud et sec, et j'ai grimacé au son de l'écho de chaque goutte qui annonçait mon arrivée. Après avoir enlevé ma chemise mouillée, je suis resté debout sur le seuil de la cuisine pour m'empêcher de dégouliner et être plus discret. Un silence de mort régnait sur la maison, je percevais juste le tic-tac d'une horloge invisible. J'ai essoré le bas de mon pantalon sur ma chemise abandonnée avant de le rouler jusqu'aux genoux pour attraper les dernières gouttes récalcitrantes. Dès que j'ai eu quitté l'îlot formé par ma chemise, j'ai reconnu le grincement aigu de mes chaussures sur le sol en ardoise cirée. J'allais devoir les enlever aussi. Ce que j'ai fait, et là, je me suis transformé en une ombre pâle et humide qui se frayait un chemin vers toi dans la maison en reniflant et en tâtonnant sans bruit dans le noir.

« J'ai monté l'escalier à quatre pattes, sans marquer de pause quand une des lattes du parquet a craqué sous moi, me fiant à la pluie battante pour camoufler les légers sons de mon ascension. Sur le palier, j'ai tourné à gauche d'instinct et trouvé ma route jusqu'à toi comme de la ferraille attirée par un aimant. Tes yeux bleus, ils étaient ouverts dans le noir comme si tu m'attendais. Tu m'as montré tes gencives, tu as sucé ton poing. J'ai supposé que c'était ta manière de me promettre de te tenir tranquille. Je t'ai hissé vers moi, mieux préparé à ton poids cette fois-ci, et je t'ai enveloppé bien proprement dans ta couverture comme j'avais vu Brigid le faire. Je t'ai attaché à mes épaules nues, et tu t'es blotti contre moi pour le trajet. On allait devoir être rapides.

« Mes yeux, ils s'étaient habitués à l'obscurité, mais mon corps me paraissait maladroit à l'intérieur des murs de cette maison. Je sentais mes trapèzes et mes cuisses gonfler, et pendant un instant, j'ai eu peur d'être trop grand pour la nursery – et de réveiller les occupants endormis alors que mes bras et mes jambes partiraient en zigzag à travers chaque pièce comme des branches de lierre poussant à toute allure. J'ai baissé les yeux vers ta frimousse pareille à un livre ouvert, vu luire ta bave sur ton poing à la lueur parcimonieuse de la lune découragée par la pluie, et j'ai dû reprendre ma respiration. C'était le moment le plus important de ma vie, Christy, et je n'avais pas le moindre droit à l'erreur. Il fallait que je me débrouille pour agir très vite, et dans un silence absolu. Il n'y aurait pas de seconde chance. Je me suis retourné et j'ai filé hors de la pièce. »

La voix de Papa était basse et sérieuse, et j'étais si captivé par ce récit que je retenais mon souffle pour éviter d'émettre un seul son, pour que personne ne nous entende, ne nous trouve et ne nous sépare.

« J'étais comme une ballerine, fiston, t'aurais dû me voir. J'enjambais des godasses oubliées avec une grâce silencieuse et j'ai sauté par-dessus le corps étalé d'un chat endormi sans soulever ses moustaches du moindre courant d'air. Arrivé aux escaliers, j'ai marché dans les airs, et on a tous les deux glissé vers le bas sans que je pose un orteil mouillé sur une seule marche grinçante entre-temps. On a négocié la longue tranche d'obscurité du couloir de l'entrée sans bruit ni hésitation. Et bientôt, j'ai vu le tas formé par ma chemise et mes chaussures, là où je les avais laissés sur le seuil de la cuisine. Ou plutôt. Pas tout à fait où je les avais laissés.

« Mon estomac a bondi quand je me suis aperçu que mes chaussures avaient été rapprochées de ma chemise, l'une des deux renversée sur le côté. Je me suis arrêté net, et, sans me retourner, j'ai commencé à reculer dans le couloir, cherchant à tâtons le chemin vers la porte d'entrée au pied des marches. Ma main a serré la poignée et j'ai entendu un clic rouillé quand elle a tourné. Le mec a surgi comme une flèche d'un coin de la cuisine en brandissant à deux mains une poêle à frire en fonte. Il n'était plus diagonal maintenant qu'il fonçait vers nous, et je voyais ses longues dents dénudées en un cri silencieux.

« J'ai passé la porte en trébuchant à reculons et atterri sur le cul dehors avec un bruit sourd. Mais j'ai culbuté en me recroquevillant sur toi pour te protéger – on aurait dit le membre d'une troupe de cirque qui exécute son numéro. Ça paraissait si facile, comme si on avait déjà répété tout ça avant, comme si c'était le mouvement pour lequel on était faits, on s'emboîtait si bien, simplement et sans accroc. On s'est relevés avant même que je me sois aperçu qu'on était tombés, et nous deux, on a filé comme des lapins à travers les champs mouillés. Mes talons nus faisaient floc-floc à chaque pas dans leurs efforts pour se libérer de la boue qui me remontait jusqu'aux chevilles, et les balles volaient autour de mon crâne à la manière de méchants moucherons. Je t'ai couvert la tête pour les écarter d'un geste, à part celle qui m'a atteint, ici. »

Papa s'est penché pour me montrer l'arrière de son lobe d'oreille : une petite cicatrice en forme de croissant de la taille de l'ongle de mon auriculaire. J'étais bouche bée.

« Tu veux dire qu'il nous a vraiment tiré dessus ? Avec des balles ? »

Il a acquiescé, et j'ai essayé de me le représenter en train d'écarter à mains nues les balles qui dégringolaient du ciel d'orage, sa paume calleuse fendant les gouttes comme une faux. Il a repris son récit. « La pluie dansait le long des champs en longues colonnes tordues qui tendaient les bras loin dans les replis du ciel nocturne pour en faire descendre l'eau. J'ai serré la couverture autour de ta tête et j'ai couru pour sauver nos vies, Christy. »

Mon cœur à moi s'était emballé maintenant, et avec lui, je sentais le galop de notre évasion.

« Je n'ai jamais risqué un regard en arrière jusqu'à ce qu'on ait atteint les écuries, mais le mec n'était pas assez loin à mon goût. J'ai détaché mon poney de la roulotte d'une main, comme seul un traveller en est capable, et en un éclair, on s'est tous les deux retrouvés sur son dos, galopant dans la nuit trempée de pluie. Encore un regard en arrière, et le mec était à genoux dans la boue à présent, les poings tendus vers le ciel, et il nous criait après. J'ai fini par entendre le beuglement qu'il retenait jusque-là, il a fendu l'air. J'ai remarqué la lueur d'une lampe qui tremblotait à une fenêtre de l'étage de la maison, et j'ai dû repousser tout net de mon cerveau la moindre pensée concernant le chagrin de ta mère. Je savais que tu lui manquerais affreusement, fiston. Que t'étais sa seule joie qui lui restait dans cette maison au cœur brisé. Mais il y avait trop de tristesse à te laisser coincé là, étouffé par des murs en plâtre. Trop de lourdeur et pas assez d'amour. Je savais que je devais te sauver de cette vie qui avait avalé les rêves de ta mère. Je savais que tu avais ça dans le sang d'être sur la route avec ton père. Et à ce moment-là où je te tenais contre moi et qu'on s'enfuyait ensemble, j'ai senti ton petit cœur cogner en rythme, et j'ai compris que j'avais fait mon devoir envers toi. »

DIX-HUIT

Je me suis endormi dans le transat. J'en avais pas l'intention, mais je me suis endormi quand même et je crois que Papa aussi, parce que raconter la vérité après dix ans de mensonges, c'est épuisant. Mais apprendre cette vérité, l'absorber dans votre boîte à penser et essayer d'la comprendre, c'est encore pire. C'était à peu près l'équivalent de gravir le Croagh Patrick[1] sans se servir de ses pieds – c'est dire si ça paraissait éreintant.

Alors, dans cette échappée de sommeil à la fois lourd et heurté, j'ai rêvé du petit William, en noir, blanc et gris. Et y avait absolument rien de facile ou d'idyllique là-dedans. J'ai rêvé de monsieur et madame Keaton, qui aimaient ce bébé garçon bien emmailloté, qui le balançaient sur leurs genoux, le câlinaient et lui parlaient en gazouillant. Dans ce rêve, monsieur William Keaton ressemblait à ça : des dents blanches et régulières, gazouillant, gaga. Et ils se disputaient pour savoir s'il fallait appeler le bébé Willie ou Liam,

1. Montagne d'Irlande, située dans l'ouest du comté de Mayo, où a lieu chaque année en l'honneur de saint Patrick un pélerinage, souvent réalisé pieds nus.

mais c'était une dispute du genre sympa où on souriait en agitant un doigt réprobateur, sans coups ni menaces tacites de coups. Et le bébé William n'était que risettes et couinements, remuant les pieds et les mains dans tous les sens. Et ensuite, il faisait noir, et la maman et le papa Keaton, ils étaient profondément endormis dans leur chambre avec ses quatre murs et sa fenêtre fermée, et j'étais debout au-dessus du bébé William dans son berceau. Et dehors, la pluie fouettait les vitres, un éclair a illuminé la pièce sombre, et je voyais le bébé William avec ses yeux bleus lunaires, écarquillés et fixes. Ses mains dodues de nourrisson, elles s'étaient mises devant sa figure sans qu'il puisse les en empêcher – il ne savait pas encore comment les bouger. Et ces fichues petites mains dodues se sont mises à attaquer comme des oiseaux de proie, son minuscule petit doigt a frappé en plein dans son œil comme un bec, et d'un seul affreux mouvement, il a arraché son minuscule globe oculaire. Ses bras ont gesticulé vers moi, la foudre a encore frappé, et je voyais l'œil perché au bout de son petit doigt-bec de bébé et sa bouche grande ouverte. Après, j'ai entendu l'horreur lointaine d'un cri à vous glacer le sang qui faisait : « *Nooooon !* William ! *Nooooon !* »

Et puis mon père m'a secoué.

« Christy ! Christy ! »

Et c'était mon nom. C'était *ça*, mon nom. Christy. Nommé d'après le Seigneur Lui-même en personne.

J'étais réveillé dans le transat, le soleil était haut dans le ciel parce que moi et Papa, on avait dormi sacrément longtemps. Papa. Il me tenait dans ses bras, et je ne lui ai pas résisté. Il m'a bercé, m'a calmé en me disant : « Tout va bien, Christy. » Je l'ai laissé faire tout ça. Et j'ai tâché de le croire.

J'ai fixé mes mains et mes pieds. Je les ai étudiés attentivement, parce qu'ils avaient pas changé depuis hier, et c'était déjà quelque chose. J'avais la même verrue à l'auriculaire de la main gauche, la même veine verte protubérante au creux du poignet. Mes orteils se recroquevillaient toujours un peu, alignés avec une symétrie parfaite les uns contre les autres. Ils savaient où était leur place.

On était dimanche, ce qui signifiait qu'on irait à la messe, et tant pis pour tout l'reste. Tant pis si le sol s'était dérobé sous mes pieds et si le ciel m'était tombé sur la tête. Tant pis.

Papa s'est habillé en silence, alors moi aussi. Désormais, tout était différent, même la lumière, l'herbe. J'étais comme Grand-Mère, toute ma vie passée disparue en fumée. Même mon nom était brûlé et boursouflé, méconnaissable. William.

« Bon, Christy, on y va, a dit Martin, debout dans l'ouverture de la tente. On va être en retard. »

À la messe, j'avais envie de parler à Dieu, mais je ne savais pas s'Il me reconnaîtrait. J'arrivais pas à trouver quoi dire. Alors je me suis représenté ma vie comme une assiette fracassée, une pièce de belle vaisselle qu'était cassée en un millier de minuscules morceaux. Et après, j'ai passé toute l'heure à collecter les fichus fragments de cette épave colorée, et j'ai placé ces miettes là une par une entre les mains invisibles de Dieu. J'espérais qu'Il les recollerait peut-être ensemble pour moi. Qu'Il les rafistolerait à la manière des *Pavees*, jusqu'à ce que les fêlures, elles soient si bien raccommodées que personne les voie plus.

Après la messe, Papa m'a emmené pêcher, et ça a encore empiré les choses, parce qu'y m'avait jamais emmené pêcher seul avant, et que c'était si grave que ça ressemblait à un triste aveu. Il savait qu'il devait faire quelque chose, et tout ce qu'il avait à m'offrir, c'était la pêche. On a arraché des branches à un acacia. Papa a attaché des lignes dessus. Il a tué une libellule en l'écrasant entre ses mains pour s'en servir comme appât.

La rivière était calme, elle ondulait tranquillement, et on a trouvé une piscine froide d'eau douce, bien à l'ombre sous un orme blanc. On s'est écartés de la berge en marchant dans la piscine et on a lancé nos cannes avec leurs hameçons au milieu des roseaux. J'avais encore tellement de questions.

« C'est pour ça que tu as attendu aussi longtemps pour me faire baptiser ? Parce que c'était l'âge que j'avais quand tu m'as pris ? »

Papa exécutait des moulinets au-dessus de sa tête pour lancer sa ligne comme un cow-boy d'autrefois avec son lasso. Il attrapait toujours des tas de truites, et des fois même un saumon par-ci par-là, alors on avait le filet et le seau prêts à l'emploi.

« C'est ça. C'était ma meilleure estimation de ton âge, en tout cas. »

J'ai laissé ma ligne plonger dans les roseaux. Les poissons allaient devoir marcher jusque dans le seau pour moi aujourd'hui.

« Et donc, la date sur mon certif de baptême – ma date de naissance. C'était juste une estimation ? Tu l'as inventée ? »

La canne à pêche de Papa ronronnait régulièrement au-dessus de nos têtes tandis qu'il la lançait et la relançait.

« Pas vraiment, fiston. J'ai juste fait les calculs.

— Comment ça, les calculs ? Comme si tu pouvais calculer ça d'après ma taille ?

— Non, sûr qu'on peut calculer la naissance d'un enfant quarante semaines après… »

Pschhhhit – la ligne de Papa s'est envolée, passant par-dessus nos têtes avant d'atterrir avec un minuscule plop à l'autre bout de la piscine. Il a immédiatement commencé à tirer.

« Quarante semaines à partir de quoi ?

— De quand… » Il a hésité en la remontant. « De quand j'ai connu ta mère.

— Oh. »

J'ai tiré sur la mienne avant de la lancer encore une fois à contrecœur. Elle s'est tout de suite affaissée, et je l'ai regardée sombrer.

« Et le saint Christophe ? Il lui appartenait ?

— Oui. C'était mon cadeau d'adieu, la première fois que je suis parti.

— Tu l'as acheté pour elle ? »

J'ai serré ma canne à pêche entre mes jambes pour sortir la médaille de sous mon col. J'ai effleuré ses bandes d'or et d'argent, je les ai fait tourner.

« Purée, papa, ça a dû coûter un bras.

— Ça m'a coûté la totalité du salaire que son père m'avait payé pour les récoltes. J'étais censé tenir avec tout l'hiver, et je l'ai dépensé en entier pour elle. J'espérais que ça la convaincrait de venir avec moi. Je voulais lui montrer que j'étais capable de lui offrir de jolies choses. Une vie. »

Le ciel de l'après-midi avait pris une teinte dorée donnant l'impression qu'il faisait plus chaud. N'importe quel autre jour, j'aurais adoré c'moment avec Papa. J'ai lu à haute voix l'inscription gravée au dos du bijou : « Saint Christophe, protège-nous. »

« C'est ça. Je voulais qu'elle se sente suffisamment en sécurité pour partir avec moi. Mais ce n'est jamais arrivé. Jamais. Alors la médaille a fini en cadeau d'adieu.

— Dans ce cas, comment ça se fait que c'est moi qui l'ai ?

— Elle était suspendue à l'abat-jour de ta chambre la nuit où je suis venu te chercher. J'ai pensé qu'il fallait que tu aies quelque chose d'elle, et du coup, je l'ai emportée. »

J'ai refait tourner la médaille, mais cette fois, j'ai regardé au dos de l'élément central, le disque de saint Christophe. Je voyais mon minuscule reflet dedans, déformé. Mon nez, énorme et bulbeux, et puis mon tout petit menton et mes yeux distordus.

« Alors pourquoi tu m'as donné William comme nom de baptême ? » Pour moi, c'était la pire de toutes ses trahisons. « C'était son nom, j'ai protesté en pensant à l'affreux mec gominé de l'histoire.

— C'est vrai. Et c'était aussi le tien. »

Je lui ai lancé un regard noir.

« Je voulais garder les noms que ta mère t'avait choisis. J'avais le sentiment que je lui devais bien ça. Elle t'avait appelé William Christopher, d'après nous deux – lui et moi. Alors c'est sous ceux-là qu'on t'a baptisé.

— Mais pourquoi elle m'a donné son nom à lui ? Si c'était pas mon père ? »

Papa a inspiré profondément. « Je ne sais pas, Christopher, il a soufflé. Peut-être que c'était sa façon de s'excuser. Un rameau d'olivier. »

J'ai enroulé ma ligne autour de mon doigt et examiné le bout qui devenait violet de sang.

« Mais on a toujours su qu'on t'appellerait Christy. Tu as toujours été Christy. »

Il essayait de prendre une voix enjouée, de mettre un peu de gaieté dedans.

« Pourquoi elle l'a même épousé, d'abord, s'il était si affreux ?

— Elle était obligée, Christy. »

J'ai secoué la tête.

« Tu sais ce qui aurait pu t'arriver si cet homme n'avait pas épousé ta mère ? »

Je me suis retourné pour le regarder. J'ai haussé les épaules.

« Ta maman est tombée enceinte avant de se marier, Christy. C'est une situation super délicate. Enfin, c'est vrai que je l'aurais épousée le matin même. J'avais l'impression qu'elle *était* déjà ma femme. Mais elle ne l'était pas, pas vraiment. » Il avait arrêté de pêcher pour me considérer gravement. « Ils seraient peut-être allés jusqu'à l'emmener dans un couvent, ou pire encore, dans un asile de fous – tu sais, ils font ça à beaucoup de jeunes filles qui tombent enceintes. Et ensuite, quand le bébé est né, ils le leur enlèvent pour le placer dans un orphelinat. Si c'était arrivé, tu aurais peut-être eu ni maman ni papa. »

Est-ce que ça aurait été pire ? Au moins, j'aurais su. Je n'aurais pas passé toute ma vie à écouter des mensonges.

« Tu aurais été seul au monde. Alors cet homme, William. Peut-être qu'il était horrible, mais d'une certaine façon, il t'a sauvé. Il a sauvé ta mère. Il m'a fallu de nombreuses années pour l'admettre, même pour moi-même. Mais c'est la vérité. »

Papa a remonté la ligne au-dessus de sa tête avant de la lancer encore une fois.

« Donc, tu l'as juste laissé l'avoir parce que c'était un genre de héros bidon. »

Il a ignoré cette remarque, mais en vrai, elle n'était pas si choquante. Elle cadrait bien avec ma conviction croissante : mon père était un lâche, qui se battait jamais pour rien. Même la façon dont il m'avait enlevé, moi, son propre fils, en douce, au milieu de la nuit, comme un voleur. Tout ce qu'il faisait semblait mêlé de honte. J'avais presque envie de ne pas en apprendre plus. J'aurais aimé pouvoir faire barrage à toutes mes questions, mais je n'avais rien pour les contrer. J'avais encore besoin de réponses.

« Alors, pourquoi Millicent était ma marraine ?

— On a pris une marraine par procuration.

— C'est quoi, par procuration ?

— Ça signifie qu'on avait une remplaçante, puisqu'elle ne pouvait évidemment pas être présente pour le baptême.

— Mais elle vivait là, Papa. Elle n'habitait pas là où j'ai été baptisé, à Rathnaveen ? »

Il a convenu avec un signe de tête : « C'était une sacrée coïncidence. Rathnaveen était à deux ou trois villages de Ballycinneide, et je ne savais même pas qu'elle vivait là, à l'époque. Je l'ignorais jusqu'à ce que je le lise hier soir dans l'article. »

Il a aspiré un peu d'air entre ses dents. « Seigneur, on a eu chaud sur ce coup-là. On est passés juste à côté, sous son nez. On s'est arrêtés uniquement parce que c'était la paroisse du père Jonas, et que je savais qu'il accepterait de te baptiser. »

Un poisson a sauté à côté de moi à grand renfort d'éclaboussures ; je me suis contenté de le contempler, de regarder les vaguelettes se propager sur la surface lisse de l'eau jusqu'à ce qu'elles atteignent mes bottes et les recouvrent.

« On a dû célébrer ton baptême dans le plus grand secret. À toute vitesse, avant de tailler la route. Millicent était ta marraine absente parce que je savais que c'était ce que ta mère aurait voulu. Je pensais toujours que je devais respecter ses souhaits, même après tout ce qui était arrivé.

— Alors qui était là ? Qui c'était, la marraine par procuration ?

— Ta tatie Brigid.

— Tatie Brigid est ma vraie marraine ? »

La ligne de Papa a balayé l'air au-dessus de nous en décrivant des arcs de cercle et des spirales gracieux.

« Tout le monde était au courant. » J'ai secoué la tête. « Pendant tout ce temps, vous m'avez caché la vérité, tous autant que vous êtes. »

Ma vie entière était une imposture, même mon baptême. J'ai essayé d'avaler ma salive, mais j'avais la sensation d'avoir un maquereau coincé dans la gorge. Les larmes, elles passaient sur mon visage, me dégoulinaient dans le cou, sous le col de ma chemise. Saint Christophe commençait à être mouillé. J'ai tourné le dos à papa, jeté ma ligne fatiguée dans la direction opposée.

« Est-ce que Martin est au courant ?

— Non, fiston. Martin n'aurait jamais pu te cacher ça. On a rien dit à personne. On en a jamais reparlé ensuite – pas une fois en toutes ces années. »

J'ai regardé mon reflet dans l'eau calme au-dessous de moi. « Alors il y avait toi, et puis Finty et Brigid comme parrain et marraine. Et Grand-Mère et Grand-Pa, ils ont dû savoir aussi. Mais sinon ? Le père Jonas t'a rien demandé sur ma maman, sur où elle était ?

— Je crois qu'il a mal compris dès le début. Le père Jonas me connaissait depuis des années, de l'époque où j'avais fait ma propre communion, gamin, et de toutes nos autres visites après ça. Alors, quand on s'est pointés sur le seuil de sa paroisse, désespérés au milieu de la nuit, il a pas posé de questions. Je pense qu'il présumait juste que ta mère était morte, et à ses yeux, le plus important, c'était de réclamer ton âme pour l'Église – de te baptiser. Et donc je crois que c'est là que ça a commencé. J'avais besoin d'une histoire qui nous protège, et celle-là semblait la plus crédible. »

Qui nous protège.

« J'ai toujours tenté de laisser les gens tirer leurs propres conclusions, malgré tout. Je n'ai jamais aimé dire qu'elle était morte. Je n'aime toujours pas le dire. Et surtout, je n'ai jamais aimé mentir à un prêtre. »

Papa a enroulé sa ligne ; un poisson avait bouffé son appât, mais pas son hameçon. Il est parti chercher une nouvelle mouche à attacher dessus en passant une de ses paumes au-dessus des roseaux.

« Par contre, t'as jamais eu de problème à me mentir à moi », j'ai dit à son dos.

Les choses avaient tellement changé en une journée que maintenant, je pouvais balancer ce genre de truc à mon père, et il était infoutu de répondre. Il s'est retourné pour me regarder, une main sur la hanche.

« Sept minutes à respirer dans ce monde. C'est ce que tu m'as raconté. Pendant des années, j'ai vécu avec ce poids d'avoir tué ma mère. Et tout ça, c'était imaginaire – les mensonges de mon père. Pourquoi, Papa ? Pourquoi tu m'as dit ça ? Pourquoi sept minutes ? »

La brise s'était levée maintenant, elle dessinait de petites crêtes sur l'eau et séchait les traces de larmes sur mon cou. Il ressemblait à un grand enfant, planté là dans les roseaux avec ses bottes en caoutchouc, sa canne à pêche courbée à la main.

« Parce que c'est ce temps-là qu'on a été une famille ensemble dans cette cuisine. Plus ou moins. Je ne sais pas, Christy, je suppose que j'espérais que tu trouverais un peu de poésie là-dedans. »

J'ai ouvert les doigts et lâché ma ligne, suivant du regard la branche qui tombait. Elle est restée à la surface juste un instant avant de glisser dessous et de disparaître. Je me suis détourné pour passer devant mon père en pataugeant vers la rive.

« Je rentre à la maison. »

Quand je suis arrivé au camp, tout le monde était parti. Ils étaient probablement restés en ville après la messe pour faire leurs courses et déposer leurs messages.

Fidel était tout seul, allongé au coin du feu. Je me suis assis à côté de lui, je lui ai frotté la tête. Il m'a léché.

Papa m'a rejoint quelques minutes après, et je voyais bien au poids du seau qu'il avait attrapé quelque chose. Il l'a installé près du feu, a sorti son couteau pour vider le poisson. Moi et Fidel, on l'a observé. Le camp était inhabituellement muet et désert, comme si on pouvait entendre à des kilomètres à la ronde.

« J'ai quelque chose à te dire. » Papa a marqué une pause, sa voix assourdie par le silence cotonneux. « Je suis content, content que tout soit sorti au grand jour, tu vois. »

Fidel a roulé sur le dos pour que je puisse lui gratter le ventre. Les chiens ne mentaient jamais. Fidel m'aimait pareil qu'hier. Une de ses pattes de derrière a frappé le sol.

« J'ai toujours su que je t'en parlerais un jour. J'espérais pouvoir le faire à mon rythme, à ma manière. » Il a esquissé un sourire, mais ça n'a pas marché. « Tu méritais de connaître la vérité.

— Alors qu'est-ce que t'attendais, hein ?

— J'imagine que je voulais juste que tu sois assez vieux pour gérer tout ça. C'est un secret affreusement lourd à poser sur les épaules d'un garçon de onze ans. »

Je ne savais pas si je le croyais quand il prétendait avoir eu l'intention de m'en parler. C'était difficile de gober un seul truc qu'il disait.

« Alors je suis censé croire que tu m'as menti toute ma vie parce que tu voulais pas m'accabler ? »

Papa a contemplé ses chaussures avant de lever brusquement les yeux.

« Tu croiras ce que tu veux, mais c'est la vérité.

— Et c'est la seule raison ? » j'ai repris en scrutant son visage.

Il est resté silencieux un moment pour réfléchir à sa réponse. « Honnêtement ? »

J'ai haussé le menton.

« Il y en avait peut-être une autre. » Il s'est raclé la gorge afin de faire de la place pour ce qu'il avait à ajouter. « Je… » Il s'est arrêté de parler. « Peut-être que je pensais que tu partirais. » Sa voix était un murmure rauque. « Je pensais que tu pourrais vouloir la choisir, elle, a-t-il admis. Plutôt que notre vie. » Il s'est assis sur un des transats, s'est passé la langue sur les dents du haut.

« Elle… » Je me suis étranglé. J'avais gardé la question la plus importante pour plus tard, parce que je n'étais pas sûr d'être prêt. J'ai retenu mon souffle. « Elle est encore vivante ? »

J'étais terrifié de la réponse, qu'elle puisse être morte une seconde fois. Ou vivante. Respirant. Riant. Ne voulant pas de moi.

« Je ne sais pas, fiston. » Papa a paru s'affaisser un peu, la poitrine creusée.

« Elle te manque ? »

Il s'est mordillé les lèvres en opinant.

« Tous les jours. Tous les jours de ta vie. Je te vois… Et je la vois en toi. »

Ses yeux, ils étaient mouillés. Il a inspiré une seule bouffée d'air avant de prendre une grande respiration tremblante.

« T'as jamais pensé à retourner la chercher ? »

Papa a fiché la lame de son couteau dans la terre entre ses pieds. « Impossible. »

La librairie était fermée le dimanche, mais j'y suis allé quand même, juste au cas où la p'tite dame serait là. J'ai appuyé ma figure sur le verre de la vitrine assombrie, mis mes mains en visière pour mieux regarder. Les dos des livres empilés, ils faisaient des traînées de couleurs sourdes pareilles à de longs visages aux paupières closes. Vu qu'elle était absente, je suis parti chez Finnuala Whippet, et j'ai frappé à la porte. La bonne, Mary, a ouvert.

« Miss Amy est là ? » je lui ai demandé en plissant les yeux.

Mary a levé ses mentons pour répondre d'un ton méprisant : « Miss Amy est sortie toute la journée avec sa mère. Elle ne sera pas de retour avant une heure très tardive. » Elle faisait de son mieux pour prendre une voix chic, mais son accent était aussi épais que la tourbière où elle avait été élevée.

« Est-ce vous seriez d'accord pour que je lui laisse un mot, peut-être ? »

Elle m'a regardé d'un air absent. « Reviens demain », a-t-elle dit, prête à me claquer la porte au nez.

J'ai poussé avec ma main pour l'en empêcher et je me suis excusé en fourrant mon pied dans l'embrasure : « Désolé, m'dame ! »

Elle a rouvert la porte, mais pas aussi largement cette fois-ci.

« Je peux pas. Je peux pas revenir demain. »

Elle m'a dévisagé sans répondre, les sourcils en accent circonflexe.

« S'il vous plaît. Je veux juste lui laisser un mot. »

Elle a fini par demander : « Et qui va écrire ce mot pour toi, à ton avis ? » Bien sûr – elle ne savait pas écrire.

« Oh, je vais le faire », j'ai proposé, trop vite.

Elle a posé une main sur sa hanche en me dévisageant comme si j'étais un menteur. « *Toi*, tu vas le faire ? »

J'ai acquiescé, essayé de prendre une expression humble. Les yeux baissés vers mes orteils.

Mary a répété : « C'est *toi* qui vas écrire le mot. » Elle me mettait au défi de dire que je savais faire quelque chose, et elle, non.

« Enfin, ce serait bien mieux si vous pouviez m'aider. Je suis pas très bon en écriture. Mais je pourrais sans doute me débrouiller. »

J'ai gardé mon regard scotché à mes chaussures. Mary a ouvert la porte un peu plus grand et m'a fait signe d'avancer en vitesse.

« Je suis trop occupée pour écrire des lettres d'amour. Mais il y a un crayon et du papier sur le bureau de

Miss Amy dans le petit salon. Le sien, c'est le moins gros sur la droite, un secrétaire à cylindre. »

J'ai respiré un bon coup avant de la suivre à l'intérieur. Au bout du couloir, elle m'a introduit dans une pièce juste en face de celle où la fête avait eu lieu la veille.

« N'y passe pas la journée », m'a-t-elle averti avant de disparaître dans le couloir menant à la cuisine.

Le petit salon était un endroit douillet, dominé par un bureau éléphantesque au milieu. Y avait pas de papiers dessus, mais un téléphone et une lampe, un stylo déguisé en plume, et un grand calendrier couvert de mots griffonnés. Je l'ai étudié de plus près. La date d'hier était entourée à l'encre rouge, avec « MON ANNIVERSAIRE ! » marqué en majuscules. Au-dessus, en minuscules noires et plus petites, quelqu'un avait écrit « Francfort ». Y avait les noms de différentes villes sur des tas de jours différents du calendrier : Genève, Dublin, Bruxelles. Et le long du mur le plus éloigné, deux secrétaires, côte à côte.

Je me suis approché du plus modeste pour soulever son cylindre. J'ai reniflé l'odeur d'oranges à l'intérieur. Et puis, pendant juste un instant, en plus des oranges, j'ai senti mon odeur à moi, celle de ma famille : sueur, mousse et écorce d'arbre, et du feu, surtout du feu, avec aussi de la terre, de l'humus, des feuilles mouillées et du vent. Et de nouveau les oranges, qui montaient vers moi, la gaieté pure des oranges, et elles m'ont emporté une fois de plus. Je me suis assis en posant un moment mes deux paumes à plat sur le bureau pour me calmer.

Devant moi, une pile de papier bien rangée, et un gobelet avec des stylos et des crayons. J'ai inspiré profondément, sorti de la grosse pile une feuille vierge que j'ai lissée. Je savais déjà ce que je voulais dire. J'ai saisi un crayon avant d'écrire très vite ces mots :

Chère Amy,

Maintenant, je me sens courageux à cause de toi.
Ton ami.

Christy

J'ai plié la note en deux avant de la poser là sur son bureau. J'ai baissé le cylindre, emprisonnant mes mots à l'intérieur. Arrivé à la porte, j'ai tendu l'oreille pour guetter Mary, qui fredonnait en malmenant ses casseroles dans la cuisine. J'ai traversé le couloir sur la pointe des pieds, tiré la porte escamotable. Elle a grondé sur ses charnières et j'ai retenu mon souffle au cas où Mary entendrait et se radinerait à toute vitesse, mais elle fredonnait de plus belle. Je me suis glissé à l'intérieur.

Il ne restait plus aucune trace de la fête d'hier. On avait débarrassé la nourriture et les boissons, emporté tous les cadeaux et leurs emballages, le piano avait été rouvert, il attendait. Je marchais aussi doucement que possible, conscient de l'écho de mes pas sur les lattes du plancher. Devant le mur de bibliothèques, je me suis immobilisé, examinant de haut en bas le dos des livres, pas complètement sûr de ce que je cherchais jusqu'à ce que je l'voie : *L'Atlas de l'Encyclopédie britannique de l'île d'Irlande*.

J'ai descendu le bouquin géant de son étagère pour l'emporter sur le tabouret de piano. Je me suis assis, l'ouvrant en travers de mes genoux. Il m'a fallu des plombes pour comprendre comment le lire, comment me servir de l'index à la fin pour consulter les bonnes pages, les bonnes cartes. Ma gorge était toute contractée d'angoisse et d'urgence. J'ai trouvé celle que je cherchais et dit une prière rapide au cas où ce que j'étais sur le point de faire serait un genre de sacrilège non écrit très grave. Et ensuite, j'ai retenu mon souffle et fermé les yeux avant de l'arracher de sa reliure.

Je n'ai pas eu le temps d'avoir de la peine pour le livre blessé ; il ne saignait pas. J'ai roulé ma précieuse page pour la glisser dans ma botte en caoutchouc, sur le côté, tiré la jambe de mon pantalon par-dessus pour m'assurer que ça ne se voyait pas. Après quoi j'ai remis le bouquin à sa place sur l'étagère. J'ai toqué à la porte de la cuisine et remercié Mary avant de partir.

De retour au camp, j'étais agité et essoufflé. Nerveux.

Martin a dit : « T'es encore plus bizarre que d'habitude », et j'ai répondu : « Ferme ton clapet. »

DIX-NEUF

Papa avait dit qu'il avait eu l'impression que c'était inévitable, quand il était allé me prendre chez ma mère. Qu'y avait pas vraiment de décision là-dedans, que c'était juste arrivé. Mais avant cette nuit, je ne crois pas que j'aurais pu le comprendre, comment des fois, les décisions les plus importantes s'imposent à vous comme si c'était pas des décisions du tout – comme si vous descendiez une rivière folle et tumultueuse sur un canoë qui ballotte, et que vous veniez juste de voir vos rames vous échapper des mains à cause du courant qu'est plus fort que vous, et que maintenant, vous regardiez leurs petites têtes s'enfoncer dans cette bave mousseuse. Dériver et sombrer. Et qu'ensuite, votre canoë glisse pile au-dessus d'elles – clannnng, clang ! – dans cette eau mauvaise, sans que vous puissiez faire quoi que ce soit à part vous accrocher au bord et dire vos prières tout haut.

Dieu sait combien de fois j'ai paniqué sur cette route nocturne. Je me retournais tellement souvent que Jack en avait le tournis. Mais au bout du compte, il restait stable sous moi, et ce n'étaient pas des rames qu'il m'évoquait, plutôt une sorte d'ancre. Comme si on ne pouvait pas cataloguer ça comme une fugue tant que j'étais avec Jack, parce que tant qu'on emporte sa maison avec soi, on ne fait pas de fugue. Et du coup, j'ai réussi à contenir toutes mes fichues paniques et mes sueurs froides qui surgissaient chaque fois que je me représenterais le visage de Papa le lendemain matin, au moment où y se réveillerait en se frottant les yeux pour en chasser le sommeil. S'étirant et bâillant. L'odeur du petit déjeuner de Brigid sur le feu. Combien de temps est-ce qu'il mettrait avant de s'apercevoir… qu'on était partis.

Des heures, j'espérais – ça pourrait prendre des heures et des heures, tant qu'il n'allait pas vérifier tout de suite que Jack était là. Tant qu'il restait aux alentours du camp le matin, en travaillant à sa ferblanterie, peut-être. Tant que Martin s'occupait de Fidel, et qu'il la bouclait et allait à l'école comme un lundi normal et comme je l'avais forcé à jurer. S'il vous plaît, mon Dieu. Mais je n'arrivais pas à me débarrasser de cette peur que Papa se réveille plus tôt – qu'il soit même en train de se réveiller maintenant. Me cherchant à tâtons dans l'obscurité vide, sentant le creux frais dans la toile à matelas à l'endroit où je devais être, où il s'attendait à me trouver. Sauf que j'étais parti.

Ça aurait été mieux si ces fichues crises de panique avaient eu de l'effet, si une de ces fois-là, je nous avais obligés à faire demi-tour sur la route, et qu'on avait continué en sens inverse et abandonné pour rentrer au camp la queue basse. Si seulement on avait fait ça, tout aurait été différent. Mais on l'a pas fait, point barre. On avançait, laissant des traces de sabots dans la terre noire de cette route nocturne comme si on avait pas le choix, comme si le chemin était déjà tout tracé devant nous et qu'on pouvait pas échapper à ce qui allait se passer. Que ça se déroulerait forcément par là.

Par là, par là. Le blanc éclatant des poteaux indicateurs au clair de lune, pareils aux doigts osseux des fées, qui pointaient, nous pressaient. Nous dirigeaient. Non, non, par là. Dépêche-toi ! Il arrive ! Il est derrière toi, à quelques kilomètres seulement, dépêche-toi ! De Birr à Roscrea. De Roscrea à Templemore. De Templemore à Thurles à Dundrum à Donaskeagh à, oh. Dépêche-toi !

« Hue, Jack, hue ! »

On ne s'est arrêtés qu'une seule fois, et encore, rien qu'un petit moment, sur la place toute noire d'une ville endormie. J'ai étudié ma carte à la lueur de la lune : où on était, quelle distance on avait parcourue, combien de route il nous restait. On s'est approchés de la fontaine juste assez longtemps pour se tremper la figure et avaler autant d'eau qu'on voulait. On est partis de là le menton dégoulinant, marchant à pas de loup, à pas de loup jusqu'à ce qu'on ait atteint la dernière maison, et puis je me suis courbé sur Jack, les genoux bien serrés sur son cou et mes bras autour de lui. Et il a galopé. Par là, Jack, dépêche-toi !

Je ne sais pas à quoi je m'attendais – qu'il me faudrait des jours ou des semaines ou une dizaine de lunes avant de la trouver, peut-être. Je n'avais jamais rêvé que ce serait si proche – que toute ma vie, elle avait été aussi proche. Une demi-nuit au galop. Jusqu'à ma mère.

Ballycinneide. Quand on est arrivés, la lune était inclinée, luisant au-dessus de son jardin. Elle projetait ses rayons sur l'herbe comme une robe, une mariée, avec un voile de nuages argentés filant à toute allure. On est restés quelques minutes au bout de la longue allée, à observer la maison.

Elle se trouvait sur un monticule entouré de champs cultivés et aussi de quelques pâturages, exactement comme Papa l'avait décrite. Peut-être que c'était le même champ où il s'était tenu avec ses betteraves, la première fois qu'y l'avait vue. Avec une barrière, mais d'aspect trop fragile pour être efficace. Oui, elle était branlante, c'était facile. D'un coup de sabot, Jack a fait tomber en silence la planche du haut dans l'herbe, et on l'a enjambée. On n'a même pas eu besoin de sauter. Je suis descendu pour qu'il puisse manger. Je suis resté debout derrière lui en lui donnant de petites tapes sur le cou, mais je n'étais pas assez grand pour bien voir la maison par-dessus son dos, alors je l'ai contourné. Quatre, cinq pas. J'ai laissé des encoches en forme de pieds dans l'herbe pleine de rosée derrière moi, et la lune les a éclairés, eux aussi. De l'herbe argentée à brouter pour Jack.

La maison de l'histoire de Papa – elle s'appelait Cleary House, et c'est ce qui la rendait si facile à trouver. Trop facile – comme la gravité, la manière dont on était arrivés ici. Moi et Jack, on était comme une pomme tombée de l'arbre, et c'est là qu'on avait atterri, dans ce champ, le regard levé vers les fenêtres sombres de Cleary House, pareilles à deux rangées d'yeux d'un noir profond. La porte d'entrée fermée avait un air définitif. On aurait dit un coffre-fort, cette maison, mais elle vous donnait malgré tout l'impression qu'elle pouvait, avec beaucoup d'efforts, et juste si vous la mettiez vraiment en rogne, se dresser sur ses hanches soignées et vous prendre en chasse à une vitesse affreuse. Qu'elle pouvait vous neutraliser et vous clouer au sol par le pan de votre chemise, avant de redescendre consciencieusement, pesant de tout le poids de ces anciens tas de pierres pour se poser sur vous et vous écraser. Faire exploser vos poumons comme des raisins pourris.

J'ai frissonné.

« Allez, Jack. On va installer notre camp. »

On a gagné la ligne des arbres, s'y enfonçant d'une vingtaine de pas, et à nous deux, on avait pas trop de camp à installer. Je voulais pas allumer de feu au cas où quelqu'un nous catalogue comme des intrus et appelle la police, ou pire, qu'il se mette à nous tirer dessus pour nous forcer à déguerpir. De toute manière, il ne restait plus qu'une ou deux heures avant le jour. Jack pourrait brouter et somnoler. Et moi, je piquerais un petit roupillon si j'arrivais à calmer suffisamment longtemps les battements de cœur tonitruants dans ma poitrine. Juste là, de l'autre côté de ce champ – ma mère attendait. Sous le toit en bardeaux de cette maison, là-bas, juste derrière la crête, une forêt d'arbres vigilants massés autour d'elle, tout près. À l'intérieur de cet enchevêtrement de branches et de feuilles, elle dormait. D'un sommeil agité ou paisible. Je me suis demandé si elle pouvait sentir ma présence ici, au bord de ce champ, son champ, ma tête appuyée sur le tronc d'un grand arbre dans l'obscurité. De la mousse en guise d'oreiller. Plus que quelques heures.

Je ne m'attendais pas à dormir – pas vraiment. Et maintenant, le sommeil me prenait par surprise. Voilà l'effet que ça vous fait, la nouveauté – ça vous laisse croire que vous ne dormirez jamais plus, et au contraire, vous pioncez comme un mort qui rêve. Vous pioncez comme une souche.

Cette fois-ci, j'ai rêvé de Finnuala Whippet, ses nattes trempées dans de la peinture violette. J'ai rêvé que je l'observais à travers la vitre, derrière les buissons, accroché à l'encadrement de sa fenêtre, quand tout à coup, j'étais balayé par un cyclone violet – les doigts désespérément serrés sur le bois plein d'échardes de la fenêtre, les pieds qui volaient, aspirés dans les airs derrière moi. J'étais emporté loin d'elle, et à mon réveil, je m'arrachais les cheveux et j'étais à bout de souffle, à bout de souffle.

Quand j'ai ouvert les yeux, les feuilles du grand arbre, elles dansaient au-dessus de moi dans la brise, des traces roses de lumière du soleil se faufilant à travers. La lumière du soleil. C'était le matin. Merde. J'avais dormi trop longtemps.

Je me suis chapitré tout haut en m'asseyant aussi vite que possible.

« Comment t'as fait pour pioncer sur une racine d'arbre sans te réveiller, Christy ? »

J'étais sur pied, accroupi. Fallait que je prenne mes repères. Où est-ce que j'étais ? Où est-ce que j'étais ? De quelle direction on était venus, à la fin ? Tout paraissait différent sans la lueur oblique de la lune. Quelle… Je me suis retourné en disant : « Jack. »

Oh, mon Dieu. Jack. J'ai de nouveau fait volte-face, mais y avait que mes deux panards sur le sol au-dessous de moi.

« Jack », j'ai appelé, plus fort cette fois-ci.

Il ne s'était jamais enfui avant – c'était un cheval bien trop malin pour ça. Mais bon, en général, il était coincé dans un champ, où il avait plein d'herbe à brouter, ou alors attaché à la roulotte, là où tout son entourage était familier. J'avais entendu des histoires de canassons qui voyageaient seuls sur des kilomètres et des kilomètres pour rentrer chez eux. Sauf que lui, c'était un cheval de travellers. Sa maison, c'était être avec moi – ça l'avait toujours été, depuis le jour de sa naissance, quand j'avais saisi ce sac de grains en jute pour le frotter avec jusqu'à ce qu'il respire. Il ne me quitterait jamais, pas vrai ?

« Jack ! »

Maintenant, j'apercevais, à travers la masse de troncs d'arbres, le sommet du toit de Cleary House, avec ses cheminées qui pointaient comme une demi-douzaine de petites couronnes d'épines. J'espérais que Jack était parti dans l'autre direction, vers le bois. C'était ce que je voulais qu'il se soit passé, alors pendant un moment, je me suis forcé à le croire.

« S'il vous plaît, mon Dieu », j'ai supplié avant de faire quelques pas par là.

Je savais peut-être que je me trompais. N'empêche que j'ai accéléré, m'enfonçant dans le bois. Je m'accrochais obstinément à mon espoir ; je suivais le chemin que j'voulais qu'il ait pris. Parce que s'il était parti dans l'autre sens, c'était peut-être une catastrophe. Quelqu'un pouvait l'avoir repéré. Désormais, je trottais en tentant de pas paniquer, de pas penser à ce qui pourrait arriver si un paysan en colère le trouvait avant moi.

« Jack ! » j'ai crié, pas trop fort, pas trop fort.

Y avait juste un soupçon de rose sous mes pieds maintenant, à mesure que la forêt absorbait la lumière tamisée du début de journée. Mes orteils nus martelaient cette poussière rose et – elles étaient où, mes bottes, d'ailleurs ? Je les avais laissées derrière moi, près de l'arbre. Forcément. Pas le temps de m'en occuper.

J'ai eu vraiment la frousse à ce moment-là en contemplant mes orteils nus. Leur vue m'a plus ou moins réveillé, parce que ces orteils, ils étaient réels – je rêvais pas. C'est là que je me suis retourné. Je me suis figé sur place, et je me suis retourné. Fallait que j'affronte la vérité, que je sois courageux. Il était pas par là – je le savais. Il serait allé dans le champ. Plus loin dans le champ, plus haut dans le champ. À cause de l'herbe : un bon petit déjeuner. Seigneur Jésus, il serait allé vers la maison.

J'ai sauté sur mes pieds. J'ai bondi. J'ai volé. En sens inverse, fendant à grand bruit les arbres dont les branches se brisaient autour de mon visage, en sens inverse à travers les brindilles qui se cassaient, giflant mes bras et mes jambes. Et maintenant, je criais, je hurlais à pleins poumons, et je me fichais de qui m'entendait ou m'voyait.

« JACK ! »

À présent, je m'égosillais presque dans le bois. Je savais qu'il était en danger. Ces arbres sombres, ils étaient suspendus au-dessus de ma tête, montrant leurs bras et leurs doigts verts, leurs écorces argentées m'entouraient, l'inévitable lumière du grand jour arrivait, elle arrivait. Et je courais.

Jack.

Et je crois que c'est après avoir prononcé son nom que je l'ai entendu, mais c'était peut-être avant, ou peut-être au moment même où son nom a franchi mes lèvres une fois de plus : Jack.

Le coup de fusil.

Il ne ressemblait pas à un bang ni à un écho ou un ping ou un paf ou un crac ni à rien d'autre à quoi un coup de fusil est censé ressembler. À la place, il ressemblait au bruit de mon cœur qui s'arrêtait, de ma respiration qui quittait cette vie. Au silence.

J'ai failli m'arrêter net, mais ensuite, je me suis mis à avancer plus vite que j'avais jamais avancé, comme si mes pieds, c'était pas du tout des pieds, mais des sabots, comme si j'en avais le pouvoir. J'étais comme un animal, fonçant vers le son de mon chagrin, et je ne voyais même plus le sol flou qui bougeait sous de moi.

Jack.

Et puis les arbres se sont clairsemés au-dessus de ma tête et j'ai trébuché sur une racine, allant rouler hors du bosquet dans le champ, plus rapide qu'un lapin, et j'l'ai vu.

« Jack ! »

Il était debout, il était encore debout, grâce à Dieu, il était debout, et il a brusquement tourné la tête vers moi quand y m'a vu fendre ces fichus branchages. Et quand il a bougé, il était normal, le pied léger, et j'ai soufflé tout haut de soulagement avant de tomber à genoux pour remercier le Ciel. Et là, je me suis senti sourire, sourire jusqu'aux oreilles, et j'ai senti les larmes de soulagement qui sortaient d'moi – et puis – clic – tout allait à une lenteur écœurante, et j'ai entendu les sabots de Jack qui galopaient de plus belle et s'approchaient en martelant le sol. Et puis le coup de fusil. Le second coup de fusil. Et les sabots de Jack ont quitté le sol.

Et il est tombé, tombé, tombé.

Et après ça, j'entendais plus rien. J'entendais pas mes propres pieds sous moi alors que je bondissais vers lui, et j'entendais pas les hurlements qui sortaient d'moi. J'entendais pas Jack qui ruait en donnant des coups de sabots dans les airs et qui hennissait et luttait contre cette balle en lui.

Jack.

J'étais couvert de sang. Beaucoup de sang. Il était sombre et collant, avec une sorte d'odeur douceâtre de rouille. J'en avais sur les mains et sur la chemise, séché en une pellicule croûteuse. Mes cheveux et mes narines en étaient maculés. Mon visage tout barbouillé.

Le sang de Jack, ses entrailles délicates. D'abord, j'avais cherché à colmater l'impact de la balle avec mes paumes, pour stopper le geyser qui jaillissait partout. Ensuite, je m'étais servi des pans de ma chemise, puis encore de mes mains, mais en fin de compte, y en avait trop.

Jack est mort sous mes bras. Je suis resté allongé avec lui pendant qu'il agonisait. J'ai caressé son grand cou robuste et je l'ai couvert de mes larmes qui faisaient comme un édredon, et à la fin, je l'ai simplement tenu en lui chuchotant : « Ça va aller, Jack, ça va aller. »

Et puis, un bruit de pas s'est fait entendre, crissant dans l'herbe du matin, des pas d'homme, qui approchaient. Jack m'a donné son dernier tremblement, son dernier souffle loyal. Après toutes ces années passées à m'inquiéter pour lui, terrifié par ce moment précis, malgré tout, je n'avais jamais vraiment pensé que ça arriverait. La vie sans Jack semblait impossible. J'ai fermé ses yeux et sangloté dans sa crinière, accroché à lui en tentant de le ramener par la force de ma volonté. J'sais pas combien de temps on est restés comme ça, tous les trois. Jack, allongé sous moi, qui soutenait mon poids. Moi, la figure enfouie dans sa toison, les doigts agrippés à lui, refusant de lâcher. Et le meurtrier silencieux, debout, en retrait, son fusil encore en bandoulière sur son torse à la manière d'une promesse.

Quand j'ai finalement levé les yeux pour lui faire face, c'était comme quand on se souvient d'un cauchemar, avec cette manière que la mémoire a de vous rattraper au galop en plein jour. Jusqu'à présent, il se résumait à un coup de fusil. Un son. Maintenant, son regard s'enfonçait en moi comme si je le connaissais. C'est à ça qu'il ressemblait, l'homme qui avait tué Jack : il était monstrueux, avec des cornes et des crocs et une trogne tordue en un masque de pure méchanceté.

Mais c'était juste mon chagrin qui parlait. En vrai, c'était un type à l'air normal, bien rasé, avec un chapeau qui faisait de l'ombre sur ses yeux et son visage longiligne. Il a semblé sur le point d'avancer vers moi, mais il a hésité. Pour finir, il a balancé le fusil dans son dos et s'est lentement approché en m'annonçant : « Allez, viens. On va te nettoyer. »

Et je l'ai suivi parce que je ne savais pas quoi faire d'autre. On a marché à travers ce champ en revenant vers la maison. J'étais pieds nus et couvert de sang. Je restais à l'écart, laissant un espace de prairie pelée entre nous deux.

« Vous lui avez tiré dessus, j'ai lâché, même si je n'arrivais toujours pas vraiment à y croire. Vous avez tué Jack. »

Le soleil vomissait partout dans le ciel. Jack était un tas d'os rougis dans l'herbe ensoleillée derrière nous. Il ne respirait plus. Il était mort, et Grand-Pa était mort, et maintenant, j'étais vraiment tout seul. J'ai cru que j'allais tomber, que mes jambes allaient juste se dérober sous moi et que j'allais mourir, moi aussi, de chagrin, ici même, dans ce champ.

L'homme a écarté son chapeau de son front pour essuyer la transpiration, puis l'a de nouveau écrasé sur sa tête. Le fusil faisait un bruit de crécelle dans son dos quand il marchait. J'ai baissé les yeux, mes orteils aussi étaient barbouillés de sang-de-Jack qui avait dégouliné dessus.

« Où sont les autres ? Les autres ? Ta famille ? »

Au lieu de répondre, j'ai pointé mon doigt devant nous, par-dessus le sommet de la colline, vers les cheminées imposantes de Cleary House.

« Vous vivez là ? »

Il a acquiescé.

« Vous êtes William Keaton ? »

On grimpait sur la butte maintenant, on approchait du sommet. Il a confirmé. « C'est moi. »

Et à ce moment-là, je me suis dégonflé comme si un coup de feu m'avait traversé direct aussi et troué comme un ballon. Sauf qu'on était rendus en haut de la colline, et que la maison se dressait devant nous.

« Moi aussi. »

Mais comme il descendait déjà la pente de l'autre côté, il a pas entendu ces mots, arrachés à ma bouche et emportés en l'état par le vent.

Et puis ma mère. Elle a brutalement envahi mon esprit avec ses cheveux violets, et pendant un temps, elle m'a vidé de tout l'reste avec le balai violet de cette chevelure, et j'ai jeté un regard en arrière à la prairie, plus bas, derrière nous, où Jack était étendu au soleil, sans vie. De loin, sa silhouette ressemblait à celle d'un homme blessé sur un champ de bataille. Ma main a volé vers le lobe de mon oreille, et j'en ai touché l'arrière en me souvenant de la cicatrice en forme de croissant de Papa, de la fois où il avait raconté qu'il avait écarté les balles du ciel avec sa paume pour me protéger. J'avais cru que ces fichues balles faisaient seulement partie de la légende, qu'il enjolivait. Mais juste là, claquant contre les omoplates de l'homme qui descendait la colline, c'était peut-être le même fusil que celui de cette nuit mythique. J'ai contemplé le corps tordu de Jack, submergé de stupéfaction et de regret.

« C'est ce que Papa a risqué pour moi », j'ai murmuré dans la brise, et après, ma bouche est restée grande ouverte. Je me suis retourné pour suivre l'homme le long de la pente en titubant.

Sur le pas de la porte d'entrée ouverte, William Keaton a enlevé le fusil meurtrier de son épaule et l'a appuyé contre un mur, dans un coin. Ça m'a rappelé la manière dont le violon de Grand-Pa était posé au coin de sa roulotte, cet autre jour sinistre. Je suis resté debout derrière lui, tout plein de sang sur le seuil de sa maison, et j'ai observé cette arme cruelle. Si j'avais voulu, j'aurais pu marcher jusque-là pour la saisir, encore chaude. J'aurais pu appuyer sur la détente et me venger.

« Reste là. » William Keaton a longé le couloir, disparaissant au bout à travers une porte battante. Sa voix a porté de là-bas.

« Et ne touche à rien ! »

Ensuite, je me suis retrouvé seul dans le hall de la maison. Cette maison qui aurait pu être la mienne. J'ai regardé autour de moi en essayant de digérer cette idée, de m'imaginer en pantalon chic avec une paire de bretelles, un blazer d'école rouge avec un genre de crête sur la poche. Un bonnet sur la tête. Tenant la main de ma mère.

J'aurais pu devenir un expert dans l'art de glisser sur cette rampe-là que j'aurais polie avec mes fesses. J'aurais pu jouer ici, sur ce tapis, avec des tas de jouets de riche comme ceux de Finnuala Whippet. J'aurais pu me cacher sous cette table, ou renverser cette lampe et me faire gronder. J'ai touché le doux abat-jour jaune en y laissant une empreinte de doigt sanglante. J'ai retiré ma main. Dans cette maison, j'aurais peut-être lu tous les livres que j'avais jamais rêvé de lire, les tenant sur mes genoux au lit, tournant les pages à la lueur chaleureuse de la lampe. Si Papa m'avait pas pris, j'aurais peut-être connu le visage de ma mère dans la douceur de cette lumière. À la place, j'aurais pu être à elle. Tout aurait été tellement différent. Je n'aurais jamais connu Papa. Ni Grand-Pa. Ni.

« Jack. »

En prononçant son nom à voix haute, je l'ai revu tomber en pensée. Je voyais sa forme noire se découper, austère et rude, dans le ciel rose matinal, ses sabots raclant l'air, sa tête qui s'abattait dans la terre et l'herbe, et j'ai dû cligner très fort des yeux pour me débarrasser de cette image. Au lieu de ça, j'ai scruté les rideaux de la même teinte que le porto accrochés aux hautes fenêtres de devant, qu'étaient retenus par de larges embrasses en soie, à franges et à pompons. Et puis y a eu le minuscule espace d'un souffle dans la pièce – une légère expiration colorée, presque la note d'une chanson. Un son *o* surpris. En violet.

Ma mère, dans l'escalier. Sa petite main, blanche et propre sur le bois sombre de la rampe. Elle planait au-dessus de moi comme un ange. Si propre qu'elle scintillait. Son visage rayonnait vers moi de là-haut, tout rond et blanc. Ses yeux, grands et bleus, écarquillés, qui m'observaient. De longs, longs cils. Ses cheveux étaient tirés en arrière pour dégager ses traits, leur masse emmêlée de boucles rousses à peine contenue par le bandeau vert qui les maintenait. Ses joues, elles étaient d'un rose parfait, qui a foncé quand elle m'a vu, et sa bouche, un *o* parfaitement rond. Elle s'est exclamée : « *William !*

— C'est Christy », j'ai corrigé en la fixant, là-haut. On a continué à se fixer tous les deux.

Elle a répété : « *William !* » La porte a oscillé sur ses gonds, William Keaton est réapparu de derrière, et c'est là que j'ai compris : elle appelait son mari.

Et il a déboulé dans la pièce, se plaçant entre nous – ma mère sur l'escalier et moi toujours debout, poisseux de chagrin, dans le hall de sa maison grandiose. William Keaton m'a tendu une serviette humide fumante, et sa femme – ma mère – a descendu une marche d'un pas hésitant.

« William, qui est cet enfant ? Que fait-il ici ? Que lui est-il arrivé ?

— Peu importe, Nora. »

Elle a descendu deux marches de plus et s'est s'arrêtée. J'ai pris la serviette, que j'ai frottée sur ma figure jusqu'à ce qu'elle soit couverte de sang marron et collant. J'ai passé le tissu humide entre mes jointures, puis je me suis courbé pour enlever aussi la goutte sur mon pied. Le sang de Jack. William Keaton s'est approché des marches, en a monté quelques-unes, venant à la rencontre de sa femme avant de baisser la voix pour que je ne puisse pas entendre, mais je l'ai entendu quand même et je les ai surveillés dans le miroir.

« J'ai tiré sur son cheval. »

Nora a poussé un cri étouffé en s'écartant de lui. Sa main blanche a marqué une pause sur sa poitrine, est allée couvrir sa bouche. Elle a imperceptiblement secoué la tête, mais elle a rien dit à son mari, qui a ajouté : « C'est un tinker, évidemment, il avait lâché son cheval dans la prairie du bas. Ils avaient pénétré sans autorisation chez nous. Ils pénètrent *toujours* sans autorisation chez nous.

— Mais, William », a objecté tristement Nora. Après lui avoir lui jeté un coup d'œil, elle a détourné son visage, et du coup je ne voyais rien d'autre que la ligne de sa mâchoire, l'arrière de sa tête dans le miroir. Elle refusait de le regarder.

« Combien de fois voudrais-tu que je les avertisse, Nora ? Ce n'est pas comme si j'aimais tirer sur des chevaux. Mais j'en ai assez qu'ils profitent de nous. Pas question qu'ils utilisent nos terres comme une prairie commune pour leurs bêtes. Je leur ai donné de nombreux avertissements. J'ai mis des panneaux. Il y a un moment où un homme doit défendre sa propriété, sa maison. C'est une affaire d'honneur. »

Il s'est retourné pour m'examiner par-dessus son épaule, impatient de la compassion silencieuse de sa femme, exaspéré d'avoir à se justifier devant moi. J'ai fait mine de ne pas écouter cette dispute murmurée à sens unique.

« On ne gère pas un camping, on n'est pas la soupe populaire », a-t-il ironisé, mais Nora gardait le silence, un silence morne et digne, j'ai trouvé. Elle refusait toujours de le regarder.

Je me suis encore approché du miroir suspendu au mur en tentant d'essuyer le reste du sang de Jack sur moi. J'avais une tache en travers du cou. Dans la glace, j'ai vu William Keaton secouer la tête depuis l'escalier. Il paraissait déterminé à se défendre auprès de Nora, à la convaincre. Mais il a peut-être senti que c'était une cause perdue, qu'y l'avait prise à rebrousse-poil. Il a levé les yeux vers son profil, là où elle se tenait, toujours une marche plus haut que lui, toujours consternée. Il a fini par admettre : « Enfin, je ne crois pas que j'avais l'intention de tuer cette pauvre bête. Bon sang. »

Et à ce moment-là, une expression de remords a très vite traversé son visage, mais je suppose qu'ils étaient plus destinés à Nora qu'à Jack. Elle a pivoté et l'a regardé un petit moment dans les yeux. Lui accordant la brève grâce de son regard. Après quoi, elle a descendu les marches, lui a touché l'épaule au passage. Et maintenant, elle avançait vers moi, et j'étais terrifié, paralysé.

« Aimerais-tu prendre un bain ? » m'a-t-elle demandé dans le miroir. Elle s'est arrêtée à un ou deux mètres de moi pour contempler mon reflet attristé et sale. Sa voix s'est adoucie, a baissé d'un ton. « Je suis sincèrement désolée pour toi. Sincèrement désolée. » Elle a fait un signe de tête navré, le front plissé de sympathie.

J'étais incapable de parler. J'ai fixé son visage dans la glace, plus haut. Elle s'est penchée vers moi.

« Où est ta famille ? »

J'ai respiré un grand coup. La serviette n'était plus si chaude à présent. De moite, elle était devenue glaciale.

« Tu es tout seul ? Comment t'appelles-tu ? »

Elle me regardait dans le miroir ; sa main était posée sur mon épaule. J'ai continué à la fixer. J'avais l'impression de ne jamais avoir été regardé avant cet instant. Ma maman était là, qui me regardait, moi, sale comme un peigne dans son miroir doré.

« Christy », j'ai répondu, mais en sortant de ma bouche, ma voix s'est transformée en poussière.

Elle a hoché la tête derrière moi, s'est penchée pour prendre la serviette dans ses mains propres. Ça n'avait pas l'air de la déranger de risquer de transférer ma saleté sur elle, sur le beau lin blanc de sa robe. Soudain, j'ai souhaité être propre, moi aussi. D'une voix désormais un peu plus forte, j'ai dit : « William. »

J'avais beau avoir rectifié, elle ne comprenait pas.

« William Christopher Hurley. »

Et cette fois, le halètement qui s'est échappé dans la pièce n'était pas une petite chose mignonne. Il était aussi puissant que le grognement d'un ours enragé. Il venait de l'homme sur l'escalier, et il s'est répété dans la bouche de ma mère. J'ai tiré sur le col ensanglanté de ma chemise pour en sortir ma médaille et je la lui ai montrée.

« Je m'appelle William Christopher Hurley, j'ai redit en la pressant dans sa main. Et toi, tu es Nora Keaton. Tu es ma mère. »

VINGT

Après ça, William et Nora Keaton sont longtemps restés assis sur l'escalier sans rien dire. Nora s'était laissée glisser avec un bruit sourd quand je lui avais dit qu'elle était ma mère, et William était trois marches plus haut. Ils ne parlaient pas, ils ne se regardaient pas. Une fois ou deux, William a essayé de se servir de sa voix, mais il n'arrivait qu'à prononcer un mot à la fois, avant de secouer la tête et de retomber dans son silence.

« Comment. »

« Où. »

Comme ça.

Finalement, Nora Keaton s'est levée de sa marche en lissant le lin déjà lisse de sa robe. Son visage ressemblait à une lanterne clignotante. Je l'ai observée très attentivement. Elle a traversé l'espace qui nous séparait pour venir se remettre debout à côté de moi. Elle a tendu les bras vers moi à ce moment-là, et c'était pas du tout comme j'avais imaginé. Elle s'est penchée vers moi, elle est presque tombée devant moi, en vrai – à genoux – pour me regarder en face. Et elle a enveloppé mes mains sales dans ses mains propres, et elle était tellement jolie, mon Dieu, on aurait dit une sainte, comme ça, avec ses yeux bleus étincelants et ses sourcils roux tout froncés sur son front. Elle avait des larmes qui lui coulaient sur les joues, de grosses gouttes qui roulaient, elle a posé une main sur ma figure, ma mâchoire, et cette main était si douce qu'elle ne faisait pas du tout l'effet d'une main. Et puis elle m'a attirée à elle pour me prendre dans ses bras. Et j'avais envie de ressentir la même chose que dans le rêve du piano, où j'étais pareil qu'un bébé kangourou blotti contre elle, en sécurité. Sauf qu'elle m'a appelé William.

« William. »

Je me suis écarté d'elle en la corrigeant : « Christy. »

Et elle m'a de nouveau regardé dans les yeux, ses larmes coulaient encore, mais toutes les miennes, j'les avais déjà versées. J'étais sec. Elle a reniflé un grand coup avant de s'essuyer le nez du revers de sa main douce et intacte, et elle a opiné en répétant : « Christy », et en tentant un sourire, mais un sourire tout cabossé.

Une bonne nommée Kitty m'a emmené à l'étage, expérience bizarre parce que j'avais jamais monté un seul escalier avant, jamais plus que quelques marches en tout cas, à l'arrière de la roulotte. J'avais l'impression qu'y avait plein d'air au-dessous de nous, qu'on était suspendus dans cette pièce flottante à l'atmosphère pesante.

Kitty a rempli la baignoire pour moi. J'étais planté là, barbouillé du sang de Jack dans cette salle de bains toute blanche, en me forçant à être soigneux et délicat, pour éviter d'être trop lourd. Elle a posé une serviette propre et des vêtements sur une chaise.

« Descends dans la cuisine quand tu auras fini. »

J'ai acquiescé. Elle a tourné les talons, mais s'est arrêtée sur le seuil pour me dévisager.

« Je suis désolée pour ce qui est arrivé à ton cheval.

— Jack.

— Je suis désolée pour Jack. Le maître aurait vraiment pas dû. C'est bien méchant, c'qu'il a fait. »

J'ai acquiescé encore une fois, mais j'étais incapable de regarder sa gentillesse en face, au cas où je me remettrais à pleurer. Elle a refermé la porte derrière elle avec un clic, et m'a laissé seul, libre d'étudier la pièce ; à peu près de la taille d'une roulotte, et la lourde baignoire en fonte trônait au milieu, fumante, avec plein de bulles. Y avait des pots, des flacons colorés et des tubes de trucs gluants partout sur les rebords, et je les ai pris un par un pour les renifler : cannelle, pomme, lavande. Je sentais encore l'odeur du sang de Jack accumulée dans les poils de mes narines, alors j'ai plongé ma main sous la mousse chaude et je l'ai ressortie mouillée pour me rincer le nez. Ensuite, j'ai enlevé la serviette et les vêtements de la chaise où Kitty les avait laissés avant de la pousser, vide, contre la porte. La clé était dans la serrure, mais j'avais trop peur de la tourner au cas où je resterais coincé à l'intérieur. Je voulais pas que quelqu'un débarque pour me trouver dans mon bain. Une fois que j'ai eu glissé le dos de la chaise sous la poignée, j'ai reculé prudemment, compté jusqu'à dix et quitté mes habits tachés pour sauter dans l'eau bouillante aussi vite et légèrement que possible.

L'eau a valdingué d'un côté de la baignoire, s'est stabilisée autour de moi. Cette sensation géniale de chaleur sur ma peau, aucun degré de culpabilité et de chagrin ne pouvait empêcher ça. Je me suis lavé avec tous les trucs gluants des flacons, l'un après l'autre ; un peu de truc gluant bleu pour mon pied gauche, une goutte de truc gluant rouge pour le droit, une traînée de truc gluant jaune citron pour ma figure et mes dessous de bras, et enfin, un peu de truc gluant aggloméré pour mon cul, mes burnes et le reste.

Ma toilette finie, je me sentais propre. Pas juste ma peau, mes cheveux et mes oreilles, mais aussi de l'intérieur. Et à ce moment-là, j'ai pensé à quel point c'était bizarre, cette façon dont une vraie tragédie pouvait vous nettoyer et vous remettre à neuf. Tous mes péchés et mes erreurs, toute ma colère envers Papa, même le souvenir d'avoir brûlé Grand-Pa dans sa roulotte, tout ça, c'était balayé. Disparu. En un seul coup de feu.

Parce que finalement, en vrai, tous ces autres fichus tracas étaient juste dans ma tête. Grand-Pa était déjà mort quand on l'a brûlé. Papa continuait à me nourrir et à dormir à côté de moi, même une fois que j'avais découvert tout c'qu'il avait fait.

Mais pour Jack, c'était différent, parce que j'étais la cause de ce qui s'était passé. Deux heures plus tôt, il était debout en train de manger son petit déjeuner. De m'attendre. Deux heures plus tôt, c'était encore ce poulain jumeau qu'on avait sauvé, moi et Grand-Pa. Noir et brillant, reconnaissant, intelligent. Sans mère. Deux heures plus tôt, on s'appartenait encore l'un à l'autre. Et maintenant, il était mort, vidé de son sang qui dessinait une tache sombre sur l'herbe. À cause de moi. À cause des décisions que j'avais prises.

Seigneur, comment j'allais faire pour l'annoncer à Papa, comment ? Il aimait tellement Jack, il lui chantait des chansons et discutait avec lui et le taquinait tout le temps. J'avais *voulu* faire du mal à mon père. Mais pas comme ça, jamais comme ça. À ce moment-là, j'ai compris quelque chose de nouveau sur la notion de famille. Parce que c'est ce que Jack était pour moi : ma famille. Dans ma colère et ma confusion, j'étais parti chasser un fantôme – une mère qui ne me reconnaissait même pas. J'avais échangé la vie de Jack contre un conte de fées.

J'ai pleuré dans l'eau du bain pendant un petit instant de grâce avant de sortir de la baignoire parce que je ne voulais pas être seul avec mes pensées une minute de plus. J'ai hissé mes jambes dégoulinantes une par une par-dessus le rebord, et je me suis retrouvé debout sur la serviette posée au milieu de cette grande pièce sonore, entendant le floc, floc, floc de mon corps qui gouttait sur le carrelage par terre, pareil que Papa quand il était resté debout dans cette maison en dégoulinant dix ans plus tôt. Floc, floc, floc. Et ensuite, il m'avait enlevé.

J'ai serré la serviette autour de moi, je me suis enveloppé de sa chaleur. Dans l'histoire de mon père, William Keaton était méchant et diagonal, malfaisant. Il était mauvais. Il nous avait canardés dans la pluie nocturne. Et maintenant, William Keaton avait assassiné Jack. J'avais envie de vomir.

J'ai enlevé la bonde de la baignoire, étudié l'eau grise de mon bain qui se vidait. Après, je me suis habillé en vitesse avec les vêtements propres laissés par Kitty, puis j'ai repoussé la chaise qui bloquait la porte et pris l'escalier, pieds nus. J'étais reconnaissant de redescendre ces fichues marches, de sentir la terre au-dessous du parquet sous mes pieds. J'ai trouvé William et Nora Keaton dans la cuisine. Nora était assise sur un petit divan, et William debout, un bras passé sur le manteau de la cheminée. Sur une table basse entre eux, un plateau en argent avec une assiette de sandwichs frais. Nora s'est à moitié levée de son siège en m'voyant pour me signaler d'approcher.

« Entre, Christy. J'ai fait préparer des sandwichs pour toi. »

Kitty s'agitait devant l'évier à l'autre bout de la pièce, et une partie de moi avait envie d'aller vers elle à la place, vers son réconfort et sa douceur. Je lui ai jeté un coup d'œil, mais elle ne me regardait pas. Elle était absorbée par son travail. Je me suis dirigé vers la cheminée, vers le divan et le plateau en argent de nourriture arrangé par Kitty. Un second divan faisait face au premier, à Nora, alors je me suis affalé dessus, même si ça signifiait que j'étais dos à la porte. Je me suis à moitié tordu sur le siège jusqu'à pouvoir la deviner du coin de l'œil.

Je n'ai pas pris de sandwich tout de suite. J'avais faim, mais je ne voulais pas qu'ils le sachent. J'ignorais le pourquoi de ce truc-là, mais bizarrement, ça me donnait l'impression que ce serait une trahison d'admettre ma faim. Au lieu de ça, j'ai demandé en tirant sur une jambe du pantalon qui m'allait presque : « Ils sont à qui, ces habits ? »

Des habits qu'étaient juste un peu larges à la taille. Et un peu trop longs, recouvrant mes orteils nus. Ma mère a levé les yeux vers William Keaton avant de répondre :

« Ils sont à Henry. »

Je l'ai dévisagée.

« Qui c'est, Henry ? »

Elle a avalé sa salive, s'est penchée en avant. « C'est notre fils. »

Je me suis adossé aux coussins moelleux derrière moi. « Oh. » Je ne voyais pas de raison de me sentir trahi.

Je ne voyais pas de raison de ne pas manger un sandwich.

Nora Keaton a continué : « On a eu un autre fils. Après. »

J'en ai pris un, j'ai tripoté sa croûte.

Elle a réussi à compléter : « Après toi. Après qu'on t'a perdu. »

J'ai mordu dedans. C'était du poulet, avec du beurre et des tomates. J'ai mâché, et puis j'ai répété : « Après que vous m'avez perdu.

— Oui. »

J'ai essayé d'avaler le poulet, mais ma gorge était super sèche. Je me suis quand même débrouillé pour y arriver, et ensuite, j'ai lancé : « Comment ça se fait ? »

Nora Keaton a demandé à la domestique de l'autre côté de la cuisine : « Kitty, vous voulez bien lui apporter une tasse de thé, ma chère ?

— Pourquoi t'es jamais venue me chercher ? j'ai dit avant de réattaquer le sandwich, prenant la plus grosse bouchée que je pouvais me fourrer dans le gosier. T'es jamais venue me chercher. J'étais même pas très loin. »

Je parlais la bouche pleine. Les lèvres de ma mère sont devenues toutes petites dans son visage – elle les a pincées. Elle s'est raclé la gorge elle aussi avant d'avaler une lampée de sa propre tasse de thé posée devant elle.

Kitty a traversé la pièce en silence, placé la tasse fumante sur la table. Je l'ai fixée, espérant un sourire furtif ou un coup d'œil qui me donnerait du courage, mais elle s'est contentée de pivoter pour s'éloigner rapidement encore une fois.

Nora Keaton a repris la parole. « Je… je l'ai fait. Enfin. Nous l'avons fait. Nous… nous avons cherché, mais… Finalement, tu sais, après beaucoup de chagrin et d'introspection, on a fini par décider que peut-être on ne devrait pas, tu sais. » Elle secouait la tête. « On a pensé que c'était peut-être pour le mieux », a-t-elle a conclu, les mains jointes.

C'était bien plus difficile à gober que le poulet.

« Pour le mieux. » J'ai soufflé sur mon thé, que j'ai ensuite avalé bruyamment. Au bout d'une minute, j'ai dit : « Alors, t'avais pas un instinct qui te poussait à venir ? À me retrouver quoi qu'il arrive ? »

La main de Nora Keaton a volé vers sa gorge comme un oiseau, une perruche blanche, et son mari a déplacé son poids diagonal près de la cheminée. Il s'est redressé encore un peu pour intervenir en lâchant : « Bon, écoute ! » mais ma mère l'a interrompu.

« Ce n'est pas grave, William. » Elle l'a dissuadé de continuer d'un geste de la main. « Christy a le droit d'être en colère. Il a le droit de me demander ces choses-là. »

William Keaton s'est repenché en arrière, adossé au bois du manteau de la cheminée. On s'est toisés pendant que je mangeais ses sandwichs.

« Bien sûr que mon instinct me poussait à te chercher, a répondu Nora Keaton, et je me suis retourné pour lui faire face. Je... je n'étais pas bien, Christy. Je ne sais pas comment le décrire. Je n'étais pas moi-même à ce moment-là, après ta naissance. Mon père était mort, je... j'étais si accablée de chagrin. Je n'étais pas sûre d'y arriver. J'étais dans un état affreux tout le temps. »

William a confirmé : « Elle a pleuré pendant des semaines.

— Vraiment, des semaines ? Waouh. T'étais vraiment dans le quatrième dessous, alors. »

J'ai pris une autre bouchée de mon sandwich. Je ne savais pas pourquoi ça se passait comme ça, pourquoi j'étais si en colère contre eux. J'les détestais plus ou moins tous les deux, pas juste William, et c'était même pas juste à cause de Jack. Je les détestais d'être aussi normaux. Je les détestais parce qu'ils avaient une vie ordinaire ici, et un fils nommé Henry, un peu plus grand que moi, même s'il était plus jeune. Un peu mieux nourri.

Je n'étais pas venu ici pour les détester, mais voilà. Je les détestais. J'avais voulu courir vers elle, et l'appeler maman, et ressentir ça en vrai – qu'elle était ma maman. Je l'ai contemplée, de l'autre côté de la pièce, si belle sur le divan devant moi. Si propre, si angélique. Ses cheveux d'un roux violent dans la pièce éclairée en plein jour par le feu. Elle ne me faisait pas l'effet d'être une maman, mais plutôt cette dame en porcelaine fêlée sur le manteau de la cheminée chez Patrick.

Ils me regardaient mâcher sans moufter. Sans savoir quoi me dire. J'étais un tinker en visite chez eux – c'est ce que je ressentais ; ça se lisait sur les traits de William. Même propre après mon bain, dans les beaux vêtements bien lavés et repassés de Henry.

« Et il est où, Henry ? » j'ai demandé en fourrant la main dans la poche de son pantalon pour en retirer quelques peluches.

Ma mère a répliqué : « Il est à l'école. »

Je me suis renseigné en examinant les peluches.

« En pension ? »

Elle a opiné.

Je les ai balancées au feu avant d'avaler une autre gorgée bruyante de thé.

« Écoute », a tenté William Keaton d'une voix plus douce cette fois. Il s'est éloigné de la cheminée, les mains serrées derrière son dos incliné. « Je suppose que tu ne seras pas capable d'absorber tout ça. Tu n'es qu'un enfant, après tout… »

Je l'ai dévisagé en arquant un sourcil. Il avait pas idée de ce qu'un enfant comme moi pouvait comprendre. J'étais peut-être plus petit que son fils, mais j'avais vécu au moins une dizaine de vies supplémentaires.

« Et un tinker. » Il m'a désigné d'un grand geste en secouant la tête. « Mais j'imagine qu'en réalité, ce n'est pas ta faute – ce que tu es, le fait que tu sois aussi sauvage, que tu ne comprennes pas les usages de la société. »

Il m'a souri, un genre de sourire vide et insidieux, et j'ai surpris du coin de l'œil la grimace de ma mère. Elle était gênée par sa condescendance, alors cette crispation m'a donné une lueur d'espoir. Maintenant, William arpentait la cuisine derrière le divan de Nora, les mains toujours croisées dans le dos, la tête rejetée en arrière pendant qu'il parlait.

« Mais c'était une période très difficile pour ta mère. » Il a marqué une pause pour me regarder avant de presser l'épaule de sa femme. Pour la première fois, j'ai été frappé de voir comme il était différent du mec de l'histoire de Papa. Il était diagonal, mais pas vraiment de la façon dont Papa l'voyait. Y avait quelque chose d'attentif dans la façon dont son corps pendait de travers sur ses os. Quelque chose de plus malheureux que méchant. Il avait espéré ma mère – ça se voyait à sa manière de la couver des yeux ; il essayait encore d'éveiller en elle des sentiments pour lui. Il l'avait espérée, attendue, et au bout du compte, il l'avait gagnée, au moins en partie. Le rival de mon père. Il était hautain, indélicat et pas gentil. Il était faux. Mais il semblait avoir besoin de sa femme, de sa bonté, comme un papillon de nuit décrépit a besoin de l'éclat d'une flamme.

« Ta mère se languissait de toi ; elle te pleurait. Encore maintenant, je la surprends parfois avec une expression d'une telle profonde tristesse, a-t-il expliqué en la regardant. Tu lui as toujours manqué. J'ai cru qu'elle ne s'en remettrait jamais, même quand elle a été enceinte de Henry. J'étais si en colère quand c'est arrivé que je voulais qu'on pende ton père pour son ignoble crime. Il avait eu une telle audace, de violer ainsi notre foyer. De se comporter à la base comme un voleur. Je t'avais recueilli, toi, un garçon qui ne signifiait rien pour moi. C'était ma décision, d'assumer ta garde et de te prendre en charge, de t'élever dans les privilèges. C'était un acte de charité choisie envers toi, et ton vaurien de père n'avait aucun droit de me l'enlever. Aucun droit ! » Il a frappé son poing contre sa main.

« William ! » Ma mère est intervenue d'un ton sévère, et il s'est arrêté de faire les cent pas pour replacer son bras sur le manteau de la cheminée. « Je crois que j'aimerais parler à Christy seule à seul quelques minutes, si tu n'y vois pas d'inconvénient. »

Il l'a foudroyée du regard, le visage soudain pâle malgré la lueur des flammes. « Ce n'est guère nécessaire. Il y a des choses que ce garçon a besoin de comprendre. »

Elle a répondu d'une voix douce : « Et c'est ce qu'il va faire. Avec le temps. Comme il a déjà subi un choc terrible aujourd'hui, je crois que c'est mieux que nous prenions tout ça progressivement. »

William Keaton a croisé les bras devant lui et s'est penché en arrière sur ses hanches de travers. Ma mère s'est levée pour s'approcher de lui en disant doucement : « Merci, chéri », et j'ai vu les traits de William s'adoucir au moment où elle l'embrassait légèrement sur la joue. « Nous n'allons pas t'empêcher plus longtemps de t'occuper des affaires de ta journée. » Elle lui a pressé l'avant-bras et il s'est secoué à partir des épaules.

« Très bien. » Il a relevé le menton pour lancer à travers la pièce : « Kitty, servez le thé dans la bibliothèque. Je serai devant mes registres. » Avant de s'en aller, il a tenté de me faire face, mais ses yeux refusaient de croiser les miens. Il s'est contenté d'adresser un signe de tête à Nora, et puis il est parti. Ma mère m'a souri faiblement une fois que la porte de la cuisine s'est refermée sur lui.

« Il est… » Elle a secoué la tête, cherchant quelque chose pour expliquer son comportement, quelque chose qui ne paraîtrait peut-être pas déloyal. Elle s'est rabattue sur : « Il n'est pas très doué avec les gens. »

J'ai pris un autre sandwich sur le plateau en jetant un coup d'œil à Kitty, qui s'affairait sur un second plateau et préparait une petite théière fumante pour suivre son maître dans la bibliothèque.

« Tu sais, William était très en colère quand ton père t'a emmené. Furieux. Et moi, je… voulais juste tant te récupérer. J'avais du chagrin. Dieu sait si tu me manquais, Christy. Mais je n'ai jamais été en colère. Et j'avais peur de ce qui arriverait à ton père si on vous retrouvait. Je savais que tu étais en sécurité avec lui. Que tu serais heureux.

— Heureux », j'ai fait, comme un écho.

Je me sentais toujours agressé par le manque de sincérité de William. Ma mère s'est mordu la lèvre.

« Moi, j'ai cru que t'étais morte. »

Elle a eu un geste navré. « Je n'ai jamais voulu que tu croies une chose pareille. Ça ne faisait pas partie du plan. »

Ma bouche s'est ouverte en grand. « Du plan ? j'ai répété. Du *plan* ? »

Ma mère m'a d'abord lancé un regard avant de surveiller l'autre côté de la cuisine où Kitty soulevait son plateau chargé sur le comptoir. Ensuite, elle a baissé les yeux sur ses mains croisées en attendant silencieusement que la bonne passe la porte battante dans un tourbillon d'activité. J'ai compris, et j'ai patienté avant de demander dès que Kitty a disparu : « Quel plan ? »

Nora Keaton s'est redressée sur son siège pour se pencher aussi loin que possible par-dessus la table. La manche de sa robe en lin était drapée sur une tomate égarée au milieu du plateau entre nous. Elle a murmuré d'un ton urgent : « Pour que ton père te sauve. Qu'il te soustraie à cette vie affreuse. »

Le sandwich est tombé de ma main, il a atterri sans bruit sur mon pied nu. « Tu savais qu'il allait venir me chercher ? »

À ce moment-là, mes yeux devaient être aussi écarquillés que ceux de ma mère. Elle a accroché les siens aux miens comme si c'était des bouées, comme s'ils pouvaient m'empêcher de me noyer, en chuchotant : « Oui. »

On s'est longuement dévisagés en silence pendant que mes yeux menaçaient d'être noyés.

« Tu m'as laissé partir. Tu m'as simplement laissé partir, comme si j'étais rien. J'étais ton *bébé*. » Ma mère secouait la tête, mais j'ai insisté. « Et tu t'es simplement débarrassée de moi comme d'un chien errant. Ah, ben il est parti, on va en prendre un autre, c'est tout.

— Ce n'était pas comme ça. Ce n'est pas juste.

— Y a rien de juste dans cette vie », j'ai lâché. Comme si elle ne le savait pas !

À ce moment-là, elle s'est couvert le visage, et elle a pleuré doucement jusqu'à ce que je regrette presque ma réponse. Au bout de quelques minutes, quand elle a fini par relever la tête, sa figure, elle était gonflée de larmes.

« Tu n'as pas idée. Tu n'as pas idée de combien tu me manquais. Dieu sait à quel point je te voulais, Christy. Mais je voulais encore davantage une vie pour toi. La liberté. Le bonheur. Je savais que ton père pourrait te donner des choses que j'étais incapable de t'offrir. Je savais que tu serais très malheureux ici, que ton existence serait lugubre, que William prendrait toutes les décisions à ta place – sur ton éducation, ton mariage. Je savais qu'il serait horrible avec toi, même s'il essayait – s'il essayait de ne pas t'en vouloir. Il t'aurait détruit. Je savais que je n'étais pas assez courageuse pour partir avec toi. Mais mon Dieu, Christy. Je t'interdis d'imaginer que je n'en ai pas souffert. Je l'ai fait parce que je t'aimais. »

Elle a émis un reniflement spectaculaire, et j'ai trouvé que bizarrement, elle était plus jolie avec son visage tout rouge et marbré. Imparfait.

« Mais Papa a dit qu'il m'avait pris en secret. Au milieu de la nuit. »

Ma mère a confirmé. « J'avais laissé la porte de la cuisine ouverte pour lui.

— Mais William a tiré sur Papa, sur nous. Non ? Il aurait pu nous tuer tous les deux.

— J'ai été saisie de terreur quand j'ai entendu le bruit de ces coups de feu. J'ai dévalé l'escalier et je suis sortie en courant, je l'ai plaqué dans la boue. Dieu sait si ça aurait pu mal tourner. »

Elle a de nouveau secoué la tête.

« Mais comment…

— Il rechargeait son fusil. Et je n'étais pas assez robuste pour lui arracher cette arme. Alors je me suis mise debout devant lui en pleurant. Je lui ai annoncé qu'il allait devoir me tirer dessus. »

Je me suis représenté ma mère en chemise de nuit, au clair de lune, trempée jusqu'aux os, ses boucles rousses mouillées, plaquées sur son cou et son front.

« Il t'a soupçonnée ? »

Elle a fait signe que non.

« Il savait que j'aimais toujours ton père. Et que je te protégeais, c'est tout. » Elle a posé sa main sur son cœur comme si elle pouvait presque sentir cette terreur ancienne y palpiter encore. « William n'aurait jamais pu deviner que j'avais quoi que ce soit à voir avec tout ça – comment aurait-il pu ? Il aurait été obligé d'aller chercher au-delà de ses propres impulsions pour en avoir même l'idée.

— Mais pourquoi – pourquoi Papa m'a pas tout raconté ? Quand tout a été révélé, quand le secret a été révélé, il a présenté ça comme s'il avait agi tout seul. Il m'a jamais dit que tu savais. »

À présent, les larmes qui coulaient sur le visage de ma mère étaient muettes et reconnaissantes.

« Tu aurais été capable de me pardonner, s'il l'avait fait ? Si tu avais été au courant, serais-tu malgré tout parti à ma recherche ? »

J'ai fixé le feu crépitant, tendant la main pour ramasser mon sandwich là où il était tombé à côté de mon pied. Je l'ai balancé dans les flammes avec un geste incrédule.

« Peut-être qu'il le savait. Peut-être qu'il savait qu'il y avait certaines choses que tu avais besoin d'entendre de ma bouche. »

J'avais le tournis à force d'essayer d'absorber tout ça, de tout comprendre.

« Mais regarde-toi maintenant, Christy. Nous avions raison, n'est-ce pas ? Regarde-toi. Nous avons fait le bon choix. » Elle a de nouveau tendu la main, et la tomate est restée accrochée à la dentelle de sa manche. Elle a pris mon menton entre ses doigts. « Tu es mon rêve devenu réalité. »

Là, je n'ai pas pu m'en empêcher, moi aussi, j'ai reniflé. Et après, un formidable torrent de larmes s'est déclenché en moi. Un puits sans fond. Un œuf qui se brise. Pour Grand-Pa, pour Jack. Pour ma maman imaginaire aux cheveux violets. Pour Nora Keaton. Pour Papa. Des litres et des litres de larmes.

« Tu es un garçon parfait, a continué ma mère en traversant de son divan au mien pour me serrer fort. Tu es exactement comme dans mes rêves. »

Cette fois-ci, elle m'a enlacé, et je l'ai laissée faire. Malgré ses bras minces et son buste étroit, malgré ses mains propres et douces et ses sanglots, elle faisait ça bien. Je me suis blotti dans le parfum de ses cheveux roux cannelle comme si je n'allais jamais la lâcher. Ma maman a dit : « Tout va bien. Ça va maintenant. Ça va. »

Elle et moi, on est sortis marcher seuls, comme elle et Papa à l'époque. Juste nous deux. Elle m'a annoncé : « J'ai quelque chose à te montrer. »

Et on a descendu le sentier d'accès à la maison, qui traversait la route et deux champs. J'étais pieds nus parce que mes bottes en caoutchouc, elles étaient restées dans la forêt, mais je m'en fichais. Je tenais la main de ma mère. Le sol a commencé à monter devant nous, et bientôt, y a eu des bruyères sauvages violettes partout, et elle s'est inquiétée pour mes pieds.

« Pas de souci. Je marche pieds nus tout le temps. Je porte des chaussures seulement quand il fait froid. »

Elle se frayait un chemin comme une chèvre des montagnes experte à travers ces bruyères, qui s'épaississaient autour de nous et devenaient toutes ronceuses. Mais elle avait la démarche sûre et rapide, et j'étais super impressionné parce que Brigid ou Grand-Mère, elles auraient jamais avancé comme ça. Elle avait quelque chose d'aventureux – à partir grimper une colline raide au milieu des bruyères malgré sa belle robe en lin blanc, ses boucles rousses retenues par leur bandeau de soie verte.

« Comme ça, tu aimais mon père ? »

Elle a avalé sa salive et cligné des yeux avant de répondre dans un murmure : « Énormément.

— Alors comment ça se fait ? Comment ça se fait que t'es pas partie avec lui ? »

Elle a répliqué en pressant ma main : « Je ne pouvais pas, c'est tout. Je n'en étais pas capable. J'étais trop coincée ici, je ne voyais pas d'issue. Mon père souhaitait désespérément nous voir mariées, Millicent ou moi, avant de mourir. Il voulait faire entrer un gendre dans la famille, quelqu'un qui pourrait s'occuper des terres. Il aurait aimé avoir un fils à lui, pour que la propriété garde le nom de Cleary. En ce sens, il était un peu vieux jeu, de vouloir s'assurer que les terres resteraient les nôtres. Je savais que ça le tuerait d'apprendre que je partais avec ton père. Je ne pouvais pas laisser tomber le mien. » Elle a regardé autour d'elle, ouvert les bras sur les champs. « Nous sommes ici depuis onze générations. Les Cleary y habitaient durant la période de la famine, et même avant. Nous n'avons jamais été des propriétaires absents : nous avons toujours pris soin de nos métayers, de nos terres. J'ai ça dans le sang. Tout comme tu as la route dans le sang, et ton père aussi. Je connais si bien cet endroit qu'il est comme ma famille. »

Comme Jack.

« J'ai aimé ce domaine toute ma vie. » Elle m'a regardé en souriant. « Mais j'aurais pu me passer de tout le décorum qui va avec.

— Genre quoi ?

— Tu sais, être une dame de la socié-teh, a-t-elle minaudé en prenant un accent faussement chic. En réalité, tout ça, ce n'est qu'un tas de conneries. »

J'ai poussé un petit cri en l'entendant jurer, mais elle s'est contentée de sourire.

« Eh bien, c'est *vrai*, a-t-elle ajouté en me donnant un coup de coude. Les dames sont tout endimanchées avec leurs belles robes et leurs visages poudrés, et elles cancanent en se pavanant pendant que leurs hommes boivent du brandy et deviennent gros. Qu'y a-t-il d'amusant là-dedans ? »

J'ai approuvé. « Ça a l'air affreux.

— Ça pourrait être pire. Mais ce n'est pas ma tasse de thé. »

À ce moment-là, on est arrivés devant une paroi rocheuse, avec du fil de fer barbelé par-dessus, et j'ai cru qu'on était forcément rendus au bout, mais elle a relevé sa jupe et trouvé une prise sur le mur. Elle m'a tendu la main pour m'aider à monter.

« Vas-y en premier. Je me débrouillerai. »

Alors elle s'est hissée le long de la paroi, et là, j'ai vu sa jambe, qu'était pâle et mince – tout entière !

Dehors, au soleil, comme si c'était rien du tout. Et elle l'a balancée sur le haut du mur, restant debout là un moment avant d'escalader les barbelés pour sauter de l'autre côté. Je l'ai suivie tant bien que mal. « Du coup, comment c'est arrivé avec Papa, dans ces conditions ? Genre, quand est-ce que t'as su que t'étais amoureuse de lui ? »

Elle a levé sa main pour se protéger du soleil – exactement comme sur la photo – et mon cœur était aussi lourd qu'une éponge gorgée d'eau.

« Oh, vraiment, je ne sais pas. Ça a été rapide, inattendu. »

J'ai eu la sensation qu'elle se frayait un chemin à travers ses mots comme à travers les bruyères – avec prudence et fermeté.

« Inattendu, genre, parce que c'était un traveller ? »

C'était difficile d'imaginer une fille comme elle, aussi propre qu'un sou neuf et boutonnée jusqu'au cou, avec son ombrelle et son bonnet, accorder le moindre regard à mon père, tout beau gosse qu'il était.

« Eh bien, oui, a-t-elle admis. Il y avait ça. Mais par ailleurs, je ne cherchais tout bonnement pas l'amour. J'étais jeune, et je m'efforçais au maximum d'être insouciante. J'étais attachée à ces terres, à mes livres, à mes fleurs et à ma famille. Je me sentais déjà entière. Toutes mes amies et mes cousines filaient en Angleterre faire leurs débuts en société, chasser le mari. Millicent aimait bien cette idée, mais moi, ça ne m'intéressait tout simplement pas, pas le moins du monde. J'aspirais à un autre genre d'aventures. Je voulais du concret, quelque chose de solide et d'exaltant. Je ne voulais pas qu'on me cajole et qu'on m'amadoue. Je ne voulais même pas tomber amoureuse. »

Désormais, elle me précédait, les bruyères étaient si épaisses et serrées qu'on devait avancer en file indienne, et en vrai, on grimpait au lieu de marcher – en se servant de nos mains comme de nos pieds.

« Mais je suppose que dans la plupart des cas c'est ainsi que ça arrive. L'amour vous prend par surprise. » Elle a tendu la main derrière elle pour m'aider à me hisser sur un bout de chemin pentu.

« Mais pourquoi Papa ? » Ça semblait toujours tellement improbable, tellement inexplicable. J'avais envie de comprendre.

Elle a juste haussé les épaules avant de répondre : « Je ne sais pas. » Ensuite, elle est restée un moment silencieuse, peut-être qu'elle cherchait à assembler elle-même les pièces du puzzle. « Tu sais, quelquefois, quand on tombe amoureux de quelqu'un… en réalité, ce dont on tombe amoureux, c'est de l'image que l'autre vous renvoie de vous. »

Elle a jeté un coup d'œil en arrière pour vérifier ma progression avant de continuer à avancer. « On peut entrevoir son reflet dans le regard de son amoureux, et se dire : *Bon Dieu, je suis ravissante !* »

Ça nous a fait rire tous les deux. J'ai pensé à Finnuala Whippet, à comment je me sentais avec elle, comme si j'étais normal, comme si je n'avais pas besoin d'essayer d'être quoi que ce soit à part la personne que j'étais déjà. Pour elle, on avait des points communs, on était pareils.

« Et avec ton père, j'avais l'impression d'être si vivante, si brillante. Avec lui, je me sentais rare. Je m'étais toujours trouvée plutôt bizarre, le nez dans mes livres. Même quand j'avais d'autres prétendants… je ne sais pas. Ils disaient juste que j'étais jolie, et ils me traitaient comme si j'étais un ornement en verre ou une poupée de porcelaine. Bien sûr, ils m'admiraient, mais cette admiration paraissait toujours académique, répétée à l'avance. Alors que ton père avait des émotions si brutes, il était si vrai… Avec lui, je me sentais puissante, stupéfiante, bourrée d'énergie et de vie. » Et là, elle a croisé mon regard et haussé les épaules, comme si c'était la chose la plus simple du monde.

« Il m'a éveillée à l'existence. »

VINGT ET UN

À mesure qu'on parlait et qu'on marchait, les bruyères se sont espacées sous nos pas, et soudain, on s'est retrouvés dans une clairière ensoleillée. L'herbe était douce sous nos pieds, le sol montait encore devant nous, et on a grimpé la dernière partie jusqu'à ce qu'on arrive à deux rochers géants perchés l'un à côté de l'autre, tout en haut de la colline. Ces rochers, ils faisaient à peu près deux fois ma taille, plus hauts que la tête de ma mère, aussi. Je me suis retourné pour regarder par où on était venus. D'ici, on voyait la maison, la route, les écuries. Les ruines d'un vieux château fort au loin. On voyait une foule de palefreniers rassemblés en cercle dans le champ autour du corps de Jack. M'est avis qu'y se préparaient à le déplacer. Ma mère a disparu dans l'espace entre les deux blocs de pierre, en disant : « Entre ! » et je l'ai suivie dans la pénombre.

Elle s'est assise en tailleur à l'intérieur, dos à un des rochers. J'ai fait mine de m'installer en face.

« Non. Par ici. »

Elle a tapoté le sol à côté d'elle, et je suis allé me mettre à côté, content de l'ombre des rochers après notre ascension suante. On aurait dit que ses mains blanches luisaient dans l'obscurité.

Elle a pointé du doigt la paroi au-dessus de nous. « Regarde. »

Et c'est là que je l'ai vu. Un cœur d'amour tordu, gratté bien profond dans la surface de la roche. À l'intérieur, les initiales W. C., et la date, 5-1-47. J'ai tendu le bras pour suivre les entailles du bout des doigts.

« Qu'est-ce que c'est ?

— Mon mémorial de pierre. Pour mon bébé. Pour toi, William Christopher. Et c'est ta date de naissance. »

J'ai lâché un petit cri. J'avais une véritable date de naissance précise. Un *anniversaire*, même. Comme Finnuala Whippet. Ce que ma mère m'a offert à ce moment-là valait douze années entières de musique, de gâteaux, de ballons et de cadeaux.

« C'est un peu bête, je sais. Un peu puéril, peut-être. » Elle a respiré, s'est redressée. « Mais ça m'a aidée. Quelque chose dans le cérémonial… » Elle a suivi du doigt le cœur d'amour. « Ça m'a aidée à me souvenir de toi. »

Je n'ai rien dit pendant une minute, tentant de digérer tout ça. Tentant de l'imaginer qui venait ici, toute cabossée de chagrin, barbouillée de larmes et vide, gratter mes initiales dans la roche dure. Et qui recommençait encore et encore jusqu'à ce que ses mains pâles, elles soient égratignées et qu'elles saignent.

« J'étais écrasée de tristesse. Même si j'avais aidé à tout planifier, même si je *voulais* que ton père te prenne, pour que tu puisses être heureux et libre. Pour que ta vie ne devienne pas rabougrie comme la mienne. Je n'avais jamais imaginé la façon dont la peine allait m'avaler, après, quand tu serais parti pour de bon. Durant si longtemps, j'ai regretté. Souhaité pouvoir revenir sur ma décision. Tu me manquais tant que je ressentais une douleur physique, comme si mon cœur était fendu en deux et que je me vidais de mon sang à l'intérieur. Mais ensuite, il y a eu d'autres jours où je me sentais rassurée, malgré cette douleur. J'étais convaincue que nous avions fait le bon choix.

— Quand, par exemple ?

— Par exemple, quand je voyais les travellers locaux, ici. J'éprouvais une telle joie à les saluer, à découvrir leurs campements. J'adorais leurs enfants. Les enfants devraient être sales. Tu le savais ? »

Je l'ai regardée d'un air sceptique.

« Mais si. Tous les enfants. Ils devraient être des sauvages crasseux. Avoir de la terre sous les ongles, des traces collantes sur le menton, et de l'herbe, des roseaux et des fleurs tout emmêlés dans les cheveux. Henry n'a jamais été sale une seule heure dans sa vie. » Elle a soupiré. « William ne supporterait pas la vue d'un enfant sale, pas une seconde.

« J'emmenais Henry avec moi, chaque fois que les travellers s'arrêtaient dans les environs. On allait les saluer et leur souhaiter bonne chance. On leur apportait du pain ou ce qu'on avait à la maison, et mon cœur bondissait rien qu'en regardant les yeux brillants de ces enfants délicieux, en constatant à quel point ils étaient libres. En observant leurs genoux écorchés et en entendant la clameur de leurs cris qui enflaient quand ils nous voyaient arriver. Le pauvre Henry était si pâle comparé à eux, si réservé et peu sûr de lui, si guindé. Il ne savait même pas comment jouer avec eux, comment être aussi libre. Dans ces moments-là, j'ai toujours su que ça valait mieux pour toi. Peu importe à quel point tu me manquais. »

Elle a appuyé sa paume à plat sur la surface gravée de la roche, tendrement.

« On trouve un grand réconfort dans ces cérémonies qu'on célèbre, chaque fois qu'on doit dire au revoir. »

J'ai pressé mon dos contre le bloc de pierre derrière moi en me demandant si j'allais lui parler de Grand-Pa. Peut-être qu'elle comprendrait. « Tu sais pourquoi les travellers brûlent leurs roulottes après ? j'ai chuchoté. Quand quelqu'un meurt ? Que c'est notre cérémonie à nous ? »

Ma mère a répondu : « Oui. Je les ai vues brûler. C'est supposé les libérer, n'est-ce pas ?

— Ouais.

— Quelle magnifique chose à faire. Un geste si poétique, comme un sacrifice. Une expression pure et débridée de chagrin. Nous n'avons rien de tel. Nous gardons tout à l'intérieur. Et nous avançons. » Elle a dodeliné de la tête.

« C'était ce que j'aimais chez ton père. Qu'il soit si réel. Si audacieux. Malgré toutes les difficultés dans sa vie, il avait une façon d'être libre que je n'aurai jamais. Et je savais que je ne pouvais pas te l'offrir. Ou plutôt si. Mais seulement en te laissant partir. »

J'ai avalé ma salive pour éliminer la boule dans ma gorge. « J'ai envie de te dire quelque chose. Un secret. »

Ma mère est restée assise, complètement immobile à côté de moi.

J'ai fermé les yeux très fort. « On a brûlé mon Grand-Pa après sa mort. » Je sentais mes battements de cœur dans ma poitrine. « Pas juste sa roulotte. Lui tout entier. Son corps. Mon cousin Martin et moi. Enfin, en vrai, c'est Martin qui l'a fait, mais je me suis arrangé pour que ce soit lui, parce que j'y arrivais pas, c'est tout. Martin est toujours… » J'ai baissé la tête et la voix. « Il est toujours plus courageux, plus téméraire que moi, et on a pensé que Grand-Pa voudrait peut-être que ce soit comme ça, qu'il aimerait pas être enterré. Alors Martin s'en est occupé. Il a juste sauté le pas et il est passé à l'action. Mais encore maintenant, je suis pas sûr que ça ait réussi. Grand-Pa a été plus ou moins enterré quand même. »

Et y avait quelque chose dans ces aveux qui aggravait mon chagrin. Il remontait en moi. Monstrueux. J'ai ouvert les yeux.

Ma mère n'a pas poussé de cri, ne s'est pas écartée. Elle n'a même pas eu l'air surprise. Elle a touché mon oreille, à l'endroit exact où Papa avait sa cicatrice.

« Je sais pas ce qui est pire. Se demander si c'était la chose à faire, ou être conscient que j'en avais pas le courage. »

Ma mère a répondu : « Mais rien de tout ça n'a d'importance, Christy. Tu as essayé d'accomplir quelque chose de magnifique pour ton Grand-Pa, c'est ce qui compte. Je suis certaine qu'il le sait.

— Tu crois ? j'ai soufflé.

— Oui. »

À l'extérieur de l'espace entre les deux rochers, j'entendais la brise balayer le sommet pentu de la colline. Je l'entendais ravager les bruyères.

« Faudrait que je fasse quelque chose comme ça pour Jack. Une cérémonie sauvage, un adieu marquant. » Tout mon chagrin s'agglomérait à la manière d'un poids sur mon estomac. « Il mérite quelque chose de beau.

— C'est vrai. » Ma mère a approuvé en entourant mon épaule de son bras. « Il ne méritait pas ce qui est arrivé. Vous ne le méritiez ni l'un ni l'autre. »

J'ai renchéri d'un signe de tête. Je ne voulais pas me remettre à pleurer. Je ne voulais pas de l'épuisement du chagrin passé. Elle a touché mon menton avec son pouce.

« J'aimerais être courageux pour lui.

— Tu le seras. Tu l'es déjà. Et tu trouveras exactement la bonne chose à faire, et tu te débrouilleras pour que ce soit parfait. J'ai toute confiance en toi. »

On a plus parlé du tout pendant un petit moment, et une pensée m'a traversé l'esprit : j'avais jamais été aussi immobile jusque-là. Au-dessous de moi, je sentais presque la planète pivoter sur son axe. Je nous sentais tourner en orbite autour du soleil.

« C'est sympa, ici », j'ai dit à ma mère.

Elle a souri. « De toutes nos terres, de toutes les cachettes et les refuges, celui-ci est mon préféré. Je suis même montée ici quand j'étais enceinte de Henry, jusqu'à ce que je sois trop grosse pour grimper. Lui aussi, il aime bien ce lieu.

— Oh. Tu emmènes Henry ici ? » J'avais envie d'être le seul.

« Oui. C'est lui qui a peint le fond entre les lettres. » Elle a désigné une tache rouge coincée entre mes initiales, qui s'écaillait par endroits. « Un jour, il a décidé de me faire une surprise. Il m'a volé une bouteille de vernis à ongles et il est monté ici. »

Je l'ai contemplée en clignant des yeux dans l'ombre. « C'est Henry qui a fait ça ? Il est au courant pour moi ? »

Elle fait signe que oui. « J'ai pensé que c'était important pour lui de savoir qu'il avait un frère. »

Un frère. Cette idée ne m'avait pas encore traversé l'esprit avant. J'avais un frère.

« Et il sait que je suis un traveller ?

— Oui. »

J'ai respiré très profondément. « T'avais pas honte de lui dire ? »

Elle a tendu la main pour caresser mon front du bout du doigt, écarté mes cheveux de mes yeux. « Non, Christy. J'ai fait beaucoup de sottises, mais je te promets que je n'ai jamais eu honte de toi. »

J'ai appuyé ma tête sur son épaule et elle a passé son bras autour de moi. On est restés là un temps fou, et quand on a fini par se lever pour partir, elle a tenu mes deux mains dans les siennes et m'a cloué au rocher avec son regard suppliant. Elle a respiré très profondément à son tour en enfonçant fort ses doigts dans mes paumes. Quand elle s'est remise à parler, c'était pour prononcer un mot que personne m'avait jamais encore dit : « Reste. »

Sur le chemin du retour, ma mère m'a emmené visiter sa serre, et j'avais jamais vu un endroit aussi plein de fantômes vivants que çui-là. Il était exactement comme mon père l'avait décrit : ce silence chaud et humide, tout vert de fougères dégoulinantes, ponctué de poches éclatantes de couleur. Le musc de ces fleurs et de ces épices embaumait si fort qu'il était presque animal ; il m'a sauté à la gorge dès la porte. Au-dessus de nos têtes, le soleil brillait haut dans le ciel à travers le verre strié, alors je n'avais pas trop l'impression d'être piégé à l'intérieur. N'empêche que je suis resté tout près de la porte pour sentir entrer la brise rassurante du dehors. Ma mère a remarqué en se penchant sur une fragile floraison violette : « Cette orchidée bambou, c'est nouveau. Je n'étais pas sûre qu'elle s'épanouirait ici. Mais maintenant, j'ai bon espoir. » Elle s'est retournée pour me sourire avant d'ajouter : « Comme toi. » Et je crois que mon sourire à moi a un peu pâli parce que mon estomac se tordait d'inquiétude. « Je peux espérer, pas vrai ? »

Elle voulait que je reste. Et une partie de moi voulait la même chose. Mais ça me paraissait presque trop énorme à envisager, comme si elle me demandait de bondir jusqu'à la lune. Je me suis mordu la lèvre, et elle a tendu ses deux mains vers moi en me faisant signe d'approcher.

« Allons. Tout va bien. Je ne suis pas sûre non plus de la manière dont ça fonctionnerait. Mais maintenant que tu es là, je n'imagine tout simplement pas de te laisser partir. J'ignore si je pourrai le supporter encore une fois. » Et elle m'a enveloppé bien douillettement dans l'étreinte de ses bras frêles, avant de poursuivre en passant une main dans mes cheveux et en m'embrassant le sommet du crâne : « Mais je ne veux pas que tu te tracasses. Je sais que ce ne sera peut-être pas possible. Je le sais. Quoi que tu décides, je suis d'accord. »

Lorsqu'elle s'est penchée en arrière pour me contempler, j'ai levé le menton pour croiser son regard dans cette lumière du soleil verte et pommelée.

« Tout va bien, a-t-elle répété. Souviens-toi juste toujours que tu es ici chez toi. N'oublie jamais que je veux que tu sois là, et que la porte est ouverte dans les deux sens. »

Elle m'a attiré à elle encore une fois.

Et l'espace d'une seconde, j'ai senti quelque chose qui ressemblait à l'odeur d'une maison ici, derrière le parfum lait-cannelle de l'étreinte de ma mère, derrière les épices et les fleurs. Je sentais le sol terreux qui les nourrissait. Et ensuite, j'ai presque cru voir mon père, là, dans le coin, qu'était assis sur cette caisse. Qui l'attendait, courbé sur un livre, déchiffrant les sons et les lettres, respirant tous les effluves du jardin de ma mère, l'espérant encore et encore. Qui l'étudiait, qui l'aimait, en tentant de débrouiller tout ça. Ce genre d'amour de rêve empoisonné qui lui faisait croire un petit moment que tout était possible, qu'il existait peut-être un endroit où ils pourraient tous les deux survivre, construire une vie ensemble. Mais c'était juste l'éclat du soleil de l'après-midi qui m'éblouissait, et quand j'ai de nouveau cligné des yeux, Papa était parti. La caisse était posée là, toute seule. J'allais devoir décider sans lui.

Après ça, ma mère m'a emmené aux écuries, pour essayer de me convaincre de choisir un nouveau cheval. Elle insistait pour m'en offrir un, n'importe lequel. Mais je n'étais pas prêt. Je ne pouvais même pas regarder ces fichus canassons en face.

Le temps qu'on retourne à la maison, on était en fin d'après-midi, et William Keaton a annoncé qu'on devait tous aller se reposer pendant que Kitty préparait le dîner. Il a expliqué que le choc de cette journée avait épuisé tout le monde, et que Nora avait besoin de s'allonger un peu.

Elle m'a conduit à l'étage jusqu'à la chambre de Henry, mais quand j'ai poussé la porte, à l'intérieur, l'air stagnait, comme s'il avait été enfermé trop longtemps. Ses rideaux, ils avaient été ouverts, et la lumière pénétrant par la fenêtre nue était bizarrement trop vive – fantomatique et délavée.

« Allez, entre », a lancé ma mère en franchissant le seuil devant moi.

J'ai hésité. Je ne savais pas comment lui dire à quel point je n'avais pas l'habitude des chambres. Le plafond était trop bas au-dessus de ma tête, les charnières de la porte trop rouillées. Je me suis appliqué à respirer profondément, mais j'avais l'impression d'étouffer. Je ressentais le besoin de m'étirer au niveau des épaules. Elle m'a tendu la main, et j'ai fini par la suivre dans la pièce, comme un bébé qui fait ses premiers pas.

Le sol était tapissé d'une épaisse moquette verte, et les meubles, tous en bois sombre et verni. Y avait un coffre à jouets décoré d'un train peint, et aussi le nom de Henry sur le couvercle. Par-dessus, une cuvette et quelques serviettes pliées. Un édredon écossais bleu sur le lit bordé au carré. Un ours duveteux avec des yeux de verre et une cravate à rayures était appuyé sur l'oreiller. Je l'ai soulevé.

« Il est à Henry ?

— Oui. C'est Baxter. Henry a trouvé que ça faisait trop bébé de l'emmener à l'école, alors il est resté ici avec nous. »

Elle me l'a pris des mains, a lissé sa cravate, puis me l'a rendu. « Est-ce que tu avais un ours de ce genre ? Un jouet ou une couverture spéciaux ? »

J'ai fait non de la tête.

Baxter était doux et usé, l'œil gauche abîmé. Il avait un nombril.

« J'ai jamais eu ce genre de trucs. »

J'ai balancé Baxter sur le lit. Une commode trônait à l'autre bout de la pièce, avec une collection de cadres photo, tous remplis de gens de la famille de Henry. Ma famille.

Ma mère a dit : « Viens voir. »

Je l'ai suivie, et elle a pris le premier cadre.

« C'est nous, lors de son premier jour d'école, l'an dernier. »

Henry avait à peu près ma taille, il était vêtu d'une veste, d'un pantalon et de chaussures bien cirées. Qui auraient pu être ma veste, mon pantalon et mes chaussures bien cirées. Il portait une cravate à rayures, la même que celle de Baxter. Il semblait sur le point de vomir. Derrière lui, ma mère et William Keaton étaient debout face à l'appareil, les mains posées sur les épaules voûtées de leur fils. Ils étaient tous plantés devant une grande grille chic en fer forgé, et on voyait un tas de garçons de l'autre côté de la grille, tous habillés pareil que Henry, certains qui couraient, qui tapaient dans un ballon, d'autres chargés de livres et de sacs.

« Est-ce que Henry se plaît là-bas ? À l'école ?

— Maintenant, oui. Il était un peu effrayé ce jour-là, c'était la première fois qu'il se trouvait loin de la maison. »

J'ai regardé l'imposant bâtiment en pierre derrière eux sur la photo.

« Alors c'est là qu'il habite, tout le temps ? Il est jamais chez vous ? »

Elle a reposé le cadre sur la commode.

« Si. Il est rentré trois semaines à Noël, et il revient vendredi prochain, pour Pâques. Et ensuite, tout l'été aussi. Oh, j'ai hâte que tu le rencontres. »

J'ai scruté son visage, mais en gros, c'était encore une étrangère pour moi, et je n'arrivais pas à deviner ce qu'elle pensait. Je me suis demandé l'effet que ça devait faire d'être Henry. D'avoir cette grande maison charmante avec une maman et un papa, une bonne et ses propres écuries remplies de tonnes de chevaux, pour être envoyé sans Baxter dans une pension immense où il se sentait seul.

« Pourquoi il est obligé de partir en pension ? Y a pas des écoles dans le coin, qui lui permettraient de vivre avec vous quand même ?

— Si, mais elles ne sont pas aussi prestigieuses que celle-là. Henry y reçoit une excellente éducation. S'il travaille bien, il pourrait obtenir une place à Oxford.

— Mais il te manque pas, à être parti si souvent ?

— Si, évidemment. C'est sûr que me languir des autres, ça me connaît. »

Elle a refait son sourire cabossé, et je me suis demandé combien de fois par jour cette tristesse envahissait ses traits, pour qu'elle soit si naturelle sur elle.

J'ai secoué la tête. Si j'avais une maison et des tonnes d'argent, je n'enverrais jamais mon gamin en pension. Je ne pouvais pas m'habituer à l'idée que ma mère semble si facilement laisser partir les gens.

On a examiné le reste des cadres, et elle m'a montré sa sœur, Millicent, et son père.

« Mon grand-père », j'ai murmuré en observant son visage, sa mâchoire redoutable et ses yeux perçants.

Soudain, j'ai senti la chaleur de mon autre Grand-Pa, tout joyeux et lumineux. J'ai su qu'il était là avec moi.

« C'est vrai. C'est ton grand-père, Dieu ait son âme. »

Sa voix était prudente, respectueuse. Elle a remis le cadre sur la commode et l'a tripoté jusqu'à ce qu'il soit arrangé comme elle voulait.

« Et ta maman à toi ? »

Ma mère a serré les lèvres avant d'attraper au fond du plateau de la commode le portrait marron et blanc visiblement ancien d'une femme qui lui ressemblait comme deux gouttes d'eau.

« La voilà. »

C'était un portrait de commande, et du coup, la femme était assise bien droite, les mains délicatement croisées sur ses genoux. Elle ne souriait pas, mais on voyait qu'elle était heureuse à la lumière dans ses yeux pâles.

« C'est tout à fait toi. »

Ma mère a acquiescé solennellement.

« Comment ça se fait que t'es pas sur la photo avec elle ?

— Elle a été prise avant ma naissance. »

J'ai levé la tête pour la dévisager dans la lumière délavée et j'ai vu qu'ses yeux, ils se remplissaient de larmes. Elle a cligné des paupières en chuchotant : « Elle est morte quand je suis née. »

Je l'ai fixée. Elle a avalé sa salive en baissant le regard vers le sol. Et là, j'ai su qui elle était. J'ai tout compris sur elle. Je connaissais cette culpabilité et ce chagrin dont elle souffrait, les mêmes que les miens, et je n'ai pas pu m'empêcher de me demander si Papa l'avait fait exprès. Un cadeau, pour qu'on ait quelque chose en commun. J'ai touché le dos de sa main.

« C'était pas ta faute », j'ai dit tout bas, avec l'impression d'avoir la bouche encombrée de mots.

Elle a remué la tête en reposant la photo encadrée de sa mère parmi les autres. « Je ne m'en suis jamais remise. C'est quelque chose qu'on paie toute sa vie.

— Je sais. »

Elle s'est retournée pour me regarder dans les yeux. « C'est en partie aussi à cause de ça que je ne pouvais pas quitter cette maison, que je ne pouvais pas partir avec ton père. Je ne pouvais pas infliger une chose pareille au mien, pas après lui avoir déjà pris sa femme. Elle est enterrée ici, dans le caveau familial. Je te le montrerai si tu veux. Il l'a pleurée chaque jour de sa vie jusqu'à ce qu'il la rejoigne dans la tombe, vingt ans plus tard. »

Elle a soupiré, et j'ai vu l'air qu'elle expirait sortir d'elle à la manière d'un grand poids.

« Il me disait toujours que j'étais le soleil de son existence. » Elle a souri, mais y avait encore plein de larmes prêtes à couler dans ses immenses yeux bleus. « Il disait que Millie et moi, nous étions tout ce qui lui restait au monde. Il avait des idées sévères, une conversation stricte, mais ça ne faisait aucun doute qu'il nous aimait. »

Et là, elle a laissé échapper un petit sanglot si bref qu'il aurait très bien pu ne pas être un sanglot, parce que tout de suite après, elle a passé rapidement une main sur son front avant de traverser en un éclair la pièce jusqu'à l'armoire aux portes verrouillées en ajoutant : « Il y a autre chose. »

Elle a ouvert les portes de l'armoire, et l'odeur de Henry a envahi la pièce. Quelque chose comme du caramel collant. Elle a fourré la main à l'intérieur pour en sortir une boîte posée sur l'étagère du haut. Elle l'a apportée sur le lit et s'est assise. Je me suis installé de l'autre côté de la boîte, dont elle a soulevé le couvercle. Elle contenait une couverture de bébé en tricot bleu pâle, usée et tachée. Ma mère l'a déroulée jusqu'à ce qu'un bout de papier de soie en tombe.

« Ouvre-le. »

J'ai soulevé le papier de soie, que j'ai déplié avec précaution. Un hochet en argent, à peu près grand comme ma main, au long manche fin et à la large tête ronde. Avec sur une face le visage souriant d'un soleil et ses rayons qui s'étendaient jusqu'aux bords dentelés. Et sur l'autre, une lune aux yeux ensommeillés entourée d'étoiles. En secouant le hochet, j'ai entendu le bruit captif du sable et des galets.

« Tu t'en souviens ? »

J'ai eu un signe de tête dubitatif. « Non. Je sais pas. » Mais ce bruit avait relaxé chaque muscle de mon corps. J'avais l'impression d'être une flaque.

« C'était ton préféré. Tu l'agitais quand je venais te chercher le matin. Tu pleurais pour que je vienne te prendre, et puis j'arrivais, et tu t'éloignais de moi jusqu'à ce que tu aies trouvé cette petite chose que tu agitais dans ma direction. Et tu étais si fier ! Le secouant en l'air en formant un minuscule *o* avec ta bouche, comme si tu ne parvenais pas à croire à quel point tu étais malin. »

J'ai touché le hochet du doigt en faisant bien attention à éviter de le secouer pour ne pas me liquéfier.

« Et ça, c'était ta couverture. » Elle a caressé la laine bleue fanée sur ses genoux. « Je ne l'ai jamais lavée. »

Elle l'a levée vers son visage pour fourrer son nez dedans, pour essayer de me respirer, ce moi bébé disparu depuis longtemps, coincé dans la laine. Elle me l'a tendue et je l'ai reniflée aussi.

« Ça sent comme Henry », j'ai remarqué.

Elle s'est mise à rire, puis elle a entrepris de la rouler en boule pour la remettre dans la boîte. « Je crois que maintenant, oui. Mais c'est l'odeur que tu avais aussi, à une époque.

— Et je sens quoi, maintenant ? »

Elle s'est penchée contre mon cou pour le respirer. « Comme ton père. Exactement comme ton père. » Et elle m'a touché les cheveux. Mais ensuite, elle s'est écartée très vite, aspirant une grande bouffée d'air-de-la-maison pour reprendre ses esprits.

« Comment va-t-il ? » a-t-elle demandé calmement en battant de ses longs cils. Elle a dégagé ses cheveux à elle de son front comme si elle pouvait domestiquer sa sauvagerie interne rien qu'en se recoiffant. Elle avait la même expression que Papa quand il m'avait dit que j'étais arrivé entre l'estragon et le jasmin. Elle était toute rouge.

« Il va bien, je crois.

— Tu as d'autres frères et sœurs ?

— Non. Papa est pas marié. »

Le rouge est monté plus haut sur ses joues. « Il ne s'est jamais marié ?

— Nan. »

Elle s'est raclé la gorge, mais ça n'a pas suffi à briser ce silence électrique dans la pièce. « Alors vous êtes juste tous les deux, en fait ?

— Ouais, nous, et aussi Finty et Brigid et Grand-Mère et Grand-Pa et Martin. Ben, plus vraiment Grand-Pa maintenant, je suppose. Et ensuite, y a John Paul et Maureen, mais c'est juste des bébés. »

Ma mère a hoché la tête. « Ça a l'air d'être une charmante grande famille en tout cas.

— Ouais, j'crois bien. Elle est juste normale.

— Normale », a-t-elle répété.

Et là, peut-être qu'on a tous les deux pensé à quel point mon normal était loin du sien.

« Et tu vas à l'école ?

— Ouais, on vient à peine de commencer, moi et Martin. On va faire not' communion.

— Bien sûr, tu es catholique.

— Ouais. » J'ai baissé les yeux vers mes pieds nus sur la moquette verte de Henry.

Elle a suivi mon regard jusqu'à mes orteils sales. J'ai remis le hochet de bébé dans le nid de sa couverture pour l'envelopper avec le papier de soie. Ma mère a refermé la boîte, posé sa main par-dessus.

« Tu te souviens de ça, d'y a toutes ces années ? j'ai dit en sortant ma médaille de saint Christophe de sous ma chemise.

— Bien sûr que oui. » Elle l'a prise pour faire tourner les deux anneaux en orbite.

« Ça lui a coûté tout son salaire, tout son salaire des récoltes. Il l'avait achetée pour toi. »

Elle a opiné, et ses yeux, ils se sont voilés à ce souvenir. Elle avait l'air songeur, comme si c'était un truc romantique et tendre de dépenser tout son salaire d'une saison pour une babiole. Elle avait pas idée de la faim et des difficultés qui suivraient. Elle avait jamais connu la douleur tenace d'un ventre vraiment vide, comment elle vous poursuit jusqu'à ce que vous le remplissiez, même jusque dans votre sommeil affamé et vos rêves mal nourris.

Elle m'a pris la main, a pressé la médaille dans ma paume pour me la rendre, refermé mes doigts autour. Les siens, ils étaient si propres et blancs à côté des miens. Si doux, comme les pétales d'une fleur nouvelle. Les miens, ils avaient le brun dur, le marron foncé du bois et de la terre. Même nos mains, elles étaient étrangères toutes les deux. Comment j'avais pu sortir d'elle ?

J'ai pensé à mon père allant chez le bijoutier avec cette poignée d'argent et la jetant sur le comptoir. J'ai pensé à ses mains brunes de saleté comme les miennes, emmêlées dans les cheveux de ma mère.

« Il te manque encore ? »

— Chuuut ! » a-t-elle soufflé avant de se lever très vite pour fermer la porte de la chambre.

J'ai avalé bruyamment ma salive en lorgnant cette porte close comme si c'était l'intérieur du couvercle de mon propre cercueil. Elle est revenue s'asseoir à côté de moi. Elle a soulevé mes pieds sales entre ses mains pour me forcer à m'allonger, la tête sur l'oreiller à côté de Baxter, et elle les a frottés, l'un après l'autre. J'avais l'impression de respirer difficilement, mais elle n'a rien remarqué, et elle se fichait pas mal aussi de la saleté sur mes pieds.

« C'est facile d'aimer plus d'une personne. Ce qui est difficile, c'est de choisir. »

J'ai repris Baxter pour me distraire, tirant sur sa cravate. « Alors comme ça, tu aimes William ?

— J'aime certaines choses chez lui. Et il m'aime, c'est certain. Ma vie n'a pas été aussi tragique que j'ai pu l'imaginer un jour. Je suis satisfaite. »

J'ai fermé les yeux en cherchant à me représenter ce qui serait arrivé si elle avait fait le second choix. Je me suis concentré pour la voir dans la tente avec moi et Papa, ou colportant de la bimbeloterie avec Grand-Mère, faisant du pain sur le *greeshuk*[1], sa chevelure rousse indisciplinée nattée bien serré dans la nuque, une pochette brodée de perles claquant sur ses jambes. Tout son être usé par la naissance d'un bébé après l'autre. Imaginer ça, c'était comme essayer de tondre un cochon.

« Et de toute façon, en fait, je n'avais pas le choix. » Elle a tenté d'expulser ce poids qui lui comprimait les poumons, mais il n'a pas bougé. Je sentais l'air dans les miens qui se remplissaient, de plus en plus, jusqu'à c'que je réussisse à respirer presque normalement dans cette pièce à la porte fermée. Ensuite, elle a ajouté tristement en paraissant presque avoir peur de ses mots : « Si j'avais su que mon père était si près de la fin,

1. Mot *pavee* désignant un petit four portatif qui cuit le pain à même les braises d'un feu de camp.

qu'il allait mourir quoi qu'il arrive, qu'il ne vivrait pas assez longtemps pour rencontrer ses petits-fils… » Elle dodelinait de la tête. « J'aurais peut-être eu la force de prendre mes propres décisions. »

Ses yeux, ils étaient fixes et distants, comme s'ils regardaient loin en arrière, dans le passé. Qu'elle le souhaitait de toutes ses forces. « Et alors, je n'aurais pas eu à m'en soucier, a-t-elle poursuivi d'une voix proche du murmure. Ce que les gens pensaient n'aurait pas eu d'importance. Peut-être même qu'il serait resté.

— Resté ? » Ce mot s'est coincé dans ma gorge. Je n'y avais même jamais pensé. J'avais été en colère contre elle de ne pas être venue avec nous. L'idée que mon père aurait pu rester ne m'avait même jamais traversé l'esprit. Aujourd'hui encore, elle semblait délirante.

Ma mère a observé mon visage. « Je sais. C'est comme demander à une vague de rester sur le rivage.

— Mais tu l'as fait ? Tu lui as demandé ?

— Oui. On s'est suppliés tour à tour. De rester, de partir, de rester, de partir. Et puis un jour, nous avons compris que c'était impossible. Le rivage ne peut pas plus partir avec l'océan que l'océan ne peut rester avec le rivage. »

J'étais bouche bée.

« Ton père était plus courageux que moi. Il était fort pour nous deux. Il ne pouvait pas gagner sa vie ici. Il n'aurait eu aucun moyen de subsister en demeurant au même endroit. Personne ne l'aurait embauché. Nous aurions fini dans la misère. Nous aurions été obligés de prendre la route, et il savait l'effet que ça m'aurait fait, de me sentir coupable d'abandonner mon propre père, de quitter mon foyer, mon univers tout entier. J'aurais été bannie. Je n'aurais pas su comment affronter cette épreuve. »

Je n'en croyais pas mes oreilles. Mon père, fier et brave, qui choisissait son propre destin. Toute ma vie, j'avais cru qu'il avait toujours opté pour la solution de facilité, sans jamais prendre une seule décision difficile, qu'il avait jamais tenu tête à personne, et encore moins à un sédentaire. Et pendant tout le temps que j'avais cru ça, la vérité, c'était qu'il avait accompli cet exploit : laisser derrière lui cette femme magnifique pour son bien à elle. Il avait choisi de renoncer à elle parce qu'il l'aimait, parce qu'il savait que c'était ce dont elle avait besoin.

« Je crois que ton père savait que je ne tiendrais pas une semaine sur la route. Il savait quelle torture ça aurait été pour moi, et il ne voulait pas me l'imposer. Il ne voulait pas me voir patauger et échouer. »

Je n'avais jamais réfléchi au fait que, tout comme c'était tellement difficile pour moi d'entrer dans une maison, ça le serait sûrement tout autant pour un sédentaire de prendre le *tober*.

« Il savait que je pouvais me construire une belle vie ici. Que même si je refusais de le croire à ce moment-là, je serais capable de survivre sans lui. Il avait raison.

— Et moi, alors ? Pourquoi t'as pas parlé de moi à Papa tout de suite ?

— Je ne savais pas. Je n'ai pas su jusqu'à ce qu'il soit parti, et qu'il soit trop tard. » Sa tête s'est affaissée de quelques centimètres.

« Quand j'ai compris, j'étais déboussolée. C'était terrifiant, Christy. Enfin, en un sens, j'étais folle de joie. Mais William n'a demandé ma main à mon père que quelques semaines après, et c'était une vraie bouée de sauvetage. Je ne l'aimais pas à l'époque, tout en étant consciente qu'il fallait que je l'épouse, et sans tromperie. Je lui ai avoué la vérité avant nos noces. J'étais épouvantée à l'idée qu'il rompe sa promesse au moment où je lui ai parlé, et dans ce cas, je savais que tu me serais enlevé. Je ne supportais pas cette pensée. Je me suis dit que j'en mourrais.

— Sauf que t'es pas morte. Tu m'as abandonné quand même, et t'es pas morte du tout. Ça t'a quasiment rien fait. »

Elle m'a contemplé en secouant la tête, mais maintenant, elle souriait. Elle a continué avant de porter ma main à ses lèvres et de l'embrasser : « C'était complètement différent. Tu étais avec ton père. Je ne pouvais pas lui offrir de plus beau cadeau au monde que toi. »

Elle s'est penchée sur moi, m'a caressé le front. « Je l'aimais à ce point-là. »

Comme si tout ça était très simple, évident.

« Et Henry, alors ? Si tout avait été différent, si Papa était resté, Henry serait jamais né. »

Elle a opiné.

« C'est vrai.

— Alors qui est-ce que tu aimes le plus ?

— Il n'y a pas de *plus*, Christy. On ne peut pas quantifier une chose pareille. William m'a sauvé la vie, d'un seul acte de bienveillance.

— Ou de cupidité. » Ma mère m'a regardé tristement.

« Ben, il a eu toutes ces terres, non ?

— William a du bon en lui, Christy. Et ensuite, quand Henry est arrivé, il a tout changé. Il nous a permis de vivre ensemble en paix, William et moi, d'être une véritable famille. »

J'ai fermé les yeux en me penchant en arrière, et elle s'est remise à me masser les pieds, jusqu'à ce qu'elle pense que je dormais. Après quoi elle m'a embrassé sur le front en murmurant : « Je ne parviens toujours pas à croire que c'est vraiment toi. »

VINGT-DEUX

Une fois que ma mère a refermé la porte derrière elle, le plafond de la chambre de Henry a commencé à me paraître de plus en plus bas, et l'odeur de caramel s'est muée en une douleur dans mon estomac.

Je n'ai pas pleuré au sens traditionnel du terme – y a pas eu de reniflements, ni d'épaules secouées de sanglots. Mais y avait quand même des larmes qui coulaient de mes yeux, et elles glissaient sur ma figure et mouillaient son oreiller. C'était un chagrin neuf et lancinant qui m'envahissait maintenant, et j'arrivais même pas à mettre le doigt dessus. À le nommer. Désormais, je me sentais lié à ma maman, comme un arbre à la terre. Mais en vrai, je me sentais aussi lié à Papa comme un arbre au ciel, et c'était ce lien-là dont j'avais besoin.

Jamais je ne pourrais rester dans cette maison, et peut-être que c'était pour cette raison que je pleurais. Je n'avais pas ça en moi de vivre entre quatre murs, de porter les chaussures de Henry et de dormir la joue sur son oreiller. Si ça avait jamais été en ce bébé-moi d'y avait si longtemps, ça avait disparu depuis belle lurette, et c'était le choix que ma mère avait fait pour moi. Elle avait décidé.

Selon elle, c'était facile d'aimer plus d'une personne, et le plus difficile, c'était de choisir. Alors elle pourrait peut-être comprendre que l'océan ne pouvait pas rester sur le rivage ; elle était peut-être la seule qui comprendrait. Fallait que je sorte, vite. Que je remplisse mes poumons d'air du dehors, que j'étende mes bras et que je balance mes jambes sous moi.

Je me suis assis en m'essuyant les yeux avec la cravate à rayures de Baxter. J'ai choisi la photo encadrée du premier jour d'école de Henry pour l'emporter. J'ai fait passer ma médaille de saint Christophe par-dessus ma tête et je l'ai posée sur son oreiller trempé.

Dehors, j'ai marché pieds nus vers le champ où Jack, il était tombé. Quand j'ai atteint la crête de la colline et que j'ai regardé en bas, j'ai vu la tache sanglante dans l'herbe couchée, mais son corps luisant et noir avait disparu. William Keaton et ses palefreniers avaient emporté son cadavre. J'ai quand même descendu la pente, marqué une pause à cet endroit-là. Je me suis mis à genoux dans le pantalon de Henry, et j'ai prié Dieu pour qu'il me guide et me console, j'ai prié saint Christophe pour qu'il protège Jack dans ses voyages vers l'au-delà, et pour finir, j'ai prié pour demander pardon.

Jack n'avait pas eu la mort qu'il méritait. Il méritait une mort de vieillard dans son sommeil comme Grand-Pa. Ou peut-être une mort du genre où on galope dans la marée écumante. Ou alors, il aurait pu mourir en sauvant des enfants d'un incendie. Je pouvais imaginer un millier de meilleures morts pour lui que celle qu'il avait eue. La vraie, cette mort par balle absurde qui était ma faute.

Je me suis signé et, quand je me suis relevé, le pantalon de Henry me collait aux genoux à cause du sang de Jack. Le sol en était encore mouillé. J'ai écarté le tissu de ma jambe. Mais même en cet horrible moment vide, les épaules affaissées et la poitrine douloureuse de regret, j'ai ressenti un soulagement vivifiant. Pour la première fois de ma vie, je me sentais bien dans ma peau.

J'ai retrouvé mes bottes là où je les avais laissées dans la forêt – à quelques dizaines de pas de la ligne des arbres, à l'endroit où Jack et moi, on avait campé. Mon sac à dos n'avait pas bougé, mon bloc-notes, *Gulliver* avec la photo bien rangée à l'intérieur en sécurité, ma cuillère, mes quelques bricoles toujours dedans. J'ai mis la nouvelle photo dans son cadre avec. J'ai fourré mes pieds nus dans mes bottes et je me suis assis pour écrire un mot à ma mère.

Maman,

Je suis plus en colère. Je crois que tu as fait ce qu'il fallait en me donnant à Papa, parce que je pense que ma place est avec lui. Je ne peux pas rester ici, je peux vraiment pas. Pas avec William, pas après Jack. Alors, je vais prendre un de vos chevaux, comme tu as dit, et le ramener chez Papa. Ne sois pas triste pour moi. Ça va aller maintenant,

Christy

PS : Préviens Henry que je lui ai dit « salut » et que je lui ai laissé un cadeau sur son oreiller.

PS *bis* : Tu es la meilleure maman que j'aurais jamais imaginé avoir en un million de milliards d'années.

Dans la serre, j'ai ouvert mon sac à dos pour en sortir *Gulliver*, je l'ai feuilleté jusqu'à la dernière page où j'ai trouvé la carte violette de fête des Mères : le cœur rouge au pastel devant, avec les lettres M-A-M-A-N au fusain. J'ai déplié la carte et mis le mot dedans, puis je les ai appuyés tous les deux contre l'orchidée bambou.

Ensuite, j'ai fourré *Gulliver* dans mon sac, et j'ai pensé à Amy – pas Finnuala Whippet, mais Amy – là-bas, à Saint-Malachy. On n'était que lundi soir, et je savais que je lui aurais manqué à l'école aujourd'hui. Elle avait dû trouver mon mot. J'avais l'impression que tout était différent d'hier. Je ne serais pas allé jusqu'à dire que j'étais amoureux d'elle ou rien de barjo de ce genre, même si Finty n'avait que trois ans et demi de plus que moi quand il avait épousé Brigid. Mais je continuais à penser à ce que ma maman avait dit, que des fois, on tombe amoureux de l'image qu'une personne renvoie de vous. Et c'était vrai qu'avec Finnuala Whippet, je me sentais plus courageux. *Pas inquiet.* Et pour moi, ce sentiment ressemblait un peu à un miracle.

L'écurie projetait de longues ombres sur le sol, qui plongeaient son faux gazon dans une obscurité fraîche. J'ai franchi la porte direct, et, avec l'odeur animale de chevaux transpirants autour de moi, j'ai eu un moment l'impression d'être encore le même garçon qui avait filé sur la route pour venir ici avec Jack en pleine nuit, mais ça n'a pas duré. Et après, j'ai eu l'impression d'être quelqu'un de tout à fait différent, quelqu'un de nouveau.

Soudain, je sentais un calme au plus profond de moi, qui provenait de ma mère. J'étais à moitié elle, et cette moitié-là était paisible. C'était une fleur de serre, tout en splendeurs et en épices, mais au bout du compte, elle était enracinée dans la terre, et c'était ces fichues racines qui la définissaient. Elle ne pouvait pas pousser trop haut. Et là, plutôt subitement, j'ai pris de l'ampleur. Pareil à un pendule qui s'immobilise, j'ai trouvé l'équilibre. L'autre partie de moi, la partie de Papa, la partie de Grand-Pa et de Jack avait été attachée trop serré avant, elle craignait de se déplier. À ce moment-là, mon âme s'est déployée, s'est répandue autour de moi comme de la lumière, jusqu'à mes ongles de pieds, aux lobes de mes oreilles, à mes paupières. Mon père et ma mère, ils étaient tombés amoureux en lisant des livres, en admirant le soleil, la terre, en appréciant la simplicité, et j"étais le produit de cet amour hardi et impossible. J'étais le moment le plus libre et le plus heureux de leurs vies. J'avais toujours été leur choix, mais maintenant, j'avais aussi le mien à faire. Je savais que j'étais un garçon du dehors.

Tout était calme à part les bruits des bêtes impatientes qui attendaient, mâchant, respirant, piétinant. Mourant d'envie de sortir courir. Comme moi. L'intérieur de cette écurie chic, ça restait malgré tout celui d'une grange, avec de la paille par terre et le mélange béni d'odeurs animales qui flottait jusqu'à moi pour m'accueillir. Y avait des fenêtres en hauteur découpées dans le plafond pour laisser les rayons du soleil entrer de biais. C'était toujours pareil : humble ou prétentieuse, une grange, c'était toujours une grange, et dedans, on avait un sentiment de sécurité et de sacré.

« Y a quelqu'un ? » j'ai crié pour m'assurer que j'étais seul.

Et c'est alors que j'l'ai vu, du coin de mon œil attiré comme un aimant. Son flanc rond et noir. Cette courbe familière que je connaissais mieux que celle de ma propre oreille. Jack. Je me suis retourné pour le regarder, et il était là, allongé dans un renfoncement, recouvert d'un peu de foin, attendant que quelqu'un vienne l'emporter. Je me suis demandé où il irait. Chez le boucher ? Dans une usine de colle ?

Je me suis approché pour m'agenouiller à ses côtés, et d'abord, j'ai hésité à poser ma main sur lui. Je savais qu'il serait froid, et je voulais me souvenir de lui chaud. Je me suis rappelé la façon dont Grand-Mère avait touché Grand-Pa dans la roulotte, avec une telle tendresse, comme s'il n'était pas mort du tout. Je n'avais pas été assez courageux à ce moment-là.

« Jack. »

Et alors, les larmes sont revenues. J'avais du mal à croire qu'y m'en restait encore, mais elles étaient là – un marécage assourdissant de larmes en attente. Et je me suis penché contre lui, et j'ai senti mes lèvres s'entrouvrir, et j'ai enfoui tout mon poids dans son cou raidi pour pleurer en lui disant : « Je suis désolé. Jack, je suis tellement désolé. »

Et je voulais que ces fichus mots fonctionnent comme de la magie, et je voulais les souffler dans ses naseaux et qu'ils le réparent, mais ça a pas marché. Ils étaient pas magiques du tout. Juste larmoyants, pleins de morve et creux. Les pattes de Jack, elles étaient étalées soigneusement à côté de nous, croisées – deux par deux. Je me suis demandé qui avait fait ça pour lui, ou s'il était simplement tombé dans cette position quand on l'avait traîné ici.

Derrière l'odeur tenace de sang rouillé, je distinguais quand même celle de la maison. J'ai attrapé sa crinière entre mes doigts et je l'ai caressé. J'ai appuyé mon front contre ses naseaux, senti le néant là où sa respiration était, avant.

Alors, je me suis rassis et j'ai levé le regard vers lui, gardant ma main sur sa tête. De l'autre, je me suis essuyé le nez, le visage. S'il n'était pas si froid, il aurait presque juste pu avoir été en train de dormir, tellement il était égal à lui-même, pareil que Grand-Pa, dans la roulotte. Au moins, je pouvais remercier le Ciel que ses yeux, ils soient fermés, qu'il soit allongé du côté où la balle l'avait troué. Il avait l'air paisible et intact.

Et à ce moment-là, j'ai eu une idée, une bonne idée. La cérémonie parfaite que je pouvais donner à Jack, pour réparer les choses exactement comme ma maman avait dit.

« Je les laisserai pas te prendre. Je peux au moins faire ça pour toi. »

L'adieu qu'il méritait, comme des initiales gravées dans un rocher. Je me suis relevé, et moi aussi, j'étais couvert de foin, qui s'accrochait à moi par endroits.

« Un adieu digne de ce nom pour un traveller. »

Et toutes ces fois où j'avais prononcé ce mot – traveller –, toutes ces fois où j'avais essayé avant, dans ma vie, de le faire sonner haut et fort… je n'y avais encore jamais vraiment cru avant aujourd'hui. Ce mot avait toujours été assombri par la noirceur de mes idées fausses, par un paquet de honte que je n'avais jamais même su que je portais en moi. J'ai pensé à Papa, courant plus vite que ces fichues balles qui sifflaient autour de lui dans la nuit noire. J'ai pensé à Martin, seul, terrifié, qui respirait un grand coup avant de craquer cette allumette pour Grand-Pa. J'ai respiré un grand coup moi aussi. Y avait de la force, là d'où je venais.

« Traveller », j'ai répété, plus haut. Je me suis redressé en époussetant mon pantalon, j'ai regardé autour de moi tous les chevaux aux aguets. Onze, j'ai compté, sans Jack. Ils étaient témoins.

« Y a quelqu'un ? » j'ai de nouveau crié pour être sûr.

Personne n'a répondu. J'ai marché jusqu'au box le plus proche pour examiner le p'tit gars à l'intérieur. Il m'a examiné en retour. Il n'avait pas l'air impressionné pour un sou.

Je lui ai lancé : « Sacrée maison pour des chevaux. »

Il a renâclé. Ensuite, j'ai longé la rangée de box, m'arrêtant devant un ou deux d'entre eux, tendant le bras pour caresser des naseaux ou vérifier une denture. On aurait dit que l'écurie devenait de plus en plus bruyante, les chevaux piétinaient et hennissaient. Peut-être entendaient-ils mes battements de cœur qui s'accéléraient. L'agitation montait, se faufilant à toute vitesse de box en box. Mes mains, elles transpiraient maintenant, et je sentais un tas de trucs qui remuaient en moi, mais peut-être que c'était ça, le courage – trembler de peur, et passer à l'action malgré tout. Je me suis arrêté devant la porte du huitième en annonçant : « Toi. »

Je n'ai pas eu besoin de l'examiner du tout. J'ai su rien qu'en le regardant, rien qu'à la manière dont ses yeux se sont éclairés en croisant les miens et ne les ont pas quittés, sans ciller. Il m'a rendu mon regard en hennissant. Il a levé la tête vers moi, et c'était aussi simple que ça.

« C'est toi. »

J'ai tendu la main vers la porte du box, tripoté la poignée. Les serrures, elles étaient tellement élaborées qu'il m'a fallu une minute pour venir à bout de celle-là. J'ai commencé à me sentir nerveux au cas où le palefrenier reviendrait de Dieu sait où il était parti. Le loquet s'est enfin libéré, et j'ai ouvert la porte brutalement.

« Hop là », j'ai dit, mais c'était pas la peine, parce qu'il était sorti comme une flèche, prêt à décoller.

Il avait l'air de savoir quoi faire. Il est allé se mettre près de Jack et il a patienté. Après le premier, ça a été plus facile parce que tous ces fichus loquets, ils étaient pareils. Je suis allé au bout de la rangée et d'abord, je les ai relevés en laissant les portes déverrouillées, mais toujours fermées. Quelques-uns de ces chevaux ne m'ont pas attendu. Ils ont baissé la tête et enfoncé la porte d'une secousse pour aller se masser au milieu de l'écurie. Deux d'entre eux se sont dirigés vers la sortie.

Je me suis encouragé tout haut. « Vite. Dépêche-toi, dépêche-toi. »

Et là, j'ai accéléré le mouvement, courant le long de la rangée de box déverrouillés. Je les ai ouverts un par un. J'ai dû entrer chercher un ou deux timides qui avaient envie de s'attarder. Je leur ai donné une claque sur la croupe en les orientant vers la porte béante à l'arrière. Ils ont défilé devant Jack. Certains ont paru faire un signe ; incliner la tête au passage.

Alors j'ai fouillé dans mon sac à dos et trouvé la photo de Grand-Pa, l'original, toujours à l'intérieur de *Gulliver*. Le bébé-moi et Nora Keaton, on souriait à l'objectif. La photo refroidissait maintenant. Le fantôme de Grand-Pa était en train de me quitter. J'ai pris le nouveau p'tit gars par son licou, je savais qu'on devait être rapides maintenant, avant que quelqu'un ait la puce à l'oreille dans la maison. Tous ces fichus chevaux sortis dans la prairie. William Keaton serait en colère, mais ma maman comprendrait ce que j'avais dû faire pour Jack, je savais qu'elle comprendrait. C'était tout ce qui comptait. J'ai fouillé encore une fois dans mon sac pour y dénicher une boîte d'allumettes. Je me suis laissé tomber à genoux dans le foin, je me suis signé, et ensuite, une main sur sa tête, j'ai murmuré une brève prière à côté de Jack. Je me suis penché pour lui embrasser le cou, et je lui ai dit : « Au revoir. »

Je me suis redressé, j'ai gratté l'allumette en regardant la flamme mordre l'air. L'espace d'un moment, tout a donné l'impression d'être suspendu, comme si moi et Jack, on était un tableau encadré accroché au mur de la librairie, et même avec tout son nouveau chagrin, ce tableau était familier. C'était un miroir et un écho, et il me chantait toute ma vie passée. Un torrent de souvenirs a surgi, des rêves de chevaux violets, la pluie qui frappait mon crâne chauve de bébé pendant que mon père galopait pieds nus dans la boue, ma mère dressée comme un bouclier devant ce fusil, Grand-Pa qui sauvait Jack encore poulain dans cette grange lointaine, la nuit, Martin qui redressait les épaules avant de craquer cette allumette. Tout conduisait à ça. Le moment où je devais être courageux. Le moment où je devais rassembler toute ma terreur, mon espoir et ma bravoure en un seul acte d'amour téméraire et décisif.

En pensée, j'entendais le murmure plein de révérence de ma mère. « Il y a une grande beauté dans ces cérémonies qu'on célèbre chaque fois qu'on doit dire au revoir. »

J'ai embrasé le coin de la photo de Grand-Pa, et les flammes n'ont pas été longues à gagner ce petit carré de papier. Je l'ai laissé tomber dans le foin à côté de la tête de Jack. Je me suis agenouillé et j'ai reposé ma main sur lui ; je l'ai béni. Ensuite, je suis resté là juste un instant pour m'assurer que le feu allait s'épanouir et enfler, m'assurer qu'il allait rougeoyer et tout éclairer comme la roulotte de Grand-Mère, quand on avait essayé de rendre sa liberté à Grand-Pa.

Ça a été plus rapide que je croyais, cette façon que la chaleur et la lumière ont eue de bondir en quatrième vitesse à travers le foin éparpillé, cette façon dont le feu pouvait bel et bien courir à toute allure, et bientôt, chaque box abritait son propre petit cœur battant de flammes brûlantes. Le bois peint commençait déjà à s'écailler, à faire des bulles et à noircir. Je me suis penché en avant pour caresser une dernière fois les naseaux de Jack. Je suis resté à observer le fantôme de Grand-Pa qui se retournait et rétrécissait dans le brasier.

« Au revoir, Jack. »

J'ai levé brusquement un pied vers la porte battante du box le plus proche. Puis l'autre, vite, maintenant, vite. Je me suis hissé de tout mon poids en balançant ma jambe droite par-dessus le nouveau cheval. J'étais tellement rapide que je ressemblais moi-même à une flamme, mais je sentais son dos large creusé sous moi comme un berceau. Il commençait à faire chaud à l'intérieur, le feu léchait chaque coin de l'écurie. Le lit de Jack s'embrasait autour de lui, semblable à une brillante couronne pourpre de flammes. Mon nouveau cheval était nerveux, il attendait. On était prêts, prêts. Je lui ai dit : « Je vais peut-être devoir t'appeler Traître », et il a renchéri d'un grand hennissement tapageur.

Y a peut-être eu des voix tandis qu'on a traversé en trombe les portes ouvertes de cette écurie. Y a peut-être eu des hurlements, des cris et des exclamations alarmées. Y a peut-être eu ma vaillante, douce mère, immobile au milieu de toute cette agitation, qui me laissait partir encore une fois, avec une petite prière gratuite. *Saint Christophe, protège-le.* Y a peut-être eu la confusion des chevaux, de la chaleur et de la prairie, et les flammes en plein jour, la fumée, l'herbe et le ciel. Les funérailles d'un fier traveller.

Mais tout ce que j'entendais, c'était la fureur du vent, sauvage dans mes oreilles, et le son libre des sabots qui martelaient lourdement le sol sous moi, volant, volant. Vers chez moi.

Le soir se changeait en nuit et l'épuisement me gagnait peu à peu, mais Traître était robuste et attentif ; il était leste, violet dans l'obscurité.

Il m'emportait vers chez moi comme une boussole, vers la force féroce de mon père qui attendait. L'amour que me portait Papa était aussi solide que des briques et du mortier. Plus solide, même.

J'ai serré mes genoux plus fort autour du cou de Traître, et je l'ai guidé facilement, dépassant les fermes et les croisements dans la pénombre. Deux doigts légers sur son cou, il n'avait besoin de rien de plus pour tourner à droite ou à gauche, fonçant à travers les villes penchées qui s'assombrissaient.

Tout était feutré de sommeil quand moi et Traître, on est arrivés au petit trot sur la Long Mile Road. Le trou dans la haie était là, et après, le large monticule du terrain vague. Nos trois roulottes à l'oblique, pareilles à des dés jetés au clair de lune.

J'ai sauté à bas du dos de Traître et je l'ai conduit à la pompe à travers le trou dans la haie. J'ai rempli un seau d'eau, et il a bu. Derrière, le feu était allumé tout bas, montant patiemment la garde.

Mon père était assis, il m'attendait.

REMERCIEMENTS

Je dois remercier les personnes suivantes, qui ont rendu possible l'écriture de ce livre.

Mes premiers lecteurs : Dinah Prince Daly, Mary McMyne, Anton Strout, Eric Schnall, Joi Brozek, John Lawton, Brenna Tinkel, Sherman Alexie, Jeremy Tescher, Don Rieck, Eileen Stapelton, David Medina, Jane Park et Layne Maheu. Jennifer Belle, qui m'a offert une inestimable expérience d'atelier d'écriture, et dont l'extraordinaire perspicacité n'a d'égal que son esprit. Et tout particulièrement la séduisante et brillante mademoiselle Carolyn Turgeon, toujours présente quand j'ai besoin d'elle, et qui ne rechigne jamais à lire une *énième* version. Merci à tous pour vos encouragements sans faille et vos précieux retours.

Mon agent Doug Stewart, si patient et loyal, et son complice toujours positif, Seth Fishman. Merci de ne pas avoir perdu foi en moi.

Les magiciennes de l'édition, Claire Zion, Kara Welsh et Leslie Gelbman : merci de m'avoir offert une seconde et une troisième chance. Claire, je te suis spécialement reconnaissante d'avoir rendu ce livre encore plus beau que je n'aurais même pu l'espérer.

Merci pour tout à ma famille de chez Penguin : Norman Lidofsky, Trish Weyenberg, Patrick Nolan, Lisa Pannek, et à l'ensemble de l'équipe commerciale des poches. Et par « tout », je veux vraiment dire *tout*. Merci à Megan Lynch d'être aussi incroyable. À Craig Burke et à son équipe de super attachés de presse. À Rick Pascocello et à son escouade sans égale de génies du marketing. Merci à vous tous pour votre amitié, votre soutien et votre enthousiasme. Et d'être si performants dans vos domaines respectifs.

Quant à la force de vente de Penguin, qui reste la meilleure du secteur – ma gratitude envers elle est illimitée. Je regrette de ne plus travailler parmi vous chaque jour, mais je suis ravie de savoir que ma carrière est en de bonnes mains, les vôtres.

Merci à Ann Marie Markey de m'avoir laissé la liberté physique et émotionnelle nécessaire pour écrire, sachant que mon bébé était en sécurité avec toi. Et à Zully Arias, qui a débarqué sur le tard et conquis ma fille.

À Millord Levine et Robert J. Reed, de m'avoir héroïquement aidée à tenir les délais.

Je remercie également les personnes suivantes qui ont partagé avec moi leur expérience critique sur des sujets variés :

Matt Trivett, Sean Bryan, Doug Hanson, Buz Brand, et tous les gars de la Caserne 6, qui m'ont enseigné les propriétés et la poésie du feu.

Lisa Thess, pour sa tendre sagacité et sa connaissance étendue des chevaux.

Artelia Court, qui m'a prêté sa sagesse considérable sur la vie parmi les travellers.

Et un immense merci à Brendan ó Caoláin et à tous les habitants de Pavee Point à Dublin, qui ont été suffisamment ouverts d'esprit et bienveillants pour surmonter leurs soupçons initiaux à mon égard et me permettre d'en apprendre davantage sur eux. Je suis tout particulièrement reconnaissante à Martin Collins et à John Paul Collins, ainsi qu'aux femmes de Pavee Point, y compris Kathleen, Sheila, Lisa, Nanny, Sheila, Caroline, Mag et Sheila. Oui, trois Sheila en tout. Et à James Collins et à son adorable petit-fils, qui m'ont accueillie à bras ouverts dans leur maison de Finglas et m'ont parlé de la ferblanterie et de la vie sur la route. Merci à tous pour votre sincérité, votre chaleur et votre inspiration.

Une mention spéciale pour Winnie Kerrigan, qui m'en a appris davantage sur le cœur des travellers que je n'en aurais découvert dans un millier de livres. Merci de m'avoir ouvert ta maison à Dunsink et d'avoir partagé avec moi ta merveilleuse famille, tes histoires pleines de difficultés comme de joies, et toi-même. Tu es quelqu'un de rare et d'honnête, et j'espère que tu te reconnaîtras par endroits dans ces pages.

Toute ma famille du côté Matthews, vous savez qui vous êtes, et vous êtes en effet beaux et drôles. Quant aux Cummins, merci d'avoir persévéré pour surmonter les difficultés afin que nous puissions rester *unis*. Sans compter ma famille récente, les Kennedy, dont chaque membre me devient un peu plus cher avec chaque jour qui passe : Joe, Margaret, Loretta, Ru, Aine, Aisling, Jimmy, Caoimhe, Saoirse, Brianna, Shane, Joan et Darragh.

Mes proches : mes formidables parents, Gene et Kay Cummins ; mon frère, Tom Cummins, et sa magnifique famille, Whitney, Riley et Declan ; ma sœur, Kathy Lopez et ses splendides garçons, Tom, Eamonn et Oisin. Vous êtes la meilleure famille *du monde*, la plus fière et celle qui m'apporte le plus inconditionnel des soutiens.

Merci aux meilleures amies qu'une fille ait jamais pu espérer avoir : Evelyne Faye, Nikki Stapleton et Charlotte Jack.

Et aux amours de ma vie, Aoife et Joe. Vous deux représentez pour moi tout le bonheur du monde.

NOTE DE L'AUTEURE

Je me suis efforcée de rester fidèle à la culture, à l'humour et au mode de vie des personnes dépeintes dans cette œuvre de fiction : les travellers irlandais ou *Pavees*. Je dois demander à mes lecteurs d'avoir la gentillesse de mettre en pause leur incrédulité quant aux passages où il n'était pas prudent pour moi d'être tout à fait authentique. Par exemple, mon narrateur ne s'exprime pas strictement dans la langue vernaculaire des travellers, dans la mesure où ce choix aurait rendu ce livre presque incompréhensible aux lecteurs. J'ai également opté pour des orthographes américanisées tout au long du livre, à l'exception du mot « traveller », avec deux *l*, parce qu'il a une signification entièrement différente de celle de son cousin américain, le simple voyageur.

J'espère que mes efforts ci-joints rendront hommage à un mode de vie en grande partie disparu, ainsi qu'au courage et à la grâce de nombre de ces travellers eux-mêmes. En écrivant ce roman, mon but a été de dépeindre l'âme des travellers au-delà des stéréotypes habituels, d'illustrer certaines de leurs difficultés sans les transformer en victimes, et certains de leurs défauts sans les changer en caricatures de violence et d'immoralité. Leur culture est une culture comme une autre, avec son lot de bien et de mal.

Certaines recherches académiques m'ont aidée à approfondir ma compréhension des valeurs des travellers, de leur code moral, leur économie, leurs coutumes et leur vie quotidienne sur la route. Merci aux auteurs des ouvrages suivants qui m'ont fourni un éclairage rigoureux :

1. *Puck of the Droms*, d'Artelia Court.
2. *The Road to God Knows Where*, de Sean Maher.
3. *Nan : The Life of an Irish Travelling Woman*, de Sharon Gmelch.
4. *Irish Travellers : Representations and Realities*, de Michael Hayes.
5. *Irish Travellers : Racism and the Politics of Culture*, de Jane Helleiner.
6. *The Irish Tinkers : The Urbanization of an Itinerant People*, de George Gmelch.
7. *People on the Road : The Irish Travellers*, de Matthias Oppersdorff.
8. *Irish Travellers : Tinkers No More*, d'Alen MacWeeney.
9. *Traveller Ways, and Traveller Words*, de Pavee Point Publications.
10. *All Things Wise and Wonderful*, de James Herriot, qui a été ma bible vétérinaire.

Pour plus d'information :

#lisez! engagé
www.lisez.com

Imprimé sur du papier issu de forêts gérées durablement.

10/18 – 92 avenue de France, 75013 PARIS

Imprimé en France par
CPI Brodard & Taupin

N° d'impression : 3056180
X08396/01